La vida imposible

Matt Haig
La vida imposible

Traducido del inglés por Ana Isabel Sánchez

 TUBOLSILLO

Título original: *The Life Impossible*

Primera edición en TuBolsillo: mayo de 2026

Diseño de cubierta original: Canongate Art
© de la ilustración: Jim Tierny
Adaptación para esta edición: REGA

Epígrafe de *Borges on Writing* de Jorge Luis Borges. Copyright © 1973, Jorge Luis Borges, Norman Thomas di Giovanni, Daniel Halpern, Frank McShane. Usado con permiso de The Wylie Agency (UK) Limited.

Promised Land, escrita por Joseph Lorenzo Welbon (Joe Smooth) © 1987 Picadilly Music Corp / Kassner Associated Publishers Ltd Usado con permiso. Todos los derechos reservados.

Fragmento de la entrevista a Richard Feynman, «The Smartest Man in the World», en *Omni Magazine.* Incluido en *El placer de descubrir,* trad. Javier García Sanz, Crítica, Barcelona, 2004, p. 165. Reproducido con permiso de Michelle Feynman & Carl Feynman.

© Matt Haig, 2024
© de la traducción: Ana Isabel Sánchez, 2024
© de esta edición: TuBolsillo (Grupo Anaya, S. A.), 2026
Calle Valentín Beato, 21
28037 Madrid

PAPEL DE FIBRA
CERTIFICADA

ISBN: 979-13-87739-32-4
Depósito legal: M-3078-2026
Printed in Spain

A la isla y la gente de Ibiza

La realidad no siempre es probable ni plausible.

JORGE LUIS BORGES

When the angels from above,
Fall down and spread their wings like doves;
As we walk, hand in hand,
Sisters, brothers, we'll make it to the promised land.

JOE SMOOTH, *Promised Land*

Querida señora Winters:

Espero que no le moleste que le envíe este correo electrónico.

Puede que me recuerde. Fue mi profesora de Matemáticas en Hollybrook. Ahora tengo veintidós años y estoy en el último curso de la universidad. ¡Le alegrará saber que estoy estudiando Matemáticas!

Durante las vacaciones de Semana Santa, me encontré con el señor Gupta en el pueblo, le pregunté por usted y me contó todas las novedades. Le doy mi más sentido pésame por la muerte de su marido. El señor Gupta me dijo que se ha mudado a España. Una de mis abuelas se volvió a Granada, aunque no había vuelto a visitar la ciudad desde los siete años, y allí encontró la felicidad. Espero que su traslado a otro país la haga igual de feliz que a ella.

Yo también he pasado un duelo hace poco. Mi madre falleció hace dos años y eso me hizo perder la esperanza. No me llevo bien con mi padre y me ha resultado difícil concentrarme en los estudios. Mi hermana (puede que también se acuerde de Esther) necesita aún más apoyo ahora. Decepcioné a mi novia y rompió conmigo. Ha habido más cosas. En ocasiones me ha costado mucho seguir adelante. Tengo la sensación de que, a esta edad tan temprana, mi vida ya está escrita, de que ya se sabe todo. A veces la presión es tanta que no puedo respirar.

Estoy inmerso en un patrón, como un patrón numérico, una secuencia de Fibonacci: 0, 1, 1, 2, 3, 5, 8, 13, 21, etc. Y, como en esa secuencia, las cosas se vuelven menos sorprendentes a medida que avanzo. Pero es como si, en lugar de darte cuenta de que el número siguiente se encuentra sumando los dos anteriores, te dieras cuenta de que todo lo que tienes por delante ya está decidido. Y, cuanto mayor me hago, cuantos más números paso, más predecible se vuelve el patrón. Y no hay nada que pueda romperlo. Antes creía en Dios, pero ahora no creo en nada. Estaba enamorado, pero lo eché a perder. A veces me odio. Lo fastidio todo. Me siento culpable continuamente. Bebo demasiado y eso afecta a mis estudios, y también me siento culpable por eso, porque mi madre quería que me esforzara al máximo.

Me fijo en lo que está sucediendo en el mundo y veo que toda nuestra especie se encamina hacia la destrucción. Es como si estuviera programada, como otro patrón. Y me harto de ser humano, de ser una cosa minúscula que no es capaz de hacer nada por el mundo. Todo me parece imposible.

No sé por qué le estoy contando esto. Solo quería contárselo a alguien. Y usted siempre se portó muy bien conmigo. Estoy sumido en la oscuridad y necesito una luz. Perdón. Ha sonado muy melodramático. Lo que pasa es que tengo que darle buen ejemplo a mi hermana.

Por favor, no se sienta obligada a contestarme. Pero valoraré mucho cualquier cosa que pueda decirme. Perdone la longitud del correo.

Gracias,

Maurice (Augustine)

Querido Maurice:

Muchísimas gracias.

No tengo costumbre de contestar a los correos electrónicos, aunque tampoco es que reciba muchos. De hecho, esto de internet no es para nada lo mío. No tengo redes sociales. Lo único que tengo es WhatsApp y, aun así, lo uso poquísimo. Pero, en el caso de tu mensaje, sentí que debía responder, y responder como es debido.

Siento mucho todo lo que has pasado. Recuerdo a tu madre de las reuniones del colegio. La recuerdo como una mujer seria, pero con las comisuras de los labios curvadas en una sonrisa cuando hablaba de ti. Estaba claro que tú le alegrabas la vida. Con solo ser tú. Y eso era un verdadero logro, sobre todo para un adolescente.

Empecé a redactarte una respuesta y no paraba de crecer, superó con creces lo que tendría que ser un correo breve.

Si te soy sincera, hacía ya bastante tiempo que tenía intención de escribir todo esto, así que tu mensaje fue el empujón perfecto.

Lo que estoy a punto de contarte es una historia que hasta a mí me cuesta creer. Por favor, no te sientas obligado a aceptar sin más todo lo que te digo, pero que sepas que aquí no hay nada inventado. Nunca he creído en la magia y sigo sin hacerlo. Sin embargo, a veces lo que parece magia no es más que una parte de la vida que todavía no entendemos.

No puedo prometer que mi relato te ayude a creer en lo imposible. Pero es la historia, tan verdadera como cualquier otra, de una persona que, cuando sentía que su existencia ya no tenía ninguna razón de ser, encontró el propósito más importante que había tenido en su vida. Por eso considero que es mi deber compartirla. Desde luego, no soy un buen ejemplo, como seguramente te quede claro al leerla. He sentido muchísima culpa a lo largo de mi vida. Y, en cierto sentido, ese es el tema de este relato. Espero que te resulte de algún valor.

Lo encontrarás en el adjunto.

Con un cordial saludo,

Grace Winters

Historia lacrimógena

Érase una vez una anciana que llevaba la vida más aburrida del universo.

La mujer apenas salía de su bungaló salvo para ir al médico, echar una mano en la tienda benéfica o visitar el cementerio. Ya no cuidaba el jardín. El césped estaba demasiado largo, y los arriates, llenos de malas hierbas. Pedía la compra semanal a domicilio. Vivía en las Midlands. En Lincoln. En Lincolnshire. En el mismo pueblo histórico de ladrillo naranja en el que había pasado toda su vida adulta, con la excepción de una temporada en la Universidad de Hull hacía siglos.

Ya conoces el sitio.

Y no estaba tan mal, aunque sus calles ya no eran tan acogedoras como antes. A la mujer le resultaba difícil ver la mitad de sus preciosos recuerdos ocultos bajo madera prensada y carteles medio arrancados.

Se sentaba a ver los programas diurnos de la tele, leía algún que otro libro y hacía pasatiempos y el Wordle para mantener el cerebro activo. Observaba los pájaros del jardín o contemplaba el pequeño invernadero vacío mientras oía el continuo tictac del reloj de la repisa de la chimenea. En su día, había sido una jardinera consumada, pero ya no. Solo tenía setenta y dos años, pero, desde que su marido había fallecido hacía cuatro, poco antes que su Pomerania, Bernard, se sentía completamente sola. En realidad, se sentía sola desde hacía más de treinta años. En concreto, desde el 2 de abril de 1992. La fecha en la que su vida había perdido todo significado y propósito y no había vuelto a encontrarlos. Pero, a lo largo de los últimos años, la soledad se había convertido en una realidad profunda y literal, y se sentía como si tuviera unos ciento treinta y dos años. No conocía a casi nadie. Sus amigos o habían muerto o se habían ido a vivir a otro sitio o se habían jubilado. Solo tenía dos contactos en su WhatsApp: Angela, la de la British Heart Foundation, y Sophie, su cuñada, que hacía treinta y tres años que se había mudado a Perth, Australia.

En cualquier caso, de todas las tristezas del pasado, aquella fecha de un abril lejano seguía siendo la que la afectaba de una forma más profunda. La muerte de su hijo, Daniel, había sido el momento más complicado y devastador y, cuando una tragedia es así de inmensa, lleva a otras tristezas y fracasos, igual que un tronco lleva a las ramas. Pero la vida siguió adelante. Al cabo de un tiempo, la mujer y su marido, Karl, se mudaron a un bungaló e intentaron lidiar con la situación lo mejor que pudieron. No les salió nada bien, así que permanecieron sentados en silencio, viendo la tele o escuchando la radio. Su marido siempre había sido muy distinto a ella. Le gustaban el rock duro y la cerveza sin filtrar, pero en el fondo era un alma fundamentalmente serena. El problema de las tragedias es que emponzoñan todo lo que llega después. De vez en cuando, se consolaban compartiendo sus recuerdos, pero, tras la muerte de Karl, todo se hizo más difícil, puesto que los recuerdos no tenían adónde ir. Se quedaban dentro de la cabeza de la mujer, inmóviles, poniéndose cada vez más rancios. Y por eso, cada vez que se miraba en el espejo, veía solo una vida a medias. Un árbol que iba cayendo poco a poco en un bosque invisible.

También estaba pasando apuros económicos.

Los ahorros de toda su vida ya no existían. No existían desde que un estafador con un tranquilizador acento escocés se había hecho pasar por asesor de seguridad del banco NatWest y —con la ayuda de la ingenua mujer— había robado las 23 390,27 libras que Karl y ella habían atesorado juntos. Era una larga historia, plagada de personajes maliciosos y con una vieja idiota de protagonista (¡hola!); sin embargo, tienes la inmensa suerte de que esa no es la historia que se cuenta aquí.

Bueno, el caso es que esta señora que te digo… se limitaba a estar ahí sentada, con las piernas doloridas, intentando no contestar a correos electrónicos de desconocidos y dejando que su vida desmoronada avanzara a la deriva, como una bolsa de patatas fritas vacía flotando en un río. Mientras ella inhalaba viejos recuerdos y sueños desvaídos, su interés solo se avivaba un instante cuando avistaba un pinzón o un estornino en el comedero para pájaros del jardincito trasero.

Disculpas

Perdón. Me ha quedado un poco grandilocuente y melancólico. Lo de utilizar la tercera persona para hablar de mí. Solo estoy «estableciendo el contexto». La historia va a ser divertida, a pesar de esta introducción. Y, como muchas cosas divertidas, comenzará con una operación mínimamente invasiva de ablación endovenosa por radiofrecuencia.

La incapacidad
de sentir placer

———————

Estaba del revés cuando decidí irme a Ibiza.

La camilla quirúrgica en la que yacía estaba tan inclinada hacia atrás que creía que iba a caerme. Había un espejo en la pared. Me vi el pelo gris y descuidado y la cara de agotamiento y apenas me reconocí. Mi apariencia era la de una persona marchita. Evitaba los espejos siempre que era posible.

Verás, estaban intentando revertirme el flujo sanguíneo en las piernas. Estaba más cubierta de venas azules que un trozo de gorgonzola y tenían que arreglármelas. No por estética, sino porque hacían que me picasen las pantorrillas y que me salieran llagas. Mi tía había muerto de un coágulo sanguíneo que se había liberado y alcanzado el elevado estatus de embolia pulmonar letal, así que quería que me solucionaran lo de las varices antes de que a mí también se me formase un coágulo que se diera las mismas ínfulas. Te pido disculpas si todo esto es demasiada información. Lo que pasa es que estoy decidida a ser lo más abierta posible contigo, por lo que he empezado como pretendo seguir.

Sinceramente.

Así que, mientras yo escuchaba la radio, la cirujana vascular me inyectó anestesia local en múltiples puntos a lo largo de la pierna izquierda; al último pinchazo lo llamó, de manera cariñosa pero muy certera, la «picadura de abeja». Después pasamos a la parte más importante, en la que, según me dijo, me insertarían un catéter en la pantorrilla para bombardearme la vena safena magna desde dentro con 120 ºC de «temperatura para sofreír una cebolla».

—En principio, tendría que sentir algo…

Y lo sentí. No fue agradable, pero fue algo. Lo cierto era que llevaba años sin sentir gran cosa. Solo una tristeza vaga y persistente. Anhedonia. ¿Conoces esa palabra? La incapacidad de sentir placer. Una falta de sensación. Bueno, esa era yo desde hacía un tiempo. He conocido la depresión y no era lo mismo. No tenía la intensidad de la depresión. Era solo una carencia. Me limitaba a existir. La comida solo servía para llenarme. La música se había convertido en un mero ruido estructurado. Solo… estaba ahí, sin más.

«En principio, tendría que sentir algo.»

A ver, esa es la forma de existencia más básica y esencial, ¿no? Sentir. Por lo tanto, vivir sin sentir, ¿qué era eso? ¿Qué narices era eso? Estaba ahí plantada sin más. Como una mesa en un restaurante cerrado, esperando a que alguien ocupara el mobiliario.

—Piense en algo bonito…

Y, por una vez, no me costó mucho pensar en algo. En lo que más me concentré fue en una carta de un bufete de abogados que había recibido hacía menos de dos horas.

Piñas

La carta me había resultado un tanto extraña.

Me informaba de que una persona llamada Christina van der Berg me había dejado una propiedad en Ibiza, España. La tal Christina van der Berg había fallecido y me había legado sus bienes terrenales. O, al menos, algunos de ellos. «Otra estafa», pensé. Verás, cuando la gente te ha robado, es difícil no ver el mundo como una guarida de ladrones. De todas maneras, aunque no me hubieran estafado, era absurdo suponer que una persona a la que no conocía de nada me hubiese dejado en herencia una casa en el Mediterráneo.

Tardé un rato en entender que no era exactamente eso lo que había ocurrido. O, por decirlo de otro modo, tardé un rato en caer en la cuenta de que Christina van der Berg no era una desconocida. No del todo. El problema fue que aquel nombre no me sonaba de nada. El elemento holandés, *van der Berg,* le añadía una especie de grandiosidad que me parecía ficticia y rara y me había desorientado. Menos mal que, por suerte, la carta del Bufete Nelson y Kemp me ofrecía más datos, entre ellos una efímera mención del nombre de soltera de la tal Christina: Papadakis.

Entonces sí me sonó de algo.

Christina Papadakis había sido, durante un brevísimo período de tiempo, profesora de Música. Habíamos trabajado juntas en el mismo centro educativo justo antes de que yo volviera con Karl. (Habíamos estado juntos en la universidad, pero él iba demasiado deprisa, así que le había pedido que nos diéramos un tiempo.)

Debo reconocer que apenas la conocía. La recuerdo como una joven preciosa y muy tímida, con cierto aire de glamur, una cualidad que en 1979 escaseaba más que ahora. Tenía un flequillo espeso, el pelo largo y oscuro y siempre llevaba abalorios. Me recordaba a la cantante Nana Mouskuri, pero sin gafas. Su padre había emigrado desde Grecia cuando era joven, justo después de la guerra. Por lo visto, ella nunca había visitado ese país, pero a mi cerebro provinciano y de interior Christina le parecía el paradigma de la sofisticación mediterránea. La muchacha echaba de menos la comida con la que había crecido entre la comunidad griega de Londres; la primera vez en mi vida que oí pronunciar la palabra «halloumi» fue de su boca. Comía muchísima fruta. Por ejemplo, en la fiambrera del almuerzo, se llevaba unas rodajas de piña —no trozos— cortadas con mucha elegancia, y eso siempre me impresionaba. Una vez pasé por delante de la puerta de su aula cuando estaba cantando *Rainy Days And Mondays* y vi que tenía a todos los alumnos boquiabiertos de asombro. Su voz estaba a la altura de la de Karen Carpenter (otra cantante de la era triásica). Era una de esas voces que parecen detener el aire y el tiempo por sí solas.

El caso es que, un día cercano a las vacaciones de Navidad, me quedé hasta tarde en el colegio para añadirle espumillón a un póster sobre trigonometría y, mientras andaba a la caza de más grapas, me la encontré sentada a su escritorio. Estaba allí sin hacer nada, salvo hurgarse las uñas.

—¡Ay, no hagas eso! —me entrometí, como si fuera una alumna en lugar de una compañera—. Te vas a estropear el esmalte.

Me gustaban sus uñas. Las llevaba pintadas de un tono terracota cálido. No obstante, me arrepentí enseguida de habérselo dicho, sobre todo cuando me fijé en su mirada perdida y desenfocada. Me había faltado tacto social. Como siempre.

—Uy. Perdón —dije.

—No te disculpes, por favor —dijo, y de repente me miró para ofrecerme la más forzada de las sonrisas.

—¿Estás bien?

Fue entonces cuando empezó a desahogarse. Llevaba una semana sin acudir al colegio, algo de lo que yo apenas me había percatado. Estaba en plena crisis. No le gustaba la Navidad. Su prometido, que ahora había desaparecido sin dejar rastro, le había pedido matrimonio el día de Nochebuena del año anterior. Como hacía relativamente poco que Christina había llegado al pueblo y no tenía familia en la zona, le dije que podía pasar el día de Navidad conmigo.

Y eso fue lo que ocurrió. Vino a mi casa y vimos el discurso de la reina, *Goldfinger* y a Blondie cantando *Sunday Girl* en un programa musical llamado *Top of the Pops*. Aquel día, Christina me dijo que quería ser cantante. Nos bebimos varias botellas de Blue Nun, que nunca fue el mejor estabilizante anímico, y me disculpé por la ausencia de piñas. Hablamos hasta bien entrada la noche.

Christina se sentía del todo incapaz de hacer frente a las cosas, y ese es un sentimiento que conozco más ahora que entonces. No estaba llevando bien lo de ser profesora y se planteaba si no se habría equivocado de carrera. Le dije que en Hollybrook todo el mundo se sentía así. En un momento dado mencionó Ibiza. Estábamos justo a punto de iniciar una nueva década y el éxito de los paquetes vacacionales en España estaba en pleno apogeo. Se había enterado de que allí había un hotel nuevo en el que buscaban cantantes y músicos.

Me tenía intrigada. Aquella mujer me resultaba un misterio, así que seguro que le hice demasiadas preguntas. Es una característica de los profesores de Matemáticas. Siempre hay que encontrar el valor de la variable desconocida.

—Me siento como si tuviera dentro una vida que debe vivirse y que no estoy viviendo.

Puede que esas no fueran sus palabras exactas. Pero reflejan el mensaje. Y continuó:

—Sé que no tiene ningún sentido. Soy griega, no española. Hay un montón de islas griegas. Tendría que marcharme a una de ellas, ya que domino el idioma, más o menos. Sin embargo, no tengo ni idea de español, y estoy convencida de que es bueno conocer la lengua de un sitio si vives allí.

—Podrías aprenderlo. Deberías marcharte si es lo que quieres. Claro que sí.

—No tiene ningún sentido.

Y entonces dije algo muy poco típico de mí:

—No todo debe tener sentido.

La posibilidad de encontrar un trabajo allí hacía que se le iluminara la mirada, por eso le dije que se lanzara a por ello si era lo que quería y que no se preocupase por lo que pensaran los demás. Estoy bastante segura de que le dije más o menos eso, porque me acuerdo de que le regalé una cadenita con un san Cristóbal, el santo patrón de los viajeros, que tenía desde que era pequeña. Yo ya había dejado de practicar el catolicismo y ese colgante lo relacionaba demasiado con mi educación, pero nunca había sido capaz de tirarlo. Dárselo a Christina me pareció lo más adecuado.

—Él te protegerá —le dije.

—Gracias, Grace. Gracias por ayudarme con esta decisión.

En un momento dado, se puso a cantar *Blackbird*. Al principio la cantó sola. Era un tema muy poco festivo, pero muy bonito. Cantaba con un timbre agridulce que me hizo llorar. Intentó enseñarme.

—Solo tienes que transformarte en la canción. Estar dentro de ella. Olvidarte de que existes. De todas las de los Beatles, es la más fácil de cantar —me tranquilizó—. Bueno, después de *Yesterday*. Y de *Yellow Submarine*.

Resultó que no era una canción para nada fácil de cantar. Pero habíamos bebido el vino necesario para que nos diera igual.

Me explicó su amor por la música.

—Hace que el mundo sea más grande —dijo con los ojos brillantes, llenos de un sentimiento inspirado por el alcohol—. A veces me siento como si estuviera atrapada en una caja y, cuando toco el piano o canto, escapo de esa caja durante un rato. Para mí, la música es como una amiga que llega justo cuando la necesitas. Un poco como tú, Grace.

Después, salimos a dar un paseo. Fue uno de esos gélidos paseos navideños en los que sonríes a todos los extraños con los que te cruzas. Bueno, al menos eso era lo que se hacía en aquella época. Y se acabó. La verdad es que no hubo mucho más que eso. Christina volvió al colegio durante unos cuantos meses y luego desapareció. No volvió nunca a mi casa. Charlábamos en la sala de profesores, pero parecía sentirse un poco cohibida ante mi presencia. Yo no lo entendía, no entendía cómo era posible que una persona encantadora, que rebosaba talento y que quería ser cantante se avergonzara de necesitar compañía en Navidad. Y un día, diría que el último que la vi, se acercó a mí en el aparcamiento y me dijo en voz baja, con los ojos anegados en lágrimas:

—Gracias. Ya sabes, por lo de Navidad...

Solo eso. No puedo insistir lo suficiente en la poca importancia que le había concedido yo a mi gesto. Había sido una nimiedad. Tan solo le había ofrecido a una persona un lugar donde pasar el día de Navidad.

Y, entonces, al cabo de varias décadas, recibo una carta inesperada que me dice que Christina ha muerto y que me ha dejado en herencia su casa de España debido a «un acto de bondad de hace mucho tiempo». También me dejaba claro que podía venderla o alquilarla si mudarme allí me resultaba demasiado «irrealizable».

Fue una sorpresa, cuando menos. Una sorpresa, además, que me dejó con la sensación de que había perdido más de lo que había ganado: había perdido a una amiga que en realidad nunca había tenido, de una época que me parecía un sueño lejano. No tenía intención de trasladarme a Ibiza. Cuanto mayor te haces, más difícil te resulta romper los patrones. De hecho, no quieres que se rompan. A mí ya se me habían roto en varias ocasiones. Cuando me había jubilado. Cuando mi marido había caído muerto en su invernadero. Me había desequilibrado hasta la pérdida de nuestro perro, Bernard. Y, por supuesto, el hecho de que un camión del servicio postal hubiera arrollado a Daniel y su bicicleta.

Y, en aquellos días, mientras extrañaba con todas mis fuerzas el viejo patrón de la vida de casada que una vez me había sobrepasado, se había formado otro nuevo. Dar de comer a los pájaros todas las mañanas. Entrega de la compra los lunes. Trabajo voluntario en la tienda benéfica de la British Heart Foundation los viernes por la mañana. Cementerio los domingos. Y culpa, dolor y vacío eternos. Solo se producían levísimas fluctuaciones. Me había instalado en un patrón llamado Cada Vez Más Vieja y ni siquiera lo había considerado.

Pero todo eso estaba a punto de cambiar.

Una situación en curso

—Discúlpeme si le parezco demasiado directa —le dije a la abogada—, pero ¿cómo murió?

—Creía que ya estaba al tanto —contestó.

Se trataba de la señora Una Kemp, que tenía una voz como si acabasen de sacarla del frigorífico y necesitara un tiempo para ablandarse.

—No —le aseguré—. La carta afirmaba que había fallecido, pero no decía cómo. Así que, si es posible, me gustaría saber qué le ocurrió.

—Murió en el mar...

No se me escapó que no era una respuesta directa.

—Perdone que insista, pero ¿cómo murió?

Un crepitar de aliento al otro lado de la línea.

—Ah. Se trata de una situación en curso.

«Una situación en curso.»

—Disculpe, ¿en qué sentido?

—En el sentido de que las autoridades españolas todavía están investigando las circunstancias exactas en las que murió. Son muy meticulosas. Lo único que sabemos con certeza, lo único que nos han dicho, es que murió en el mar.

Hasta pasados más de cinco minutos desde el final de la conversación, no caí en la cuenta de que aquella ambigüedad resultaba bastante extraña. ¿Por qué eran tan misteriosos los hechos? Según la abogada, hacía poco que el testamento de Christina se había modificado para incluirme como beneficiaria. Eso, sumado a lo raro que era que me hubiera legado la casa, hizo que me surgieran un montón de preguntas.

Y yo siempre había sido de las que no podían ver una pregunta sin buscar la respuesta. Me llevara adonde me llevara.

,14159

—Nunca hay dos piernas iguales... —dijo la cirujana—. Ni siquiera en una misma persona. Aunque parezcan idénticas. Las venas siempre forman un patrón distinto. Son como las huellas digitales.

Hubo algo en aquellas palabras que me hizo pensar en las matemáticas. En todos esos ejemplos de impredecibilidad contenidos en la invariabilidad. En que, si multiplicas un diámetro por pi, siempre, sin excepción, obtendrás el perímetro de un círculo, a pesar de que los números que componen los decimales de pi no siguen ningún tipo de patrón.

3,14159 etcétera, para siempre, con una aleatoriedad total, absoluta y abrumadora.

Siempre hay un elemento de impredecibilidad incluso en las cosas más predecibles. Y, si vivieras como si eso no fuese así, la vida te sacaría de tu error, así que más te vale aceptar el ,14159.

Me quedé mirando la pared vacía y el reloj del revés. No sabía casi nada sobre Ibiza, salvo que era justo el tipo de sitio que no pensaba que fuera a visitar en la vida. Que ni siquiera pensaba que quisiera visitar.

Entonces empezó a sonar Blondie en la radio. No *Sunday Girl*, sino *Heart of Glass*. Impredecibilidad dentro de un patrón. Como la vida.

—No tendrá pensado coger un avión dentro de poco, ¿verdad? —me preguntó la cirujana al cabo de unos minutos—. Porque es un poco peligroso con estas piernas.

—¿Me está sugiriendo que vuele con otras?

Mi chiste no le hizo gracia.

—No —contesté mientras observaba a la enfermera, que me estaba subiendo una media de compresión por la pierna con mucho cuidado—. No tengo pensado coger un avión dentro de poco.

Hacía mucho tiempo que no decía una mentira de manera intencionada.

Y me sentí todo lo traviesa que puede sentirse una profesora de Matemáticas viuda y jubilada. Porque, en ese instante, todavía tumbada del revés en aquella camilla quirúrgica, supe que tenía un plan.

El plan era sencillo y no me comprometía a nada: viajar a Ibiza con un billete de vuelta con la fecha abierta, echarle un vistazo a la casa que, por algún motivo absurdo, había heredado y quedarme allí hasta que la odiara tanto que incluso un bungaló vacío pero lleno de recuerdos en Lincoln fuera una opción mejor.

No obstante, antes de llevarlo a cabo, tenía que hacer una cosa. Tenía que ir al único lugar que consideraba verdaderamente importante visitar. El cementerio.

Conversaciones
con los muertos

———

Camino del cementerio, me encontré con mi antiguo jefe y tu antiguo director, el señor Gupta. Salía de una cafetería y, tras unos minutos de charla trivial, me preguntó cómo estaba. Estaba triste, así que, en lugar de decirle eso, le conté otra verdad.

—¿Ibiza? —repitió con las cejas arqueadas y reprimiendo una sonrisa—. Nunca la había tenido por la clase de persona que se marcha a Ibiza.

—No —contesté—. Yo tampoco.

Poco después, retomé mi camino.

Más tarde, tras haber cambiado las flores de la tumba de mi Daniel, me senté en un banco debajo de un tejo. Contemplé la sencilla lápida gris: el diseño sobrio y las letras grabadas, las palabras que la sombra hacía visibles.

DANIEL WINTERS
Un niño querido
15 de marzo de 1981 – 2 de abril de 1992

Aquel día pasé allí alrededor de una hora.

Permanecí sentada en silencio, como siempre. Nunca sabía qué decirle a su presencia imaginada. No es que fuera reacia a hablar con los muertos en público. Hablaba sin parar con Karl. Sin embargo, con Daniel me resultaba difícil por muchas razones. Habían transcurrido más de tres décadas de dolor, habíamos entrado de lleno en otro siglo y en otro milenio, pero seguía sintiendo que me faltaban las palabras. No tenía nada que decirle, salvo «perdón». Como de costumbre, me tranquilicé contando tumbas y haciendo cuentas con ellas.

No quiero fastidiar demasiado esta historia hablando de cosas tristes, pero sí quiero decirte que mi hijo era un niño muy especial. Quiero describírtelo. Siempre fue alto y flaco para su edad y leía mientras caminaba. Era alegre y divertido e, incluso cuando estaba de mal humor, tenía una sonrisilla pintada en la cara, como si el mundo entero le pareciera una comedia. Le encantaban las novelas de «Elige tu propia aventura», la música pop y las series demasiado antiguas para él *(Canción triste de Hill Street,* que, a los nueve años y pese a mi oposición, veía con su padre cuando la reponían en la tele). Se hacía sándwiches triples de mantequilla de cacahuete y Marmite, esa pasta para untar de extracto de levadura. Creaba sus propias tiras cómicas acerca de un perro que viajaba en el tiempo. No le gustaba mucho el colegio… Bueno, no le gustaba su nuevo colegio porque él no era mucho de deportes y no quería fingir. Era una persona muy sincera, la verdad. Nunca se le ocurrió mentir. Creo. Pero también era un soñador. Si aquel día de lluvia no hubiera salido a montar en bici, habría terminado dedicándose a algo creativo. Puede que hubiera sido ilustrador. Le encantaba el arte y se le daba bien. Cuando tenía once años, hizo un dibujo precioso de un pájaro azulejo, y me lo regaló por el Día de la Madre porque sabía que me encantaban las aves.

Murió antes de alcanzar la adolescencia y, por supuesto, la madurez, así que es difícil adivinar qué habría terminado siendo. Cuando muere una persona tan joven, te atormentan dos tipos de fantasmas: el fantasma de quién era y el fantasma de quién podría haber sido. Su muerte me abrió un agujero que me atraviesa de lado a lado y que jamás volverá a llenarse. Durante años, superar los días se convirtió en una competición olímpica. Saber que la vida se atrevía a existir sin él me provocaba una continua sensación de terror. Me costaba no estar furiosa, sobre todo conmigo misma. «No tendría que haberlo dejado salir a montar en bici bajo la lluvia.»

Sé que tú también has conocido la pérdida, Maurice, y lamento mucho lo que me cuentas sobre tu madre. Durante los dos años posteriores al fallecimiento de Daniel, estuve fuera de mí. «Fuera de mí.» Es una expresión interesante, ¿no? Estaba sin estar. Me veía en tercera persona. Era un personaje en una vida que parecía mía, pero que no lo era. Aunque lo echaba muchísimo de menos, al mismo tiempo sentía que me estaba perdiendo a mí también. Es lo que tiene el duelo. Que parece que te arrastra hacia la muerte detrás del otro. Es decir, tú sigues funcionando a nivel biológico, claro. Andas por ahí respirando, viendo y hablando, pero, en el fondo, ya no estás vivo.

—Te quiero —susurré al final—. Me voy fuera una temporada. Y pensaré en ti todos los días. Adiós.

A continuación, tomé una de esas bocanadas de aire profundas y temblorosas que cogía siempre que estaba cerca de él, me tragué las lágrimas antes de que empezaran a caer y recorrí la breve distancia que me separaba de la tumba de Karl. Siempre me daba la impresión de que era un viaje en el tiempo. ¿Sabes a lo que me refiero? ¿Conoces esa sensación de los cementerios? Cada fila conformaba una era distinta, siempre hacia delante. La lápida de Karl era de mármol, pero negro. Había compartido específicamente su preferencia por una lápida de mármol de ese color.

—Es un poco más rock and roll —me había dicho.

Él era más o menos tan rock and roll como un bocadillo de queso, pero le gustaba la música rock y su grupo favorito era Black Sabbath, así que supongo que esa era la explicación.

KARL WINTERS
20 de enero de 1952 – 5 de octubre de 2020
Padre y esposo abnegado

La palabra «padre» estaba cargada de dolor, lo sé, pero la abnegación era real. Cuando nos mudamos al bungaló, se empeñó en que nos lleváramos todas las cosas de Daniel que pudiéramos. Sus viejas figuras de *La guerra de las galaxias,* los cochecitos de juguete, los tebeos, los blocs de dibujo, las obras. Era como si se hubiera convertido en el conservador de un museo, y yo siempre me sentí mal porque me resultaba agobiante ver sus recuerdos por todas partes. Aun así, jamás llevé nada de todo aquello a la tienda benéfica, ni siquiera cuando Karl murió.

—Karl, he tomado una decisión —le dije a su lápida mientras me sostenía sobre mis piernas nuevas.

Su silencio fue bastante parecido al de siempre que le anunciaba algo que presentía que no le iba a gustar. Casi lo vi enarcar las cejas. Nunca había sido un gran conversador, y que estuviera muerto no había contribuido mucho a mejorar la situación.

—Me voy a España. A las islas Baleares. ¡A Ibiza, nada más y nada menos! —Me estremecí un poco al decirlo y pronuncié la exclamación en voz bien alta. Todo el cementerio oyó mi repulsión—. No me juzgues, por favor.

Karl había estado en la vecina grande de Ibiza, en Mallorca. Había pasado tres días en Palma hacía muchos años, durante un congreso de ingeniería civil. Al parecer, había sido un momento destacado en su carrera. Sin embargo, en mi mente prejuiciosa, Mallorca tenía una connotación distinta a la de Ibiza. Era una hermana mayor equilibrada y con una sonrisa llena de confianza. Ibiza, en mi imaginación, era «la pícara». Ocupaba más o menos el mismo puesto que Las Vegas, Cancún, Río durante el carnaval y la fiesta de la luna llena de Tailandia en la lista de los sitios con menos probabilidades de que los eligiera para un viaje, aunque dispusiera del dinero necesario para hacerlo. Era un lugar de fiestas para jóvenes con algo que celebrar. O quizá para gente rica con esterillas de yoga. Todo lo contrario a mí. Yo era una vieja agarrotada con un balance bancario deprimente que llevaba décadas sin bailar. Además, estaba sinceramente convencida de que en mi vida no había ningún motivo de celebración.

Resumiendo: tenía prejuicios. En verdad, no tenía ni la menor idea de cómo era Ibiza. Para mí, era una mera palabra. Un sinónimo de una diversión de carácter estruendoso. Y hacía mucho tiempo que había decidido, con una especie de masoquismo autopunitivo, que lo último de lo que debía disfrutar en esta vida era de la diversión, fuese del carácter que fuese. No la merecía.

—No creo que vaya a ninguna discoteca... —le aseguré a la tumba de Karl.

Fue entonces cuando limpié el jarrón y le metí dentro el nuevo relleno de espuma, en el que después clavé los tallos de los crisantemos con firmeza. Siempre hacía lo mismo, pero aquel día lo hice con más ímpetu. No quería que las flores se fueran volando. Necesitaba que aguantasen en su sitio el mayor tiempo posible.

—Bueno, no sé cuánto tiempo pasará antes de que vuelva a verte, pero no voy a vender nuestro bungaló ni nada por el estilo. La verdad es que no he trazado un plan exacto. Solo voy a ver cómo va la cosa. Por cambiar de aires.

Se me formó una lágrima y, cuando el sol salió de detrás de una nube, sentí su calidez. Me enjugué los ojos al mismo tiempo que le dedicaba una sonrisa a otra mujer, a otra viuda, que frotaba con vigor el mármol de una lápida más nueva. Clavé la mirada en la hierba, que de repente brillaba y destellaba. Cuando lloras a alguien, ves su mensaje en todas partes. Incluso en la luz del sol sobre una brizna de hierba. El mundo entero se convierte en su traductor.

Y por fin le dije a Karl lo que siempre sale con gran facilidad cuando ya es demasiado tarde:

—Te quiero, cielo. Ya nos veremos. —Luego, sin apenas pensarlo, añadí—: Perdóname por lo que hice.

La roca alta

En el avión a Ibiza, me senté delante de una fila de jóvenes que hablaban con entusiasmo sobre los clubes nocturnos de la isla. Me parecía un idioma nuevo, pero, al mismo tiempo, medio conocido. Una especie de código.

—Entonces…, mañana Ushuaïa, el lunes Circoloco en DC-10, Amnesia el miércoles, el viernes Ushuaïa y luego Hï, Pachá el sábado…

Me dio por pensar que nunca había sido joven. Incluso a los veintiún años, ese horario —bailar toda la noche, dormir en una tumbona todo el día— me habría resultado agotador.

Eran jóvenes encantadores, eso sí. Vestían como arco iris y saltaban como labradores. Estaban intentando hacer un cálculo de cuánto iban a costarles todas las entradas, así que les hice la suma y se lo dije; ahogaron una exclamación colectiva y reconsideraron el plan. Me mostraron su agradecimiento con gran efusión. Cuando has sido profesora, siempre ves el niño interior de todo el mundo. Te imaginas cómo habrían sido en clase. Sobre todo en el caso de quienes tan solo han avanzado un paso desde aquella infancia.

El pasaje del avión era bastante variopinto.

Justo a mi izquierda, viajaba un español muy guapo, con el pelo largo, chanclas y un tatuaje de una pluma en el antebrazo. Rodeado de un aire de calma zen, intentaba pacientemente leer. A mi derecha, una atractiva mujer madura con un perfume muy intenso y el cuello de la camisa levantado hablaba a través del pasillo con una viajera de ojos fríos llamada Valerie. Iban comparando los precios de las propiedades en distintos puntos de las Baleares.

—Ahora mismo, Ibiza es tirar el dinero. ¡Tirar el dinero! De repente ha vuelto a ponerse supercara. Es por el rollo pijo bohemio. Yo elegiría alguna de las otras islas. Menorca, que no Mallorca, es la mejor para invertir. Eso dice Hamish. Ahora hay muchísima oferta. Conozco a una persona que reformó una finca allí y cuadriplicó su valor. ¡Lo cuadriplicó!

Tres mujeres de treinta y tantos años, sentadas delante de mí, iban a pasar una semana en un establecimiento de agroturismo participando en un retiro de yoga y bienestar, pero también querían asegurarse de visitar un mercadillo hippy y de ver la puesta de sol en una playa de cuyo nombre me olvidé en cuanto lo pronunciaron. Una afirmó que estaba decidida a no publicar en Instagram ni entrar en TikTok durante toda la semana.

Un chico adolescente le hablaba a su madre en un tono muy suave sobre tiktokers, youtubers, un rapero llamado 21 Savage y otros símbolos de un nuevo mundo que, en aquel momento, yo no tenía ni la menor esperanza de comprender. La relación de aquel chico y su madre era preciosa. Intenté no pensar en Daniel y alegrarme por aquella familia. La madre era muy joven. Estaban al otro lado del pasillo y los veía sin estorbos. Ella llevaba la melena negra cortada a lo bob y una camiseta que decía: «Taylor Swift: The Eras Tour». La palabra «eras» se me metió en la cabeza y se negaba a salir. Pensé en cómo se pasaba de una era a otra. No solo cuando caminabas entre las hileras de lápidas en un cementerio, sino en tu propia existencia. Pensé en que tienes que crear una ruptura nítida con lo que ha venido antes. En geología, eso suele ocurrir justo después de una extinción, ¿no? La era mesozoica terminó con la muerte masiva de los dinosaurios debido al impacto de un meteorito. Me pregunté si yo también estaría empezando una nueva era o si estaría hablando demasiado conmigo misma. Ese es el desafío de la vida, ¿no te parece? Avanzar sin aniquilar lo que ha habido antes. Saber a qué aferrarte y qué soltar sin autodestruirte. Intentar no ser el meteorito y el dinosaurio a la vez.

También había, en la fila delantera más cercana al lavabo, una pareja de mi edad que conversaba en un tono de voz educado y estudiaba con gran atención un libro llamado *Paseos secretos: Ibiza y Formentera*. Hablaban entre ellos de algo que habían escuchado acerca de la isla en el programa *Start the Week*, de Radio 4. Sentí una punzada de tristeza. Ojalá tener aún a alguien con quien compartir paseos secretos. Parecían muy cómodos. Recordé un documental sobre el castor europeo que había visto una vez y que me había resultado un tanto agridulce. Para asegurarse de que tenían toda la corteza de árbol necesaria para sobrevivir, se emparejaban de por vida. Y, si uno moría joven, el otro se hundía, básicamente.

Deseé poder apretarle la mano a Karl.

Las piernas no me dieron ningún problema. No sentí ninguna molestia real, solo una leve hinchazón en los tobillos, pero a eso ya estaba acostumbrada. Hice mis ejercicios de gemelos y moví un poco los pies, como en un número de claqué lento e invisible, para que la sangre me circulara mejor. El dolor de articulaciones era como el de la pérdida: cuanto más pensabas en él, más te dolía, pero no podías no pensar en él, porque dolía de narices. Un círculo vicioso.

Sentí el peso de mi propia quietud silenciosa, allí sentada, entre tanta vida y tanto ruido. Bajé la mirada hacia los anillos que llevaba en la mano izquierda. La alianza de casada y el rubí del anillo de compromiso. Me acordé de cuando Karl me pidió matrimonio por segunda vez, en la biblioteca, al abrigo de la lluvia.

Le había dicho que no en el primer intento, cuando me lo había pedido seis años antes en un restaurante indio de Hull. Éramos demasiado jóvenes y alguien tenía que actuar con sensatez.

Mientras el piloto nos informaba sobre la altitud del avión, me perdí en la gema roja y en los recuerdos que contenía. Pero me obligué a volver al presente antes de llegar a ponerme demasiado sensiblera.

Hablando de desencadenantes para la memoria, había un bebé al que no paraban de pasear de arriba abajo por el pasillo.

La madre le daba besos en la cabeza y lo mecía en brazos. Tuve una época en la que una imagen así me habría dolido. Una época en la que quise abandonar la docencia solo para no tener que enfrentarme a tantos niños, vivos, yendo al colegio en bicicletas que nunca se estampaban contra camiones. Miré al bebé con una sonrisa e intenté que fuera sincera. La criatura empezó a llorar.

—Perdón —le dije a su madre moviendo solo los labios.

Me tranquilizó con una sonrisa y un gesto de asentimiento.

Una auxiliar de vuelo algo aturullada pasó a mi lado empujando el carrito de las bebidas y me pedí un gin-tonic, algo bastante impropio de mí y, dada mi situación con las venas de las piernas, seguro que poco recomendable. Aunque tampoco es que estuviese siguiendo las indicaciones de los médicos, precisamente.

Se suponía que tenía que levantarme a menudo para favorecer la circulación de la sangre, pero me daba bastante vergüenza, así que me pasé casi todo el rato sentada, haciendo los ejercicios con disimulo.

Hubo unas cuantas turbulencias. A los discotequeros parecieron gustarles.

El bebé empezó a llorar de nuevo.

Iniciamos el descenso.

Por la ventanilla, vislumbré una costa rocosa y colinas verdes y escarpadas. Ringleras de playas doradas. Un paisaje tachonado de casas blancas y cúmulos esporádicos de hoteles o bloques de apartamentos de media altura. Vi un islote que se adentraba en el Mediterráneo. Una roca vertiginosa y deshabitada que pronto aprendería a llamar Es Vedrà. Ya en ese momento, a pesar de la distancia del avión, antes de todo lo que iba a suceder, me provocó una sensación tanto de miedo como de asombro. Si hubiera estado más en sintonía con ese sentimiento, creo que ni siquiera habría salido del aeropuerto, sino que habría cogido el primer vuelo de vuelta a casa. Pero, por aquel entonces, tenía los sentidos embotados y cero idea de lo que me esperaba.

Al final, aterrizamos.

Mientras todos los demás se levantaban con entusiasmo y sacaban el equipaje de mano de los compartimentos superiores, preparados para salir en tropel hacia un destino que ya conocían, yo permanecí sentada e inmóvil durante unos instantes. Respiré varias veces, lenta y profundamente, sin levantarme del asiento. Como si una parte de mí siguiera aún en las nubes y tuviera que esperar a que me alcanzase.

El hecho de pasar un número de un lado a otro de una ecuación se llama, ya lo sabes, transposición. Me sentí como uno de esos números. Como si no solo acabara de hacer un breve trayecto en avión hasta otro punto de Europa, sino como si, además, me hubiesen transpuesto. Como si hubiera «cruzado» algo invisible y ahora fueran a cambiarme de algún modo. A reevaluarme. Y habría una permutación de los elementos. Tenía la sensación, imprecisa pero no del todo nueva, de que había alterado el orden de las cosas.

El aeropuerto era impresionante. Era moderno y luminoso y brillaba con una efectividad limpia. Mientras me dirigía hacia la salida, dejando atrás una hilera de puestos de alquiler de coches, me fijé en dos mujeres que se estaban despidiendo. Debían de rondar los treinta años, diría yo. Una, la que me daba la espalda, era rubia. La otra llevaba gafas, el pelo alborotado, unos pantalones vaqueros cortos y una camiseta. La camiseta me llamó la atención porque tenía una foto de Einstein. Esa en la que está sacando la lengua. La mujer parecía estar triste. Estaban enamoradas, pero la rubia se iba a algún sitio y la otra no. Pasé despacio ante ellas.

La mujer del pelo oscuro se dio cuenta de que la estaba mirando. Me sonrió sin pensarlo, en lugar de sentirse ofendida por mi intromisión. Fue una sonrisa bondadosa que me tranquilizó un poco en aquel aeropuerto tan ajetreado. Pero de lo que no tenía ni idea era de que pronto conocería a aquella joven, de que terminaríamos haciéndonos amigas. Muchas veces pienso en que la vi justo allí, apenas unos minutos después de haber aterrizado. En lo extraño que fue. En que aquello formaba parte de un patrón que ni siquiera ahora soy capaz de distinguir del todo.

Cuando llegué al exterior, el aire me golpeó como el de un horno.

Miré a mi alrededor para intentar orientarme. El edificio tenía un cartel enorme que, con unas letras grandes y elegantes, decía: «Eivissa». Era catalán. Aunque Ibiza es una isla española, y hablan español, la otra lengua oficial es el catalán.

«Eivissa.» Era un buen nombre. Sonaba a promesa. Supongo que estaba a punto de averiguar a qué tipo de promesa.

Me di cuenta de lo loca que estaba. ¡¿Qué estaba haciendo?! No conocía ni a una sola persona en aquella isla. Hacía años que no viajaba al extranjero. No sabía decir nada en español salvo «muchas gracias», «por favor» y «patatas bravas». Y, sin embargo, allí estaba. Indiscutiblemente allí. Indiscutiblemente transpuesta.

En el extranjero. Sola. Y ya un poco asustada.

Empieza por A

Tenía una maletita de cuadros escoceses, una dirección y un sobre con una llave dentro. Nada más. Eso era todo. Un mundo condensado.

—¿A qué hotel? —me preguntó el taxista, que me dedicó una sonrisa mientras metía mi equipaje en el maletero del reluciente coche blanco.

Detrás de él, había toda una fila de vehículos idénticos. La loción para después del afeitado del hombre evocaba el olor del claro de un bosque e iba muy bien arreglado. Barba cuidada. Gafas de sol. Tan de parada de taxis como de Fórmula 1. Fuerte. Unos brazos capaces de tumbar a un buey. Se colocó las gafas de sol en lo alto de la cabeza y me miró a los ojos. Su inglés era muy bueno, aunque lo hablaba con un acento bastante marcado. Se me da fatal juzgar a las personas por su rostro, pero me pareció que el taxista tenía una expresión sincera y una sonrisa de niño de mamá. Me cayó bien. Aun así, me sentí muy extranjera. El calor abrasador, los carteles en español y en catalán, el cielo exóticamente azul, las matrículas, la arquitectura moderna, impecable y de color camel del aeropuerto. Me quedé allí paralizada, contemplando las palmeras gigantescas igual que un bebé contemplaría a unos extraños altísimos. Encallada. Confundida. No tenía ni idea de qué estaba haciendo. El lugar más lejano al que había viajado a lo largo de los cuatro años anteriores era el supermercado Tesco de Canwick Road, así que estar en una parada de taxis entre un montón de gente acelerada y de maletas con ruedas y al lado de aquellas palmeras enormes hacía que me sintiese como una exploradora. Como una don Quijote vestida de Marks & Spencer.

—*Hello*. Hola. *Oh, it is not a hotel. It's a house...* Casa... Casa...

Tenía esa terrible costumbre inglesa de creer que la única barrera para la comprensión lingüística era no repetir las cosas las suficientes veces. Le pasé la dirección. Se quedó mirándola como si fuera complicada. O como si lo incomodase un poco. Le dije el nombre de la calle, a pesar de que lo estaba leyendo.

—Carretera de Santa Eulària.

Lo pronuncié mal, sin duda, pero fue muy educado y no dijo nada. O, al menos, pasó totalmente del tema.

Siguió mirando el papel, las palabras que tenía escritas, con una expresión de inquietud aún rondándole el rostro.

—Tengo una letra horrible —dije en tono de disculpa.

Pero no era eso.

—Conozco este sitio... —dijo en voz baja, ya sin el menor atisbo de la sonrisa de antes—. He estado allí...

—Ah, ¿sí?

Asintió y miró al siguiente taxista de la fila. Un hombre mayor y más calvo que estaba apoyado en su coche fumándose un cigarrillo. Nos lanzó una mirada de frustración, de «largaos de una vez», así que nos metimos en el coche.

—¿Hay algún problema? —pregunté.

Se quedó callado un instante. Luego arrancó y pareció recuperarse de golpe.

—Sí. Eso creo. Esa casa... es la que está un poquito más allá de la pista de karts, ¿no?

—Pues no lo sé. Es la primera vez que vengo.

—¿Ha venido a visitar a la familia?

Familia. Una palabra tan amable y a la vez tan dolorosa.

—No, no, no he venido a visitar a nadie. Solo voy a alojarme en la casa. Conocía a la mujer que vivía allí.

Me dio la sensación de que el conductor tenía algo que decir al respecto. Pero decidió no hacerlo.

Mientras circulábamos, dejamos atrás palmeras, bares de carretera y vallas publicitarias gigantes y desvaídas por el sol que anunciaban discotecas, además de un gallo que caminaba tan tranquilo hacia el centro de la carretera. Dos ancianos se reían mientras, pese al calor, jugaban al ajedrez delante de un bar de aspecto sencillo, junto a una máquina expendedora vieja y desvencijada con un anuncio de Fanta Limón. Pasamos por delante de un par de lujosos centros de jardinería de diseño que tenían un montón de macetas enormes con cactus y olivos acomodadas a la deslumbrante luz de la entrada.

El conductor llevaba la ventanilla un poco bajada. Capté un aroma a enebro, a pino y ligeramente cítrico. Un agradable perfume mediterráneo.

La isla era más verde de lo que me esperaba. No sé por qué, pero me la había imaginado más árida que frondosa. No cabía duda de que era cálida y seca, con los edificios pintados de un blanco que resultaba cegador bajo el sol, pero, a medida que nos íbamos alejando del aeropuerto, empecé a ver colinas cubiertas de pinares espesos. Lejos de la carretera, enclavadas entre los árboles, se veían algunas villas preciosas. Había una más cerca de nosotros. Varios racimos de flores de buganvilla, de un rosa y un magenta muy vivos, se derramaban sobre las paredes en una orgullosa exhibición de belleza. Me fijé en el tronco retorcido de un algarrobo.

—Conozco la casa... —me dijo el taxista de nuevo. Pero esta vez pareció acercarse más a aquello que quería contarme—. Está sola en la carretera. La gente iba mucho allí. Muchísimo.

—¿La gente?

—Sí, la gente.

—Ah. ¿Qué tipo de gente?

—Gente de todo tipo. Había un hombre con barba que solo se vestía con bañadores. Era un hombre mayor, barbudo. Era buceador. Ya sabe..., submarinista.

—¿Ese hombre conocía a la dueña de la casa?

—Eso creo. Lo he llevado dos veces. La última, iba acompañado de una mujer. De una mujer mucho más joven que él.

—¿Eran amigos de la dueña?

—No lo sé. Debe de tener un montón de amigos. Han venido a verla familias enteras. También turistas. Británicos, alemanes, españoles. Y un hombre rico, bien vestido; lo recogí en el restaurante que hay cerca del Hard Rock Hotel porque había ido allí a comer. Me lo dijo él. Es el restaurante más caro del mundo. ¿Lo sabía? El restaurante más caro del mundo está justo aquí, en Ibiza. Ni en París ni en Nueva York ni en Dubái. Justo aquí. —Lo dijo con una extraña mezcla de orgullo y desdén—. Ese hombre tiene hoteles… No me acuerdo de cómo se llama… Empieza por A… Hace poco también llevé a una mujer que iba llorando.

—¿Llorando?

—Le pregunté si estaba bien y me dijo que pronto lo sabría, después de su visita. De todas formas, eso no ha sido lo más raro.

—¿Qué ha sido lo más raro?

—Una noche vi… una cosa de locos allí.

—¿De locos?

Asintió mientras me miraba por el espejo retrovisor.

—Sí. Una luz. Una luz inmensa que salía de la casa. De las ventanas… Pasaba por allí con el coche y… ¿Cómo se dice? Casi no me dejaba ver. Estuve a punto de salirme de la carretera…

Iba a contestar, pero entonces la radio se activó y alguien le preguntó algo en español. El hombre contestó y no entendí ni una sola palabra.

Estaba claro que Ibiza no era una isla ni desierta ni desértica, pero, a pesar de mis prejuicios, ya empezaba a ver que era un lugar atrayente. Había algo en la atmósfera. Me pregunté cómo sería la casa de Christina. Mi casa, quiero decir, aunque es difícil sentir que posees algo que no has visto nunca. Y algo que sientes que no te mereces. Es como si hubieras ganado un premio por error.

Algo sentía, en cualquier caso. Algo efímero pero agradable. Y eso no era habitual en mí. Tenía una sensación vagamente parecida a la que solía experimentar cuando viajaba de joven. Es absurda, pero voy a compartirla contigo por si tú también la has tenido alguna vez. Es la sensación de que todo en el mundo está ocurriendo a la vez. Eleva el ahora al cuadrado... No, al cubo... No, a la cuarta. A lo que me refiero es a que viajar convierte la experiencia en un teseracto. La dispara hacia la cuarta dimensión. Y resulta vertiginoso darse cuenta de cuántos ahoras están sucediendo al mismo tiempo. Pensar en cuántos taxistas de todos los continentes están hablando por radio en este preciso instante. Cuántas personas están dando a luz. O comiéndose un bocadillo. O escribiendo un poema. O agarrándole la mano a alguien que quieren. O mirando por una ventana. O hablando con los muertos.

—Me estaba contando que vio una luz... —le dije.

Hablé con la voz débil y distraída porque, justo en ese momento, pasamos por delante de una tienda llamada Sal de Ibiza. Estaba sola junto a la carretera, pintada de un precioso color turquesa. Algo perturbó mi calma. Sentí una intensificación sensorial, como un animal que de repente se da cuenta de que podrían comérselo. Había una bicicleta roja tirada en el suelo polvoriento del exterior. Uno de los principales problemas del mundo era la existencia ininterrumpida de las bicicletas rojas. Pero, bueno, hice lo que hacía siempre que veía una, o que veía cualquier cosa que me recordaba a Daniel con tanta violencia: recurrí a las matemáticas. Una señal indicadora decía: «Santa Eulària 3, Sant Joan 21, Portinatx 25». Me puse a calcular mentalmente los porcentajes. El 25 por ciento de 3 es 0,75; el 3 por ciento de 21 es 0,63; el 21 por ciento de 25 es 5,25. Algunas personas recurrían a las respiraciones profundas. Las tres mujeres del avión recurrían al yoga. Pero yo recurría a las matemáticas. Me ayudaban a distraerme. Me ayudaban a olvidar, durante unos instantes, que había cosas que no podían ni dividirse ni restarse.

Sal

El taxista me había visto mirar la bici y creyó que me interesaba la tienda. Me dio la impresión de que estaba intentando compensar lo contrariado que se había mostrado al ver la dirección del papel.

—Ibiza es una isla de sal. La cosechan en Ses Salines. En las... Ya sabe...

Hizo el gesto de algo grande y plano mientras intentaba dar con la palabra en inglés.

—*Salt pans?* —aventuré.

—Sí, eso, *salt pans*. Son preciosas. Tiene que ir a verlas. Sobre todo cuando estén los... pájaros rosas.

—*Flamingos?*

—Sí, sí. Tiene que ir a verlos. Mi padre era salinero, y su padre era salinero, y el padre de su padre era salinero, y el padre del padre de su padre era salinero... —Me hacía una idea—. Verá, señora, a lo largo de su historia, Ibiza ha sido invadida por muchos pueblos distintos, pero, aun así, nuestra sal siempre ha sido la mejor del mundo. Salábamos el pescado que comían los emperadores.

Más adelante descubriría que, en muchas ocasiones, los taxistas de Ibiza también ejercían los papeles de guías turísticos e historiadores.

—Y ahora les han invadido los turistas —dije, de nuevo tranquila tras la congoja que me había provocado la bicicleta.

—Sí —rio—. Los turistas también. La peor de las invasiones. Primero los hippies, luego los juerguistas, después los famosos y los hippies otra vez. Son de todas partes, no solo británicos. Vienen de Alemania, Francia, Holanda, Italia, Portugal, Suecia y ahora tenemos también a los estadounidenses y a todo el que se le ocurra… Brasileños, argentinos… No, en realidad es una invasión alegre. Todos somos de la misma especie, ¿no? —Su sonrisa fue generosa y sincera—. Ibiza es el lugar donde vienes a recordarlo. Da igual de dónde vengas, da igual la edad, todos somos de la misma especie. Es genial. Excepto los campos de golf. Aquí no nos gustan los campos de golf. Hay solo uno. Con uno basta.

—¿No les gustan?

Pensé en Karl. No le gustaba el golf.

—*Seriously!* Aquí la gente se echa a la calle si quieren construir un campo de golf. ¡Clubes de playa, no clubes de golf! Nos gusta la música, nos gusta el mar, nos gusta la buena comida y nos gusta la naturaleza. Pero los campos de golf, no tanto. Ni los precios de los pisos. Ni el tráfico en agosto. —Y entonces la conversación dio un giro sorprendente—: También tenemos extraterrestres. Eso dicen algunos. Hay mucha gente… loca en esta isla.

—Tomo nota. Intentaré con todas mis fuerzas no abrir un campo de golf —dije muy seria—. Y estaré atenta por si veo a E.T.

Se echó a reír e incluso le dio unas palmaditas de satisfacción al volante.

—Sí, ¡muy bien! ¡Golf no! ¡Extraterrestres sí!

Yo también sonreí desde el asiento de atrás y miré por la ventanilla, pero se me oscurecieron un poco los pensamientos.

«Nos gusta el mar.»

Estudié al conductor como si fuera una de las manchas del test de Rorschach y no alcanzara a desentrañarla del todo. Se quedó callado durante un rato. Frunció el ceño, pensativo. Y por fin lo soltó:

—Sé que murió —dijo—. Lo leí. Christina van der Berg. —Pronunció el nombre con cuidado. Como si fuera una pieza de porcelana—. Lo vi en el *Diario*. En el periódico. El *Diario de Ibiza*.

—¿Decía cómo murió?

—Estaba buceando, creo.

Lo miré a los ojos por el espejo retrovisor. Recuerdo que la siguiente pregunta me la hizo con mucha cautela.

—¿Era amiga suya?

—No —contesté por algún motivo. Y luego—: Sí. Es decir, ha pasado mucho tiempo. Fui amiga suya y vengo a cuidar de la casa. —No sé por qué lo expresé así. «Cuidar.» Quizá me sintiera repentinamente cohibida por lo extraño que era que una persona a la que apenas conocías te diera una casa—. Se vino a Ibiza hace muchos años para ser cantante, pero no sé si seguía dedicándose a eso. Tenía mucho talento. Tenía un don.

La expresión de inquietud volvió a invadirle el rostro.

—¿Un don?

—Sí.

Se tragó la palabra como si fuera una píldora.

—Esta isla tiene cosas —dijo—. Cosas que la mayor parte de la gente no llega a ver. Cosas que no son… fáciles de explicar.

No tenía ni idea de a qué se refería. Cuando era pequeña, una vez fui de vacaciones a la isla de Wight y, en una tienda de Yarmouth en la que vendían caramelos de dulce de leche, me hice amiga de una mujer muy peculiar que creía que era una antigua sirena. A lo mejor eran las islas. A lo mejor volvían loca a la gente.

Desolación

Empezamos a frenar. Ya habíamos llegado. Un lugar desolado sin nada alrededor excepto el tráfico de la carretera.

La única foto que había visto era del exterior, reimpresa en una carta, y tenía tan poca calidad como mi vista. No había distinguido más que un cielo de un azul sólido y unas paredes blancas. Me había imaginado una villa en un pueblo situado en la ladera de una colina.

Pero llegamos a un sitio muy distinto y enseguida sentí que estaba cometiendo un error.

No quiero que me tomes por una desagradecida, pero aquella era, muy posiblemente, la casa menos atractiva de toda Ibiza. Ni el menor atisbo de buganvillas por ningún sitio. Ni el menor atisbo de encanto. En comparación, hacía que el bungaló de Lincoln pareciera una mansión en Hollywood Hills. Puede que por eso no se la hubiera dejado a ninguno de sus verdaderos amigos. Porque no la querían.

Era una cajita blanca que existía en aquel lugar sin ningún motivo aparente. De una sola planta. Con unas ventanas diminutas. Hincada sobre la gravilla del borde de la carretera y sobre el asfalto escaldado, con la pintura descamándose como si fuera una costra. Estaba salpicada de remiendos de cemento marrón por todas partes. En el exterior, sobre la brea que la rodeaba, descansaban los fragmentos de un botellín de cerveza reventado y todo tipo de restos y basura. Estaba a un paseo de ninguna parte.

Para más inri, al otro lado de la calzada había una valla publicitaria que anunciaba un hotel de lujo. Una fotografía aérea de piscinas y edificios impresionantes erigidos en lo alto de un acantilado. «Abierto. El flamante Eighth Wonder Spa Resort Hotel, cala Llonga, Ibiza. Visualiza tus sueños y hazlos realidad.»

—¿Es esta? —le pregunté al taxista mientras le entregaba veinte euros sin apartar la mirada de la casa minúscula y decrépita.

—Esta es. —Esbozó una sonrisa educada—. Ha sido un placer conocerla —dijo. Y puso una cara a la que terminas acostumbrándote cuando te haces mayor: la cara de preocupación—. Me llamo Pau. Como Paul, pero sin ele.

—Yo soy Grace —dije, y abrí la portezuela del coche—. También sin ele. ¿Cómo se dice *nice to meet you* en español?

—Mucho gusto.

Asentí mientras Pau sacaba mi equipaje del maletero.

—Vale. Mucho gusto.

—Y *good luck* se dice «buena suerte».

—Ah. Eso no lo había preguntado.

Entonces fue él quien asintió.

—Ya. Pero quizá la necesite…

Antes de que me diera tiempo a preguntarle por qué, ya se había metido de nuevo en el taxi.

Y entonces esperó a que se abriera un hueco entre los vehículos que circulaban por la carretera, giró con el coche y se alejó a toda velocidad.

Las fotos de la pared

Y allí estaba, plantada en el asfalto a pleno sol. Con los pies hinchados y desesperados por librarse de los zapatos. Pensé que ojalá me hubiera puesto las sandalias de ancho especial, pero por la mañana, cuando me había despertado en Lincoln, me habían parecido una opción un tanto extravagante.

«Pues vaya.»

El ruido del tráfico competía con el de las cigarras mientras la contemplaba.

La casa.

La caja blanca y desvencijada. En lugar de puerta delantera, en un lateral de la casa había una verja de metal azul que daba paso a una zona improvisada de gravilla y arbustos. Fuera, había un coche viejo y destartalado, un Fiat Panda.

—Vale —dije sin dirigirme a nadie.

Una característica de mi proceso de envejecimiento era que me comportaba cada vez más como si estuviese en un escenario, así que le lanzaba apartes susurrados a un público que en realidad no me estaba escuchando. Bueno, que simplemente no estaba.

Crucé la verja. Notaba cómo me latía el corazón. Que las piernas me hormigueaban. Me habría gustado saber si aquello estaba más relacionado con la operación de las varices o con el miedo. Rebusqué la llave de la puerta. Se me cayó al suelo. Me agaché y las rodillas me lo agradecieron con un crujido. (Disfruta de la capacidad de agacharte sin esfuerzo, Maurice. Es uno de los muchos dones de la juventud.)

Durante unos segundos, con la mirada clavada en la llave y rodeada de gravilla y de destellos bajo un sol de justicia, sentí con tanta intensidad lo estúpida que había sido al viajar hasta allí que deseé que el universo me tragara entera. Que me atropellara un coche y mi cadáver sirviese para alimentar a un perro salvaje.

Oí el eco de la voz de mi madre a través de las décadas: «Mírate. Grace la Inútil».

«Absurdo —me dije—. Tranquilízate.»

Cogí la llave y, cuando me erguí, mi cuerpo fue una orquesta de crujidos y chirridos apagados.

Había un jardín minúsculo y triste. Un páramo de maleza, tierra sin regar y restos de hierba. Nunca había visto nada tan descuidado.

Dentro, las cosas solo mejoraban un poco.

El *leitmotiv* de la decoración era el marrón desgastado. Olía a moho. Y el aire estaba estancado, espeso. Vi el polvo que flotaba en el ambiente como una galaxia diminuta. Una idea macabra se apoderó de mí. Me pregunté si habría pieles muertas entre el polvo. Me pregunté si estaría inhalando a Christina.

Había un vestíbulo, donde dejé la maleta y los zapatos. Mis pies hinchados cantaron de alivio cuando los saqué de los mocasines. A continuación, entré en una sala de estar con un sofá tapado con una funda estilo hippy y una alfombra que necesitaba una buena limpieza. El enorme ventilador estaba completamente cubierto de polvo y a las baldosas del suelo había que pasarles la fregona. Me paseé por la estancia, aún asustada y medio esperando toparme con el cadáver de Christina. Me sentía como si me estuviera metiendo donde no me llamaban. Aquel espacio tenía algo de privado e íntimo, así que estar allí suponía invadir unos recuerdos que ni siquiera conocía. Era una intrusa dentro de un regalo que ya más bien parecía una maldición.

En las paredes había fotografías enmarcadas. Una galería de la vida de Christina en Ibiza.

Una foto de ella en la playa, con los ojos brillantes y el pelo largo y oscuro ondeando al viento, acompañada de un hombre con el pelo igual de largo y, al fondo, de un *buggy* de la marca Mini Moke.

Una de una niña pequeña con una sonrisa nerviosa y aferrada a un osito de peluche.

Una de ella, la misma niña pequeña y el mismo hombre.

Una de ella con un micrófono en la mano, actuando ante el público de un hotel.

Una de ella en una fiesta de los años ochenta junto a un hombre que parecía ser Freddie Mercury.

Una de ella ataviada con el equipo de buceo y un hombre distinto. Un hombre con una barba más alborotada que la del primero y que daba la sensación de estar hecho para el mar. Un Poseidón bajito al que la licra le hacía un flaco favor. Parecían más amigos que pareja.

Una de ella en una especie de festividad local, bailando con un traje tradicional.

En todas se la veía más feliz de lo que lo había sido nunca cuando era profesora. Pero las fotografías tenían pinta de ser bastante viejas. No había nada reciente.

—¿Por qué estoy aquí? —le pregunté a mi público imaginario.

Me fijé en la niña pequeña y en su suave osito morado. ¿Era su hija? ¿Por qué no le había dejado la casa a ella? O a cualquier otro de los que aparecían en aquellas imágenes.

—¿Por qué a mí?

Pero allí no había respuestas. Solo había silencio. Y preocupación. Y humedad. Y bastante polvo.

El tarro de aceitunas

Recorrí la casa entera en busca de respuestas, pero no encontré ninguna.

En la habitación, sobre una cajonera, vi una maceta con una planta seca y probablemente muerta, mustia y marrón. Era un lirio de la paz, creo. Me fijé en la cama. Tenía buena pinta. Le habían puesto sábanas nuevas y limpias. Después volví a la sala de estar y me percaté de que había un viejo equipo de música de los años ochenta, varias ringleras de casetes y montones de vinilos. Además de bastantes libros.

Siempre pienso que la mejor manera de comprender a alguien es observar lo que tiene en las estanterías. Sobre todo si son de las sencillas, no de esas sofisticadas y decorativas. Y en aquella habitación no había nada ni sofisticado ni decorativo.

Había un buen surtido de libros, algunos en los estantes, otros en el suelo cerca de ellos. Unos cuantos estaban en inglés, otros en español y uno o dos en griego. Entre los escritos en inglés había traducciones del *Siddharta* de Herman Hesse y un ejemplar de *Los libros del Tao*.

Una guía de la flora y la fauna de las islas Baleares. Un par de obras de Agatha Christie.

Christina tenía un clásico que me había leído de pequeña y me había encantado. *El conde de Montecristo*, de Alejandro Dumas. (¿Te has leído *El conde de Montecristo*? Te lo recomiendo mucho. Es la mejor novela que he leído en mi vida. Trata sobre la venganza y el perdón, e incluye una fuga de la cárcel. Siempre he disfrutado mucho de una buena fuga de la cárcel. Cuando era adolescente, me leí todo lo de Dumas, así como *Frankenstein* y *Las aventuras de Sherlock Holmes*. Ya sabes: historias como Dios manda.) También estaba *Zorba el griego,* aunque no en griego, y los poemas de Cavafis, estos sí, en griego. En español, tenía más poemas (Pablo Neruda), un Carlos Ruiz Zafón y un Isabel Allende bastante manoseado.

Y entonces vi un libro sobre clarividencia que estaba a todas luces fuera de lugar y que se llamaba *La guía definitiva del poder psíquico. Volumen 8.* El título me hizo soltar una risita incómoda. «Profesores de música», pensé.

Había otro libro que también llamaba la atención. Era uno de los que estaban en español. *La vida imposible,* de Alberto Ribas. *Impossible Life.* Tenía una cubierta tosca. Una ilustración mal hecha del mar y de un islote rocoso. Las vistas desde una playa. Del agua salían líneas, como si brillara. Había una foto del autor en la contracubierta. Era un hombre curtido por el sol, con una barba desaliñada y una camiseta con un dibujo de un pulpo. Tenía una sonrisa enorme y le faltaba un diente. Parecía un pirata entrado en años.

Tuve la extraña sensación de que no era la primera vez que lo veía. Y era porque, en efecto, acababa de verlo, alrededor de un minuto antes, mirándome desde la pared.

La foto de Christina y el hombre de la barba alborotada y la gran sonrisa. Se conocían. Me acerqué a mirar la fotografía enmarcada otra vez. Era él, sin duda. Examiné las imágenes durante un rato más. Me di cuenta de que, en una de ellas, Christina llevaba puesto el colgante de san Cristóbal que le había regalado en 1979. Y luego me fijé en que también lo llevaba en las demás, incluso en la de la fiesta en la que había conocido a Freddie Mercury.

Olía un poco a rancio. No llegaba a ser un hedor fétido, pero distaba mucho de ser agradable. Y también olía a perfume. Un dejo muy débil. Su fantasma en el aire.

Me rugieron las tripas. Entré en la diminuta cocina, abrí el frigorífico y no encontré nada, salvo un cartón de gazpacho caducado. En la alacena, unas galletas. También había, por extraño que parezca, un tarro de aceitunas sin aceitunas. Era un envase normal de tamaño modesto —un poquito más estrecho que el típico bote de mermelada—, pero estaba lleno de agua. Supe que era un tarro de aceitunas porque tenía una ilustración de unas aceitunas verdes rellenas de pimiento en la etiqueta, acompañada de las palabras «Olivos del Sur». Giré la tapa, abrí el bote y olisqueé el contenido. Tenía un tufo como a salmuera, un tanto sulfúreo, pero no era el típico olor que esperarías encontrarte al abrir un tarro de aceitunas. En aquella agua estaban pasando muchas cosas. Tenía un aspecto cambiante, complejo. Quizá tuviera algas. No lo sabía, pero, desde luego, no parecía agua marina normal y corriente. En cualquier caso, estaba bastante convencida de que no iba a servirme de nada, así que me acerqué a la puerta delantera, la abrí, tiré el agua en un trozo de tierra reseco y volví a entrar. Fue entonces cuando me fijé en otra cosa.

En una pequeña estantería del vestíbulo, había una tarjeta.

Tenía dibujados unos pétalos de flor que, en español, decían: «Muchas gracias».

Del interior, cayó una carta. «Aquí está», pensé. Quizá aquello me lo aclarase todo.

Querida Grace:

Si estás leyendo esto, has tomado la decisión correcta. Esta casa no es gran cosa, pero es lo único que tengo.

Quería darte las gracias. Tu bondad, hace muchos años, me salvó la vida. Sé que suena melodramático, pero de verdad creo que no habría sobrevivido a aquella Navidad. Había tocado fondo. Tu sugerencia de que me viniera a Ibiza contribuyó a liberarme. Y ahora me toca a mí ayudarte a destapar cualquier posible potencial no vivido que lleves dentro. Sé que no le encontrarás sentido a por qué he decidido dejarte este sitio a ti y no a cualquier otra persona que haya conocido a lo largo de mi vida. Pero tienes que confiar en mí, porque, si te explicara cómo sé que la persona adecuada eres tú, pensarías que estoy loca. Además, ya descubrirás en su debido momento por qué tenías que venir a esta isla. De momento, solo te diré que eres una persona muy poco común y que presiento que aquí encontrarás la paz.

Sé que no me queda mucho tiempo. No tengo miedo. Sé con certeza que este no es el final. Y siento que me dirijo a un lugar mejor.

Me ha encantado vivir aquí. Jamás me habría mudado a esta isla maravillosa de no haber sido por ti. Aquella conversación que mantuvimos en tu sofá mientras veíamos Top of the Pops *me ha traído a este preciso instante. No me he convertido en Blondie. Y,*

*desde luego, como ya habrás deducido de esta modesta vivienda,
no me he hecho rica en el sentido convencional de la palabra. Pero
sí he tenido una vida rica y he descubierto cosas con las que jamás
habría podido ni soñar.*

*La gente te dirá que Ibiza es una isla mágica. Y también oirás
historias y leyendas peculiares. No todas ellas serán ciertas. Pero
la vida va más allá de lo que sabemos. Y nuestra mente va más allá
de lo que nos parece.*

*Independientemente de si utilizas esta casa para venir de vaca-
ciones o para quedarte a vivir, intenta visitar los lugares bonitos.
Aquí van mis recomendaciones:*

*Piérdete en las callejuelas estrechas de Dalt Vila, la antigua ciu-
dadela de Eivissa, o Ibiza Town, en inglés, erigida en lo alto de
una colina tras unas murallas fortificadas.*

*Haz una excursión a pie desde la cala Sant Vicent hasta la cue-
va de Tanit siguiendo el antiguo camino de los peregrinos.*

Ve a ver los caballos del refugio de Es Murta.

Visita el norte, rodéate de pinos.

Ve a ver los flamencos de Ses Salines.

*Acércate al mercadillo hippy de Las Dalias —al que montan
durante el día, no al de por la noche, que se convierte en una
rave— y saluda a mi amiga Sabine.*

Ve en ferri a Formentera y fíjate bien en el faro.

*Tómate un chupito de hierbas ibicencas en algún bar de un
pueblo de montaña.*

*Ve a ver a los tamborileros en la playa de Benirràs durante la
puesta de sol.*

*Haz la compra en la tienda de Santa Gertrudis. Los dueños son
muy simpáticos.*

*Ve en coche hasta la vieja fuente de piedra conocida como la
Font de Peralta para ver un «baile campesino» tradicional ibicenco, el ball pagès. Está lleno de gente vestida de colores vivos que
salta y gira al ritmo de las castañuelas.*

Ve a bailar tú también. Solo un día. Aquí la edad no importa.

Diviértete.

Ah, y lo más importante de todo: ve a Atlantis Scuba, en la cala d'Hort. Dile a Alberto que te mando yo. No te cobrará. Ve a ver la pradera de posidonia. Es el organismo vivo más antiguo de la Tierra.

Y, por favor, cuando estés allí, mantén la mente abierta. Cualquier cambio que se produzca será para mejor. Créeme.

Con un beso de tu querida y antigua amiga,
Christina

P. D.: El Fiat Panda blanco aparcado junto a la carretera también es tuyo. Las llaves están en el cajón de la cocina.

Satisfacción

Era una carta preciosa. Cualquier carta que te regale un coche en la posdata tiene sus ventajas, pero debo reconocer que me dejó exhausta. E intranquila. Y aún más confusa de lo que ya lo estaba.

«Sé que no me queda mucho tiempo...»

Bueno, eso contestaba a una de mis preguntas, pensé mientras el corazón me latía desbocado.

Christina sabía que iba a morir. Pero no hablaba de enfermedades ni daba ninguna otra explicación, y aquella carta no se parecía en nada a una nota de suicidio.

Alguien me dijo una vez que morir feliz es morir completo. Que hay que vivir como disfrutas de una comida deliciosa. Devorar y saborear cada plato de tal manera que te sientas lleno al terminar, deleitarte con cada bocado, pero sin acabar demasiado triste porque ya no hay más. Daba la sensación de que Christina, después de un entrante mediocre, había gozado de un plato principal y de un postre satisfactorios y se había marchado de este mundo saciada.

Volví a leer sus sugerencias. Por alguna razón, me pareció que eran algo más que eso. Sentí que eran los carteles indicadores de algo que todavía no era capaz de comprender. Así que, aunque no estaba ni por asomo de humor para comportarme como una verdadera turista, decidí que me tomaría en serio lo que me decía en la carta. O, mejor dicho, lo que medio me decía en la carta. Repasé sus consejos una vez más.

61

Muchas de aquellas cosas debían descartarse de inmediato. Por ejemplo: no pensaba hacer submarinismo de ninguna de las maneras. Estaba bastante convencida de que no era recomendable empezar una actividad así a los setenta y dos años. Y dudaba mucho que pudiera volver a bailar, ni siquiera con las piernas nuevas. A fin de cuentas, llevaba sin bailar desde 1992.

Y de la posidonia mejor ni hablar. Sentía que el organismo vivo más antiguo de la Tierra era yo.

La parte que más me llamaba la atención era la frase de «mantén la mente abierta».

Supongo que es normal decir algo así. Sobre todo cuando acabas de mencionar el submarinismo. Pero eso, sumado a la insinuación de que algunas de las historias extrañas eran ciertas y a la presencia de los libros cósmicos diseminados por la casa, me llevó a plantearme si Christina no habría consumido demasiadas drogas después de su traslado a Ibiza y habría terminado metida en alguna monserga mística. Recuerdo con claridad que estaba muy interesada en la astrología.

Me estaba dejando llevar por los prejuicios. Era una mala costumbre que había cogido tras pasar tanto tiempo pudriéndome a solas en mi bungaló.

Me tranquilicé y volví a la habitación para deshacer la maleta. El armario, como el resto de la casa, estaba un poco hecho polvo. Tenía toda la madera rayada.

La primera prenda que saqué de la maleta fue una bata. Diría que ocupaba alrededor de un veintiocho por ciento del espacio. Era la bata de Karl. No había podido ni dejarla en casa ni deshacerme de ella. La necesitaba a pesar del calor del Mediterráneo. Desde que había muerto, muchas veces enterraba la cara en ella. Y ponérmela era lo más cercano a recibir un abrazo suyo. Es ridículo, lo sé, pero llega un cierto punto de la vida en el que todo es ridículo. También me había llevado el dibujo del azulejo de Daniel. El que me había hecho por el Día de la Madre. Lo habíamos tenido enmarcado durante años y había querido que al menos una cosa suya me acompañara.

Deshacer las maletas es reconfortante, Maurice. Te aconsejo que, cada vez que llegues a un sitio nuevo, las deshagas con mucho cuidado. Genera una sensación de orden y ritual ante lo desconocido. Por eso coloqué mi ropa con la misma delicadeza que si hubiera estado preparando la ceremonia del té para un emperador Ming. No sé por qué me sorprendió ver las prendas de Christina en el armario. A lo mejor pensaba que alguien habría ido a encargarse de ellas.

Eran ropas coloridas y alegres, de esas que volaban de las estanterías de la tienda benéfica cada vez que entraba alguna estudiante. Me resultó triste ver todos aquellos conjuntos caleidoscópicos apiñados los unos contra los otros, un acordeón de fantasmas llenos de color. Un espectro de personalidades que nunca conocería. Y luego, después de meter toda mi ropa dentro, me percaté de lo sosa que parecía en comparación. Todos los tonos eran cremas, corales y lilas apagados que contrastaban con los índigos y amarillos de Christina. Mis prendas junto a las suyas… no tenían buena pinta. Era como si acabara de ponerle puré de patatas a una ensalada de frutas.

Cuando acabé, me tumbé en la cama e intenté echarme una siesta, pero no pude. Bueno, lo cierto es que, aunque sí debí de quedarme traspuesta durante un par de segundos, me desperté enseguida, dolorida, porque no tenía la espalda adaptada al colchón y porque no paraba de darle vueltas a qué habría querido decir Christina con lo de «mantén la mente abierta».

Los coches pasaban a toda prisa por la carretera principal, una especie de ruido blanco que me resultaba relajante. Y necesitaba relajarme, porque no paraba de preguntarme qué narices le habría ocurrido a Christina y por qué me habría elegido a mí.

Es difícil explicar cómo me sentía.

Vulnerable, supongo. Y sola.

Las discotecas, los clubes de playa, las villas de lujo, los bares para ver la puesta de sol, los retiros de yoga, los megahoteles y los restaurantes con estrella Michelín por los que la isla era ahora famosa bien podrían haber existido en otro universo.

Necesidad

Necesitaba salir de la casa. Necesitaba saber qué le había ocurrido a Christina.

Lleno hasta un tercio

Me sentía insegura. Y aquella inseguridad se intensificó hasta que tuve que concentrarme en mi propia respiración para poder estar segura de que yo era real.

Una parte de mí se preguntaba si no me habría visto envuelta en algún tipo de broma muy elaborada. Al fin y al cabo, si tan buena opinión tenía Christina de mí, ¿por qué no se había puesto en contacto conmigo cuando aún estaba viva?

Las posibilidades se desplegaban en abanico como vectores. Estaba mareada. Y mis tripas me recordaron que lo último que había comido era un cuenco de cereales Grape Nuts en Lincoln. Tenía que encontrar algo de comer, o al menos ir a comprar provisiones.

Volví a fijarme en el tarro de aceitunas que había junto a la puerta. Estaba justo donde lo había dejado. El mismo tarro, la misma posición, la tapa enroscada. Pero seguía teniendo agua dentro. Habría jurado que la había tirado toda. Pero no. Allí estaba. Lleno hasta un tercio.

Un pensamiento que no era del todo nuevo: estaba perdiendo la cabeza.

«La edad», suspiré para mis adentros mientras salía al sol de la tarde. E hice un gran esfuerzo por pensar que era imposible que hubiese otra explicación.

Matemáticas

No se me da nada bien creer en lo místico.

Supongo que es porque me educaron en el catolicismo y he llevado una vida llena de oraciones incontestadas. No diría que soy del todo atea, pero, ya de joven, años antes de la muerte de Karl y Daniel, me cansé de buscar respuestas donde no se encontraba ninguna.

Tal vez por eso adorara las matemáticas.

Saber bien matemáticas es saber la única cosa que puede saberse con certeza. La política, la sociología, la historia y la psicología tienen hechos que debes interpretar. Pero, en matemáticas, los hechos son hechos. No hay discusión posible. No hay álgebra ni de izquierdas ni de derechas. No hay pecado en la geometría ni culpa en la trigonometría.

Las matemáticas son la pureza de la paz. Aunque, claro está, también son tan misteriosas y enigmáticas como la vida en su conjunto, y esperar que se adecuasen —las matemáticas o cualquier otra cosa— a lo que yo quería que fueran resultó ser un error. Y eso es lo más devastador que puede ocurrirnos. Que el mundo lógico que hemos buscado activamente se convierta en polvo delante de nuestras narices.

Una nueva teoría
del infinito

Te estoy contando esto por lo que vendrá a continuación, para que entiendas de verdad cuál era mi punto de partida. No soy una persona dada a las tonterías descabelladas. Creo que los aterrizajes en la Luna fueron reales y que la Tierra es, a grandes rasgos, una esfera. No soy nada de cristales y tampoco tengo ninguna gana de achacarle todos mis estados de ánimo a una de las lunas de Júpiter ni a Mercurio retrógrado. No poseo ni una sola vela.

Y, sin embargo, también soy una persona consciente de que la comprensión del mundo por parte de los humanos está muy limitada y de que tenemos tendencia a no creer aquello que no encaja con nuestra forma de ver la vida. Lo que quiero decir es que a veces no somos capaces de aceptar la verdad que tenemos justo delante. Y que a veces los locos de una época se convierten en los sabios de la siguiente.

Te cuento todo esto porque, a lo largo de las siguientes páginas, es posible que termines creyendo que he perdido la cabeza. Así que, por favor, ten en cuenta el caso de Georg Cantor.

Como estás estudiando Matemáticas en la universidad, estoy convencida de que has oído hablar de él.

Me parece que incluso yo os lo mencionaba en clase. Es el tipo al que se le ocurrió la teoría de conjuntos a finales del siglo XIX. El caso es que, cuando demostró que técnicamente existían varios tamaños de infinito, lo tacharon de hereje. Lo criticaron, lo condenaron al ostracismo y lo convirtieron en el hazmerreír de todo el mundo. No pudo soportarlo. Se desmoronó por lo que había descubierto. Aquello cuestionaba su propio sistema de creencias. Dejar de creer en un único infinito significaba creer en lo imposible. Empezó a sufrir una crisis nerviosa tras otra y terminó sus días en un manicomio. Pero tenía razón. Al menos desde el punto de vista de las matemáticas, existen diferentes tamaños de infinito. Pero hizo falta mucho tiempo para que todos los demás vieran lo que él veía.

A ver, yo no soy Georg Cantor, pero hace poco que mi manera de ver el mundo también ha acabado patas arriba y he sentido la necesidad de contárselo a alguien. Yo también he visto cosas que van en contra de mi esencia. Tu correo electrónico llegó en el momento justo, porque creo que mi necesidad de contarte esta historia ha coincidido con tu necesidad de encontrar respuestas.

Por tanto, la pregunta es: ¿estás preparado para una nueva teoría del infinito?

Santa Gertrudis

El coche de Christina era una chatarra anticuada y protestona. Me quedé sentada allí dentro durante un rato, inhalando el olor a viejo de la tapicería, buscando pistas sobre la vida de su anterior dueña. Allí no había nada salvo una botella de un refresco de limón light y un paquete de galletas a medio comer en la guantera. Encendí la radio. Voces rápidas en español intercaladas con melodías publicitarias y luego un rap. Me pregunté si sería de 21 Savage, el artista del que hablaba el muchacho del avión. La apagué otra vez, suspiré y encendí el motor.

Nunca había conducido en el extranjero. Era un poco abrumador y al principio estaba hecha un manojo de nervios. Antes de arrancar, había escrito «supermercado Santa Gertrudis» en el móvil. Pero, al cabo de un rato, el teléfono se quedó sin cobertura y no me acordaba de lo que había visto en el mapa, así que me limité a seguir los carteles que me indicaban Santa Gertrudis, a avanzar sobre el asfalto gris intentando recordar por cuál de los dos lados de las líneas blancas desvaídas se suponía que debía circular.

No tardé en descubrir que Santa Gertrudis es muy bonito. Calles anchas, casas geométricamente agradables, edificios blanqueados, buganvillas rosas y cafeterías llenas de gente despreocupada. Todo diseñado a la perfección para el implacable cielo azul que tenía encima. Conduje un rato. Pasé por delante de una cafetería vegana y de un estudio de pilates, hasta que por fin llegué a una tienda con aspecto de vender comida. Tenía un escaparate con carteles que anunciaban cerveza y aceite de oliva. Aparqué más o menos cerca del bordillo, en un ángulo que a Pitágoras le habría resultado interesante.

Recorrí los tres pasillitos con una cesta. Aquello era un mundo nuevo. Me sentí como si volviera a ser una universitaria y tuviese que aprender a pensar en las cosas que necesitas para sobrevivir. Llevaba décadas con el piloto automático encendido. Desde que me había quedado viuda, apenas cambiaba la lista de la compra semanal. Empezar de cero daba bastante miedo. Seguí caminando. Había carteles escritos con tiza encima de los productos. «FRUTAS Y VERDURAS ECOLÓGICAS», por ejemplo, encima de unas cajas de cartón con nectarinas, champiñones y los tomates más rollizos que había visto en mi vida. Metí uno de los tomates en la cesta y continué avanzando por el pasillo. Poco después me encontré una máquina de aspecto extraño junto a una pila de botellas vacías. La máquina tenía un conducto de metal en forma de espiral que descendía hacia un cilindro transparente. A su lado, había un montón de naranjas. Metí unas cuantas en el conducto y esperé con paciencia a que el chorrito de zumo fuera llenando poco a poco la botella que yo misma sujetaba. Un par de minutos después, tenía una botella de zumo de naranja recién exprimido. Luego colmé el resto de la cesta con una baguete, queso, galletas, café, detergente para la ropa, gel de ducha, papel higiénico, ginebra y tónica. Por encima del zumbido de los refrigeradores y de un ventilador, y del de la música pop bajita pero bulliciosa de la radio, mantuve una conversación con la alegre mujer de la caja, cuya placa identificativa decía que se llamaba «ROSELLA».

En la tienda no había más clientes y estaba claro que a Rosella le apetecía charlar. Tenía un inglés buenísimo. Había vivido en Inglaterra —en Brighton— durante un par de años y luego había vuelto a Ibiza.

—Esta isla es un imán —dijo mientras escaneaba el café—. ¿Conoces Es Vedrà?

—¿Es Vedrà? No. Acabo de llegar.

—Ah. Bueno, Es Vedrà es una roca. Una roca grande y alta que sobresale del mar. Se ve desde la cala d'Hort, una playa del sur.

Recordé la sensación un tanto ominosa que había experimentado al contemplar el elevado islote rocoso por la ventanilla del avión.

—Creo que la vi antes de aterrizar.

Asintió.

—Sí. Dicen que es el tercer punto más magnético de la Tierra. Tiene algo especial.

—¿En serio?

—Sí. Hay historias buenas e historias malas. Hace muchos muchos años, hubo un ermitaño que vivía allí. En una cueva. Un hombre religioso. Un sacerdote. Escribió sobre unas luces que veía en el agua, unas luces que iluminaban todo el mar. Y, desde entonces, se han visto en otras ocasiones. Una vez estuvieron a punto de causar un accidente de avión… Y ahora la roca desprende una sensación extraña. A veces da miedo. Siempre siento que ahí hay algo. Dentro de ella.

Me pareció una conversación bastante histriónica para tenerla en un supermercado. Intenté ser educada.

—Vaya, es una isla interesante.

La mujer que vendía
el futuro

———————

Me fijé en que Rosella tenía un tatuaje pequeño y oscuro en el brazo. Un círculo y una línea horizontal que se encontraban sobre el vértice superior de un triángulo. De la línea horizontal, salía una rayita corta vertical a cada lado. Parecía la representación más pura y esquemática de una persona levantando las manos.

Yo nunca he sido muy de tatuajes. Creo que es una cosa generacional. En mis tiempos, llevar un tatuaje quería decir o que habías estado en la cárcel o que eras marinero. O que eras un simple sinvergüenza. A Karl le gustaban, o fingía que le gustaban, pero en realidad nunca se atrevió a hacerse uno.

Rosella siguió mi mirada. Esperé no haberle parecido demasiado prejuiciosa.

—Es el símbolo de Tanit —me explicó—, la diosa de la luna.

Recordé la referencia a la cueva de Tanit en la carta de Christina. Más adelante, descubriría que Tanit era muy importante en Ibiza. Era la diosa púnica de la luna, sí, pero también de la lluvia, de la fertilidad, de la danza, de la creación, de la destrucción y de un millar de cosas más entre las que seguro que se contaban las conversaciones en las tiendas de comestibles.

—La gente de antes creía que era la protectora de la isla.

—Es muy bonito —dije como la vieja que era.

Me quedé mirando unos folletos coloridos que había junto a la caja registradora, *flyers* con anuncios de las discotecas.

Y entonces la mujer dijo algo que no me esperaba. Unas palabras tan llamativas como faros.

—Eres Grace, ¿no?

Intenté aparentar tranquilidad.

—Uy, sí. ¿Cómo lo has sabido?

—Me dijo que vendrías.

—¿Quién? —fue mi ridícula pregunta.

—Christina.

—Christina, sí, claro.

—Antes de morir.

—Evidentemente. —Estaba tan perpleja que lo dije dos veces—. Evidentemente.

Dejó de ocuparse de mi compra y me miró a los ojos.

—Le encantaba el agua. Le encantaba bucear. Había empezado hacía solo unos años. Qué accidente tan trágico.

—En verdad, todavía no saben con exactitud qué...

—Me dijo que te tratara con cariño. Que eres especial.

—Ya. Ajá. Bueno, llevaba años sin verla. Décadas. Nunca estuvimos demasiado unidas... ¿La conocías bien?

Lo que en realidad quería preguntar era: «¿Sabías que iba a morir?». Al fin y al cabo, yo había viajado a la isla porque ella había muerto. Había heredado la casa porque ella había muerto. Y la propia carta de Christina insinuaba que ella estaba al tanto de que iba a morir. Sin embargo, no dejaba siquiera entrever cómo. Si Christina sabía que su muerte era inminente y, aun así, la policía española la estaba investigando, la situación planteaba muchísimas preguntas.

Estaba intentando encajar todas aquellas piezas en la mente para lograr que tuvieran sentido. Era como tratar de demostrar la hipótesis de Riemann o la conjetura de Goldbach. Te freía el cerebro.

—Sí. Vivió mucho tiempo en la isla. Esta tienda es de mis padres y Christina venía a comprar cuando yo era pequeña. Antes de vivir aquí, vivió en Sant Antoni, creo. Ese es el nombre que le damos los de aquí, pero vosotros, los británicos, normalmente lo llamáis San Antonio. Cantaba en uno de los hoteles, era buena cantante. Venía muchas veces. Era una persona guay, tenía un aura. Pero, desde hacía un tiempo, desde que empezó a trabajar en el mercadillo hippy, ya no venía tanto.

—En Las Dalias —dije al recordar lo que decía en la carta.

—Sí —contestó mientras escaneaba el zumo de naranja recién exprimido—. Pasaba mucho tiempo allí.

—¿Qué vendía?

—El futuro.

—¿Perdona?

—*The future* —repitió esmerándose en la pronunciación.

—No lo entiendo.

Rosella se echó a reír.

—Se había... convertido en... —Buscó la manera adecuada de decirlo en inglés e hizo un gesto entusiasta en el aire, como si las palabras fueran mascotas que acudían cuando se las llamaba—. *A psychic!*

Por algún motivo, aquello no me extrañó del todo. A fin de cuentas, ya había visto aquel libro en su casa. Además, había sido profesora de música. Según mi experiencia, los profesores de música son un tanto propensos a la excentricidad. Y, sin duda, los profesores de música que se mudaron a Ibiza justo a finales de la década de los setenta eran aún más propensos que la mayoría.

—¿Una especie de pitonisa?

—Sí. Pitonisa. Diría que lo hacía sobre todo para los turistas, no para la gente de aquí. Nunca le pregunté mucho por ello...

—Ah. Vale. —Entonces, sin pensarlo, como obedeciendo un impulso, le pregunté algo—: ¿Te dijo que iba a morir?

—¡No! —respondió enseguida. Y, a continuación, una expresión de escepticismo le contrajo los labios—. No.

—Pero ¿te dijo que yo iba a venir?

—Sí, me dijo que vendrías a quedarte en su casa, me describió tu aspecto y me pidió que te tratara bien.

«Vieja —pensé—. Le dijo que era vieja.»

—¿Cómo te pareció que estaba la última vez que la viste?

—Bien. Callada, pero bien.

Entró una clienta en la tienda, una mujer que llevaba un vestido blanco y vaporoso y un bolso de mimbre.

—Hola, Camila —la saludó Rosella mientras yo empezaba a embolsar la compra.

Mantuvieron un breve intercambio en español o en catalán, quizá en ambos. Después la cajera se volvió hacia mí y continuó escaneando mis productos.

—¿Quién era su marido? —le pregunté.

—Johan, un viejo hippy holandés. Se divorciaron hace años y él se volvió a Ámsterdam. Me parece que fue entonces cuando Christina dejó de cantar. —Rosella eligió aquel momento para soltar el bombazo—: Tuvieron una hija a principios de los noventa. Ahora vive en Ámsterdam.

Recordé la foto de la pared en la que aparecía una niña, la pequeña aferrada a un osito de peluche.

Una vez más, me surgieron las mismas preguntas: «¿Por qué a mí? ¿Por qué no le ha dejado la casa a su hija, o al menos a alguien que la conociera lo bastante bien como para saber que tenía una hija?».

—¿Veía a su hija?

Rosella sonrió mientras pasaba mis últimas compras. Me sentí como si hubiera contado un chiste sin percatarme de ello.

—Todo el mundo ve a su hija.

—Perdona, no te entiendo.

En ese momento la cajera señaló hacia el otro lado de la calle a través del escaparate de la tienda.

—Se llama Lieke. Lieke van der Berg. Se dedica a la música y tiene mucho éxito, es DJ. Sigue viviendo en Ámsterdam, pero viene a Ibiza todos los veranos. Está... ahí.

Volvió a señalar. A través del cristal de la puerta, miré hacia la más cercana de las dos vallas publicitarias que se veían. En una de ellas aparecía la cara de una mujer joven, con el pelo decolorado y cortado a lo bob, bajo una exótica iluminación azul.

LIEKE. AMNESIA. TODOS LOS MIÉRCOLES.

—Este año pincha en Amnesia. —Rosella llegó a la correcta conclusión de que yo no era el público objetivo de Amnesia—. Es una de las discotecas más grandes.

Observé el cartel durante un ratito más. Detalle arriba, detalle abajo, la de la foto podría haber sido Christina en 1979. Puede que al final la ambición de convertirse en Blondie se hubiera consumado, pero saltándose una generación. Y puede que esa fuera la razón por la que no le había dejado la casa. Supongo que una superestrella no necesitaba una barraca al lado de una carretera.

—Ah. Ostras. Así que es una DJ importante.

—Pues sí, pero creo que Christina no opinaba lo mismo.

—Vaya, ¿no se llevaban bien?

Rosella se encogió de hombros.

—No lo sé. Creo que había algún tipo de dolor. Me parece que se habían distanciado. Cuando hablaba de su hija se le llenaban los ojos de lágrimas. Me dijo que había intentado ponerse en contacto con ella. Cómo son las familias, ¿eh?

—Sí. Las familias.

Algo afloró desde las profundidades. El día anterior al funeral de mi hijo. Karl, con lágrimas en los ojos, aporreando el armario de la cocina. «¿Por qué lo perdiste de vista?»

—Creo que bucear la hacía feliz. ¿Lo has hecho alguna vez?

La pregunta hizo que me sintiera cohibida. No sé por qué.

—No. No.

—Christina decía que no había nada tan tranquilizador en el mundo como bucear. Que en el agua te olvidas de todo. Pensaba que te encantaría.

Aquello me resultó raro. Es decir, ¿por qué le había dicho Christina a una persona que trabajaba en un supermercado —a una persona que hablaba un inglés casi perfecto— que me convenciera de que fuera a bucear? Me pareció demasiado. Me pareció casi una trampa. Pero no tenía ni idea de para qué me estaban tendiendo una trampa. Además, Rosella parecía una persona cálida y natural.

—Tengo setenta y dos años. Soy demasiado vieja. Y me olvido de todo en cuanto me despierto.

Rosella se echó a reír, pero fue todo lo contrario a una risa ofensiva.

—¡No! —Dijo unas cuantas palabras en español—. Venga ya, ¿demasiado vieja? ¿Sabes nadar?

—Antes me encantaba, pero hace mucho que no nado. —Entonces intenté hablar un poco en español—: Muchos muchos años.

—Pues ya está. Si sabes nadar y sabes respirar, todavía puedes bucear. Pareces bastante fuerte.

Me estaba tratando con condescendencia, pero de una forma muy delicada, así que le llevé la corriente.

—Ah, ¿sí?

—¡Sí! ¡Está claro! —me dijo en español—. ¿Has venido sola?

—Sí —respondí.

Y la tristeza se filtró hacia el exterior. Se me veía en la cara y en los ojos. La pena es como un torrente que te atraviesa y hace que los demás se aparten. O, al menos, que den la conversación por terminada.

Rosella pareció darse cuenta. Se tensó un poco. Se le había contagiado mi incomodidad.

—Son cuarenta y siete euros con cuarenta y nueve.

Saqué el monedero que Karl me había comprado hacía años, cuya tela carmesí, en su día brillante, era ahora de un rosa apagado.

—Pero, si vas a bucear, no vayas a Atlantis Scuba. Es donde iba Christina, pero es la única persona a la que le he oído hablar bien de ese sitio. Lo lleva un loco.

—¿Un loco?

—Sí, Alberto Ribas.

«Alberto Ribas.»

El pirata sonriente.

La mujer española con la que había charlado Rosella estaba ya en la cola detrás de mí. Decidí no acaparar más su tiempo.

—Me ha encantado conocerte —dije.

Rosella sonrió.

—A mí también me ha encantado conocerte. Chao.

Salí de la tienda al calor con aroma a pino de la tarde y, mientras me preguntaba qué le habría ocurrido a su madre, levanté la mirada hacia la enorme fotografía de la DJ holandesa bañada en luz de azul.

La flor amarilla

Cuando volví a la casa, me fijé en una planta que crecía justo delante de la puerta de entrada. Era bastante alta —me llegaba casi hasta las rodillas—, tenía unos pétalos amarillos muy finos y estaba justo en el medio del camino polvoriento.

Pese a su altura, la flor parecía demasiado hermosa y delicada como para estar allí sola. No creo que fuera una mala hierba.

Además, en realidad las malas hierbas no existen. No son más que un tema de percepción. Si a alguien no le gusta que le salga un diente de león en el césped, lo considerará una mala hierba por puro rencor, porque los seres humanos tenemos que trazar límites entre todo. Nosotros/ellos. Matemáticas/poesía. Mala hierba/flor.

Pero a lo que me refiero es a que no era el tipo de flor que la gente consideraría una mala hierba. Era el tipo de flor que la gente decidiría plantar. Sin embargo, ¿por qué iba Christina —o cualquier otra persona— a plantar una flor en un camino seco y justo delante de una puerta? Y, aún más importante, ¿por qué no la había visto antes?

Le saqué una foto y se la envié por WhatsApp a mi cuñada Sophie, la de Australia. No solo era propietaria de una floristería, sino que además su socia era licenciada en Botánica. A lo mejor ellas sabían decirme cómo se llamaba. Si me quedaba por allí, tendría que cuidar de todas las plantas que hubiera.

Entré y reparé en otra cosa.

Ahora el tarro de agua marina estaba lleno. No lleno hasta un tercio, sino lleno del todo. Seguro que tenía que existir una explicación racional. Aunque la tapa seguía bien cerrada, busqué indicios de goteras. No había nada excepto un techo seco y, desde luego, no había llovido.

Allí estaba. Un tarro de aceitunas que, a saber cómo, se había rellenado él solito de agua de mar.

Una especie de evaporación inversa, una condensación extrema que, al menos de acuerdo con las leyes de la naturaleza que yo conocía, era imposible. Volví a sentirme como si alguien me estuviera gastando una broma pesada.

Ya te he contado que, cuando era pequeña, además de a mi Alejandro Dumas, me había leído bastantes libros de Sherlock Holmes. Las novelas y los relatos. En la más perfecta de todas las novelas, *El signo de los cuatro,* hay una frase famosa en la que Holmes le dice a Watson que, «si eliminamos lo imposible, lo que queda, por improbable que resulte, debe ser la verdad».

Así que a eso era a lo que me enfrentaba. Todas las explicaciones acerca de cómo podía rellenarse solo un tarro de aceitunas eran imposibles. Por lo tanto, no me quedaban más que lo ilógico y la improbabilidad. Y debo reconocer que no me gustó nada llegar a esa conclusión.

La llamada a la puerta

Tenía hambre y necesitaba una copa.

Comí un poco de pan con queso regado con un gin-tonic. Estaba sentada en el pequeño sofá de Christina, viendo a medias una versión doblada de *Indiana Jones y la última cruzada*. Siempre me había gustado la cara de Harrison Ford. Me resultaba reconfortante. Era como una pantufla vieja. Eso es lo que pasa con las estrellas de cine: las buenas te resultan tan conocidas que podría decirse que te las pones cada vez que las ves. Cubren una parte solitaria de nuestro ser. Nos aportan calidez.

A Daniel le encantaba la película anterior a aquella, *Indiana Jones y el templo maldito*, sobre todo la escena del banquete, en la que aparece un ojo en la sopa. Esa y *El retorno del Jedi* eran sus favoritas. Ese dato le añadía un regusto agridulce a mi visionado. Puede que el cine de los ochenta tenga cuatro décadas de antigüedad, pero, a la vez, para mí, es demasiado moderno.

En casa, muchas veces me ponía películas antiguas en blanco y negro, cosas de otro mundo. *Vacaciones en Roma. Sucedió una noche. Luna nueva*. O, si me daba por algo más en tecnicolor, *Un americano en París*. Clásicos de verdad con los que imagino que no te habrás topado porque aún eres demasiado joven. Me gustaba ver películas de antes de haber conocido a Karl, de antes de haberme convertido en madre, a veces incluso de antes de haber nacido. Era como no existir durante un rato. Escapar a un mundo anterior al inicio de mi sufrimiento.

Mientras veía la película, ocurrió algo que me hizo pegar un respingo en el sofá.

Alguien llamó a la puerta.

Debía de ser bastante tarde, porque fuera ya no había luz y te recuerdo que estábamos en junio. Los días eran largos. Pero supongo que aquello era Ibiza y que en realidad allí no se entendía el concepto de «tarde».

Cuando abrí la puerta, me encontré a un hombre. Un hombre corpulento, de hombros anchos. Con unos brazos que eran todo músculo. La mirada de un búfalo. El pelo decolorado y un tatuaje de un crucifijo o una daga junto al ojo izquierdo. Tenía una energía peligrosa, crispada. Un tapiz de cicatrices en la piel. Por lo que a mí respecta, podría haber medido dos metros quince. Era como si a un peñasco le hubieran insuflado consciencia a través de un tubo de creatinina. Tenía una mano a la espalda. Me pregunté si estaría sujetando un arma.

—Usted no es Christina —dijo.

Era británico. Con acento *cockney*. O de Essex.

—Lo siento —contesté—. No, no soy Christina.

—¿Dónde está?

—Aquí no.

No quería decirle que había muerto. No quería decirle nada.

El hombre sonrió. Fue una sonrisa bastante tímida.

—Dígale que ha venido Frankie. Dígale que tenía razón, que tenía razón en todo. Dele las gracias de mi parte. Y esto es para ella.

Se sacó la mano de detrás de la espalda y la tendió hacia mí. El estómago me dio un vuelco, como si acabara de saltar de un puente peraltado. Sin embargo, cuando vi lo que escondía, se me escapó una risa de alivio. Era una bolsa gigante de ositos de gominola Haribo.

—Me dijo que los dulces son su placer culpable —explicó con una sonrisa enorme en la cara—. Los ositos de piña son sus favoritos. Hay unos cuantos ahí dentro, una pequeña muestra de agradecimiento.

—De acuerdo —contesté.

Estaba a punto de contarle la verdad sobre Christina, pero el hombre ya se había dado la vuelta.

—Gracias —le dije.

Y, mientras la verja de metal se cerraba de golpe a su espalda, me sentí culpable por haberlo juzgado. Oí el ruido de la portezuela de un coche. Y luego una música electrónica que sonaba como los latidos de un corazón taquicárdico y estruendoso.

La vida imposible

Me conecté a internet.

Me había llevado el portátil. Mi portátil de diez años de antigüedad con una pegatina de Harley-Davidson. Había sido de Karl —la pegatina era para añadirle un toque de peligro a su vida de ingeniero civil—, así que renovarlo habría sido una traición. Aunque en realidad mi marido no había tenido una moto en su vida.

Escribí «Christina van der Berg» en el buscador de Google.

Vi el artículo del *Diario de Ibiza* que Pau, el taxista, me había comentado. Cuando lo traduje, me llamó la atención la frase «desaparecida, presuntamente ahogada». Había reservado una sesión de buceo a medianoche en Atlantis Scuba y no había regresado. Habían retenido a Alberto Ribas para interrogarlo y luego lo habían dejado marchar.

Añadí la palabra «pitonisa» y solo apareció una mención —la lista de puestos del mercadillo de Las Dalias—, así que volví a la búsqueda anterior.

Obtuve unos cuantos resultados. Casi todos estaban relacionados con su trabajo de cantante en un hotel llamado Buenavista, en Santa Eulària, hacía años. Había una foto suya de 1986 en una discoteca llamada Ku, y otra, distinta a la de la casa, en la que aparecía junto a Freddie Mercury, deslumbrada por la superestrella. Estaba claro que la habían sacado la misma noche que la que tenía enmarcada en la pared. Por lo visto, eran de la fiesta que Freddie Mercury había ofrecido en el Hotel Pikes por su cuadragésimo primer cumpleaños, y ella había sido una de las artistas locales que había actuado allí aquella noche. En esta llevaba puesto un pequeño bombín, como Sally Bowles en *Cabaret*. Más tarde, descubrí que aquel era el mismo sitio en el que el grupo Wham! había grabado el videoclip de *Club Tropicana* unos años antes. Parecía un mundo muy glamuroso.

Me sentí orgullosa de ella mientras seguía investigando. Encontré una mención a Christina y a una amiga suya en un perfil inglés de Instagram que se llamaba «Ibiza Nostalgia». Estaban en una discoteca llamada Glory's en 1981.

Aquella era la Christina que recordaba, aunque con un poco más de maquillaje y el pelo cardado. También había una foto suya, ya con más canas, en el *Diario*. Estaba de pie junto a otras dos personas sujetando una pancarta que decía «NO OIL», en inglés. El texto del artículo estaba en español, así que lo pasé por el traductor de Google y vi que hablaba de unas protestas en contra de una compañía petrolífera escocesa que se habían organizado en Ibiza capital en 2014. La empresa planeaba perforar la costa ibicenca en busca de petróleo, pero mis pesquisas posteriores revelaron que las protestas habían sido tan enérgicas que habían impedido que el plan se llevara a cabo. Diez mil personas se habían manifestado en la ciudad de Ibiza, el mismo número de gente que había protestado en contra de la construcción de un campo de golf en la cala d'Hort hacía unos cuantos años. El nombre de Christina aparecía de nuevo relacionado con otra manifestación contra un hotel en la cala Llonga.

Probé otra cosa. Tecleé «Alberto Ribas». Encontré una referencia a él en un blog llamado *El escéptico errante,* en un artículo titulado «Los científicos que perdieron un tornillo»:

Alberto Ribas. Este antaño respetado biólogo marino se licenció en Oceanografía en la Universidad de Vigo antes de empezar a dar clases en la Universidad de California, Estados Unidos, y, más tarde, en numerosas instituciones universitarias españolas y sudamericanas.

Fue una de las primeras personas en llamar la atención sobre el peligro de los microplásticos en el mar y es autor de varios libros sobre diversos temas: desde las algas hasta las tortugas marinas, pasando por la ecología de los sistemas de los arrecifes de coral. Sufrió un amplio descrédito tras publicar un artículo sobre la *Posidonia oceanica* en las praderas marinas de Ibiza y Formentera. El artículo concluía que la posidonia ha conseguido sobrevivir como un único organismo durante más de cien mil años debido a una «presencia peculiar y etérea en el agua de la zona que en ocasiones se manifiesta como una luz anormal, con propiedades antinaturales, que no guarda ninguna relación con las algas y cuyo origen no parece ser terrenal».

El convencimiento de Ribas de que hay algún tipo de fuerza extraterrestre que reside en el Mediterráneo hizo que lo expulsaran de la Sociedad Internacional de Biología Marina en 2016 y le costó su puesto en la Universidad de las Islas Baleares, situada en Palma, Mallorca, cuando varios estudios independientes posteriores no encontraron ni una sola prueba que apoyara sus afirmaciones. Aun así, el doctor Ribas redobló sus esfuerzos e incluso autopublicó un libro titulado *La vida imposible* —o *Impossible Life*, en inglés— en el que aseguraba que tenía pruebas de muchos casos de formas de vida, sobre todo en las islas Baleares, cuya existencia los científicos consideran imposible aquí, en el planeta Tierra.

«Vale», pensé. Un loco. Uno de esos locos de los que me había hablado el taxista. Y puede que Christina también estuviese trastornada; quizá por eso me había legado a mí —casi una desconocida— una casa en la isla.

La búsqueda de Alberto Ribas también me llevó al sitio web de Atlantis Scuba.

Al entrar, vi dos banderas: la española y la británica. Pinché en la británica y llegué a la versión en inglés del sitio y a una preciosa fotografía de dos submarinistas nadando en unas aguas cristalinas.

«Deja tus problemas en tierra y explora otro mundo —decía el texto—. Otro universo de belleza y prodigios naturales. Un lugar de calma...»

Cliqué en unas cuantas imágenes más. Varias personas en un barco, equipadas para bucear, Christina entre ellas.

Estaba al lado de un hombre con barba y de más edad. Lo reconocí de la foto de autor en la que parecía un pirata. El mismísimo Alberto Ribas. Seguía pareciendo hecho para el mar. Ambos sonreían con ganas, pero en la mirada de él se atisbaba un trasfondo de malicia. No sé por qué, pero el mero hecho de verlo me provocaba un sentimiento de inquietud. Había un texto sobre la importancia de la conservación del océano. Eché un vistazo a varias fotos más, con una sensación que hizo que se me secara la boca.

Una criatura marina fluorescente; un buceador camino de una cueva; un pulpo; una morena; otro buceador haciendo una visita al naufragio del Don Pedro, con un texto que explicaba que se trataba de un barco que se había hundido a pocos kilómetros del Puerto de Ibiza en 2007; un pez de roca naranja nadando entre un arrecife de coral.

Y luego una imagen de una planta inmensa. Una pradera submarina de posidonia. Bajo el agua más clara y limpia que puedas imaginarte, con la luz fragmentada del sol abriéndose paso por el mar y un banco de pececillos plateados al fondo. Era, con toda probabilidad, la foto más bonita que había visto en la vida. Me embargó una emoción efímera. Algo distinto al miedo creciente. Algo paralelo a él. Asombro, supongo. Un asombro magnético, contundente.

Levanté la vista hacia la televisión durante unos instantes, mientras el templo que contenía el Santo Grial se desplomaba en torno a Sean Connery y Harrison Ford, pero luego volví al portátil. Cliqué en la foto y fue entonces cuando vi algo nuevo. Algo pequeño y fácil de obviar. Un minúsculo objeto dorado entre las plantas acuáticas.

Amplié la imagen.

Y ese fue el instante en el que la situación se tornó aterradora. Estar sola en aquella nueva casa, en aquella nueva isla, sintiéndome a miles de kilómetros de distancia de todo lo que había conocido, imaginándome tarros de aceitunas que se llenaban de agua ellos solos y plantas que aparecían de la nada. Y ahora esto. Era evidente que estaba ocurriendo algo de lo más peculiar. No podía calcular las probabilidades, pero debían de ser de muchos millones en contra. Sin embargo, allí estaba, posado en el fondo del mar. Algo que sentía que verdaderamente me había pertenecido. Los detalles eran lo bastante nítidos como para que alcanzara a ver no solo el color de la cadena, sino también la imagen de san Cristóbal en el propio colgante.

No me quedaba la menor duda de que aquel era el mismo collar que le había regalado a Christina durante la Navidad de 1979, y brillaba como una esperanza perdida.

Por favor, no se acerque
al señor Ribas

El agente de la Guardia Civil, un hombre de edad indeterminada, estaba sentado detrás de su escritorio, vestido con una camisa verde militar de manga corta e inmaculadamente planchada, y con la mirada clavada en la carta que Christina me había escrito. Masticaba chicle mientras la leía. El brillo suave de una pátina de sudor le cubría el cuero cabelludo fruncido.

Rezumaba emociones reprimidas. Era un hombre como un puño apretado.

—Sé que todavía están llevando a cabo una investigación sobre la desaparición de Christina y pensé que esto podría ayudar. Aunque no dice gran cosa.

Me dedicó un ligerísimo gesto de asentimiento. Gruñó un poco para sí. Luego me habló en un *espanglish* bronco.

—*It's true*. No dice gran cosa.

—Nos dice que lo sabía. Sabía que iba a morir… Eso tiene que ser importante. También debo decirle que había un colgante en el agua. Lo vi en una fotografía de internet. Se lo había regalado yo, era de san Cristóbal.

El guardia civil levantó la vista hacia mí. Era un hombre de pocas palabras y pocos gestos. Tenía la cabeza esférica, rapada, y no llevaba barba. No había ningún tipo de expresión en sus ojos cansados.

—¿Cuándo?

—¿Cómo dice?

—*When?*

—No lo entiendo.

Percibí su frustración. Masculló algo para sí en español. Después me preguntó:

—¿Cuándo le regaló el colgante?

Hizo la pregunta a regañadientes, como quien da monedas a un mendigo.

—En 1979.

Me miró como si no lo comprendiera.

—Hace cuarenta y cinco años —le aclaré—. Se lo regalé hace cuarenta y cinco años. Y, según las fotografías, no se lo había quitado desde entonces.

No me gustan las comisarías. Siempre me hacen sentir culpable.

Suspiró y me dio a entender que le estaba haciendo perder el tiempo. A lo mejor le avergonzaba que no hubieran sido capaces de averiguar qué le había ocurrido exactamente a Christina. Cómo deseé saber algo de español para no parecer una turista vieja e ingenua.

—¿Dónde estaba la foto?

—En un sitio web. El de Atlantis Scuba.

Algo le destelló en los ojos cuando dije eso.

—¿Atlantis Scuba?

—Sí. *Yes*. Sí. La escuela que pertenece a Alberto Ribas. Creo que Christina lo conocía bastante bien.

—Hum. Alberto Ribas. —Exhaló un largo suspiro—. Y… ¿ha habido alguna cosa más? ¿Algo que haya visto?

No pensaba contarle lo de los tarros de aceitunas que se rellenaban de agua marina ni lo de las flores que surgían de la nada.

—No.

—Vale.

Se produjo un silencio prolongado. Durante unos instantes, me pareció que iba a decir algo más. Eso era lo que me indicaba su boca, que parecía un huevo justo antes de eclosionar, pero al final se quedó callado.

—¿Hemos acabado? —me pregunté en voz alta.

El hombre me lanzó una mirada severa. Probé un enfoque más delicado. Un acercamiento similar al que emplearías con un oso pardo cuyo almuerzo acabas de interrumpir en el bosque.

—Es que estoy muy preocupada por mi amiga. Entiendo que todavía están intentando llegar al fondo de la cuestión respecto a varias incógnitas acerca de cómo murió.

—Usted es una invitada en esta isla. Es importante que recuerde que... Esta isla no es fácil de... —buscó la palabra apropiada en inglés y se decidió por— ver. Es decir, puede verla. Puede ver playas... y palmeras... y puede pasar por delante de las discotecas y de los restaurantes con el coche. Pero nunca la verá como los ibicencos. Bueno, gracias por su ayuda, señora. Ahora, por favor, déjenos las investigaciones a nosotros. Vaya a disfrutar de sus vacaciones.

Dejó la carta a un lado y se volvió hacia el ordenador.

—¿Sigue necesitando la carta? —le pregunté.

—Sí.

—Vale. Entiendo.

Iba a pedirle una copia, pero sentí que ya había cubierto mi cupo de preguntas.

Estaba claro que se me había agotado el tiempo. Sin embargo, cuando estaba a punto de salir de aquella sala húmeda y calurosa, cuando ya tenía la mano en la puerta, el agente carraspeó.

—Ah, y, señora, por favor, no se acerque al señor Ribas.

Me volví y asentí.

Prometo que en aquel momento pensaba hacer justo lo que me había ordenado.

Anhedonia

Intenté con todas mis fuerzas dejar atrás aquellas historias de detectives, dejar de ser la protagonista de una novela de Agatha Christie durante un tiempo. Así que hice lo que hacen casi todos los británicos en una isla del Mediterráneo.

Salí y me tomé unas vacaciones.

A primera vista, fueron unas vacaciones bastante agradables.

Vi el faro de Portinatx.

Fui a ver las lagunas de sal de Ses Salines y paseé por la playa de Es Cavallet tratando de no escandalizarme ante la gente que tomaba el sol desnuda.

Hice lo que me había recomendado Christina y caminé desde la cala Sant Vicent hasta la cueva de Tanit siguiendo el antiguo camino de los peregrinos, que remontaba una montaña empinada. Creí que me moría. Me acoplé a un pequeño grupo con guía turístico, cogí una ramita de romero y se la ofrecí como presente a la diosa que Rosella llevaba tatuada en el brazo. Me sentí un poco tonta al depositarla en el pequeño santuario que había en la cueva.

Atravesé un puente levadizo del siglo XVI para perderme entre los estrechos callejones de Dalt Vila.

Vi a un hombre montado en un monopatín, con su perro trotando al lado. Vi a jóvenes vestidos de colores vivos camino de las discotecas. Vi a gente dando vueltas a toda velocidad en una pista de karts. Vi a senderistas. Vi a hippies tocando el tambor al anochecer.

Contemplé las palmeras.

Comí pan, aceitunas y alioli.

Degusté un pastel de queso y menta llamado «flaó».

Me compré un cono lleno de helado esculpido en forma de flor.

Vi yates caros y veleros pequeños.

Conduje por la isla.

Vi colinas, caballos, playas, huertos, iglesias, marismas, dunas de arena, cuevas, calas, acantilados, torres de vigilancia.

Vi una vieja discoteca, de la década de los setenta, ahora abandonada y cubierta de plantas y grafitis.

Vi un reloj de sol gigante en la playa desierta de la cala Llentia.

Absorbí la calma que reinaba entre los pinos en el pico de Sa Talaia.

Observé un martín pescador.

Todo era precioso.

La mayoría, al menos.

Pero me sentía vacía.

Era una sensación habitual o, mejor dicho, una falta de sensación habitual.

Anhedonia.

Estaba bloqueada.

Verás, el problema era el siguiente: creía con total sinceridad que yo no era una buena persona que mereciera la felicidad.

Me había convertido en quien pensaba que era: un ser humano terrible. Creer que eres mala es, muy a menudo, el preludio de hacer cosas malas. Y yo me sentía así desde el fallecimiento de Daniel. Mi hijo había muerto un sábado, cuando yo no estaba donde tendría que haber estado. El niño había terminado de ver *Superman II* en la tele, había salido a la tarde lluviosa y me había pedido que lo llevara al centro. Su padre estaba en el pub, que era donde solía ir todos los sábados después de comer en aquella época, y yo le había dicho a Daniel que no quería salir porque estaba lloviendo y me daba pereza. Así que se marchó él solo en la bici, de mal humor, y yo me quedé en casa leyendo catálogos. Estaba curioseando secadores de pelo cuando mi hijo giró hacia Wragby Road y chocó de cara contra un camión.

Así que fui yo. Fue culpa mía. Habría sido muy sencillo que no ocurriera si le hubiese dicho: «Espera un momento, Daniel, que cojo el paraguas y nos vamos juntos de tiendas». Esa culpabilidad se me coló en el alma y me convenció de que estaba dañada a un nivel fundamental. Y, cuando crees eso, te comportas como tal. Igual que Superman sabe que él es quien salva a la gente de caerse por las cataratas del Niágara y, por lo tanto, continúa haciendo buenas obras, yo era quien había dejado que la persona a la que más quería en el mundo acabara muerta.

No me malinterpretes. Mi capacidad para sentir culpa era anterior a Daniel. Siempre había sido propensa a ella, incluso cuando era pequeña y llevaba mi colgante de san Cristóbal en el Colegio Católico de Saint Cuthbert. Cuando te has pasado la infancia rodeada de santos, es fácil sentirte pecadora. Una profesora me dijo una vez que si tus oraciones no llegan a Dios es porque tus propios pecados las han bloqueado. Y mis padres —que querían un niño— siempre me trataron como si no fuera suficiente. Pero la pérdida de Daniel solidificó la culpa como la característica que me definía. Algo con lo que tenía que cargar para siempre.

En consecuencia, unos cuantos años después de que mi hijo falleciese —aunque hace ya décadas—, hice otra cosa. Fui infiel. Nunca se lo conté a nadie, y mucho menos a Karl. Cuando mi marido también murió, la culpa siguió creciendo.

Aidan Jenkins. El señor Jenkins. Un profesor de Historia anterior a tu época. Tras su divorcio, empezó a coquetear conmigo en la sala de profesores, en el aparcamiento y por los pasillos. Él intuía el caos de mi interior. Intuía que vivía en un torbellino permanente y que, solo con que alguien me diera el impulso adecuado, haría casi cualquier cosa. Yo también empecé a coquetear con él. Era tan emocionante como lamentable. Y cuanto más me reprendía por ser una mala persona, más me acercaba. Hasta que llegó el funesto momento en el que nos topamos en el cuarto del material.

Aquel fue el principio.

Nos convertimos en unas criaturas clandestinas que habían hecho algo incalificable entre los montones de libros de ejercicios, las hileras de grapadoras y los ejemplares sobrantes de *La colina de Watership* y de *Un mundo feliz*. Y ocurrió más veces. A él le gustaba el dramatismo de la situación. El cliché que suponía. La fantasía de «profesores montándoselo en la sala del material» hecha realidad.

(El papel ya siempre olería a pecado.)

No hay más excusa que los sentimientos. El poeta español Federico García Lorca creía que el mayor castigo era sentir deseo y no expresarlo en voz alta. Y, durante aquel breve lapso de mi vida de casada, yo ardía de deseo. No necesariamente por Aidan Jenkins, sino por escapar. Por algo que no fuera el dolor. Tenía la sensación de que mi marido me había dejado a pesar de haberse quedado conmigo. Karl me había culpado en algunas ocasiones. Era como si hubiera quince mil kilómetros de distancia entre nosotros aunque estuviésemos sentados en el mismo sofá. Necesitaba aire. Algo. Cualquier cosa que no fuera aquella soledad estancada.

Aidan estaba soltero, era guapo y, cuando hablaba, sentía que su voz me retumbaba por dentro. La sentía en la piel. Sentía algo eléctrico que era excitante. Además, se mostró bastante insistente con sus señales. Yo fui egoísta, estaba deprimida y no soportaba el peso que llevaba a mis espaldas. De modo que me comporté como una idiota.

Te cuento todo esto para ayudarte.

A veces, para ayudar tienes que renunciar al deseo de caer bien.

Así que he venido a decirte esto: me caes bien, eras un buen alumno, siempre te portabas bien conmigo y con todos los compañeros de tu clase. Recuerdo que actuabas con una mezcla de confianza y docilidad. Nunca te daba miedo levantar la mano si te sabías la respuesta. Y no dudabas cuando todo el mundo se reía del pelota de la clase mientras recitabas los primeros treinta dígitos de pi. Pero también eras humilde. Agachabas la cabeza. Pedías perdón cuando no tenías por qué hacerlo. Pedías perdón por cosas que ni siquiera habías hecho. Siempre me resulta interesante que la gente haga eso. Es como el reconocimiento de que todas las personas del mundo tienen un poco de culpa de todo.

Tu correo electrónico era muy sentido. Y lo que quiero que sepas es que me caes tan bien como para no necesitar que el sentimiento sea mutuo. Quiero ser sincera con mis errores para ayudarte a perdonarte los tuyos.

En tu correo decías que decepcionaste a tu novia y que ella rompió contigo. Me pareció un comentario bastante vago, pero también me lo dijo todo. Es difícil ser joven e imperfecto, sobre todo en una época llena de prejuicios. (Por descontado, toda época está llena de prejuicios, puesto que los humanos siempre seremos humanos; lo único que hacemos es mover los prejuicios de un lado a otro como si fueran muebles cuando queremos que la habitación nos parezca más grande.) Lo único bueno de tener remordimientos es que ya no juzgo a los demás con demasiada dureza. Todas y cada una de las personas de este planeta son un contexto, y las circunstancias de ese contexto jamás alcanzan a verse del todo. Todos somos un misterio, incluso para nosotros mismos. Este mundo es capaz de embrutecernos de una miríada de formas distintas, no solo de las más obvias. Una persona puede parecer inteligente y exitosa —con su corbata y su sonrisa, con su vida resplandeciente y su educación de lujo— y, aun así, mientras bebe, juega o folla para librarse del dolor, incapaz de romper el ciclo, seguir oyendo a un padre distante gritándole improperios al oído.

He venido a decirte que todos —y, cuando digo todos, es todos— decepcionamos a alguien en algún momento. Puede que no todo el mundo lo haga con un estilo tan de telenovela como el mío en aquel cuartucho, pero hay millones de maneras más. Aun así, creo que yo soy especialmente culpable. No solo me siento responsable de la muerte de nuestro hijo, sino que además le fui infiel al único hombre al que he amado en la vida.

El caso es que nunca volví a permitirme experimentar placer después de aquella aventura. Ni siquiera mientras duró. Decidí que había agotado mis reservas. Después, en aquella sala del material, cerraba los ojos y veía la cara ensangrentada de Daniel tendida sobre el asfalto, como si mi alma estuviera resolviendo la ecuación, transponiendo un más de un lado a un menos en el otro. Pasé años impidiéndome, a un nivel profundo, volver a sentir ningún tipo de placer. Ni siquiera las variedades más inocentes.

Supongo que la diferencia radicaba en que no experimentar placer mientras estaba sentada en el sofá de mi casa era una cosa, pero no sentirlo mientras hacía cosas de las que se esperaba obtenerlo era harina de otro costal. Y jamás había visitado un lugar en el que se esperara obtener más placer que en aquella isla española.

A pesar de que la felicidad en junio en Ibiza era tan común como las ecuaciones en álgebra, yo era incapaz de sentirla.

Echaba de menos a Karl. Echaba de menos a Daniel. Echaba de menos a la persona que yo había sido hacía décadas. A la persona a la que Christina había conocido. A mi yo que nunca se regodeaba en la autocompasión.

Me preguntaba si ese yo seguiría ahí. Si alguna vez volvería a encontrarlo.

Mercadillo hippy

«Acércate al mercadillo hippy de Las Dalias... y saluda a mi amiga Sabine.»

Eso me decía la carta. Así que, como no tenía otra cosa que hacer, seguí la recomendación de Christina.

El mercadillo estaba muy concurrido. Era como me imaginaba que habría estado San Francisco en 1967. Un montón de gente con los ojos abiertos como platos. El olor del incienso flotando en el aire. Puestecitos que vendían joyería balinesa (incluidos «brazaletes curativos de ópalo»), *sarongs* indios, túnicas blancas, faldas de flamenca rojas y negras. En un puesto se ofrecían lecturas del tarot. Había alguien tocando un tema de Joni Mitchell y fumándose un porro de un tamaño considerable. Vi otro puesto lleno de ropa. Eran prendas alegres. Prendas como las de Christina. Me quedé mirando un bañador con estampado *tie dye*. Se me había olvidado meter uno en la maleta. Durante un instante, me pregunté cómo me quedaría. «Ridículo, me imagino.» Pero luego me lo compré, más que nada para preguntar dónde podía encontrar a una persona llamada Sabine.

—Es esa de ahí —dijo el simpático joven que me vendió el bañador.

Señaló a una mujer sentada tras una mesa llena de cuadros de paisajes ibicencos. Estaba medio oculta por la sombra de la red de pescar que colgaba sobre su puesto, pero, aun así, era despampanante. Tenía el pelo blanco y alborotado, adornado con flores, y, además de unas setenta pulseras por brazo, llevaba un vaporoso vestido blanco.

Sabine hablaba inglés con un suave acento alemán y con palabras tan lentas y consideradas que me dio la sensación de que vivía sumida en un estado de meditación permanente. A veces, incluso cerraba los ojos. No me habría ido nada mal poder sentarme. Puede que mis piernas se hubieran librado de las varices, pero no estaban entrenadas para las labores detectivescas.

—Christina era especial —me dijo.

—Sí. Sí, por lo que recuerdo de ella, opino lo mismo.

Me miró durante un rato con una leve sonrisa de tristeza. Tuve la impresión de que se me estaba escapando algo.

—Algunas personas brillan —dijo con una honestidad profunda y misteriosa.

—Sobre todo con este calor.

Por suerte para ella, Sabine no pareció oír mi intento de chiste.

—Y Christina brillaba con más fuerza. Brillaba como una diosa. Una diosa griega. Ese era el problema.

—¿El problema? —pregunté.

Entonces abrió muchísimo los ojos y se inclinó hacia delante para ofrecerme su respuesta.

—Brillar es peligroso. Atrae a los cuervos. Y ella tenía un don. —Inhalo larga y lentamente—. Un poder. —Exhaló. Volvió a inhalar. Era como si acabara de inventar la respiración y estuviese presumiendo de ello—. Un talento.

—¿Talento?

—Para ayudar a la gente.

Recordé al hombre que se había presentado en su casa. En mi casa. Ya me entiendes. Al hombre corpulento con el pelo decolorado y un tatuaje en la cara que quería darle a Christina una bolsa de ositos de gominola.

—¿Qué quieres decir con eso de que tenía un poder? ¿Qué poder tenía, el de cantar? Me acuerdo de que se le daba muy bien.

Inhaló, exhaló e inhaló de nuevo. Sus pausas me resultaban irritantes. O quizá fuera el calor. Puede que el calor me irritara y convirtiese en irritante todo aquello que contenía, yo incluida.

—Era adivinadora.

—¿Adivinadora?

Señaló hacia otra esquina del mercadillo.

—Se sentaba ahí y le adivinaba el futuro a la gente.

—Ah, sí, a los turistas —dije al recordar lo que me había contado Rosella.

—No. No era un truco para los turistas. Veía el futuro de verdad.

Intenté no parecer ni sonar demasiado sorprendida o escéptica. Era consciente de que estaba hablando con alguien que quizá fuera proclive a ciertas —lo diré con delicadeza— creencias «excéntricas». Pero yo era profesora de Matemáticas hasta la médula. Necesitaba lógica, pruebas y justificaciones algebraicas. Pensé en el libro que había visto en la estantería de Christina. *La guía definitiva del poder psíquico. Volumen 8*. Recordé la extraña conversación que había mantenido con el taxista el primer día. Sus palabras me volvieron a la cabeza: «Esta isla tiene cosas. Cosas que la mayor parte de la gente no llega a ver. Cosas que no son... fáciles de explicar».

Me acordé de la velocidad a la que su coche se alejó de la casa de Christina, como un mosquito huyendo de la citronela. También recordé el agua del tarro.

«Es el calor, Grace —me dije—, es solo el calor. Hace que te sientas rara. Que se te hinchen los tobillos y que tu mente piense cosas extrañas.»

—Solo llevaba unos cuatro años haciéndolo, pero se había apoderado de su vida a gran velocidad... Yo la conocí hace muchos años, mientras nos manifestábamos contra la construcción de un campo de golf en la reserva natural de la cala d'Hort. Y luego protestamos contra un hotel...

—¿Cuál?

—El último Eighth Wonder que hicieron en la isla, el de la cala Llonga. Su hija también vino.

—Ah, sí. —Era el que aparecía en la valla publicitaria que había frente a la casa—. Lo he visto anunciado.

—El medio ambiente era lo único en lo que ambas estaban de acuerdo. A Christina siempre le encantó la naturaleza. Era una chica muy de bosque. Pero luego las cosas cambiaron. Ella cambió.

—¿En qué sentido?

—Le cambió toda la cara, la tenía continuamente crispada. Y andaba siempre con la mirada perdida. Al principio pensé que a lo mejor era una depresión, pero luego empezó a predecir cosas. Cosas que terminaban ocurriendo.

—Entiendo.

—En esta isla no escasean los adivinos, los videntes y los tarotistas, pero no había ninguno como ella. Por eso se granjeó unos cuantos enemigos. Se corrió la voz. Terminó con una cola de gente desde ahí hasta allí.

Señaló más allá, siguiendo el estrecho corredor que partía de la esquina en la que antes se encontraba el puesto de Christina, hacia una casetita que vendía carrillones de viento y recipientes extraños para inhalar marihuana.

—Era capaz de adivinar el futuro de una persona con solo mirarla a los ojos. Me dijo que tenía que coger un avión para ir a ver a mi padre. Así que volví a Leipzig y pasé un día con él antes de que muriera. No había ninguna explicación racional. Pero ese no era el único problema.

Asimilar todo aquello era demasiado. Lo dejé apartado en mi cerebro, como una maleta abandonada, mientras contemplaba uno de sus cuadros. Una roca gigante en el mar. La que había visto desde las alturas. En la imagen parecía oscura e inquietante.

—Es Vedrà —dijo despacio.

—Sí.

Me acordaba de que Rosella me había hablado de ella.

—Preciosa, pero maldita. Tienen pensado destruirla.

—¿Destruirla?

—Sí, quieren urbanizarla. Construir un complejo hotelero en la roca. Destruir toda su fauna y su flora. Y la gente está en contra.

Me pasó un folleto del montón que tenía sobre la mesa. El diseño era muy austero, solo unas palabras en español impresas sobre un papel verde.

—Es una protesta contra quienes han permitido que ocurra algo así. El jueves. Una concentración ante las puertas del Café Mar y Sol, en Ibiza capital. Deberías venir, Christina contribuyó a organizarla.

—Ah, pues… Bueno, estoy… Sí, quizá —dije con bravuconería. Luego recordé a qué había ido al mercadillo—. ¿Decías que había otro problema? Con Christina, me refiero.

Experimenté esa sensación que a veces tengo con las matemáticas: la de que la respuesta está ahí y tú sabes que está ahí, en tu cerebro, tomando forma, pero no visible del todo.

Más respiraciones elaboradas y lentas. Cerró los ojos, con expresión meditativa. Me planteé si se habría quedado dormida.

—Alberto Ribas… —dijo en la tercera exhalación—. Él es la persona a quien hay que preguntárselo.

—¿Crees que es el responsable de la muerte de Christina?

—Ella predijo su propia muerte, pero no sabía quién iba a matarla. La policía habló con Alberto y no le pasó nada. Sin embargo…
—Sabine me miró durante un buen rato tras ese «sin embargo». Y, entonces, llegó—: Creo que él es la única persona que sabe de verdad lo que le ocurrió a Christina.

Asentí. Le di las gracias. Mientras me alejaba, no paraba de visualizar aquel colgante en el fondo del mar. Supe que ni de broma iba a marcharme de aquella isla sin hablar antes con Alberto Ribas. Por eso, cuando me metí en el coche, busqué «Atlantis Scuba» en el móvil. No obstante, según el sistema de navegación por satélite, ese lugar no existía. Solo obtuve una lista de otros centros de submarinismo. Divestar Ibiza. OrcaSub Ibiza Diving Centre. Centro de Buceo SCUBA. Anfibios Ibiza. Pero ni rastro de Atlantis Scuba.

Busqué en su lugar «cala d'Hort» y empecé a conducir hacia el sur.

La serpiente y la cabra

Una hora más tarde, estaba en la playa. Una corta extensión de arena en forma de arco y muy concurrida. Había un restaurante. También un establecimiento en el que servían pescado fresco y paella. Y una tienda de ropa de aspecto rústico y con el tejado de paja en la que vendían vestidos veraniegos y ropa de baño. La arena estaba llena de gente, de sombrillas y de hamacas, y en el mar había un par de barcas a pedales (me acordé de que Karl y yo habíamos discutido en una de aquellas en Corfú, hacía décadas, mientras Daniel no paraba de tirarse de cabeza desde la parte de atrás).

Las vistas de Es Vedrà, el islote rocoso que surgía del mar de un modo espectacular, casi en vertical, eran increíbles. Era una piedra caliza muy alta, salpicada de escasas áreas de verde. La del cuadro de Sabine. La que me había inquietado cuando iba en el avión. La que se suponía que tenía propiedades magnéticas. Di un paseo por la playa, aunque me dolían un poco las caderas. Hacía un calor abrasador. Llevaba una falda larga y una blusa, lo cual me convertía en la persona más abrigada en un kilómetro a la redonda.

Caminé hasta que la arena se convirtió en guijarros. Llegué a las casetas de la playa. Tenían listones de madera a modo de puerta y la mayoría albergaban barcas o tablas de pádel surf. Un par de ellas disponían de paneles solares sobre el burdo tejado de chapa ondulada. En una, había ropa tendida al sol. Y una niña leyendo, sentada en otro de los tejados. Me pregunté cuál de aquellas casetas sería la que Alberto consideraba su hogar. Subí unos cuantos escalones de piedra hasta la terraza de un restaurante y, más allá, vi un aparcamiento polvoriento. Estaba en el extremo opuesto de la playa respecto al punto de la carretera en el que yo había aparcado, mucho más arriba, pero seguí caminando hacia el sendero rojo y los árboles del otro lado, oliendo los pinos y oyendo el chirrido palpitante de las cigarras. Al final, encontré una pequeña casucha con un cartel descolorido en la puerta que decía: «ATLANTIS SCUBA – CENTRO DE BUCEO». Era un cubo de hormigón con una endeble puerta de madera. El centro de buceo que más desapercibido pasaba del mundo.

Dudé. Inhalé. Exhalé.

La ansiedad me puso todo el cuerpo alerta, como los primeros indicios de un ataque de pánico. Era una sensación a la que estaba acostumbrada. La sensación de que mi existencia era un hilo delicado que podía desaparecer con una ráfaga de viento repentina.

Se me erizó la piel.

Llamé con los nudillos. Agucé el oído. No oí nada más que las cigarras.

Ese habría sido un muy buen momento para darme la vuelta, volver al coche y olvidarme de todo aquello. ¿Quién me creía que era, Harrison Ford? Era absurdo. Pero estaba convencida de que ahora sí oía algo. Algo por encima del zumbido de los insectos. Así que empujé la puerta y la abrí.

Dentro de la caseta no encontré absolutamente a nadie. O, mejor dicho, no encontré a ningún ser humano. El calor había espesado el aire. Eché un vistazo a mi alrededor. Un escritorio, varios equipos de submarinismo, muchas cajas de cartón en las estanterías, dos sillas, un ordenador, un futón y una sábana, una bolsa de ropa de una lavandería, un calendario de delfines, una vieja pegatina que protestaba «GOLF, NO!» y un indicador de madera que apuntaba hacia el cielo y decía «ALFA CENTAURI, 4367 AÑOS LUZ».

Y una cabra.

Una cabra de verdad, con la mitad delantera negra y la mitad trasera blanca, unos cuernos anchísimos y un penetrante olor almizclado que era demasiado con aquel calor.

—Vaya, hola —dije en un tono de sorpresa serena.

La cabra no dijo nada y continuó comiendo avena de un cuenco.

Me fijé en que, encima del escritorio, había un montón de folletos descuidados. Eran idénticos al que Sabine me había entregado en el mercadillo hippy, el que anunciaba la protesta contra la urbanización de Es Vedrà.

Recordé las palabras del taxista. «Empieza por A.» El hombre rico y bien vestido que había visitado a Christina. ¿Sería la A de Alberto?

Entonces oí pasos y los rezongos de un hombre.

Entró en la caseta luciendo unas chanclas, unos pantalones vaqueros cortados y una abundante barba canosa. Aquel no era el hombre del que Pau me había hablado. No llevaba camiseta, pero la capa de pelo que le cubría el pecho prácticamente constituía una prenda de ropa por derecho propio. La piel le brillaba porque se había aplicado una loción bronceadora con aroma de coco. Tardé un par de segundos en confirmar para mis adentros que, en efecto, aquel hombre era el de la foto de autor. Titubeé porque —y voy a soltarlo sin más— el hecho de que llevara una serpiente encima me descolocó. Era negra, con manchas amarillas, y se le había medio enroscado en el brazo. Ahora la cabeza de la serpiente estaba erguida y me miraba de hito en hito. Las mascotas no solían darme miedo. En general, no solía asustarme de ningún animal. Pero la combinación de cabra, serpiente y varón humano hirsuto en un ambiente tan claustrofóbico me pareció demasiado.

—¿Qué pasa? —me preguntó en un inglés de acento marcado e interrumpido por una risa burlona—. ¡Ni que hubieras visto una serpiente!

Alberto

Su aspecto no era tanto el de un pirata como el de un náufrago: el pelo despeinado, la barba escapándosele de la cara en todas direcciones y unos ojos juveniles que brillaban como un amanecer a través de unas ruinas antiguas. Dejando a un lado los ojos, había mucho con lo que lidiar. Me despertaba una sensación primitiva de repugnancia que no podía pasar por alto.

—Creo que me he equivocado de sitio.

No sé por qué dije eso. Por miedo, supongo.

—Pues ya sois dos, colega... —respondió Alberto, y, durante un segundo, pareció casi estadounidense.

—¿Perdona?

Señaló con la cabeza a la serpiente, que había empezado a migrar a su otro brazo.

—¡Serpientes! Son una gran compañía. Los reptiles más intelectuales. Tienen una mente llena de enigmas filosóficos fascinantes. ¡Pero aquí no debería haber serpientes! Durante miles de años, Ibiza no tuvo ni serpientes ni culebras.

—Ah.

Sin duda, creía que había ido allí a recibir una clase de historia.

—Los antiguos fenicios se asentaron aquí en un principio porque no había nada letal en la isla. No había animales peligrosos. Ni plantas peligrosas. Era una isla bendecida. Hace veinte años, ni una serpiente. ¿Y ahora? Serpientes, serpientes, serpientes. Y no está bien, nada bien. A ver, puede que no nos hagan daño, no tienen...

—*Venom?*

—Justo. —Me señaló como si acabara de descifrar el código Enigma. Hablaba inglés con más fluidez que yo, pero le gustaba decorar sus frases con cuantos más fragmentos de español mejor para recordarme dónde estaba—. Sin embargo, sí dañan el equilibrio de la vida. Están acabando con las lagartijas. Antes teníamos lagartijas por todas partes. Aún las tenemos, pero esta y sus amigas se las están cargando.

La cabra había engullido la avena y, despacio, se dirigía hacia la puerta.

—Hasta luego, Nostradamus —dijo Alberto en español mientras se despedía del animal con un alegre gesto de la mano—. No seas así —le espetó como si esperara que la cabra fuera a devolverle el saludo. Luego me miró—. Es un alma misántropa, algo habitual entre las cabras. Pero volverá a la hora de cenar, siempre vuelve.

—Creo que me he equivocado de sitio —volví a decir.

Solo quería marcharme. O no haber llegado nunca.

Me estudió con intensidad. Tenía una especie de fuerza en los ojos.

—No, estás donde debes estar, te lo aseguro. Y por eso tengo que terminar de contarte lo de las lagartijas. Ahora se están muriendo. En todos los rincones. La gente no entiende lo importante que es. En especial los gilipollas de las montañas.

Lo expresó de una forma violenta. Era un hombre con un resentimiento obvio. Las palabras de Sabine me retumbaron en la mente: «Creo que él es la única persona que sabe de verdad lo que le ocurrió a Christina».

—La gente de los jardines elegantes y los olivos. Los millonarios y los multimillonarios de la esterilla de yoga y la piscina desbordante. A ti puedo decírtelo porque está claro que no eres una mujer rica.

No me caía bien ya antes de que me dijera nada, pero aquella frase terminó de zanjar la cuestión.

—Está claro —repetí—. Ahora, si no te importa, ¿podría…?

Pero me distraje. Me percaté de que, mientras hablaba, Alberto le estaba acariciando a la serpiente la zona de debajo del cuello con el pulgar. El reptil parecía moverse cada vez más despacio.

—Es un macho de culebra bastarda. Llegan en los árboles importados, en los... agujeros..., los... Ponen los huevos ahí... Sus huevos están en los árboles... Y, ahora que ya están aquí, se multiplican como locas. El ecosistema entero está jodido. Jodido de cojones. Jodido como un delfín, y a los delfines les encanta joder. Están hechos para el placer. Son máquinas de placer.

Pensé que pretendía escandalizarme, de manera que, a pesar de la ansiedad que sentía en aquel momento, mantuve una expresión tan inmutable y fuerte como la de una estatua de la Isla de Pascua. No le permití entrever ni una pizca de la mojigatería que debía de esperar.

—Por eso hay cazadores de serpientes que les revientan la cabeza con piedras. Pero yo no puedo hacerles eso. Mírala. Tiene la mente llena de preguntas. Tú no las oyes, pero, créeme, esta serpiente es muy curiosa. Supongo que porque es una trasplantada, como tú. Está en un lugar en el que no está diseñada para estar. No te preocupes, serpiente. Todo va bien. Bueno, la pondré a dormir un ratito. Mira, la colega ya está dormida. Sigue teniendo los ojos abiertos porque es una serpiente, pero fíjate. —La culebra se le resbaló del brazo cuando lo levantó. Alberto se encaminó hacia el escritorio, abrió un cajón para guardarla y después lo cerró con el animal dentro—. Llamaré a mi amigo. Trabaja de guardia de seguridad en una discoteca. Su hija se las queda de mascotas.

No era ninguna experta en conversaciones actuales, pero hasta yo sabía que aquella no era normal.

—¿La serpiente está bien?

—*Yes, yes.* Es una técnica que aprendí de un general argentino.

Se acercó y me tendió una mano que le estreché con indecisión. Hablaba inglés con un acento que era medio español, medio estadounidense, supongo que por su época en la Universidad de California.

—Alberto Ribas —dijo—. Amigo de los animales y del mar.

—Yo soy Grace. Amiga de una persona que falleció en circunstancias misteriosas. Estoy intentando averiguar qué le sucedió.

—Bienvenida a mi despacho. —Señaló el futón—. Y a mi hogar.

—¿Vives aquí?

—Sí, claro, ¿por qué no? Tengo más opciones. Mi hija tiene una casa preciosa en el norte de la isla y quiere que viva con ella, pero a mí me gusta este sitio. Me levanto, me baño en el mar y me seco al sol. ¿Puede haber algo mejor?

—¿Las tuberías? —sugerí. No me hizo ni caso—. Por favor —insistí otra vez—, me gustaría descubrir qué le ocurrió a mi amiga.

—¿Has dicho que te llamabas Grace? ¿Como Grace Kelly?

Era frustrante que continuara desviando la conversación del camino que yo quería que tomara, pero le llevé la corriente.

—Mi madre la adoraba. Nací el año que estrenaron *Solo ante el peligro*.

Todo aquello era cierto, pero no tenía nada que ver con lo que había ido a compartir allí.

—¿Sabías que vino de luna de miel a Ibiza?

—No, y no creo que…

—Pues así fue. Búscalo. La gente cree que los famosos acaban de empezar a venir, pero lo han hecho siempre. Errol Flynn vino en su yate. Laurence Olivier. Elizabeth Taylor. Y todo eso incluso antes de que tuviéramos aeropuerto. Más adelante, Joni Mitchell vino aquí a inspirarse. Un joven Cormac McCarthy vino a escribir cuando era hippy. Bob Marley vino para salir a bailar. Lo conocí. Era un héroe.

Intenté adivinar la edad de Alberto. La barba y el bronceado caoba lo dificultaban. Me pareció que podría estar en cualquier punto entre los sesenta y los ochenta. Sin embargo, pese al desgaste físico de su cuerpo, tenía un aire juvenil. Era una persona que jamás había aprendido a ser adulta.

—Escucha —dije en un tono estricto que me sorprendió, dado mi estado de nervios—. He venido a preguntar por una vieja amiga mía.

Pasó por completo de mi comentario. A lo mejor no me había oído. No. Me había oído, pero siguió adelante. Más que hablarme a mí, hablaba por encima de mí, como digiriéndose a un público, imaginario pero devoto, apiñado en la casucha. Tal vez a un auditorio lleno de alumnos llenos de admiración en un universo en el que aún tenía una carrera profesional.

—Verás, esta isla no es normal. Conozco a gente que no para de decirlo, pero yo sé a ciencia cierta que es cierto. Esta isla no es normal. Aquí hay algo especial. Está por todas partes, mires donde mires, si sabes lo que estás buscando. Piensa en esa cabra...

Intenté interrumpirlo. Fue como rellenar un hueco que ya se había rellenado en una secuencia numérica.

—Le puse el nombre de Nostradamus porque ese genio francés predijo que Ibiza será el último refugio para la vida en la Tierra. ¿Lo sabías?

Bajé la mirada hacia el cuenco de avena vacío mientras intentaba dilucidar qué tendría que ver todo aquello con Christina, con el buceo o con cualquier otra cosa.

—En Es Vedrà también hay cabras. Siempre quieren deshacerse de ellas. ¡Dicen que son «malas para el hábitat»! ¡Humanos! ¡Diciendo que las cabras son *bad for the habitat!* Imagina... Putos humanos, ¿eh?

Entonces emitió un ruido extraño, como el aullido de un lobo. Solo Dios sabe por qué.

Sentí un poco de miedo, lo reconozco. No solo estaba loco, sino que además era un hombre corpulento. Un hombre grande, feroz y peludo. Y probablemente bastante en forma para su edad, fuera la que fuese. No habría podido escapar de él corriendo, ni siquiera con las reformas que me había hecho en las piernas. Así que estaba atrapada en una casucha desierta, a una distancia bastante amplia de la playa e incluso del aparcamiento. El implacable canto de apareamiento de las cigarras habría ahogado cualquier grito.

—Ha sido la posidonia, ¿no? —me preguntó.

Sus ojos habían dejado de ser los de un niño para transformarse en los de un anciano. Su mirada tenía fuerza. Sentí que podía tumbarme.

—¿Cómo dices?

—Ha sido la foto de la posidonia lo que te ha traído aquí.

No supe qué decir.

Mañana a medianoche

Visualicé la fotografía del sitio web. Esa en la que aparecía el colgante de san Cristóbal. Tuve una sensación extraña. Similar a la que te embarga cuando te has dejado una puerta o una verja abiertas. Pero la puerta o la verja era yo.

—Sí, una de ellas.

—Tienes que verla —dijo en un tono repentinamente tranquilo y serio—. Te cambiará la vida.

—¿Qué te hace pensar que quiero cambiar de vida?

La voz me traicionó y se me quebró un poco.

Sonrió, el hueco del diente que le faltaba parecía una cueva pequeña entre piedras calizas. Tenía la expresión de alguien a punto de poner sobre la mesa una escalera real.

—Si no quisieras cambiar de vida, ¿por qué ibas a mudarte a Ibiza y a vivir en una casa desvencijada, junto a una carretera llena de tráfico, que te ha regalado una auténtica desconocida?

Esta vez no dudé ni un segundo. Oculté toda la sorpresa de mi rostro. Seguro que sabía todo eso gracias a Christina. Era la explicación racional.

—Por curiosidad —contesté.

—Ah —sonrió—. La curiosidad mató al gato —dijo en español—. ¿Conoces esa expresión? En inglés también la tenéis. *Curiosity killed the cat.*

—No soy un gato.

Eso le arrancó una carcajada. Una risotada de verdad. Una risa de pirata. Una carcajada que parecía demasiado exagerada para lo que la había provocado. Dos más dos igual a setecientos.

Y entonces me soltó otro sermón que no había pedido:

—Iggy Pop habla de ello en una canción. La pinché una vez aquí. En Amnesia. Ya sabes, la discoteca. Allá por 1980, cuando todavía era una granja y aún bailábamos con todo...

No sé por qué Alberto pensaba que me apetecía saber tantas cosas sobre él. Esperé la oportunidad de hablar como un perro obediente espera la cena.

—¿Tienes la mente abierta?

Se me quedó mirando con una sonrisa en la cara.

No me gustaba su manera de escudriñarme. Durante unos segundos, deseé estar encerrada en el cajón con la serpiente.

—Era profesora de Matemáticas —dije, ahora ya frustrada—. Tengo una mente a la que le gusta resolver las cosas. Y de verdad que quiero saber qué le pasó a mi amiga, a Christina van der Berg. Quiero saber cómo murió. Y puede que tú tengas algunas respuestas.

Le impactó que pronunciara el nombre completo. Me pareció que se estremecía al oírlo. La tristeza le ensombreció la cara como una nube. Asintió. Esperó unos instantes.

—Christina sabía que iba a morir. Sabía que iban a matarla. Así que actuó en consecuencia.

—¿Qué quieres decir? ¿Qué hizo?

—Yo no estaba aquí. Estaba con mi hija, Marta, en Madrid. Fui a apoyarla porque iba a participar en un congreso sobre astrofísica. —No sé por qué, pero me sorprendió enterarme de que tenía una hija con la que acudía a congresos. Fue como ver una acuarela pintada por un orangután. Era algo que, por alguna razón, superaba los límites que yo misma había establecido para él—. Marta y Christina eran buenas amigas. Bueno, trabajaban juntas en ciertas cosas. Mi hija no es solo astrofísica, también es ecologista. Soy un papá muy orgulloso, *very much so*. —Cogió un

112

folleto del escritorio—. Está organizando una protesta. El jueves. Es contra la edificación de Es Vedrà.

Asentí.

—Ya me han hablado de ella. Parece una causa muy noble, pero he venido a obtener más información sobre Christina.

—Era una buceadora muy capaz. A veces salía sola al mar. La policía ya está al tanto de todo esto, y ahora tú también.

—¿Y es lo único que sabes?

—No. Yo sé muchas cosas que tú desconoces, cosas que te ayudarían a comprender.

—¿Qué tipo de cosas?

Una vez más, se me quedó mirando durante unos segundos. Estaba sopesándome. Me sentí enjuiciada. Me estaba examinando el rostro como si contuviera la clave de algo importante.

—Sí —dijo—. Estás preparada para ver la verdad. Ahora lo veo...

—¿Qué ves, exactamente?

—Tu potencial. —Me señaló. Nunca había sentido ganas de romperle el dedo a alguien. Creo que el calor comenzaba a afectarme—. Christina tenía razón cuando decía que esto se te va a dar genial.

No pude evitar levantar un poco la voz:

—¿Podrías dejar de tratarme como a una cría y de dar rodeos y hablarme como a un ser humano normal?

—«Dar rodeos.» Es una expresión interesante, ¿no?

—Tanto como *cut to the chase*. ¿La conoces?

—Sí, en español se dice «ir al grano». Oye, si quieres continuar siendo un ser humano normal, deberías marcharte ahora mismo. Porque esto no va a ser una experiencia normal...

—Pero ¿qué es lo que no va a serlo?

—Esta noche no hay luna —dijo.

«¿Qué tiene eso que ver ahora?», me pregunté para mis adentros.

Alberto sonrió como si supiera lo que se me estaba pasando por la cabeza. Señaló a su espalda.

—Mañana por la noche, en el mar, entre Ibiza y Formentera, tendrás oportunidad de descubrir lo que le ocurrió a tu amiga. Yo te llevaré. ¿Has buceado alguna vez?

—No. Y, si piensas que voy a meterme en un barco contigo en plena noche, te equivocas de cabo a cabo.

Una vez más, tuve la sensación de que pasaba por completo de mis palabras.

—¿Sabes nadar?

—Sí.

—Entonces sabes bucear, colega. Bucear es igual que nadar. Pero más abajo. Hay que cogerle el truco, pero yo te lo explico todo. Nos vemos en la playa a medianoche.

—Tengo setenta y dos años. La medianoche no es lo mío. Y el buceo tampoco.

—Tonterías. Esto es Ibiza: nadie es demasiado viejo para nada. Hay una persona de noventa años que baila en Pachá todas y cada una de las noches.

—Fascinante —dije.

El sarcasmo es mi tic nervioso.

Hizo ademán de marcharse. Sentí una especie de fuerza de marea. Yo quería respuestas y él lo sabía.

—¿Adónde vas?

Se quedó parado junto a la puerta. Se dio la vuelta con una sonrisa. Sus dientes habrían llamado la atención incluso sin el agujero que quedaba entre ellos. Los tenía torcidos y separados como lápidas irregulares. ¿Estaba loco? ¿Era un asesino? ¿Acaso era posible que una cara te dijera algo? ¿Era mejor seguirlo o quedarse en una casucha húmeda, sin respuestas y con una serpiente de verdad? Empecé a pensar en todos los comentarios inquietantes que me habían hecho respecto a él, tanto Sabine como Rosella. Y el agente de la Guardia Civil, cuyas palabras recordaba con claridad.

«Por favor, no se acerque al señor Ribas.»

—Solo quiero enterarme de qué le pasó a mi amiga.

—Y te enterarás —me dijo en voz baja—. Te lo prometo. Pero hay cosas que no pueden contarse, tienen que mostrarse. Mañana. A medianoche.

«Mañana.»

«A medianoche.»

Y, a continuación, se fue. Exhalé en lo que me pareció la primera vez desde hacía veinte minutos.

La ineludible soledad
de Grace Winters

El trayecto de vuelta a la casa duró media hora, casi todo el rato por carreteras llenas de baches.

Estaba cansada y preocupada y tenía los tobillos del tamaño de dos pelotas de voleibol. Suponía que tanto estrés y calor no eran aconsejables justo después de una operación de varices.

Deseaba que Karl estuviera conmigo. Se lo habría pasado bien en Ibiza. Le habrían caído bien los viejos hippies y soportaba el calor mejor que yo. Siempre aprovechaba cualquier excusa para llevar las piernas al aire. Creía que ponerse pantalón corto le aportaba unos cuantos grados de felicidad. Era una de esas personas mortalmente británicas que salían a cuidar el jardín en bañador en abril. Me lo imaginé en su invernadero regando los tomates, con la cara tan roja como uno de ellos a causa de la hipertensión. Pero sonriendo. Siempre sonriendo. Una sonrisa suave y débil que era su expresión por defecto y que no denotaba tanto felicidad como estoicismo. Esa era su filosofía, en realidad. Pasarlo todo con una sonrisa. Pasar el dolor, la pena y la pérdida con una sonrisa. Una sonrisa que era, creo, para Daniel. Era como si sintiese que nuestro hijo nos estaba mirando y no quisiera que se sintiese mal por nosotros, ni incómodo o culpable por nuestro dolor.

Me resultaba triste pensar en Karl y en Daniel. En mis chicos. Pero la tristeza me consolaba. Es difícil de explicar y no sé si tú te sientes igual respecto a tu madre, pero yo a veces me regodeaba en la tristeza. Me encaminaba hacia ella. La aflicción me parecía la única manera de mantenerme cerca de ellos. Así que mi mente se dirigía hacia pensamientos tristes y agridulces —incluso hacia un paseo por el bosque con los dos, hacía treinta y seis años, durante el que recogimos dientes de león y ranúnculos— para tener algún tipo de compañía.

Pasé por delante de la pista de karts. Era una ubicación extraña para un negocio así, en medio de la nada. Sin embargo, parecía bastante popular. Me di cuenta de que había muchísimas Ibizas. Estaba la Ibiza de las vacaciones familiares para ir a los karts y montar a caballo. La Ibiza de las fiestas. La Ibiza hippy. La Ibiza de hotel con spa. La Ibiza del buceo y las playas. Estaba la Ibiza cara de los yates y las estrellas Michelín. La Ibiza de Leonardo DiCaprio. La Ibiza del senderismo y la observación de estrellas. La Ibiza tradicional de los bailes folclóricos, los pueblos, las fiestas, las iglesias y las viejas costumbres. Y, luego, por supuesto, estaba la Ibiza local, vivida y contemporánea, de la que había captado atisbos en los supermercados, las cafeterías y entre los paseadores de perros junto a la carretera. Al parecer, había una Ibiza para todo el mundo, salvo para las viudas solitarias y apesadumbradas.

Una hilera de turistas hacía cola para los karts. Familias y grupos de chicos jóvenes. A Karl también le habría gustado montar. Y a Daniel. Pensé en toda aquella gente, riendo, con ganas de vacaciones. Qué frágil me pareció todo. Con ese estado de ánimo, me costaba ver a cualquier persona viva y no imaginar el vacío que dejaría si desapareciera. Era difícil no ver a todos los habitantes de la Tierra como el dolor esperando a ocurrir de alguien.

Y entonces llegué. A la casa que aún no era un hogar. Una casa que todavía no sentía que me perteneciera. Abrí la puerta, entré y me preparé una cena básica en la cocinita marrón. Bebí un poco de zumo de naranja y comí pan, queso y tomates. Todo tenía muy buen aspecto, pero en realidad no noté el gusto de nada. Mis sentidos estaban incluso más apagados que de costumbre. No saboreé ni siquiera el zumo natural.

Clavé la mirada en el anillo de compromiso que llevaba en la mano. En el rubí incrustado en aquel segundo anillo con el que Karl me había pedido matrimonio. El primero llevaba una esmeralda.

Es curioso que, a mi edad, el hecho de ver cualquier cosa siempre despierte el recuerdo de algo subyacente. En este libro de la vida no existen los regalos puros. Siempre se ven las palabras de la página anterior, su sombra entintada opacando lo que tienes delante. O, al menos, oscureciéndolo.

Unos cuantos años antes, me había hecho un corte en el dedo anular mientras picaba una cebolla. Como no paraba de sangrar, había tenido que ir al hospital a que me cauterizaran la yema. Me quemaron los vasos sanguíneos para detener la hemorragia. Y ahora no sentía nada en la punta del dedo. Me parecía que eso era lo que me había ocurrido: el dolor, la culpa y la vida me habían cauterizado y no me quedaba nada nuevo por experimentar. Solo una herida que contemplar y seguir insistiendo en busca de algún síntoma de sensibilidad.

La tarde era frágil y confusa: fuera aún había luz, pero en la casa reinaban la oscuridad y la humedad. Encendí el televisor y vi un programa de entrevistas en español sin entender una sola palabra. Me quedé allí sentada mirando la tele y, después, los libros de Christina y su colección de viejos discos de vinilo. Y las fotos de la pared. Vi que la cara de Alberto, con su sonrisa mellada, me devolvía la mirada desde la imagen.

—¿Qué quieres? —le pregunté a su foto.

No obtuve respuesta.

El tiempo pasó muy deprisa. Apagué el televisor y oí el rumor esporádico de los coches.

Era tarde. Me tumbé en la cama con las articulaciones doloridas, un zumbido en los oídos y el peso de todas mis penas. No pude conciliar el sueño.

Sentía que había tocado fondo. Sentía que, si moría en paz a lo largo de la noche, no pasaría nada. Había pensado, como una tonta, que el traslado a Ibiza sacudiría un poco las cosas, que limpiaría las telarañas y reduciría la carga mental. Había pensado, en el fondo, lo que todos pensamos cuando nos subimos a un avión: que estaba a punto de escapar.

Pero no.

El problema de cambiar de aires es que, si llegas a un lugar nuevo y te sientes justo igual que antes, entonces significa que estás verdaderamente atrapada. Y esa fue mi conclusión. El problema no era Lincoln, ni tampoco lo eran el bungaló ni mi situación. El problema era yo. No había forma de huir del dolor y la soledad. Así que, mientras permaneciera en aquel cuerpo cada vez más envejecido y con los mismos recuerdos estancados, estaría firmando mi propia sentencia de muerte.

No iba a descubrir lo que le había pasado a Christina. Lo único que estaba haciendo era ponerme en ridículo, con humedad añadida. Sentí que las lágrimas me acudían a los ojos. Una especie de avance.

«¿Qué estoy haciendo aquí?»

Y, antes de lo que imaginaba, iba a recibir una respuesta.

Radios estropeadas

A ver, tengo una teoría sobre la vida y voy a ser muy magnánima y la voy a compartir aquí contigo. Mi teoría es antigua, pero hace poco que he descubierto que es cierta.

El momento de la desesperación es, en muchas ocasiones, el momento de la verdad.

Cuando las cosas van mal, necesitamos tocar fondo para que se produzca el cambio. A veces, tenemos que sentirnos atrapados para encontrar la salida. No llegamos a conocernos bajo la luz y al aire libre. No comprendemos la radio cuando está sonando la canción. A veces, tenemos que hacer añicos el aparato para ver cómo está hecho.

Y aquellos primeros días en Ibiza sacaron de mi interior todo aquello que había conseguido mantener reprimido. El dolor, la desesperación, la soledad. Me estaba derrumbando y me estaba viendo por dentro. Estaba abierta como una radio estropeada. Me estaba enfrentando a mis muelles, circuitos y transistores defectuosos. A todas las taras e incongruencias. Y quizá fuera por eso. Puede que sucediera porque estaba allí tumbada, hecha pedazos, incapaz de sentir nada y al mismo tiempo, paradójicamente, sufriendo. A lo mejor es que, cuando gritas en silencio, la ayuda también llega de forma silenciosa. Quizá el universo me estuviese escuchando. Tal vez captara la señal.

No lo sé.

Pero no cabe la menor duda de que ocurrió algo.

Y en el momento perfecto.

Resplandor

Ya era bastante más de la una cuando me llamó la atención un suave resplandor que se filtraba a través de la puerta. Debía de haberme dejado una luz encendida en algún sitio. Sin embargo, me resultó desconcertante, porque tenía bastante claro que antes estaba todo a oscuras. Durante unos instantes, sentí miedo. Un miedo que perforaba el embotamiento. Un recordatorio de que estaba viva. ¿Y si había entrado alguien? ¿Y si era Alberto?

Aparté de mi mente esas ideas estúpidas, salí de la cama y me encaminé hacia la luz. No tardé en encontrar la fuente: el tarro de aceitunas que había junto a la puerta delantera alumbraba las fotografías de la pared. El agua brillaba con la misma fuerza que una linterna y la claridad que se proyectaba hacia arriba formaba un cono en el aire. No podía mirar directamente el tarro sin que me lloraran los ojos, así que me fijé en el haz de luz. Me di cuenta de que, en realidad, era distinto al de una linterna, por ejemplo. Era como si tuviese vida propia. Había pequeñas fluctuaciones, cambios y movimientos. Tuve la sensación de que estaba presenciando algo que, pese a que yo no era capaz de entenderlo, estaba allí para ser comprendido. ¿Tiene alguna lógica lo que digo? Me sentí como si estuviera recibiendo una especie de mensaje. Como si fuera un bebé hipnotizado por los labios en movimiento de su padre o su madre.

«¿Qué coño está pasando?», recuerdo que me pregunté.

Al cabo de un rato, la luz se desvaneció. Y yo volví a la cama. Por extraño que parezca, me sentía más tranquila.

Y también me sentía segura de una cosa: sabía que, contra toda prudencia, al día siguiente a medianoche estaría en la playa de la cala d'Hort esperando una respuesta.

Una barca llamada «no»

Era una vieja barca de buceo hecha de madera, decrépita y ruinosa, equipada con un motor aún más ruinoso que se paraba y arrancaba haciendo el mismo ruido que un perro al gruñirle a una ardilla traviesa. A pesar de la profunda oscuridad de la noche sin luna, se veía claramente que la pintura estaba descascarillada, tanto que solo se veían las dos últimas letras de su nombre: Neptuno. Si hubiera creído en los signos del universo, toparme con una barca llamada «no» habría sido una razón de más para no subirme a ella. Pero allí estaba.

El mar estaba en calma. El agua lamía con suavidad el casco de la barca, un ruido tranquilo y extrañamente desconcertante, como si el Mediterráneo entero se hubiera aquietado, a la espera de que ocurriera algo. Las luces resplandecían en la isla que acabábamos de dejar atrás, y una o dos titilaban en Formentera, la otra isla que se alzaba en el horizonte.

Alberto había permanecido junto al timón, oteando el mar con firmeza como un bucanero decidido, mientras yo me quitaba la ropa hasta quedarme con el bañador de estampado *tie dye* que me había comprado en el mercadillo hippy. La luz tenue del farol le confería a mi piel un tono casi azul verdoso y, aunque Alberto estaba de espaldas a mí, me sentía avergonzada de mi carne vieja y expuesta. Daba igual que ahora tuviera unas piernas nuevas y más suaves y que él no fuera precisamente un Adonis. Creo que, de hecho, esa fue una de las primeras cosas que me molestaron de él: lo cómodo que se mostraba respecto a su propia forma. Que permitiera que le colgase todo. La barriga abultada, el vello corporal, las camisas abiertas, los ridículos vaqueros cortados. No sé si se debía a que era un hombre o solo a que era él, pero la verdad es que todo aquello le importaba un bledo. A mí, por el contrario, me importaba demasiado. Mi latente desasosiego respecto a mi propia existencia siempre se había concretado en mi aspecto físico. Me había pasado la vida entera odiando mi apariencia en el presente y después valorándola en retrospectiva. Sin duda, en el futuro había una Grace de noventa años preguntándose por qué no me gustaba mi aspecto a los setenta y dos. Ojalá la perspectiva del futuro pudiera acompañarnos siempre mientras vivimos ese presente.

Ya sé que nunca hemos sido tan viejos como en cada momento que vivimos, pero también es lo más jóvenes que vamos a volver a ser. Nunca me había gustado mucho mi cuerpo e, incluso después de que me hubieran quitado las venas más abultadas, seguía avergonzándome bastante de él. Nacer en Inglaterra —sobre todo en el conglomerado conocido como las East Midlands— equivalía a que te educaran para considerar que la vergüenza era una virtud. Pero también tenía que ver con ser vieja, con ser una mujer; estaba condicionada para ser así. La forma en la que juzgamos nuestros cuerpos es absurda, ¿no crees? La forma en la que, a pesar de que con la edad vamos volviéndonos cada vez más invisibles, seguimos aferrándonos a esa vergüenza. La forma en la que maldecimos la única cosa que nos ha mantenido con vida todo este tiempo. Dudo que un gorrión se resienta con sus alas, aunque tenga las plumas secas y marchitas.

Muchas veces había sentido ganas de ser un pájaro. Un azulejo. Como el que Daniel me había dibujado hacía décadas. No obstante, allí estaba, más humana que nunca. Y la idea de que Alberto, que ya se había puesto el neopreno, pudiera darse la vuelta y verme en cualquier momento añadía una cierta presión a mi torpe lucha contra el mío.

Embutirse en un neopreno, a todo esto, es uno de los mayores desafíos de la vida. Requiere la fuerza de un buey y las extremidades de un contorsionista. Si los trajes de neopreno hubieran existido en la Antigüedad, Hércules habría tenido que ponerse uno como parte de sus doce pruebas. Al final, cuando ya estaba tapada casi del todo, incluso tuve que pedirle a Alberto que me echara una mano.

—Sí, sí, *of course...* Claro.

Luego apagó el motor, me sujetó una botella de aire a la espalda y me explicó el resto de las piezas del equipo, entre ellas la linterna frontal que llevaríamos en la cabeza. Durante unos instantes, me pareció un instructor de buceo bastante normal. Me contó que iba a respirar a través de un regulador. Me habló de otro artefacto —una especie de chaleco— que iba a controlar mi flotabilidad bajo el agua para que no tuviera que estar pataleando todo el rato. De un cinturón de plomos. De una máscara que, según me dijo, era muy importante, porque tenía que mantener los ojos lo más abiertos posible. Y las aletas. No sabía si sentirme ridícula o aterrorizada, así que opté por sentirme ambas cosas. Entonces volvió al timón y continuó adentrándose en el mar.

No tenía ni idea de qué estaba haciendo allí. Sí, deseaba con todas mis fuerzas averiguar qué le había ocurrido a Christina, pero creo que había otro motivo por el que había subido a bordo de aquella embarcación y, desde luego, no tenía nada que ver con el carisma animal de Alberto. Puede que, a nivel subconsciente, fuera una especie de pulsión de muerte. Quizá buscase que me ocurriera algo malo. Tal vez, tras descubrir que era incapaz de sentir nada hacia una isla tan hermosa como aquella, me hubiera dado cuenta de que no tenía nada que perder.

O a lo mejor, solo a lo mejor, era también lo contrario. Quizá tuviese la sensación de que tenía que romper el patrón. Y de que, al hacerlo, escaparía del limbo en el que me encontraba. O moriría. O encontraría una manera de vivir de verdad. Es decir, quizá hubiera algo llamándome, ya fuera Christina o algo distinto. Algo relacionado con la extraña agua resplandeciente del tarro de aceitunas.

—La gente comenta que Christina veía el futuro —dije en un momento en el que el ruido del motor disminuyó.

—Así es —contestó Alberto sin apartar la mirada de la silueta baja y oscura de Formentera, que se extendía ante nosotros—. Vio que su vida corría peligro. Pero no sé a manos de quién. Desconozco quién quería matarla. Y ella tampoco lo sabía.

—La gente no ve el futuro.

—Claro que sí. La gente predice cosas continuamente: los meteorólogos, los economistas… Bueno, al menos lo intentan.

Se echó a reír. Creyó que era gracioso. Consideró que aquel era un buen lugar para soltar un chiste malo, justo después de hablar sobre la muerte de Christina. Sentía una admiración impropia hacia sí mismo.

—Sabes muy bien a qué me refiero. Eres un hombre de ciencia, estoy segura de que eres consciente de que lo que estás diciendo es una tontería. La clarividencia es una ilusión, un truco de magia, no hay pruebas que la respalden —repliqué.

—Hay muchas cosas que la gente pensaba que no eran reales y que han resultado ser muy ciertas. Hasta finales del siglo XIX, todos los científicos marinos de la Tierra estaban convencidos de que, a partir de los quinientos metros por debajo del nivel del mar, no podía existir vida. Luego descubrieron que había vida incluso en el fondo y fue una gran sorpresa. Una sorpresa enorme.

—Eso es distinto.

—Ah, ¿sí? Todo parece obvio una vez que la historia lo ha domado. Pero en aquella época fue como encontrar pruebas de vida extraterrestre. Nunca estamos al final de la historia. Y tampoco estamos al final de la ciencia.

—Tú crees en la vida extraterrestre, ¿no? Escribiste un libro sobre el tema.

—Sí. ¿Te imaginas cómo sería creer en la Tierra si fueras alguien que no hubiera estado nunca aquí? ¿Te imaginas creer en los elefantes, las tortugas, los peces payaso y los tiburones cebra? Sería de locos, ¡de locos!

—Intento creer en la realidad conocida —dije.

—¿Y qué pasa con el agua marina resplandeciente del tarro de aceitunas?

Me quedé de piedra. Estaba segura de que no se lo había contado. Se llevó una mano al bolsillo y sacó una botella de ron en miniatura. Solo que no era ron. Era agua de mar, un agua de mar que brillaba muy débilmente.

—La llevo siempre encima desde que dejé de beber. Me gusta tenerla cerca.

—¿Qué es eso?

—Algo que entenderás muy pronto. La realidad es una mera ilusión, aunque una ilusión muy persistente. Creo que fue Einstein quien lo dijo. A veces la ilusión es la realidad que todavía no comprendemos.

—Si Christina veía el futuro, ¿por qué murió?

Frunció el ceño, pero con una sonrisa en los ojos.

—¿Quién ha dicho que esté muerta?

—Todo el mundo —respondí—. Por eso he venido, porque está muerta.

—No ha muerto. Solo vio que iba a fallecer. Sabía que, si se quedaba, alguien iba a hacerle daño. Solo se ha marchado.

—¿Adónde?

—Estoy a punto de enseñártelo.

No tenía ni idea de qué decir.

—Tengo setenta y dos años, ¿no tendría que someterme a un chequeo médico o algo así?

—¿Gozas de buena salud?

—No del todo.

No me apetecía enumerarle la lista entera. Las venas problemáticas, la cadera mala, los tobillos hinchados, los acúfenos, la artrosis, las arritmias, las depresiones recurrentes, la anhedonia… El audiolibro de *Guerra y paz* habría sido más corto.

—Bueno, pues perfecto.

—¿Perfecto? ¿Para qué?

«¿Para atribuir mi muerte a causas naturales?»

—Ya lo verás —contestó.

Su respuesta no me resultó nada tranquilizadora.

Nolletia chrysocomoides

Me senté en el banco empotrado de la cubierta y esperé.

El motor falló y Alberto se dirigió a la popa y no dejó de soltar tacos en español hasta que consiguió que volviera a funcionar.

Continuamos hacia el sur, más allá de Es Vedrà. De cerca, en la oscuridad, resultaba una vista bastante intimidante. Parecía que la roca no se acababa nunca, que se fundía con la noche. Tenía los bordes erizados de vegetación. Costaba imaginarse a alguien viviendo allí. Incluso a las cabras. Pensé que el tamaño de aquella roca era bastante conveniente. Podías hacer cualquier cosa detrás de ella sin que nadie te viera. Mi nerviosismo empeoró.

Probé a ponerme la boquilla y a respirar por ella.

Fue un alivio oír el zumbido de mi móvil. Rebusqué entre el montón que formaba mi ropa y vi que tenía un mensaje de Whats-App de Sophie, la hermana de Karl. Era una respuesta a la foto de la planta con flores amarillas que me había enviado.

Era un mensaje largo. Una larga serie de mensajes, más bien. Aquello no era habitual. Sophie me explicaba que no había reconocido la planta, así que se la había enseñado a su socia, Sarika, la botánica. Al parecer, Sarika había reaccionado con intensidad a la imagen.

Se quedó pasmada, MUCHO.

Pensó que debías de haber sacado la foto de internet. Algún rollo de la IA.

La planta que nos enviaste tiene el elegante nombre latino de Nolletia chrysocomoides (he hecho un corta y pega del nombre!) y está oficialmente extinta en Europa! Hace 10 años que no aparece cerca de España. Y Sar sabe un montón de estas cosas... Es una friki de las plantas... Experta en plantas y flores amenazadas y extintas. Así que sí..., muy raro!!!

Va a enviarle la foto (si te parece bien) a una amiga de la UWA (la universidad de aquí de Perth) para ver qué le parece a ella. Bueno, espero que estés bien y disfrutando de la vida en Ibiza. Sé que a veces te cuesta socializar y lanzarte a hacer cosas. Pero creo que es lo que Karl querría. Hablamos pronto. Besos.

Salí de WhatsApp y, aunque Alberto seguía hablándome, apenas le presté atención. El corazón me latía más rápido de lo que creía posible y mi mente había salido disparada hacia áreas antes acordonadas, llenas de conceptos e ideas que una vez había tachado de fantásticos. Uno de los pensamientos que me invadían la cabeza era que la planta no había aparecido por casualidad delante de la puerta. Había brotado donde yo había vertido el agua. El agua que contenía el tarro de aceitunas. El agua mágica. El agua resplandeciente.

Clavé la mirada en Alberto. Tenía que concentrarme.

—El océano sigue siendo un gran desconocido —me estaba diciendo—. La gente habla de lo mucho que nos falta por conocer del universo, pero con nuestro planeta ocurre lo mismo. Han viajado más personas a la luna que a la zona más profunda del océano. La fosa de las Marianas, colega. ¿Has oído hablar de ella? Cuesta mucho llegar hasta allí. Los humanos no han visto la mayor parte del océano, así que de cartografiarlo mejor ni hablamos. En serio, sabemos más sobre la superficie de Marte. Hay mucho misterio incluso en los mares poco profundos como este. Tener todo esto en cuenta te ayudará...

Me percaté de que aquel era, sin duda, su tema favorito. Se animó bastante al tratarlo, agitaba los brazos de un lado a otro tanto como se lo permitía el traje de neopreno. Me habló de las cosas que se habían descubierto y de lo mágicas que eran: montañas subterráneas, valles de mayor tamaño que el Gran Cañón, un río subacuático y más grande que el Támesis en el mar Negro, con un árbol al lado. Me planteé si, en caso de que estuviera a punto de matarme, se estaría tomando tantas molestias para instruirme sobre la vida marina.

—Y entonces llegamos a la posidonia —dijo Alberto—. Es alucinante. La *Posidonia oceanica*. Se extiende desde Ibiza hasta Formentera, un único organismo que se autorreproduce y que, como un milagro especial, se ha preservado durante muchos muchos muchos siglos. Milenios, de hecho.

—Entonces, ¿por qué no has querido que la vea durante el día? ¿No estará demasiado oscuro ahí abajo, incluso con las linternas?

Rompió a reír y repitió mi pregunta.

—¿No estará demasiado oscuro ahí abajo? Colega, todo lo contrario. Ya lo verás.

—Si esta pradera submarina está en todas partes, ¿por qué tenemos que alejarnos tanto?

Le dio la espalda al timón y levantó la voz por encima del ruido del motor.

—Porque quieres la respuesta, ¿no? Quieres estar justo donde se sacó la foto. Quieres ver el colgante que le regalaste...

«El colgante que le regalaste...»

Eso era mucha información en muy pocas palabras.

—¿Sabes que se lo regalé yo?

—*Yes, yes.* ¡Claro! *Of course, of course.* Me lo contó ella. Me dijo que eras la persona más bondadosa que había conocido en su vida. Y que, además de buena, eras fuerte. Esas son las dos cualidades fundamentales, Grace. Son las que se necesitan: fortaleza mental y empatía emocional. Verás, voy a contarte una cosa sobre la bondad. A mí me crio mi abuela aquí, en el pueblo de Santa Agnès de Corona. Era artista y se portaba bien con todo el mundo. Antes de que yo naciera, ayudó a muchos artistas que escapaban de Alemania a encontrar un refugio seguro en Ibiza. Aunque nuestra casa era pequeña, tenía un almendro justo delante de la ventana que, cuando florecía, me recordaba que el mundo rebosa una belleza apabullante. Éramos pobres, pero Ibiza era rica en otros sentidos. En aquella época, vivíamos muy en contacto con la naturaleza. Solo había dos carreteras asfaltadas y casi nadie disponía de electricidad; sin embargo, siempre teníamos música, conversaciones interesantes y el mar. Mi abuela me llevaba a todas partes y quería que disfrutara de la vida. Recuerdo que, de niño, bailaba al ritmo del jazz en la playa de Ses Figueretes. Se lo debo todo a su bondad y, por eso, cuando veo esa virtud, quiero recompensarla. Gracias a ella, siempre he tenido tres cosas: amor por la naturaleza, fuerza y empatía. Ella tenía esas cualidades y tú también las tienes.

—Tu abuela parece muy buena persona.

—Lo era, y Christina también. Y ella vio esas cualidades en ti.

—Christina no me conocía —repliqué—. No de verdad. No mantuvimos el contacto.

—Uy, pero lo sabía todo.

Alberto apagó el motor y se acercó a la proa sin dejar de negar con la cabeza. Cuando echó el ancla, miré hacia el agua, inhalé el aire fresco y salobre. Y vi algo. Algo que resplandecía en medio de la negrura de las profundidades. Solo durante un instante. Luego el mar volvió a sumirse en las tinieblas.

—En este mar hay una belleza que no se parece a ninguna otra —afirmó con una sonrisa torcida—. No obstante, solo unas cuantas personas llegan a contemplarla. Una luz en el agua. Es especial, pero puede resultar hipnotizante. Ten cuidado. No nades hacia ella… Ella vendrá a ti.

Me metí el regulador en la boca y me puse de pie sobre la pequeña plataforma, preparada para lanzarme al mar detrás de Alberto.

«¿Qué estoy haciendo? ¿Qué va a pasar?»

Me di cuenta de que la mayor parte de la vida era un misterio. Incluso las matemáticas están llenas de misterio. Sabemos que todo número par por encima de dos es la suma de dos primos, pero no sabemos por qué. Hay misterios por todas partes. En la mente de toda criatura capaz de sentir y bajo la superficie de todo mar. A veces lo único que podemos hacer es zambullirnos de lleno y descubrir las cosas por nosotros mismos.

Una parte de mí tenía miedo. Pero luego pensé en el bungaló vacío que había dejado en Lincoln, repleto de recuerdos tristes, y levanté la pierna para dejarme caer al agua mientras me recordaba que debía mantener los ojos bien abiertos.

La oscuridad repentina

Alberto iba nadando delante de mí, lo cual me resultaba tranquilizador, pues me permitía verlo a la luz de mi linterna frontal y asegurarme de que no estaba amañándome la botella de oxígeno. Nos dirigimos hacia la posidonia trazando un arco suave.

Señaló hacia la derecha y, durante unos instantes, me olvidé de respirar al volverme e iluminar una anguila, morada con manchas amarillas, cuyo cuerpo avanzaba formando una fascinante ola de movimiento. Después de aquello, me costó un poco regular la respiración. Sentía un hormigueo en las piernas. Dudaba mucho que algún médico me hubiera recomendado que hiciera aquello. Pero ya había llegado hasta allí, así que seguí adelante.

Mientras nos acercábamos al lecho del mar, vislumbré una abundancia de vida en la oscuridad. Un pequeño banco de peces plateados que nadaban a toda velocidad y en formación proyectando su sombra sobre la hierba y la arena del fondo; un par de anguilas más que serpenteaban entre las briznas verdes de la planta; caballitos de mar; una babosa de mar tecnicolor. Un pez herido, un mero, que derramaba sangre en el agua.

Veía la posidonia con absoluta claridad gracias al brillo artificial de la linterna. Era hermosa e inquietante al mismo tiempo. Hojas largas y finas de color verde esmeralda que parecían extenderse hasta el infinito en todas direcciones. Daba la sensación de ser sumamente importante en su simplicidad, como si esa fuera la clave de la supervivencia. Nunca florecer, nunca evolucionar, nunca complicarse. La misma plantilla para siempre jamás.

Entonces vi que Alberto señalaba algo. Algo pequeño y dorado, justo igual que en la fotografía. Nadé hacia ello y lo cogí. Un colgante que hacía cuarenta y cinco años que no tocaba. Vi la figura repujada de san Cristóbal, cruzando el río con el niño Jesús en brazos. Me aferré a él con fuerza, como si fuera un tesoro perdido, y miré a mi alrededor en busca de alguna pista de cómo había ido a parar allí. Busqué indicios de algún percance, pero no había nada más y la posidonia no parecía alterada, manipulada ni deformada debido a un forcejeo.

Extrañamente, en aquel momento tanto los peces como el resto de las criaturas marinas, que hasta entonces se movían en distintas direcciones, empezaron a nadar en el mismo sentido. Se alejaban a gran velocidad de una entidad invisible, como llevadas por el pánico. Todavía estaba intentando adivinar qué ocurría cuando sucedió otra cosa.

El haz del frontal que llevaba en la cabeza empezó a titilar.

Me volví hacia Alberto y, entre los parpadeos de luz, vi que su linterna también temblaba. Me pareció que estaba sonriendo, pero, con el equipo de buceo, costaba distinguirlo. Un segundo después, las luces se apagaron del todo. Oscuridad total. Una nada absoluta. Miré a mi alrededor.

Sentí su mano en el hombro.

«Por favor, no se acerque al señor Ribas.»

Me agarró con fuerza.

«Un loco.»

Apretó aún más.

«La única persona que sabe de verdad lo que le ocurrió a Christina.»

Entonces me soltó.

Y todo cambió.

Luz

De repente, se hizo la luz.

La nube y la esfera

La luz que veía ahora no procedía de las linternas frontales, que seguían bien apagadas.

No, aquella luz brotaba unos cien metros por delante de nosotros. Fosforescente. Y los peces veloces que había visto alejándose a toda prisa de algo en realidad estaban haciendo justo lo contrario: se encaminaban con gran rapidez hacia ella.

Una «cosa» luminiscente que flotaba por encima de la hierba, un color que parecía vivo y pálido al mismo tiempo, que al principio tenía la forma de una nube y luego la de una esfera. Una esfera geométricamente perfecta. De esas sobre las que Euclides y Arquímedes escribieron hace miles de años, pero que, en la Tierra, solo existen como una idea abstracta y no como un objeto de la naturaleza. Fluctuaba entre la forma de nube borrosa y la de esfera precisa de un modo que enseguida sentí ajeno y sobrenatural. No era muy grande —más que una pelota de tenis, pero menos que una de fútbol—. Al menos en un primer momento. El tamaño cambiaba: crecía y luego se encogía, como el movimiento de un pulmón. Y, en lo tocante al color, era de un azul que no se parecía a ningún otro que hubiera visto antes. No era del azul del mar, no del todo, aunque el tono cambiaba tanto como la escala y la forma. Los peces nadaban hacia su interior, hacia el interior de la luz.

Lamento mucho ser tan vaga al respecto, pero es complicado describir algo para lo que no existen referencias terrenales reales. En cuanto la comparo con algo, me doy cuenta de que no se parecía en absoluto a ese objeto. Supongo que describirlo es como describir una emoción difícil, una emoción contradictoria. Irás teniendo más a medida que te hagas mayor. Como la extraña y ligera satisfacción cuyo origen a veces se encuentra en la aflicción o en las lágrimas, que convive con el dolor. O la consciencia agridulce de que todo pasa.

Era hipnotizante, eso sí puedo asegurártelo. Era, sencillamente, la cosa más increíble que había visto en mi vida. Me volví hacia Alberto y lo vi sonreír tras la máscara y la boquilla. Su linterna volvía a funcionar. Y la mía también. La sonrisa de Alberto era la sonrisa de la reivindicación, o del orgullo, como si fuera un pariente mostrándome su película favorita. Y lo más increíble que tenía no era su aspecto, sino su presencia, porque era como contemplar un sentimiento.

Sí. Eso era. Era como contemplar un sentimiento.

Sé que suena ridículo, pero es la única manera en la que soy capaz de explicarlo. Como, si de alguna forma, lo que tenía delante fuera el amor o la esperanza. O, más bien, una emoción para la que no tenemos una palabra concreta, pero que sentimos a un nivel muy profundo, un sentimiento que mantenemos enterrado pero que nos conecta. Estaba mirando algo que, sin duda, estaba fuera de mí, pero también, no sé cómo, dentro de mí.

Y creo que estuve un buen rato observándolo antes de darme cuenta de que Alberto señalaba la nube y luego me dedicaba, en rápida sucesión, un gesto de aprobación con el pulgar levantado y otro formando un círculo con el índice y el pulgar; por último, abrió la palma de la mano y la mantuvo en alto. Esta última señal fue parecida a la que le harías a un labrador desobediente si quisieras que se estuviese quieto. Así que eso hice. Me quedé donde estaba. Y contemplé la esfera luminiscente mientras volvía a transformarse en una nube luminiscente, antes de cambiar otra vez de forma, despacio, alargándose casi como un brazo para coger algo, como si no fuera un movimiento aleatorio, sino con una intención. Y esa línea de luz se acercó al pez lastimado, al mero, y «tocó» la herida. Entonces, casi a la misma velocidad, la luz se retrajo de nuevo hacia la nube-esfera oscilante y el pez se quedó allí solo, salvo que ahora estaba, a todas luces, curado. Se alejó nadando, muy recto y con la piel moteada intacta.

Miré de nuevo a Alberto, que parecía bastante menos anonadado que yo. Seguía sonriendo, tan despreocupado como si estuviera sentado en una cafetería contemplando la puesta de sol. Para cuando me di la vuelta ya estaba sucediendo. La esfera se convirtió en una nube y mantuvo esa forma, pero luego una parte de la nube volvió a convertirse en un brazo de luz largo y fino. Aunque esta vez no se dirigía hacia un pez herido.

Se dirigía hacia mí.

Libre

No lo recordaba todo.

Es decir, me acordaba de lo que te he contado hasta ahora, pero gran parte del lapso transcurrido entre ese momento bajo el agua y el momento en el que me desperté en el hospital es muy extraño. Y, debido a la naturaleza del asunto sobre el que estoy escribiendo, un tema que históricamente ha llevado a la gente, bien a fantasías descabelladas, bien a un escepticismo arraigadísimo, siento que debo ceñirme de manera estricta a lo que yo experimenté.

Así las cosas, puedo decirte que la luz azul me alcanzó. El «brazo de luz», que era un cono de luz muy irregular, largo y nuboso. Y en el instante en el que me tocó, fue como si todo el océano hubiera desaparecido.

No había ni criaturas ni plantas a mi alrededor. Ni rastro de Alberto. Ni rastro de nada. Solo agua, pero un agua extraña. Agua del color de aquel azul iluminado, resplandeciente y sobrenatural. Y me provocó una sensación muy relajante. Más que relajante. Era una sensación distinta. Liberadora. Me sentí libre. El colgante se me debió de caer en algún momento, pero no recuerdo cuándo.

Y entonces, apenas un parpadeo después, estaba en lo que me pareció tierra firme. En plena naturaleza. Pero no en un tipo de naturaleza que hubiera visto antes. Había árboles que no eran árboles. Altos, delgados, de hojas blancas. Había una playa que no era una playa. Un mar que no era un mar. Y el aire no era un aire que yo conociese. Era tan puro y agradable que hacía que respirar pareciera el propósito de la vida, en lugar de un mero requisito.

Vi criaturas entre los árboles. Estaban de pie, erguidas. Desde aquella distancia, casi podrían haber sido humanas. Llevaban algo de ropa. Sin embargo, parecían borrones, como figuras en una acuarela, envueltas en vapores que brotaban de su propio cuerpo mientras permanecían allí paradas. Me transmitieron calma. Igual que si fueran espíritus protectores.

La playa tenía arena, pero era de un color naranja tostado. Y el mar era azul, pero no de un azul mundano. Era del imposible azul reluciente que había visto mientras buceaba.

Sé lo que estás pensando. Estás pensando: «Vaya, esto parece un sueño curioso». Y no puedo asegurarte con absoluta certeza que no fuera un sueño. Pero, si lo fue, no tuvo nada que ver con cualquier otro que hubiera experimentado en mis siete décadas de existencia. Todo era muy nítido. De hecho, todos y cada uno de mis sentidos se aguzaron tanto que me resultaba más fácil creer que lo que había sido un sueño era mi vida hasta entonces y que aquello era la realidad. Sí. Eso fue lo que sentí. Sentí que acababa de despertarme.

—¿Dónde? —me pregunté en voz alta.

Esa única palabra.

«¿Dónde?»

Vi algo posado en la arena naranja. Algo brillante. No era un colgante, sino un anillo. El anillo de esmeralda con el que Karl me había pedido matrimonio en el restaurante indio cuando aún éramos estudiantes. El que había rechazado en aquel momento.

Y en ese preciso instante se oyó un rugido oceánico. Después el estruendo de una potente avalancha desbordándose entre los árboles. Era el agua resplandeciente otra vez. Del color de aquel azul indescriptible.

Todo había desaparecido

Todo había desaparecido.

Elevarse, girar, dar vueltas

Me vi arrastrada hacia el interior del mar luminiscente, desesperada por respirar, y me elevé, giré, di vueltas, hasta que me encontré inmóvil, boca arriba, envuelta en las sábanas limpias de una cama de hospital, abriendo los ojos al despertar.

Saber el nombre de alguien
sin saber cómo

Me desperté.

Todavía llevaba puesto el neopreno, pero estaba en una habitación blanca y limpia, tumbada en la cama con un oxímetro de pulso enganchado al dedo índice izquierdo.

Con independencia de lo que acabara de ocurrir, ahora me encontraba sin duda en la realidad. Una habitación de hospital luminosa, rematada con el olor del desinfectante y rodeada de máquinas que pitaban. Había una fina raya naranja en la pared. Y una silla naranja. Siempre es interesante ver por qué colores opta cada país. España tiene una enorme debilidad por el naranja. Muebles naranjas. Árboles naranjas. En Ibiza hasta la tierra es naranja. Por los taninos de las agujas de pino que caen.

Había una enfermera y una médica. Alberto Ribas también estaba allí. Todos se alegraron al ver que me despertaba. Alberto no se había quitado el neopreno. Estaba ridículo. Experimenté un profundo deseo de abofetearlo. No sabía qué había ocurrido con exactitud, pero allí estaba, en un hospital, y seguro que lo que hubiese sucedido había sido culpa suya. Por eso, la chispa de sus ojos no fue una imagen bienvenida. Fue como ver una cerilla encendida en un monte. Era peligro.

Me informaron de que me hallaba en el Hospital Can Misses, a las afueras de Ibiza capital, y de que había pasado tres horas inconsciente. Ya me habían hecho pruebas pulmonares y, para sorpresa de la médica, el agua no me había causado daños.

—¿Cómo se siente físicamente? —me preguntó en un muy buen inglés.

—Asombrosamente bien —contesté.

De hecho, hasta donde alcanzaba a percibir estando tumbada, me notaba más sana que nunca. Una vez, hace décadas, cuando llevamos a Daniel a sus únicas vacaciones en el extranjero —a Corfú—, estábamos tan contentos y activos (nadando, montando en barcas a pedales, visitando granjas de olivos) que dormí mejor que nunca en mi vida. Me despertaba todas las mañanas sintiéndome casi como una niña otra vez. Nunca volví a dormir así, y mucho menos después de la pérdida de Daniel. Pero en aquel momento me sentía de nuevo tan renovada como en aquellas vacaciones de los ochenta.

—¿Qué recuerda de antes de perder el conocimiento?

—Vi una luz —respondí, aun sabiendo lo patético que sonaba.

«Vi una luz.» Incluso Alberto pareció estremecerse cuando lo dije. Sobre todo Alberto.

—¿Qué tipo de luz?

Intenté recordarla.

—Lo siento, Paula, es difícil de explicar. Una luz que se movía. Una nube y luego una esf...

La médica se quedó muy quieta. Como si hubiera dicho algo malo.

—Perdone, ¿cómo sabe que me llamo Paula?

—Por la placa identificativa —contesté.

Me lanzó una mirada suspicaz y se colocó un mechón de pelo rebelde detrás de la oreja.

—No llevo ninguna placa.

Aquello me desconcertó.

—Ah, pues no lo sé.

Debía de haberlos oído hablar mientras estaba dormida. Había escuchado algo al respecto en la radio. Algo acerca de lo mucho que asimilamos sin darnos cuenta mientras dormimos.

Alberto no me quitaba ojo.

—¿Tiene antecedentes de epilepsia?

—No —le dije—. Bueno, mi abuelo sufría ataques.

Asintió.

—¿Migrañas?

—Sí, de esas he tenido unas cuantas.

Volvió a asentir.

—Esto encaja con los detalles que nos ha proporcionado el caballero. —Señaló a Alberto—. Nos ha contado que sufrió una especie de síncope y que tuvo que sacarla del agua. Sus niveles de oxígeno en sangre son muy buenos, pero tendremos que hacerle más pruebas.

Picos

Le pidieron a Alberto que esperara en la zona de recepción. Me había llevado la ropa al hospital, así que me cambié y me la puse. Me hicieron un análisis de sangre. Me tomaron la tensión, que estaba bien. Luego me hicieron un electroencefalograma para buscar cualquier tipo de actividad eléctrica anómala en el cerebro. La médica me puso unos cuantos sensores en la cabeza, pegándolos con una especie de pasta, y observó unas líneas serpenteantes que se movían en una pantalla. Era evidente que las líneas estaban más agitadas de lo que deberían.

Señaló la pantalla.

—Estos picos de aquí son muy pronunciados y están muy juntos...

—¿Qué quiere decir eso?

La médica se volvió hacia mí y, cuando me miró a los ojos, sentí que lo sabía todo de ella, como si fuera una ventana abierta y eso me permitiese distinguir todo lo que había dentro de la habitación. Vi recuerdos tan palmarios como cicatrices. La vi hablando cautelosamente con su hermano enfermo durante el último episodio paranoico de este. La vi en la plaza de España de Sevilla sonriendo y agarrada de la mano de un marido al que ahora detestaba. La vi en invierno, paseando a su perro por un desierto paseo de Ses Variades —el tramo de San Antonio desde el que se veía la puesta de sol—, mientras dejaba atrás el todavía cerrado Café del Mar y lloraba por su madre moribunda. La vi en el baño, preocupada por un lunar nuevo que le había salido en el antebrazo. La vi dentro de su coche aparcado, encorvada sobre el volante, preguntándose cómo iba a sobrevivir a otra jornada laboral. Todo estaba allí, en el mismo instante. Lo entendía todo, pero no sabía cómo. Era la misma sensación que había experimentado una vez en el Louvre al entrar en la galería de las antigüedades, llena de esculturas griegas, con la *Venus de Milo* allí, en el extremo opuesto de la sala. Fue una repentina absorción de intensidad. Fue demasiado, pero también, no sé muy bien por qué, algo de lo más natural. Karl tenía la teoría de que el arte, la música y todo lo que hubiera existido alguna vez vivían de algún modo dentro de nosotros. Una canción o una escultura buenas lo eran porque interpelaban a algo que ya estaba en nuestro interior. Bueno, pues así fue aquello. Mirar a la médica a la cara fue como entrar en una galería de pensamientos. Y los conocía, todos y cada uno de ellos, como conocía los míos.

La Presencia

Me enviaron a hacerme una resonancia magnética.

Los hospitales tenían algo. Algo que te hacía pensar en el futuro y en el pasado a la vez. Olían a colegio, pero con más intensidad. Los pasillos eran como un laberinto y había carteles con flechas por todas partes.

Triatge. Radiologia. Neurologia. Ultrasò. Urgències.

Me senté en la zona de recepción con Alberto, todavía ataviado con el traje de neopreno. Estaba comiéndose unas patatas fritas que había sacado de una máquina expendedora. «Es un buen hombre.» No tenía ni idea de por qué se me había metido esa ocurrencia en la cabeza e intenté no hacerle caso. Había otra persona sentada allí cerca. Un anciano de aspecto delicado elegantemente vestido con una camisa de manga corta remetida por dentro de unos pantalones con cinturón. Tenía una sonrisa solemne, una de esas de «intenta mantener la calma». Se la devolví. La típica sonrisa frágil que compartes en las salas de espera de los hospitales.

—He cometido un error —me dijo Alberto en un tono bajo y serio.

—¿Cómo dices?

—Tienes que salir de aquí —me susurró con la misma urgencia que si estuviera desactivando una bomba—. Cuanto antes. Los dos tenemos que marcharnos de aquí.

—¿Por qué?

Se comió otra patata.

—Tú fíate de mí.

—La última vez que me fie de ti, estuve a punto de ahogarme.

—No estuviste a punto de ahogarte. Lo ha dicho hasta la médica. No tienes daños causados por el agua en los pulmones. Te pasó algo ahí abajo, pero no fue eso.

—Casi me muero, igual que murió Christina. Y, por lo que sé, eso también fue culpa tuya.

Se rascó la barba, agitado. Nervioso.

—Christina sabía que iba a ocurrirle algo. Todo lo que le sucedió fue por elección suya.

—¿Qué quiere decir eso?

—Oye, lo siento. *Honestly.* Intenté ser lo más claro posible. Te dije que, si querías saber lo que le pasó a tu amiga, tendrías que acompañarme...

—Todavía no sé lo que le pasó.

Una vez más, hizo caso omiso de mi comentario y siguió hablando.

—*Shit.* No sabía que acabarías en el hospital. Te prometo que no había ocurrido nunca. Has debido de caerle mejor que los demás. O habrá tenido más... trabajo que hacer.

Le llevé la corriente.

—¿Qué es lo que ha tenido más trabajo?

—La Presencia.

—¿Qué?

—Así la llamamos.

—¿A qué?

—*The Presence*, en inglés. Pero La Presencia es mejor.

—Por favor.

—La luz que viste.

—Era un aura, lo ha dicho la médica. A veces aparecen con las migrañas o antes de un ataque.

—No has tenido ningún ataque. Yo estaba allí, pero no podía contárselo. Es mejor que no conozcan los detalles. Y ¿has oído alguna vez hablar de dos personas que hayan visto la misma aura al mismo tiempo? No, por supuesto que no. Eso no significa que todo el mundo pueda verla. Se esconde con mucha facilidad. Solo la ven aquellos que necesitan verla.

—Jesús.

—No, no es Jesús.

—Quería decir: «¡Jesús!» —le espeté—. Lo que se dice cuando un señor extraño vestido con un neopreno se te sienta al lado y empieza a decir auténticas ridiculeces.

Alberto exhaló con un ligero silbido. De repente, comenzó a hablar con el tono exagerado de un guía turístico.

—En Ibiza hay un pueblo llamado Jesús. Pero lo pronunciamos distinto a como lo pronunciarías tú.

El anciano elegante nos miró. Le sonreí de nuevo. Esta vez no me devolvió el gesto. Corríamos el claro riesgo de provocar un escándalo.

—Eres una persona complicada —me dijo Alberto—. ¿Te lo habían dicho alguna vez?

«Sí —pensé sin decírselo—. Muchas veces.»

—Tengo tendencia a evitar al máximo las conversaciones —dije en realidad—. Y me estás recordando el porqué.

Me ofreció una patata. Negué con la cabeza, aunque tenía hambre. «Terca como una mula», me decía mi madre.

Alberto se encogió de hombros y habló con la boca llena.

—Son de pimentón, están muy ricas. No te gusta aceptar placeres cuando te los ofrecen, ¿no?

Un minuto de silencio. Luego ya no pudo resistirse.

—Es normal. Esta fase de negación. A Christina también le pasó. Cuando te alcanza, sucede algo extraordinario y lo achacas a un sueño, porque ¿cómo no ibas a hacerlo? Aunque una parte de ti sabe que no ha sido eso. De todas formas, por lo general no hace falta que te saquen a rastras del agua. Suele ocurrir muy deprisa. Ocurre en cuestión de un instante. Pero tú mantuviste una interacción más intensa. Por eso tienes que salir de aquí y marcharte a casa, porque, si te hacen un escáner cerebral, encontrarán algo anormal.

—Ese es el objetivo de que te hagan un escáner cerebral.

—Me refiero a algo que quizá no se haya visto nunca. Es más exhaustivo que la prueba anterior y mostrará algo que los sorprenderá. Y, quién sabe, a lo mejor te trasladan a algún otro sitio.

Le lancé una mirada. Pensé en la flor extinta que había brotado en una grieta del camino seco que llevaba a mi puerta. Pensé en el tarro de agua marina que se había rellenado solo. Pensé en todas las cosas ilógicas con las que no sabía qué hacer. Y, por algún motivo, lo único que se me ocurrió decir fue:

—¿No tienes una serpiente de la que ocuparte?

Golpe de suerte

—Mira, ahora mismo hay otra fuerza en la isla —dijo Alberto—.
No es La Presencia, sino algo que todavía no entendemos. Algo de
lo que Christina tan solo captó atisbos. Alguien o algo con poderes que obran en nuestra contra. —En ese momento vio a alguien
que se acercaba por el pasillo. Una médica. Una mujer alta, con
una expresión seria y estresada en la cara y mechones de pelo suelto que se le habían escapado de una pinza con forma de mariposa.
Alberto se distrajo de repente—. Hay que marcharse ya. Ha sido
un error atraer tanto la atención sobre nosotros. Siempre es un
error. Esto debería ser secreto…

—No creo en los cuentos de hadas.

—Tenemos que irnos. Ahora mismo.

Tenía la cabeza gacha y se quedó mirando los pies de la doctora mientras pasaba.

—No.

Asintió.

—De acuerdo —dijo, y señaló a la mujer de la recepción—. Dentro de quince segundos, la recepcionista se tocará las gafas. Dentro
de veinte, cogerá el teléfono para hacer una llamada.

Aquello era absurdo. «Esto no es absurdo.»

A partir de ese momento, empecé a desviar la vista desde el
fluido avance del segundero del reloj de la pared hasta los rápi-
dos movimientos de la recepcionista con gafas. Me percaté de
que se las subía por el puente de la nariz y de que, cinco segundos después, estiraba el brazo por encima del escritorio y se le-

vantaba solo un poco para acercarse un teléfono fijo y comenzar a marcar.

«Un golpe de suerte», me dije. Yo me recoloco constantemente las gafas de leer. Seguro que por ahí hay algún estudio que dice que la gente se toca las gafas en ciertos momentos. En cuanto al teléfono... Bueno, las recepcionistas deben de hacer unas quinientas llamadas al día.

—Buen argumento —dijo Alberto con un suspiro.

—No he dicho nada.

—*Yes. Of course.*

—Vale. Te seguiré el juego. Si eres capaz de predecir las cosas, ¿por qué no predijiste que traerme al hospital era una mala idea?

Asintió.

—*Yes.* Otro buen argumento. La respuesta es que tenía miedo. Creía que ibas a morirte de verdad. —Su preocupación parecía sincera—. La mayoría de las cosas me resultan imposibles de saber con certeza absoluta. Y sí, puedo sacarme unos cuantos truquitos de la manga cuando estoy observando a alguien de cerca, pero lo cierto es que desde hace un tiempo mis talentos son muy escasos. Hubo una época en la que era todopoderoso, pero las cosas han cambiado. Capto pensamientos de vez en cuando. A veces veo las cosas con unos minutos de antelación, pero poco más. Aunque te elija, La Presencia solo te tiende la mano una vez. Podría anclar mi barco entre Formentera e Ibiza todos los días y sumergirme en ese preciso lugar y no me tocaría jamás. No quiere saber nada más de mí. Solo tuve un roce de lo más leve con ella. Al contrario que tú. Tus talentos serán bastante espectaculares cuando se desarrollen. Incluso más que los de Christina. Es porque pasaste mucho tiempo en el agua.

—Menuda tontería —mascullé, e intenté creérmelo de verdad.

—Si es una tontería, ¿cómo explicas que hayas sabido que la médica se llamaba Paula?

—Ha sido porque tengo poderes mágicos, claro está —dije en un marcado tono sarcástico.

Pero, en mi cabeza, estaba haciendo matemáticas. Según el reloj de la pared, eran las siete y veinticinco de la mañana. Veinticinco multiplicado por siete eran ciento setenta y cinco.

—¿Por qué estás haciendo cuentas?

—¿Cómo sabes que estoy…?

Me estaba deslizando hacia una nueva realidad y no tenía nada a lo que agarrarme.

Alberto se encogió de hombros.

—No son poderes mágicos. No es magia. Pero sí poderes. Y a ambos nos los ha otorgado una cosa que es extraterrestre. La Presencia. *The Presence*. De Salacia.

—¿Salacia?

—El nombre que le damos al planeta del que viene La Presencia. Es un buen nombre, ¿no? La diosa romana del mar.

—No creo en ese tipo de cosas.

—Lo único en lo que tienes que creer a estas alturas es en que cabe la posibilidad de que no lo sepamos absolutamente todo sobre la vida en el universo. En que no somos tan arrogantes como para pensar que este preciso momento de la historia es el único en el que sabemos todo lo que hay que saber. ¿Crees que puedes hacerlo? Y ahora, por favor, antes de que sea demasiado tarde, o me sigues hacia el exterior de este hospital o te quedas aquí.

Y, sin más, se puso de pie. Y no lo seguí. Me limité a volver a mirar al anciano de enfrente. Estaba esperando a su esposa. La estaban sometiendo a un escáner porque sospechaban que tenía un tumor. Estaba tan preocupado que no había dormido. Y lo supe a pesar de que sabía que no podía saberlo.

Alberto franqueó las puertas automáticas. Me pregunté qué le habría pasado a Christina. A lo mejor estaba atrapada en una base militar en algún lugar desconocido.

Me miré las manos. Había algo raro, pero tardé unos segundos en darme cuenta de qué se trataba. Y entonces lo vi: el anillo. En lugar de un rubí, tenía una esmeralda. En lugar del anillo de compromiso que había lucido todos los días desde que Karl me había pedido matrimonio en la biblioteca, llevaba puesto el que había rechazado en el restaurante Raj Pavilion, cerca de la Universidad de Hull, hacía un montón de años. El que había visto en la playa imposible.

Una descarga de adrenalina me recorrió de arriba abajo. Me puse alerta, sentí miedo.

Experimenté la repentina necesidad de seguir a Alberto.

Así que me levanté, con la recepcionista aún al teléfono, y caminé a buen paso hacia la salida. Un hombre con un uniforme verde estaba cruzando las puertas automáticas. Era el agente de la Guardia Civil que había conocido. El señor taciturno de ceño fruncido. Esquivé su mirada, pero, al pasar a su lado, supe que se llamaba Carlos Guerrero. Supe que había ido al hospital porque había recibido una llamada acerca de una mujer a la que Alberto Ribas había llevado hasta allí después de un accidente de buceo. Supe que por las noches le gustaba ver concursos de preguntas y respuestas en la tele mientras se tomaba una cerveza. Supe que en su apartamento tenía un sofá al que todavía no le había quitado el envoltorio de polietileno porque no le gustaba el polvo. Supe que adoraba tanto al FC Barcelona como detestaba al Real Madrid, pero había otro nivel en el que no le importaba lo más mínimo. Supe que la parte interior de los muslos se le irritaba con el calor y que le dolía la espalda por culpa de la ciática. Supe que tenía un sueño recurrente en el que un león le orinaba encima y él permanecía tumbado debajo del animal, demasiado asustado para moverse. A veces el sueño tenía una aterrorizadora connotación sexual que hacía que se despertara empapado en sudor. Supe que había hablado con Alberto y lo había descartado de sus pesquisas. Pero también supe que alguien lo había sobornado. Lo vi en una villa cara que no era suya aceptando dinero de una persona sin rostro. Evidentemente, la persona sí tenía rostro, pero yo no se lo veía.

—*Excuse me,* señora —me dijo mientras me alejaba caminando.

«No soy quien crees que soy», pensé, y lo pensé con tanta intensidad que pareció que también se convertía en su pensamiento, porque negó con la cabeza y continuó mascando chicle antes de encaminarse hacia la zona de recepción.

Las instrucciones

—Escúchame —dijo Alberto al dejarme en casa. Me habló con la misma ansiedad que si fuera un padre dejando a su hija en la puerta del colegio—. A lo largo de los próximos días, notarás algunos cambios.

—Tengo setenta y dos años. Estoy acostumbrada a los cambios.

—Estos serán sorprendentes, y puede que fuertes.

—¿Van a salirme cuernos? —le pregunté solo medio en broma.

Negó con la cabeza, pero no sonrió. Se lo estaba tomando en serio.

—No. Nada de cuernos. Tu aspecto físico no será distinto. Pero cambiarás. Cambia a todo el que toca.

Se le daba muy bien ser dramático. Con el tiempo, acabaría descubriendo que había una parte de él que no terminaba de «estar ahí», que estaba siempre aparte, observando, como si Alberto estuviera eternamente atrapado dentro de un panorama más amplio.

—¿Cómo? ¿Cómo voy a cambiar?

Se encogió de hombros.

—*Who knows!* Es difícil saberlo con exactitud. Se manifiesta de una manera distinta en cada persona. Pero ahora tienes una parte salaciana. Te ha concedido poderes salacianos y, por el modo en el que te tocó, supongo que el cambio será muy significativo. Pero lo importante es que no debes dejar que nadie se entere. Ahora no. No hasta que lo tengas todo bajo control. No se lo digas a nadie, no se lo enseñes a nadie, no permitas que nadie lo vea. Es muy importante.

Podría escribir un libro entero respecto a todo lo que sentí en aquel momento.

Después de que me dijeran que, en esencia, era medio extraterrestre y que tenía capacidades paranormales de algún tipo. La conmoción. La perplejidad. Pero, sobre todo, sentía rechazo. No quería creerme nada de todo aquello.

Hacía mucho tiempo que no me trataban como a una cría. Sentí que la indignación me abrasaba por dentro como si fuera lava.

—He estado a punto de morirme por tu culpa. ¿Por qué iba a hacer caso de nada de lo que digas?

—Porque no te queda otro remedio, ¿vale? Si no confiaras en mí, no me habrías seguido cuando me he marchado del hospital. Bueno, mañana vendré a verte. ¿Tienes comida y bebida en la casa?

Asentí y entorné los ojos para protegerme del sol. Hacía muchísimo calor. Era uno de esos días en los que sientes que la piel se te está friendo a tiempo real.

—Bien. No te muevas de casa. Así estarás a salvo.

—¿A salvo de qué?

Pensé que iba a aclarármelo, pero no lo hizo. Se limitó a decir:

—A salvo de ti misma.

—¿Por qué? ¿Qué voy a hacerme?

—Se te han conferido talentos a los que aún no te has adaptado. Este momento es peligroso para ti. Podría ocurrir cualquier cosa. Pero mañana vendré a verte.

—No quiero que vengas mañana.

Lo que en realidad quería decir era: quiero que las cosas sean normales. Quería restar todo lo nuevo que se me había sumado. Alberto incluido. Resumiendo, estaba más que un poquito asustada. Y mi reacción al miedo era el rechazo.

Me pasó un trocito de papel con un número garabateado en él.

—Para cuando cambies de opinión.

No «por si cambias de opinión», sino «para cuando cambies de opinión».

Y entonces arrancó y yo me quedé mirando la valla publicitaria del Eighth Wonder Resort y el pequeño recuadro con una fotografía de una habitación de hotel inmaculada. Parecía perfecta, pero ahora su perfección me molestaba. Me planteé por qué me incomodaba algo así cuando tenía tantas otras cosas que asimilar. Pero así era. Justo hasta que me di la vuelta para entrar en la casa.

El Hotel Infinito

Cuando mi antiguo profesor de Matemáticas, el señor Sole, me dijo que había algo más grande que el infinito, me eché a reír. Luego me propuso un experimento mental que ayudaba a explicar la teoría de conjuntos. Seguro que os lo mencioné en clase. Es ese sobre un hotel, el que se le ocurrió a David Hilbert, un genio alemán fallecido hace mucho tiempo, para aclarar a qué se refería Cantor cuando hablaba de los números transfinitos. Ese que ha arrasado con varias mentes. Que es tan sencillo que parece un juego de niños, pero que al mismo tiempo es diabólicamente complicado. En esencia, demuestra que en realidad no puede alcanzarse un infinito verdadero. Es algo así:

Imagínate un hotel con infinitas habitaciones. A cada habitación se le ha asignado un número, como es habitual en ese tipo de establecimientos. Habitación 1, habitación 2, habitación 3, habitación 4... Y así una tras otra tras otra para siempre. Ahora, imagínate que todas esas habitaciones están ocupadas. Sí, es un hotel muy popular. Un número infinito de personas ha llenado un número infinito de habitaciones. El caso es que ahora llega otra huésped al hotel. La llamaremos Marjorie. Está cansada. Ha hecho un viaje muy largo en avión. Le duelen las piernas. Las varices le están dando la lata. Necesita una habitación.

Bien, ¿qué le contesta el recepcionista del hotel? No puede decirle que el Hotel Infinito se ha quedado sin habitaciones, ¿verdad? Si lo hiciera, Marjorie se metería en TripAdvisor y pondría de vuelta y media al hotel. «¿¿¿¡¡¡Y SE LLAMA EL HOTEL INFI-

NITO!!!??? ¡¡¡SERÁ MÁS BIEN EL HOTEL FINITO!!! MENU-
DO TIMO.» (Una estrella.)

No, el recepcionista desplaza a todos los huéspedes una habitación más allá. Así, el tipo de la habitación 1 se traslada a la habitación 2, y la pareja que pasaba su luna de miel en la habitación 2
pasa a la habitación 3. Vale, no es el mejor sistema, pero déjate llevar. El resultado final es que a Marjorie le dan una habitación sin
que ninguno de los demás clientes se quede sin alojamiento. Podemos concluir, entonces, que ahora el hotel es infinito más uno:

$$\infty + 1 = \text{el hotel}$$

El hotel original no era lo bastante grande, de manera que su infinitud tenía límites. Pero ¿y si llegara más gente? ¿Y si otra infinidad de personas llegara en un avión infinito, y un número infinito
de taxis las recogiera para trasladarlas desde el aeropuerto? En ese
caso tendríamos:

$$\infty + \infty + 1 = \text{el hotel}$$

En conclusión: el infinito se da en conjuntos. Puede haber un
infinito más grande. El infinito puede duplicarse, triplicarse,
cuadruplicarse, quintuplicarse, etc. Puede haber una infinidad de
infinitos. El Hotel Infinito tenía diferentes tamaños de infinitos
incluso sin nuevos huéspedes. Está claro que un hotel infinito
tiene un número infinito de números impares, pero también tiene un número infinito de números pares, y en cualquier hotel el
número total de habitaciones es mayor que el número total de
habitaciones impares (o pares) por sí mismo. Es cierto que puedes ir más allá del infinito. Buzz Lightyear era el genio oculto de
Toy Story.

¿Por qué no paro de hablar de esto? Porque da miedo la velocidad a la que puede cambiar un sistema de creencias. Y porque,
para mí, creer en la vida extraterrestre en la Tierra estaba más allá
del infinito. Cuando llegas a mi edad, tienes la sensación de que

no te queda nada importante que aprender. De que ya has acumulado todo el saber que puede serte útil. Tu hotel está lleno. Yo ya había alcanzado el límite y, sencillamente, no estaba preparada para esa habitación extra. Fue como un terremoto en mi interior, solo comparable al dolor de la pérdida. Pero ese dolor se debía a la muerte de una persona, aquello era la muerte de todo lo que había considerado mi realidad. Y, cuanto mayor te haces, como escribiste en tu carta, más cuesta romper los patrones. Así que estaba hecha pedazos. No tenía ni la menor idea de quién era ni de en qué mundo estaba viviendo. Me sentía renacida. Y, como todo bebé recién llegado, quería llorar. O gritar.

Las peculiaridades

Me paseé por la casita.

Al contrario de lo que era habitual en mí, no tenía que sentarme cada dos minutos. Tenía energía. Pero, aunque me sentía renacida, la realidad no era esa: seguía soportando los suficientes dolores sordos y crujidos apagados como para hacerme entender que seguía teniendo más de setenta años. Sin embargo, me notaba más alerta y viva que desde hacía años.

«Este momento es peligroso para ti.»

Encendí el televisor para intentar sacarme a Alberto de la cabeza. Encontré un canal de noticias en inglés. No había visto a aquel reportero en mi vida, pero, por alguna razón, supe que estaba en pleno divorcio. Estaba informando sobre unos incendios forestales a miles de kilómetros de allí.

Era una noticia terrible, desde luego, pero igual que otras que había visto en cientos de ocasiones anteriores y que contemplaba como si fueran otro trozo del lúgubre papel pintado en movimiento del siglo XXI. No obstante, aquella vez, mientras observaba las excavadoras amarillas y los leños arrancados de las ramas, experimenté una sensación de repugnancia inaudita que me provocó arcadas. Noté una extraña sensación de ansia nauseabunda y, de repente, la boca se me llenó de saliva. Fue como si alguien acabara de obligarme a comer jabón. Apagué el televisor y salí disparada hacia el baño salpicado de moho para vomitar en el lavabo.

Estaba enferma de verdad.

Y no por algo que hubiera comido, sino por el mero hecho de haber visto las noticias, como si el paisaje devastado que acababa de mostrarme la pantalla me hubiera generado una reacción interna directa. En casa habría tenido colutorio para enjuagarme la boca y quitarme el sabor, pero allí no. Me lavé los dientes.

Perdona. Tendría que haberte avisado antes de contarte todo eso. Pero, después de vomitar, volví a encontrarme bien y sana.

Entonces se produjo otra peculiaridad. Me percaté de que cada uno de los coches que circulaban por la carretera hacía un ruido distinto. A mí nunca me habían gustado los coches. Sin embargo, mi hijo, Daniel, a los cinco años ya los diferenciaba con solo ver los faros. Era capaz de distinguir los diversos modelos incluso cuando volvíamos de casa de su abuela y ya era de noche. «Ford Cortina», murmuraba desde el asiento trasero sumido en una especie de trance. «Vauxhall Cavalier... Metro... Ford Sierra...»

Yo no sabía identificar cada vehículo como lo habría hecho Daniel, pero sí veía su imagen en mi cabeza. Solo con oírlos. Lo veía todo, incluso la forma y el color.

Ni siquiera sé si se debía realmente al ruido. Quizá se explique mejor como un sentimiento de *déjà vu*. Pero al revés.

De manera que miré por la ventana y pensé «coche amarillo». Por supuesto, el siguiente coche que pasó por delante de la casa fue amarillo. «Coche azul.» Coche azul. «Taxi blanco.» Taxi blanco. «Autobús grande rojo y amarillo chillón.» Autobús grande rojo y amarillo chillón. Era muy muy raro y estaba muy muy lejos de cualquier cosa que pudiera explicar. Y entonces sentí un poco de sed. Así que me acerqué al frigorífico y saqué la botella de zumo de naranja. Así dicho, parece una cosa normal. Pero no fue una cosa normal. Fue una cosa muy extraña. De hecho, fue tan extraña que creo que voy a dedicarle un capítulo propio.

El placer infinito del zumo
de naranja

Bebí unos cuantos tragos y cerré los ojos, tan entregada como una loba aullándole a la luna. Llevo casi setenta y dos años bebiendo zumo de naranja —en muchas ocasiones, incluso zumo de naranja recién exprimido—, pero puedo afirmar con total sinceridad que nunca lo había saboreado de verdad. Mi impresión era que el zumo de naranja era el agua de los zumos de frutas. Existía, sin más. Formaba parte de la misma categoría de alimentos en la que se encuentran el helado de vainilla y el té con tostadas: algo que está muy rico, pero de una forma neutral y que se da por hecha.

Sin embargo, aquello fue distinto. Aquella fue la bebida más maravillosa que había probado en mi vida. El dulzor y el amargor antagónicos pero perfectamente equilibrados me resultaron tan complejos como la botella del zinfandel más exquisito. Paladeé hasta el último trago. Acabé terminándome la botella entera.

Lo raro era que la última vez que lo había bebido me había parecido un zumo de naranja bueno, pero en absoluto memorable. En aquel momento, me pareció ambrosía de los dioses. Me sentí como si el único propósito de mi vida fuera disfrutar de la experiencia de degustar un líquido extraído de las vesículas de una fruta cítrica divina. Un alivio y una liberación inmensos. Incluso más saciante que la sensación de cuando era pequeña y, tras jugar al tenis con mi vieja amiga Sarah bajo el sol de julio, me bebía de un trago un vaso entero de agua.

Aquel zumo de naranja era, en pocas palabras, lo mejor que había probado en mi vida.

—Ha sido placentero —me dije en voz alta, porque me parecía tan importante que necesitaba pronunciarse.

Y entonces reconocí un hecho: aquella era la primera vez que disfrutaba de algo, que disfrutaba de verdad de algo, desde hacía meses. Años, incluso. Sí, me había distraído con ciertas cosas —películas antiguas, el Wordle, crucigramas, ajedrez en línea, libros de enigmas, algún documental que otro— y, desde luego, había estado muy entretenida desde mi llegada a Ibiza, pero aquel placer era distinto. Por lo visto, mi anhedonia había desaparecido gracias a un único vaso de zumo de naranja. A continuación me comí una galleta. Debo reconocer que no me supo tan rica como el zumo de naranja, pero, aun así, fue bastante espectacular.

El libro

Richard Feynman fue un erudito físico estadounidense que también escribió mucho sobre matemáticas. Antes me leía muchos de sus libros. Hacían que cosas tan intimidantes como la mecánica cuántica parecieran relativamente sencillas. El caso es que dijo algo a lo que de un tiempo a esta parte le he estado dando muchas vueltas: «Todo es interesante si se profundiza en ello lo suficiente».

«Todo es interesante si se profundiza en ello lo suficiente.»

Esto es cierto. Y es, en esencia, lo que me estaba empezando a ocurrir a mí. Estaba profundizando en todo sin siquiera intentarlo. En el zumo de naranja, el ruido de los coches, el ladrido lejano de un perro. De pronto todo tenía una riqueza y una complejidad infinitas, o de pronto yo tenía acceso a la riqueza y a la complejidad que siempre habían estado ahí. Puede que el perro que ladraba fuera lo más interesante. Cerré los ojos mientras lo oía. Y entonces lo vi en mi mente: un sabueso alto y marrón de raza no identificable que ladraba mientras permanecía atado junto a unos establos. Vi incluso el caballo al que le estaba ladrando.

Intenté concentrarme en otra cosa.

Abrí *La vida imposible* y me pareció que no estaba escrito en una lengua extranjera. Podía leerlo. No con tanta facilidad como en inglés, pero entendía la mayor parte de las palabras. Me acordé de un documental radiofónico acerca de un hombre que era capaz de aprender idiomas con solo mirarlos. Al parecer, yo ahora también tenía esa capacidad. Leí que los avanzados habitantes de algún otro mundo habían elegido las aguas que rodeaban la isla de Ibiza como base en la Tierra. Salí y volví a fijarme en la flor. La que se suponía que estaba extinta. Lo sabía todo de ella. Sabía que la especie se había desvanecido cuando habían arrasado el último ejemplar para hacerle hueco a un hotel. Me quedé fascinada durante un rato. Ya había caído la noche, pero eso no parecía cambiar nada. Estaba allí plantada, mirándola, entendiéndola sin ningún tipo de esfuerzo. Comprendiendo su silencioso propósito. El propósito de existir por el mero hecho de existir.

Caí en la cuenta de la hora que era. Era la una de la madrugada. Me resultaba rarísimo ser tan repentina e intensamente consciente de tanto y, a la vez, capaz de dejar que cosas importantes como la hora que era o incluso la fecha o el día en los que vivía (¿era 17? ¿18? ¿19? ¿Sábado? ¿Domingo? ¿Lunes?) me pasaran desapercibidos. Inhalé. El perfume de una flor ya no era un simple perfume para mí. Era todo un lenguaje, un anuncio de la vida.

Me preparé para meterme en la cama. Y luego, una vez acostada, me quedé mirando al techo, oyendo el tráfico.

«Taxi blanco.»

«Autobús nocturno.»

«Coche de alquiler plateado con una pareja que discute dentro.»

No estaba nada cansada. Era algo extraño en mí. Nunca había padecido de insomnio. Incluso cuando era más joven, dormir había sido mi estado por defecto. No siempre había tenido un sueño «tranquilo», pero siempre había dormido. Sin embargo, ahora estaba tan despierta como un búho.

Me levanté de la cama.

Miré la foto de la Christina más joven y el hombre del pelo largo. Aquella en la que aparecía el *buggy*. Me percaté de que entendía todo lo relativo al matrimonio de Christina con solo mirar aquella imagen en la pared. Aquel era el hombre con el que se había casado, Johan. Era un hippy y un músico frustrado que, aun en 1987, se empeñaba en comportarse como si siguieran en 1967. Se había enamorado de Christina una noche mientras ella cantaba viejos temas de The Carpenters y de Carole King ante el público borracho de la temporada baja en el Hotel Buenavista de Santa Eulària. Christina se había mudado a aquella casa un mes después de que Johan y ella se separaran, puesto que no tenía dinero para conservar su antigua vivienda en Ibiza capital. Su exmarido nunca había sido rico, pero se ganaba bien la vida como encargado de mantenimiento de piscinas.

A Johan, como suele ocurrir con los holandeses, se le daban muy bien los idiomas. Sabía inglés, español, francés, alemán y un poco de portugués. Incluso había aprendido catalán y lo mezclaba con el español, como hacían los lugareños. Hacían música juntos. Tenían una hija en común. Lieke, que también se convertiría en políglota y que un día alcanzaría en el mundo de la música lo que sus padres no habían logrado. La niña pequeña que en las fotos tenía un osito de peluche y una sonrisa nerviosa. A un mundo de distancia de la superestrella fuerte y fiera de la valla publicitaria.

Tanto Johan como Christina habían sido personas divertidas a su manera, a ambos les gustaban la música, bailar y la vida, pero discutían mucho y los dos eran impulsivos. Uno de los dos tenía que ser el responsable, y ninguno de ellos cumplía ese requisito. Ambos tenían aventuras con otra personas e incluso las buenas épocas terminaban muchas veces perdiéndose en una bruma de marihuana o en un torrente de alcohol. Tendrían que haberse divorciado antes. Esa era la valoración a toro pasado, al menos para Lieke, que era una frágil muchacha de trece años cuando se separaron y se fue a vivir con su padre a Ámsterdam. Johan nunca volvió a ver a Christina. Lieke sí, pero no mucho, porque su madre empezó a tener unas creencias extrañas que la avergonzaban.

La gente dice que el amor escasea. Yo no lo tengo tan claro. Lo que escasea es algo aún más deseable: la comprensión. No tiene sentido que te amen si no te comprenden. En ese caso, tan solo aman la idea de ti que se han formado en la cabeza. Están enamorados del amor. Están enamorados de su forma de amar. Ser comprendido. Y no solo eso, sino ser comprendido y apreciado una vez comprendido. Eso es lo que importa. Por desgracia, Christina y Johan no tenían ninguna de esas cosas. Se habían enamorado el uno de la idea del otro y tenían ideas respecto a cómo sería su familia. Pero la paternidad y la maternidad llevaban aparejada la realidad, y la realidad no era algo que estuviera a la altura de ninguno de los dos.

Fleetwood Mac

Quería escuchar música.

El viejo equipo de música de la década de los ochenta tenía una pletina para reproducir casetes. Revisé la colección de Christina. Blondie (cómo no). The Carpenters. Bob Marley. Fleetwood Mac. Puse el de Fleetwood Mac.

Escuché *Everywhere*.

Me pareció el sonido más hermoso, exuberante e intricado que había oído en mi vida. Por alguna razón, me tumbé. Me tumbé en el suelo del salón mientras el agua del tarro de aceitunas brillaba de nuevo. La luz cambiante y resplandeciente se correspondía con la melodía de sentimientos, un compendio de todas las emociones positivas que había vivido hasta entonces. La música me llegaba en forma de colores y de sentimientos táctiles, como algo que podía verse y sentirse además de oírse.

Me quedé mirando uno de los libros de la estantería. *El misterio del tren azul,* de Agatha Christie. Letras blancas sobre un lomo azul. Tuve la profunda sensación de ser capaz de moverlo. Es decir, de que era capaz de moverlo sin moverlo físicamente. Mejor dicho, me dio la impresión de que mi imaginación tenía el poder de manipular la realidad. Vi la valla publicitaria del Hotel Eighth Wonder del otro lado de la carretera a través de las cortinas medio abiertas. «Visualiza tus sueños y hazlos realidad.» Pues eso hice. El libro fue separándose poco a poco de la estantería, centímetro a centímetro, antes de precipitarse hacia el suelo sin llegar a tocarlo. Se quedó allí flotando. No, se quedó allí sujeto, porque sentía su peso en mi interior, esa clase de peso oculto que sientes cuanto te das cuenta de que has dicho algo que no deberías. Trazó un círculo en el aire y me provocó dolor de cabeza, así que lo solté y aterrizó en las baldosas mientras Christine McVie continuaba cantando, su voz un exquisito anhelo de perfección. Compleja, terrenal y etérea a la vez.

Se me calmó el dolor de cabeza y empezó a sonar otra canción, me incorporé hasta quedar sentada y, al ver el libro en el suelo, no supe si reír o llorar ante lo que acababa de ocurrir, así que hice ambas cosas. Y entonces la luz del tarro se desvaneció y me fui otra vez a la cama, donde permanecí tumbada sin dormir hasta que se hizo de día.

Aunque ahora estaba en posesión del agente de la Guardia Civil, recordé la carta que Christina me había dejado, hasta la última palabra y signo de puntuación, y en aquel momento le encontré un nuevo sentido. Sobre todo a esta parte:

Ah, y lo más importante de todo: ve a Atlantis Scuba, en la cala d'Hort. Dile a Alberto que te mando yo. No te cobrará. Ve a ver la pradera de posidonia. Es el organismo vivo más antiguo de la Tierra.

Y, por favor, cuando estés allí, mantén la mente abierta. Cualquier cambio que se produzca será para mejor. Créeme.

Tras repetirme esas palabras por décima vez, cerré los ojos y, en mi mente, vi una langosta corriendo por la arena.

Sandía al sol

La mañana siguiente, estaba sentada en la terraza de la cafetería vegana de Santa Gertrudis, todavía pensando en la visión de la langosta y en lo que podría haber significado.

Alberto me había dicho que me quedara en casa, pero me había embargado la necesidad de salir. Si era yo quien suponía un peligro para mí misma, ¿qué más daba dónde estuviera? Porque mi yo peligroso siempre estaba conmigo.

Además, seguía sin tener ni idea de si podía confiar en lo que me decía. Lo que sí sabía era que sentía un deseo profundísimo y urgente de explorar y de comprender por entero lo que me había sucedido y lo que le había sucedido a Christina. En lo más profundo de mi ser, intuía que las respuestas se encontrarían en el exterior. Además, y esto que voy a decirte no es moco de pavo: quería estar al aire libre. Era algo extraño en mí. Desde que Karl había muerto, no había experimentado ningún tipo de deseo de salir a la calle ni de hacer apenas nada. Pero ahora la curiosidad que me bullía por dentro era tan intensa que la sentía en mi interior como un motor suave, ronroneando en las profundidades.

Y allí sentada, al aire libre y bajo el sol, supe que había tomado la decisión correcta. Cuando me sirvieron mi ensalada de frutas, me quedé mirando el plato como si estuviera contemplando una obra de Matisse. Me fascinaron todas y cada una de las formas y de los colores. Las tentadoras medias lunas de naranja. El verde vivo del kiwi. Las pequeñas esferas de arándanos como planetas en un sistema orbital disperso, girando en torno a una fruta de la pasión. Los cubos de papaya. El triángulo rosa rojizo de una rodaja de sandía, salpicado de semillas negras, me pareció especialmente exquisito. Comer sandía al sol fue una sensación tan maravillosa que me pregunté por qué no habría dedicado una mayor parte de mi vida a hacerlo. Me planteé por qué no todo el mundo aspiraba a eso. Por qué todos los empresarios de éxito del planeta seguían trabajando y visitando oficinas y mirando pantallas de ordenador cuando en realidad podían dejar su trabajo y comer sandía al sol durante el resto de sus días.

Pero se me estaban metiendo ideas en la cabeza. Y ni siquiera eran mías. Los sentimientos de nostalgia del camarero, que echaba de menos a los amigos que había dejado en Murcia. Los pensamientos de otra clienta, una mujer ibicenca que estaba leyendo en el periódico una noticia sobre las altas temperaturas, que estaban batiendo récords a lo largo y ancho de todo el planeta. Noté su preocupación, y no solo en lo referente al clima, sino también al estado de salud cada vez más débil de su madre. Sentí esa preocupación como si fuera mía. Me atravesó como una nube. Pero lo mismo me ocurrió con la felicidad vacilante de tres muchachos que acababan de apearse del autobús en una parada cercana y pasaban por allí camino de una escuela internacional de la zona.

Era todo muy raro. Alberto tenía razón. Me había dicho: «el cambio será muy significativo», y, desde luego, así era. Se me aceleró el corazón. Me tembló el cuerpo. Era estimulante y aterrador, y me planteé si podría causarme la muerte.

Cuesta expresar esto con palabras, porque, por lo general, las palabras están hechas para los cinco sentidos, no para el sexto, el séptimo, el trigésimo octavo o cualquiera que fuese aquel. Supongo que era como una familiaridad profunda pero inexplicable. Como si conociera el mundo entero y su contenido tan bien como conocería a un pariente cercano. Como si hubiera conocido a todas las personas y todos los objetos y solo tuviera que echarle un vistazo a alguien para reconocerlo. Era una interconexión de todas las cosas hecha visible. Si sabes cómo verlo, está todo ahí.

Uno de los datos más interesantes y sentimentales de todos, un dato que siempre me ha encantado, es el que dice que todos somos polvo de estrellas. El universo entero está contenido en nuestro interior. Todos y cada uno de los elementos que llevamos dentro se creó en una estrella. Nitrógeno, calcio, hidrógeno, oxígeno, fósforo y todo eso. Estamos hechos del espacio profundo y del tiempo profundo, y nos hemos forjado en supernovas *(supernovae,* si queremos acudir al latín y ser pretenciosos). Un elemento, como sin duda sabes, es materia que no puede descomponerse en una sustancia más simple. Son los números primos del cosmos.

Estamos hechos de elementos.

Tenemos lo irrompible y lo eterno dentro.

Llevamos el universo en nuestra sangre y nuestros huesos.

Y, después de entrar en contacto con La Presencia, fue como si me hubiera despertado de un sueño pesado, hubiese abandonado un capullo protector y volado hacia una nueva clase de conciencia en la que no solo estaba formada de todo, sino en la que, además, podía verlo y entenderlo. Era, supongo, ligeramente menos ridículo que nacer. Imagino que venir de la nada y convertirte en algo debe de ser más milagroso, pero, cuando todo el mundo sale del mismo milagro, empiezas a devaluarlo. Es pura oferta y demanda.

Me comí el último arándano. Dejé el dinero en la mesa. Y luego me encaminé hacia el coche, sabedora de que, si lograba conocer todos los rincones de aquella isla, entendería para qué me habían llevado hasta allí. Porque era innegable que había un motivo. Eso lo tenía claro. Cuando me monté en el coche, volví a ver la imagen de la langosta y la aparté de mi mente al arrancar el motor.

Yo era vida

Estaba en un planeta totalmente nuevo.

En teoría, era el mismo planeta, claro. La misma isla española del planeta Tierra. Pero, al mismo tiempo, todo era nuevo.

Era como si a todas las cosas se les hubiera infundido un asombro o una intensidad repentinos. Esa emoción que en el pasado solo había percibido de una forma muy esporádica —ante la visión de un zorro o el murmullo de unos estorninos— me sucedía ahora con todo. No solo con el zumo de naranja y con las sandías (aunque la fruta, en concreto, me parecía de pronto sublime de una forma que jamás había experimentado), sino con todas las categorías de la naturaleza, incluso con la naturaleza humana.

Y con una intensidad mucho mayor de la que había sentido nunca. Nada había cambiado, en apariencia. El mundo era el mismo en el que había vivido el año anterior y el año anterior a ese. Y la isla era la misma en la que había pasado el día precedente.

Verás, si quieres visitar un mundo nuevo, no necesitas una nave espacial. Lo único que tienes que hacer es cambiar tu mente.

Y mi mente había cambiado por completo.

Todo rabiaba de belleza.

El cielo sólido y azul. El olor a pino. El chirrido de las cigarras. El centelleo del calor allá donde la carretera se topaba con el cielo. Era todo muy real y mágico a la vez.

Encendí la radio. Volvió a sonar música electrónica, un tema animado que, sin ningún tipo de indicación, supe que era de un DJ brasileño llamado Alok, un músico del que, como es evidente, no había oído hablar jamás. Sin embargo, la señal no paraba de cortarse, así que volví a una emisora de pop. Estaban poniendo una canción que no había oído en mi vida, pero, aun así, lo sabía todo sobre ella. Sabía que se llamaba *Despechá*. Sabía que era de la cantante española Rosalía y que se había lanzado en 2022. Supuse que esos conocimientos se debían sencillamente a la capacidad de «rellenar los huecos», al hecho de que no necesitas tener todas las piezas de un puzle para adivinar la imagen completa. Sin embargo, ahora era como si pudiera adivinarlo todo a partir de una sola pieza. Solo tenía que haber oído algo de música pop para saberlo todo sobre la música pop en general. Entendía la letra de aquella canción española. Capté que la cantante estaba resuelta a sanarse el corazón roto a fuerza de bailes y sentí lo bien que se lo estaba pasando. Me gustó la alegría que brotaba de su dolor. Me metí de lleno en ella. Puede que incluso meneara un poco los hombros a pesar de que era un estilo de música que no había escuchado nunca. Y después pusieron una canción de ese rapero, 21 Savage, y me encantó. Subí el volumen y moví la cabeza al ritmo de la música, como si fuera una persona con una edad, una vida y una psicología distintas.

Hay patrones en todas partes. Algo que observaste en el pasado —una conversación en un avión, por ejemplo— llega a tu presente de una forma algo distorsionada. Una cantante en la camiseta de una mujer se convierte en una melodía escuchada, así que después comenzó a sonar una canción antigua de Taylor Swift que se llamaba *Mirrorball,* y yo fui todas y cada una de las personas que habían disfrutado alguna vez de aquel tema desde cualquier perspectiva. Me hizo darme cuenta de que yo también era una «bola de espejos», como el título, pero puesta al revés. Los espejos estaban dirigidos hacia el interior. En lugar de que el mundo me viera reflejada desde todos los ángulos posibles, el mundo era la bola de espejos y yo era el núcleo, de manera que todo titilaba hacia mí desde todas partes, sin excepción, de manera simultánea. Suena aterrador, pero en aquel momento me resultó vivificante. La canción acabó y la siguieron varios anuncios, y ahora los anuncios

—como las noticias— tenían la capacidad de revolverme un poquito el estómago, así que cambié a una emisora de rock clásico en la que estaba sonando *You Shook Me All Night Long,* de AC/DC. La había escuchado en una ocasión anterior, gracias a Karl, y le había pedido que la bajara porque me estaba dando dolor de cabeza. Ahora, en cambio, subí el volumen. Al máximo. La canté con la ventanilla bajada y pensé que era absurdo, y también triste, que no hubiera cantado nunca en el coche. Aquel acto contenía una fuerza sencilla y deseé que Karl estuviera allí para poder hablarlo con él. Era vida. AC/DC era vida. Yo era vida.

Todo puede ser bello con los ojos y las orejas adecuados, Maurice. Todo género musical. Toda pena y todo placer. Toda inhalación y exhalación. Todo solo de guitarra. Toda voz. Toda planta junto al asfalto.

Pensé en una frase de Mary Shelley. De *Frankenstein.* Mi libro favorito después de *El conde de Montecristo.* La frase era esta: «Hay algo que me remueve el alma y que no soy capaz de comprender».

Volví a bajar el volumen cuando llegué a la plaza encalada de la iglesia y vi a dos hippies viejos y ricos sonriendo, con la piel curtida por el sol y envueltos de cintura para abajo en llamativas prendas de estampado batik, apoltronados en las sillas de mimbre de la terraza de una cafetería bebiendo *smoothies* azules. Cuando pasé junto a ellos con el coche, sentí su alegría relajada como si fuera mía; me llegó a la mente como una exhalación. Había un anciano de pie junto a una puerta contemplando el mundo con una mirada arrugada y perpleja. Lo vi de niño, probablemente en la década de los cincuenta, jugando en aquella misma calle a empujar una motocicleta y un sidecar de hojalata sobre las losas del suelo bajo la atenta mirada de un adusto miembro de la Guardia Civil vestido de uniforme. Sin una sola cafetería vegana a la vista.

Al salir de Santa Gertrudis, cambié a una emisora de música clásica. Radio Clásica. Estaban poniendo el primer movimiento del *Concierto para violonchelo en mi menor* de Elgar. También lo había escuchado en una ocasión anterior. En casa me ponía música clásica muy a menudo, pero ahora la sentía con hasta la última parte de mi ser. El sonido de las cuerdas era como una marea creciente, me hacía flotar, estaba muy arriba, despegada del suelo, sin ataduras, sin nada debajo, arrastrada por una corriente emocional, sin nada a lo que agarrarme salvo a la certeza de que estaba viva.

Llegué a un taller donde dos trabajadores intentaban embutir un colchón en la parte trasera de una furgoneta pequeña que en realidad no estaba preparada para ello. Se reían y sentí que su felicidad me recorría de arriba abajo al pasar a su lado.

Gato

Había un gato montés en la carretera, contoneándose despacio, con la mente sorprendentemente tranquila y ajena al concepto de las carreteras. Era una criatura preciosa, majestuosa, magnífica, y me detuve para dejarla cruzar.

Camión

Entonces mi estado de ánimo cambió.

No supe cómo ocurrió, pero allí sentada, agarrada al volante mientras esperaba a que el gato pasara, me asediaron unos recuerdos que no eran míos. Todos a la vez en oleada.

Los poderes, o «talentos» o lo que quiera que fuesen, se estaban haciendo cada vez más fuertes. Vertiginosamente fuertes. Estaba sintiendo a Christina. No en el coche, sino en una playa; estaba saboreando su furia mientras discutía con su marido, y su culpa cuando su hija pequeña, que estaba construyendo un castillo de arena, empezó a llorar y a golpear el castillo hasta reducirlo a la nada.

Luego, en una época mucho más reciente, vi a Christina con una mujer con gafas y el pelo oscuro y muy alborotado. Estaban en aquel mismo coche. Estaban hablando del hotel que alguien tenía planificado construir en Es Vedrà.

—¿Quién está detrás de esto? —le preguntaba la mujer.

Christina no lo sabía.

—No consigo verlos. No están aquí.

—Pero tú lo ves todo.

—Esto no.

Por alguna razón, aquella escena me llevó a otra: Christina estaba hablando con un hombre. No alcancé a verle la cara al desconocido, igual que no alcancé a verle la cara al hombre que había sobornado al agente de la Guardia Civil. Sin embargo, sabía que era la misma persona. No me cabía duda.

Estaba tan sumida en aquellos recuerdos que tardé unos instantes en darme cuenta de que tenía un camión detrás, de que me estaba pitando y de que su claxon sonaba como un ganso contrariado.

Arranqué de nuevo. Intenté sacarme a Christina de la cabeza y concentrarme en la conducción, pero era muy difícil. Y no se trataba solo de Christina. El conocimiento me rodeaba por todas partes. No solo me cruzaba con coches, me cruzaba con pensamientos y emociones. Con amor, odio e indiferencia. Estaba sumergida en todo un mar de vida. Pasé junto a unos agentes de la Guardia Civil que registraban un coche en busca de drogas y junto al angustiado conductor, que albergaba la esperanza de que no miraran detrás de los conductos del aire. Pasé junto a un perro y sentí su soledad. Pasé junto a un árbol y, no sé cómo, supe que tenía 86 427 hojas, igual que sabía que yo tenía 123 210 pelos en la cabeza, casi todos blancos.

Aun así, el pánico que había sentido empezó a disminuir.

Después adelanté un Jeep descapotable y supe quién era la persona que lo conducía. No sé si ese conocimiento provino de mis nuevos talentos o simplemente de que la reconocí por las vallas publicitarias, pero no cabía duda de que era ella. Lieke. La hija de Christina. Estaba girando hacia un enorme centro de jardinería, Eiviss Garden, así que hice un cambio de sentido y yo también entré antes de que me diera tiempo a pensar en lo que estaba haciendo.

Lieke

Me la encontré estudiando una amplia selección de macetas de suculentas.

—Hola —la saludé—, perdona que te moleste, pero eres Lieke, ¿verdad?

Era alta, más que su madre, y llevaba unas gafas de sol y un chaleco largo. El pelo decolorado se le atisbaba bajo una boina que resultaba impropia de aquel clima. Vi que tenía un piercing en la nariz. Y un tatuaje de la palabra «Silencio» en el cuello, un término que me extrañó que una DJ se hubiera grabado en la piel. Tenía los ojos de Christina, pero una expresión más acerada. Su apariencia era la de una mujer dura, fuerte. Pero también me percaté de que era una fachada. Era tan frágil como todos los demás. Su mente, no obstante, decía la verdad y emitía notas agridulces de desafío y tristeza.

Asintió. No dijo ni una palabra.

Estaba acostumbrada a que la reconocieran, pero yo no debía de parecerme al tipo de gente que solía acercársele.

—Me llamo Grace. Grace Winters. Conocí brevemente a tu madre hace muchos años.

Ahora la tristeza tenía espinas. Estaba claro que no quería hablar conmigo. Deseé no haberla abordado, pero ahora ya estaba hecho, así que le dije lo que tenía que decirle lo más rápido que pude:

—Christina me ha dejado su casa en herencia y eso me hace sentir incómoda. Ya me entiendes. No me parece apropiado que me la haya dejado a mí teniendo familia. Así que solo quería decirte que, si alguna vez la necesitas, ahí la tienes. O, si quieres hablar de ello...

—No nos llevábamos bien —me interrumpió al mismo tiempo que acariciaba la hoja gruesa y robustamente perfecta de una planta de jade—. Y ahora tengo mi propia casa. En las montañas. No pasa nada. No tiene que sentirse culpable.

Su acento era extraño. Se encontraba en algún punto indefinido de la intersección del diagrama de Venn entre el inglés americano y el británico, el holandés y el español, y, a la vez, en ningún sitio.

Vi su casa en las montañas. Pude acceder a su idea de ella como si la hubiera descrito con palabras. La vi nadando en la piscina, con su novio observándola desde una hamaca.

Tendría que haberlo dejado ahí. Sin duda, es donde mi antiguo yo lo habría dejado. Pero, de repente, a aquella nueva yo le interesaba todo a un nivel muy profundo. Así que, con aquel recién encontrado espíritu inquisitivo, le pregunté:

—¿Por qué no os llevabais bien?

Fue una pregunta grosera y personal, pero necesitaba saberlo, y había demasiados pensamientos amontonados como para poder acceder a la respuesta. Si quieres llegar a algún sitio, a veces tienes que tomar el camino más recto.

—No era sencillo convivir con ella.

—¿Era de convicciones fuertes?

—No eran solo sus convicciones. No era solo la cantidad de hachís que fumaba. Era la hostia de real. Estaba poseída.

—¿Poseída?

Suspiró. Fue una exhalación entrecortada. Como un latido. Y luego salió todo de golpe, como una avalancha.

—Tuvo una experiencia. En el mar. Y aquello la consumió. Ya no volvió a comportarse como un ser humano normal. No podía hablar con ella sin que me desvelara algo sobre mi futuro. Y siempre eran predicciones acertadas, lo cual lo hacía aún peor. A ver, no me jodas, ¿cómo vas a vivir la vida si ya sabes todo lo que va a pasar? Yo no quería saberlo. Le pedí que parara. Le pedí que viviera como un puto ser humano normal.

—Los seres humanos normales son difíciles de encontrar —le dije—. Pero lo siento, debió de ser duro.

—Nuestra relación siempre había sido complicada. Fue una madre de mierda. Me gasté diez mil putos euros en una psicóloga para llegar a esa conclusión. Pero eso podía soportarlo. Lo que no podía soportar era que intentara decirme todo el puto rato lo que tenía que hacer porque ella ya conocía el futuro, ¿me entiende?

—Era como tener a Dios de madre. Y nadie quiere tener a Dios de madre, ¿no?

—Si tienes a Dios de madre, no te queda más remedio que ser el ángel caído. Se volvió imposible. No fue solo que me dijera que no le gustaban ni mi música ni lo que hacía para ganarme el pan ni mi novio, fue que me robaba todo lo que hace que la vida sea la vida. Ya sabe, la impredecibilidad. Y, cuando me contó que iba a dejarle la casa a usted, le contesté que me parecía bien. Le dije que no quería su casucha de mierda y mi comentario no le gustó nada. Me contó que estaba contribuyendo a organizar una protesta contra no sé qué proyecto de urbanización en Es Vedrà y se enfadó conmigo por no implicarme... —No le flaqueó la voz, pero el arrepentimiento la invadió por dentro—. Acabó muy mal...

A pesar de la impasibilidad de su rostro, sus pensamientos desprendían un calor rojo. Durante un momento de descuido, me pregunté si Lieke habría querido hacerle daño a su propia madre. Entré en su mente y lo único que vi fue a Christina pegándole una bofetada al final de la discusión. Era algo que costaba imaginarse. Christina. La tranquila y musical Christina.

—Qué doloroso. ¿Fue esa la última vez que hablasteis?

—No.

—¿Crees que la asesinaron?

—Eso predijo. Pero me aseguró que tenía un plan. Ella siempre tenía un puto plan. Eso fue lo último que me dijo. Iba a desaparecer marchándose a un mundo mejor y le daba igual a quién dejara atrás. En realidad nunca se preocupó por mí. Así que, bueno, intenté pagarle con la misma moneda.

—¿Se refería al cielo? Con lo del mundo mejor, digo.

Negó con la cabeza.

—No, se refería a otro planeta. Creía que podía acceder a otro planeta.

Me miró con los ojos muy abiertos y sentí el pensamiento que se ocultaba tras ellos. Era un pensamiento simple: «Sé que todo esto es una locura».

Me dio la espalda. Metió una planta en su carro. Quería que me marchara.

—Siento haberte molestado.

Entonces se suavizó. Fue como el sol a través de las hojas.

—No pasa nada.

En ese instante, un conocimiento se solidificó en mi mente, tan firme como un guijarro, y supe que era verdad. Necesitaba compartirlo.

—Tu madre te quería.

—Sí, lo sé. Y a usted también la quería.

Me reí ante lo absurdo de aquella afirmación.

—Ni siquiera me conocía.

—Me hablaba mucho de usted cuando era pequeña. Decía que le había salvado la vida.

Negué con la cabeza.

—Solo le ofrecí un poco de compañía.

Lieke esbozó una sonrisa de una complejidad infinita.

—A veces es lo único que se necesita.

—Cierto. Sí. Adiós.

Mientras me alejaba, volvió a dirigirse a mí.

—No le dio la casa a cambio de nada. La estaba reclutando. Era una trampa. Usted es su sustituta. No se convierta en ella, ¿vale?

—Lo intentaré con todas mis fuerzas.

—Y no sé si le van las DJ de tecno, pero, si le apetece, puedo ponerla en la lista de invitados de Amnesia de mañana por la noche. —Me gustó que me hablara como si ni mi edad ni mi apariencia me definieran. Era una cosa extrañísima: una humana desprovista de prejuicios—. También pinchan Carl Cox, Amelie Lens, Adam Beyer, Paco Osuna... Son unos DJ magníficos. Será la noche del verano. Le asignaré otro par de entradas. Grace Winters más dos.

Pensé en bailar. No me resultó una idea del todo desagradable. No tenía ni idea de qué se ponía la gente para ir a Amnesia. Me pregunté si mis pantalones de vestir de Marks and Spencer y mi blusa bordada estarían bien.

Y, por alguna razón incomprensible, yo, tu profesora de Matemáticas jubilada, dije:

—Ay, gracias. Me encantaría.

Más grande
que el pensamiento

Llegué en coche a la cala d'Hort. Lo dejé en el aparcamiento polvoriento y pasé al lado de un restaurante con un cartel que decía: «Por favor, no dejen objetos de valor en el coche, se los pueden robar».

Continué caminando hasta Atlantis Scuba y busqué a Alberto por los alrededores, pero no lo encontré. Allí solo estaba Nostradamus, la cabra blanca y negra de los cuernos anchos.

Estaba a la entrada de la caseta de Atlantis Scuba disfrutando de un cuenco de avena sobre el sendero de tierra ocre. Alberto no se había equivocado al decirme que Nostradamus era un alma misántropa. Su misantropía vino flotando hasta mí junto con su olor almizclado.

Me resultó alarmante descubrir que lo entendía. Los pensamientos de una cabra son difíciles de traducir a cualquier tipo de lenguaje humano, pero diré que la nota de misantropía no es solo mal humor, sino una especie de mal humor gracioso. Las cabras siempre miran las cosas desde un punto de vista distinto. Como si no encajaran del todo y solo pudieran sobrellevar la situación. Me di cuenta de que Alberto también le había puesto el nombre de Nostradamus a modo de ironía. A las cabras no les importaba el futuro. El futuro y el pasado eran irrelevantes para ellas. Vivían en un constante y contrariado estado de actualidad. La dejé con sus cereales, caminé hasta la playa y me senté en la arena, vestida de pies a cabeza, cerca de uno de los restaurantes.

Mirara adonde mirara, veía a gente y sentía sus pensamientos y emociones. Pensé que ojalá Karl estuviera allí para poder contarle todo aquello. Eso es algo maravilloso de tener a alguien a tu lado. Son amortiguadores de la locura de la experiencia. Y no había experiencia más loca que la que yo estaba viviendo en aquellos momentos.

Un niño que jugaba en la arena se preguntaba quién ganaría en una pelea, quinientos gatitos o un solo tigre. Su madre estaba fantaseando con un joven que paseaba por la arena mientras su marido intentaba concentrarse en la novela de suspense que estaba leyendo. Un agente corrupto de la CIA estaba involucrado en un plan para matar al presidente.

Posé la mirada sobre la roca de Es Vedrà y sobre su islote gemelo, aunque más pequeño y plano, Es Vedranell. El más alto de los dos se erguía sobre el otro como un progenitor que quisiera protegerlo.

Observé el agua que los rodeaba.

Ahora que mi mente parecía saberlo todo, solo el mar continuaba sin resultarme cognoscible al instante. Seguía conservando su misterio y me calmaba con solo contemplarlo. Era lo único que parecía más grande que mis pensamientos.

La vida imposible

Sentada en la arena, me permití soltar una risita silenciosa a cuenta de lo ridículamente improbable que se había tornado mi vida. O quizá siempre había sido improbable. Puede que eso sea lo que es verdaderamente ridículo: que ni siquiera parpadeemos ante la absoluta improbabilidad de nuestra vida aquí, en esta roca que gira sin parar por el espacio. Ante el hecho de que existamos a partir de la nada, de que el universo entero exista a partir de la nada. Y aquí estamos, el «algo» imposible que creó existencia a partir del vacío. La vida imposible. Una carambola que debe preservarse.

El incidente de la cabra

Estaba sentada bastante cerca de uno de los restaurantes y no tardé en empezar a distraerme con las diversas conversaciones de los comensales, un arroyo murmurante de idiomas distintos que se fundían unos con otros como la espuma del agua. Oí las voces de dos ancianos que reconocí al instante del avión. Eran la pareja de edad avanzada que iba estudiando su guía sobre paseos por Ibiza. Estaban comiéndose un guiso de pescado, sentados junto a un tanque de langostas, y planeando su excursión de la tarde a un asentamiento romano no muy alejado de allí.

La mujer leyó un fragmento de la guía. Aunque no dijeron sus nombres en ningún momento, yo los supe enseguida. Se llamaban Olive y Michael y eran de un pueblo de los Cotswolds. Llevaban juntos la mayor parte de su vida y Olive estaba intentando no pensar en los resultados de la biopsia de Michael, que los estarían esperando a su regreso a Inglaterra. Michael también trataba de no pensar en ellos, pero tenía un mal presentimiento e intentaba mantener la calma. Sentí el agotamiento que le provocaba ese esfuerzo. Y vi el amor que se tenían; era de un color naranja saturado, de un sol poniente, cálido y más hermoso por su declive tras el horizonte. «A lo mejor me lo estoy imaginando», me dije. Sí. Tal vez me lo hubiera imaginado todo. Pero, si eran fantasías mías, ¿por qué estaba haciendo predicciones también? Como me había ocurrido con los coches. Con todas y cada una de las frases que iban a pronunciarse a continuación. El momento en el que el camarero se acercaría a la mesa. Ver la imagen del camarero en mi mente antes de volverme para mirarlo. Si eran imaginaciones mías, también lo era el mundo entero.

Tener aquel nuevo sentido resultaba bastante aterrador, en realidad. Intenté volver a concentrarme en el mar, pero oí un disparo. Muy débil y lejano, y nadie más pareció prestarle ninguna atención. Sentí que se me encogía el estómago. Vi un barco más allá de las barcas a pedales. A simple vista, no era más que una mancha blanca a lo lejos, más allá de la roca de Es Vedrà. Pero en la mente lo distinguí con mayor claridad. Lo vi con la misma claridad que si estuviera flotando justo a su lado. Tenía una cabina pequeña y las palabras *Eighth Wonder* pintadas en un lado. Recordé la valla publicitaria que había enfrente de la casa. Anunciaba un resort Eighth Wonder en la cala Llonga, que estaba a kilómetros de allí.

Había un hombre en la cubierta del barco. A simple vista era casi imposible atisbarlo. Tanto como aislar un solo pelo en la cabeza de alguien que está a un buen trecho de distancia.

Pero yo podía ver al hombre sin verlo. Igual que vemos los recuerdos sin verlos de verdad. Aquello era un recuerdo que estaba sucediendo en el presente, y no a mí. Bajo el sol implacable, el hombre tenía los ojos entornados y aguzaba la vista a través de la mira de su rifle. Apuntaba, por encima del agua, a una cabra plantada en medio de la escarpada roca caliza de ese islote tan misterioso, Es Vedrà. Los colores de la cabra eran distintos a los de Nostradamus. Era marrón y blanca, no negra y blanca, y tenía los cuernos más pequeños. El hombre veía a través de la mira telescópica que la cabra los estaba mirando de hito en hito. La criatura acababa de presenciar la muerte de otra cabra y era consciente de lo que estaba ocurriendo.

El tirador se llamaba Nicolau. Estaba muy desazonado. No paraba de pensar en qué le habría dicho su novia. Pero su novia ni siquiera iba a enterarse. A fin de cuentas, le habían dado órdenes estrictas de no contarle nada a nadie.

Nicolau había leído en algún sitio de internet que las cabras eran animales muy inteligentes y que eran capaces de reconocer los rostros y las expresiones humanas. Albergaba la esperanza de estar lo bastante lejos como para que no le vieran la cara. No quería hacer lo que estaba haciendo, pero su jefe le pagaba bien y el gobierno local había autorizado aquella acción. Debían eliminar a todos los animales de la roca. No tenía claro el motivo y su jefe no se lo había explicado. En cualquier caso, era evidente que estaba relacionado con el plan de urbanización, aunque no tenía ni idea de cómo iban a construir un hotel en una roca tan inhóspita. Y entonces, cuando sintió que su compañero, Hugo, le ponía la mano en el hombro, supo lo que estaba a punto de hacer.

Y yo, paradójicamente sola en aquella playa atestada, también supe lo que estaba a punto de hacer. Y, por alguna razón, no podía permitir que lo hiciera. Porque, además de saber lo que estaba sintiendo aquel hombre por dentro, también era consciente de lo que estaba sintiendo la cabra. Sentí su dolor por la muerte de su congénere. Era como una oscuridad palpitante. Cerré los ojos, como si fuera a pedir un deseo.

Y entonces me encontré dentro de la mente de Nicolau. No solo la veía, sino que también influía en ella.

Contuvo la respiración mientras posaba el dedo en el gatillo. Intentó apretarlo, pero no pudo. Se preguntó si el fusil estaría estropeado. Comprobó si el seguro continuaba puesto, pero no era así. Lo intentó de nuevo y en esta ocasión se dio cuenta de que la culpa no era del arma.

El otro hombre, su compañero, se estaba riendo de él. Le preguntó qué problema había.

Hugo negó con la cabeza y cogió el fusil. Esta vez fue más difícil: no podía acceder a su mente, había una puerta cerrada.

«No lo hagas —le dije como si fuera la voz de su conciencia—. No aprietes el gatillo. Deja que la cabra viva.»

Parpadeó, volvió a parpadear y me expulsó de su mente, no entendía por qué de pronto tenía tantas dudas. Entonces me distraje un instante. El niño que tenía cerca había empezado a berrear porque su hermana le había destrozado el castillo de arena.

Y llegó el disparo. Aunque hubiera tenido la mejor vista del mundo, no habría alcanzado a verlo, puesto que se había producido detrás de Es Vedrà. Sin embargo, lo vi; en mi cabeza, lo percibí con más claridad que la playa y el castillo de arena derrumbado. La cabra cayó por un acantilado, rápida y pesadamente, y se estrelló contra las rocas dos veces antes de llegar al agua con un último chapoteo.

Sentí que se me encogía el estómago otra vez.

Hugo se limitó a quedarse mirando el agua un instante más, perdido en los remordimientos.

Las langostas

Permanecí allí sentada, enfadada conmigo misma. Había intentado evitar la muerte de una criatura y había fracasado. Mientras contemplaba el malogrado castillo de arena, las voces del restaurante empezaron a fluir de nuevo hacia mí. Oí voces en español, voces en catalán, voces en inglés, voces en neerlandés, y también sentí los pensamientos y los recuerdos que las rodeaban o que contenían, como si cada palabra fuera un paquete en torno a una idea que yo pudiera desenvolver al instante. Pero había una voz, una mente, que destacaba sobre todas las demás. Era una voz áspera, quebradiza, británica. Los pensamientos también eran ásperos; noté que flotaban hacia mí como el humo.

—Perdone —dijo la voz, que pertenecía a un señor sentado a dos mesas de la pareja de los Cotswolds—. Hemos encontrado esto en nuestra paella.

El camarero lo miró, confuso. El cliente le sostuvo la mirada.

—Es un pelo —explicó el hombre, que percibí que se llamaba Brian, mientras sujetaba el cabello en alto como si fuera un artefacto histórico, como si acabara de arrancarlo de la cripta funeraria de Cleopatra—. Y, mire, no es de ninguno de nosotros.

Brian no pensaba echarse atrás, igual que no se había echado atrás cuando había forzado su despido en la empresa de seguros londinense en la que trabajaba.

—Lo siento muchísimo, señor. Lo comentaré en cocina.

El camarero con el que estaba hablando se llamaba Vicente. Desprendía una cierta tristeza. Una especie de añoranza que ya formaba parte de él incluso antes de mudarse a España desde Ecuador. Una incapacidad de sentirse anclado. Cerré los ojos y vi un recuerdo reciente suyo, del día anterior, cuando estaba en la cocina de su apartamento de la cala Bassa, en la parte oeste de la isla. A través de la ventana, se filtraba el gruñido lejano de unas obras. Vicente tenía la mirada clavada en la carta que su casera le había enviado para informarle de que iba a vender el pequeño bloque de pisos a una compañía de viajes y de que, por lo tanto, tendría que buscarse otro lugar donde vivir. Supe todo eso antes incluso de volverme para ver su cuerpo alto y delgado inclinándose hacia delante en una especie de reverencia, como un cortesano ante un rey tiránico.

—No podemos comernos eso, así que no vamos a pagarlo.

—Claro. Lo siento mucho.

—Me temo que con eso no basta.

Vicente pareció quedarse en blanco un instante. Aquello enfureció a Brian. Apretó los dientes, estaba enfadado, pero era un tipo de rabia extraña que en mi mente se representaba como una nube morada, una nube de pomposidad, superioridad y ganas de hacer daño.

—¿Me estás escuchando?

Su esposa le puso la mano en el brazo cuando empezó a agitar el tenedor. Aunque intenté acceder a la mente de la mujer, fue como tratar de ver a una persona bajo una sombra oscura.

—Sí, por supuesto. Informaré a la cocina y…

—¿Y qué?

Sentí la ira dentro de mí. Me daba vueltas en la cabeza y, por lo general, esa emoción no tiene adónde ir. Se queda ahí, gira, levanta hojas muertas. Pero, claro, yo ya no era normal. Ahora mi mente era el equivalente a un cuerpo e, igual que los cuerpos pueden moverse de un lado a otro en el espacio físico, de repente esta mente mía parecía capaz de desplazarse de forma activa hacia otros lugares y de hacer caso omiso de las barreras del mismo modo que el viento hace caso omiso de los semáforos. En otras palabras: podía jugar con la información que estaba recibiendo.

Podía contrarrestarla. Como si la energía de un deseo ahora llevara aparejado un poder.

Y, mientras Brian seguía hablando, señalando al pobre camarero con el tenedor —que si quería ver al encargado, que si las normas de higiene y salubridad, que si se negaba a pagar ni un solo plato de toda la comida, que si iba a ponerles una sola estrella en su reseña de TripAdvisor, que si Vicente tendría que avergonzarse de trabajar en un sitio así—, noté que un deseo crecía en mi interior.

El deseo era el siguiente: «Cállate, Brian».

Era un deseo muy consistente. «Cállate, cállate, cállate, cállate, cállate, Brian, cállate de una vez.»

—Es que, a ver —prosiguió Brian cuando yo ya no veía nada salvo morado en mi mente—, esto no está bien. No lo está. Esperar que la gente pague diecisiete puñeteros euros por una...

Y ahí se acabó. El morado cambió a un azul mar. Brian dejó de hablar. No puedo expresar lo asombroso que fue. Mis pensamientos puestos de manifiesto. Lo interno modelando lo externo con tal facilidad.

Los labios se le cerraron a cal y canto. Intentaba hablar, pero era incapaz. Empezó a emitir un extraño sonido nasal, como si sufriera un caso muy grave de estreñimiento.

—¿Brian? —dijo su esposa—. Brian, ¿estás bien? ¿Brian?

Charlotte. La mujer se llamaba Charlotte. Su nombre me vino a la cabeza, de manera fugaz, en medio de todo aquel tumulto que yo misma había creado.

Pero su marido no estaba bien porque ahora el tenedor que tenía en la mano actuaba como si tuviera vida propia. Daba la sensación de que Brian estaba teniendo tantos problemas para controlarlo como para hablar. El tenedor parecía un ser vivo. Parecía haberse vuelto en su contra.

En aquel momento, yo aún no sabía nada de la telequinesia. No sabía que el hierro es un material especialmente receptivo a los poderes telequinéticos ni que, como el acero inoxidable es una aleación fabricada sobre todo con hierro, un cubierto tan sencillo y ligero como un tenedor resulta muy fácil de manipular. Fue una sorpresa. Se estaba clavando en el muslo, con su propia mano, el tenedor con el que hasta entonces había estado señalando al camarero. «Oh, no. Pobre Brian.»

Y todos los clientes del restaurante dejaron de beber vino y de mojar pan en alioli y lo miraron.

Charlotte era una extraña mezcla de estupor, preocupación y rabia.

—Brian, ¿qué narices estás haciendo?

Fue entonces cuando lo solté. Y Brian también se soltó, la boca se le relajó y la abrió de par en par para prorrumpir en aullidos mientras miraba el tenedor que le sobresalía de la pierna.

—Mecaaaaaaggggggghhh —chilló.

Y mientras gritaba de dolor, yo también sentí mi propio grito interno al ver a Brian de niño. Se había caído en un lecho de ortigas. No. Lo habían empujado. Y vi a los otros niños riéndose de él mientras intentaba levantarse, lo estaban humillando y, cuando vi todo aquello, el tenedor salió volando de su pierna y cayó al suelo. La mujer de Brian y el camarero intentaban calmarlo. Me sentí culpable, aunque, al mismo tiempo, hubo otra cosa que me distrajo. Un sentimiento de miedo, claustrofobia y angustia totales. Y me di cuenta de que no procedía de mí. Ni siquiera de Brian o del camarero.

Procedía del tanque de las langostas.

El terror aumentó en mi interior, el corazón se me aceleró y de repente me costaba muchísimo respirar. Una vez había oído en la radio algo acerca de que los crustáceos, incluidas las langostas, sienten dolor y buscan espacios seguros cuando están estresados.

La única vez que mi cuerpo había conocido una intensidad tal por efecto de mi mente había sido cuando me había arrodillado sobre el asfalto de Wragby Road aullando y rezando para que Daniel aún estuviera vivo.

Me levanté y eché a andar por la arena en dirección al coche. No obstante, los sentimientos de las criaturas del tanque empezaban a abrumarme demasiado. Lo que siente una langosta encerrada en un tanque es pánico fusionado con un sentimiento trágico de interrupción. Tienen una enzima que protege su ADN. Se llama telomerasa. No sé por qué lo sabía, pero lo sabía. Y lo que es aún más importante: sentía su tragedia. Son criaturas que no envejecen. Si las dejáramos tranquilas, podrían ser inmortales. No se debilitan de manera natural. Les habían arrebatado su infinitud, y nadie quiere que le arrebaten su infinitud. Querían ser libres. Y yo quería que fueran libres. Sentí su anhelo y su impotencia. En aquel momento noté que me desbordaban y me di la vuelta de nuevo hacia el restaurante. Me quedé parada en el sendero que había entre la zona de las mesas y la playa, contemplando las langostas, sumida en una especie de trance. Debía de parecer una loca.

La sensación no paraba de aumentar, crecía sin cesar. Entonces el cristal se resquebrajó y estalló. Un torrente de agua, aderezada con esquirlas de cristal y una decena de decápodos de caparazón duro repentinamente animados, se derramó sobre el suelo de baldosas.

La conmoción de los comensales, que ya se habían inquietado un poco con el asunto de Brian y el tenedor, era ahora palpable. Se pusieron de pie, algunos incluso encima de las sillas, para escapar de las langostas.

En medio del caos, los crustáceos comenzaron a caminar con sus patas larguiruchas hacia la playa. Todos se habían liberado de golpe de las gomas que les sujetaban las pinzas y agitaban las antenas con frenesí. Tenían el camino libre, dejaron atrás a los camareros, que estaban ocupados tratando de calmar a Brian y a unos cuantos críos que lloraban al mismo tiempo que barrían y fregaban para intentar restaurar algún tipo de orden en su pintoresco restaurante de playa. Vi a una de las langostas justo como la había visto en mi mente, corriendo por la arena.

«¿Qué he hecho?», pensé cuando conseguí salir del trance.

—Demasiado —dijo una voz a mi espalda. Al volverme, vi que Alberto estaba detrás de mí en la pasarela. Con unos pantalones

vaqueros cortos y ajados y una sonrisa de viejo pícaro—. Bueno
—añadió, y desvió la mirada hacia las langostas que huían por la
playa—, sígueme, por favor. Esta vez sin preguntas.

Y, aunque estaba a punto de hacerle una, él ya se estaba
alejando.

El olor de Alberto Ribas

—Esto es una tontería —protesté. Íbamos en el Fiat y seguía los caóticos manotazos que Alberto pretendía hacer pasar por indicaciones. Aun así, conseguía entenderlo todo y era capaz de absorber el paisaje entero con una sola mirada. La naturaleza cantaba su belleza mirara hacia donde mirara y me sentía totalmente aterrorizada—. Esto es una tontería.

—Y, sin embargo —dijo Alberto mientras se daba unas palmaditas sobre el pecho peludo que le asomaba debajo de la camisa abierta—, esto no es ninguna tontería.

—No lo quiero —repliqué—. No quiero este poder. ¿Por qué me siento así? Hace dos días, estaba muerta por dentro. Vacía. No sentía nada. Y ahora es justo lo contrario. Lo siento todo. Y anoche no pegué ojo.

—Sí, es un efecto secundario habitual. Yo llevo quince años sin dormir más de una hora en toda la noche. Lo más habitual es que no duerma nada. Christina dormía unos diez minutos por noche. Es como si ahora fuéramos delfines.

—¿Delfines?

—Sí. Antes los estudiaba. Lo que hacen los delfines es dividir su cerebro en dos, de manera que una parte duerme mientras la otra permanece despierta. Sueño unihemisférico de ondas lentas. De hecho, la mayor parte de los mamíferos marinos lo hacen. Y los humanos somos de los mamíferos más dormilones. Los elefantes y las jirafas apenas duermen. Pero no es nada de lo que preocuparse. En términos reales, con esas horas de vigilia solo vas a

200

alargar alrededor de un tercio el tiempo que pases despierta a lo largo de tu vida. Es una buena noticia, ¿no?

—¿No crees que deberías haberme contado todo esto? Antes, me refiero.

—Estaba muy claro. Te lo advertí. Me acuerdo muy bien.

Yo también me acordaba, cómo no. Me acordaba de todo. Su voz me retumbó en la cabeza.

«Si quieres continuar siendo un ser humano normal, deberías marcharte ahora mismo. Porque esto no va a ser una experiencia normal.»

Fruncí el ceño.

—Eso fue ambiguo de narices. Parecía un eslogan como cualquier otro. Tendrías que haber sido más concreto.

—Ya, ¿y te lo habrías creído?

Me quedé mirando los bajos deshilachados de sus pantalones vaqueros cortos. Dudaba que hubieran visto una lavadora ni de lejos. Lo olía. Alberto Ribas venía con un olor. Un buqué no precisamente delicado de almizcle, salmuera, mal aliento, cabra y efluvios corporales, con un aroma secundario a crema solar Hawaiian Tropic (un aroma incongruente, la verdad, teniendo en cuenta que su estética general parecía estar a medio camino entre la de un pirata y la de un hombre de las cavernas no rehabilitado). Intenté no hacerle caso, algo que resultaba bastante complicado cuando tus sentidos eran cósmicos y estabas confinada en un Fiat Panda minúsculo con poco aire acondicionado.

—No sé qué habría creído —contesté.

Pero sabía que tenía razón. Sabía que no habría creído ni una sola palabra de todo aquello.

—Verás, ocurrió por un motivo. Todo ocurrió por un motivo. La Presencia solo se acerca a ti por una razón. Y, cuando yo me encontré con ella por primera vez, era un viejo borracho. Tuve todo tipo de problemas cuando mi esposa, Julia, murió, y La Presencia me ayudó. Me dio lo que necesitaba para recuperar la sobriedad. Por eso siempre llevo esto encima. —Se llevó la mano al bolsillo de los pantalones y sacó su botella de ron en miniatura llena de agua marina. Un agua marina que no era solo agua marina. Vislumbré su suave resplandor—. Es de La Presencia. Por eso Christina tenía el tarro de aceitunas. Quería estar cerca de ella, siempre. Yo también quiero estar cerca de ella. Cerca de La Presencia. Cerca de esos fotones misteriosos. Presiente cuándo me debilito. Reluce y me da fuerzas. Nada de todo esto ha pasado por accidente: que hayas venido, que fueras a visitarme, que entraras en el agua. La Presencia te quería. Christina te quería. Los cambios van a ayudarte. Los talentos. Cobran cada vez más fuerza, ¿verdad? Se van fortaleciendo a lo largo de varios días. Llegará un momento en el que seas capaz de controlarlos. Te dije que los desarrollarías, ¿te acuerdas? En el hospital. El caso es que no todas las personas a las que La Presencia toca obtienen los mismos poderes del mismo modo, así que tengo que saberlo... ¿Qué ha surgido hasta ahora? ¿Qué talentos extrasensoriales tienes? ¿Telepatía? ¿Telequinesia? ¿Clarividencia? ¿Precognición?

Las palabras eran absurdas. Y la verdad todavía más. Pensé en la langosta. En la que había visto por anticipado.

—Sí, sí, sí y creo que también.

—Lo cierto es que ninguna de estas capacidades es única —continuó Alberto—. En la Tierra las tiene todo el mundo. Como cuando alguien se encuentra con otra persona en la calle y le dice: «Justo estaba pensando en ti». *The precognition.* La precognición. Eso pasa mucho. O cuando nos damos cuenta de que hay alguien mirándonos desde la ventana antes de que levantemos la vista y lo veamos. Telepatía. Sucede constantemente. Cada vez que tenemos un *déjà vu.* Cada vez que estamos pensando en una palabra y alguien dice esa palabra en la radio. Estas cosas ocurren demasiado a menudo para ser una coincidencia. ¿Has oído hablar de Jung?

—¿Del psiquiatra? Sí.

—Bien, pues él habló de *the meaningful coincidence,* «la coincidencia significativa». El mundo de la psiquiatría no estaba preparado para escucharlo, pero estaba ahí y él la observó una y otra vez en sus pacientes. La actividad paranormal *is normal.* Añadimos el «para-» porque nos avergonzamos de lo que no entendemos sobre nosotros mismos. Así que lo que pasa con La Presencia es que todas estas capacidades que ya tenemos se desbloquean y fortifican. Nos hace convertirnos en nosotros mismos.

—Hum —dije en tono dubitativo—. ¿Y qué hay de la telequinesia? ¿Pretendes decirme que la mayoría de la gente mueve cosas con la mente?

—No. *It's true*. Tienes razón, la telequinesia es la menos habitual. Pero, aun así, a veces sucede, cuando el deseo es lo bastante intenso y la cosa es pequeña. Que un padre quiera que la vela de cumpleaños de su hijo pequeño se apague añade la potencia necesaria al soplo de la criatura si lo piensa con la fuerza suficiente. La telequinesia... está aquí. —Se dio unos golpecitos con el dedo en la sien—. Todo el mundo la tiene aquí. Y, en tu caso, ahora ha cobrado vida. La mente humana es un océano oscuro. Una fosa de las Marianas. La Presencia arroja luz sobre ella.

Partículas de luz

«Ridículo», pensé para mis adentros. Aunque, por supuesto, no fue solo un pensamiento para mis adentros.

—Sí, estoy de acuerdo —dijo Alberto—. De verdad que sí. Es ridículo. Como tantas otras cosas lo han parecido en el pasado. Como que la Tierra se mueva alrededor del Sol. Como que los animales sean inteligentes. Pero todo esto tiene una base científica.

Empezó a profundizar en detalles científicos muy minuciosos.

Me habló de un estudio de 2011 llevado a cabo en la Universidad de Cornell que demostraba que la precognición y la telepatía son mensurables en entornos de laboratorio. Me habló de que los humanos somos criaturas esencialmente telepáticas y de que nuestros pensamientos silentes no están más contenidos en nuestra mente que la luz en una bombilla. Me habló de que la élite científica continúa viviendo en la época de Aristóteles y de que todavía se considera una blasfemia cuestionar los anticuados conceptos de causa y efecto, sobre todo en lo relativo al tiempo. Me habló de la física cuántica y del entrelazamiento cuántico. Me habló de la retrocausalidad, la idea de que el futuro interactúa con el pasado del mismo modo que el pasado afecta al futuro. Me habló de los fotones, las partículas de luz, que son conocidas por desobedecer las reglas del espacio y el tiempo concebidas con anterioridad. También de que la luz es en esencia atemporal. Y de que tenemos esas partículas dentro del cuerpo. Nuestro cuerpo crea una luz interior. Biofotones. Y los fotones bioluminiscentes de La Presencia interactúan con los fotones bioluminiscentes de nuestro interior, porque la luz penetra y lo atraviesa todo. Y, por medio de la activación de una reacción hormonal asombrosamente compleja y de una especie de transferencia de información biológica, esos nuevos fotones destapan nuestro potencial. Y eso se manifiesta de diversas formas, dependiendo de la persona, pero tiende a hacer que las cosas ocultas se vean. Las mentes, los futuros, los placeres y las sensaciones que antes estaban cubiertos o bloqueados.

—Y una vez que pasa eso, *my friend,* te espera un *brave new world,* un mundo feliz.

Su tono arrogante me estaba molestando. O quizá fueran el calor y el aire sofocante del coche, o el hecho de que no me gustara que pusieran en duda mi perspectiva sobre la realidad. No. Creo que era él.

—¿Sabes de dónde viene la expresión *brave new world?* —le pregunté.

—Sí, por supuesto, del mundo feliz de Aldous Huxley. El dios de los hippies.

Negué con la cabeza.

—De William Shakespeare, en *La tempestad,* una obra teatral sobre un hombre trastornado y manipulador que se encuentra en una isla mágica, al que le encanta el sonido de su propia voz y que causa un montón de daño porque es un resentido.

—*Very good* —dijo al mismo tiempo que se arrancaba una cana del pecho—. Muy bien. Ese soy yo. Un trastornado... Un manipulador... Me han dicho cosas peores. —Después señaló un desvío cercano—. Por ahí, a la derecha. *To* Es Cubells.

—¿Adónde vamos? —pregunté.

—A la iglesia —contestó con una sonrisa—. Así que más vale que te hayas portado bien.

En mi vida solo he sentido dos veces la necesidad de abofetear a alguien. Y las dos han sido a Alberto Ribas.

Si no podía rebelarme contra Alberto, quizá pudiera encontrarle un punto débil. Intenté en varias ocasiones acceder a su mente, pero no conseguí gran cosa. De hecho, me resultó casi tan inescrutable como la primera vez que lo vi. Seguía sin ser capaz de descifrar su edad, sus amores, sus miedos, sus recuerdos. La única diferencia —y lo que me hizo confiar en él solo un poquito— fue que logré captar una tristeza delicada que no dejaba aflorar a la superficie. No era una tristeza culpable, sino algo más existencial. Rezumaba una especie de sensación de luto perpetuo que en mi mente aparecía embadurnada de tonos grises y verdes, como el repollo cocido, y que contrastaba sobremanera con su rostro eternamente sonriente, bronceado y curtido y con su barba de Zeus.

Así pues, a falta de comprensión psíquica, tuve que formularle preguntas. La más obvia de todas:

—¿Por qué vamos a la iglesia?

La carretera era serpenteante, estrecha y tranquila. Pasamos ante un solitario bar de tapas sin clientes en la terraza.

—Para realizar una investigación muy importante. Te permitirá ampliar nuestra comprensión.

—¿De?

—De La Presencia.

—No quiero entender La Presencia. No quiero clavarle tenedores a la gente. —Pensé en las criaturas vaporosas y semisólidas que parecían acuarelas—. No quiero ser medio salaciana. No quiero ser la Heroína de las Langostas. Quiero comprender qué le ocurrió a mi amiga.

—Es lo mismo. Comprender La Presencia es comprender qué le pasó a tu amiga.

—Entonces, ¿la mató? ¿Esa cosa del mar mató a Christina? ¿Y me mandaste ahí abajo para que me asesinara a mí también?

Alberto suspiró como una puerta chirriante.

—Yo no quería matarte, Grace. Puedes ser muy pesada, sí, pero no quería matarte. La Presencia no estaba allí para hacerte daño. La Presencia quiere ayudar y que la ayuden. Te reclutó, tal como Christina sabía que haría.

—¿Cuántas personas más han entrado en contacto con ella?

—Investigué mucho… para el libro… *La vida imposible*… Le pregunté a un montón de gente, leí muchísimos testimonios. Se cree que son muy pocas. Aparte de Christina y de mí, solo un puñado, que yo sepa. Hubo un pescador llamado Joan Bonanova en la década de los treinta. Y, como verás, hubo un encuentro en el siglo XIX. Más recientemente, se produjo un incidente hace cuarenta años, pero eso fue distinto...

—¿En qué sentido fue distinto?

—Bueno, para empezar, ocurrió en pleno día. Es la única vez que La Presencia se ha hecho visible a la luz del sol. Y no fue con un adulto, sino con un niño; con un niño inglés. Estaba aquí de vacaciones y casi se ahoga. Empezó a nadar, se alejó demasiado de la orilla y nadie consiguió llegar hasta él. Su padre lo vio, pero demasiado tarde. Se hundió. Estuvo sumergido durante siete minutos. A efectos prácticos, estuvo muerto...

Pensé en Daniel. Pensé en él tumbado inmóvil sobre el asfalto. Pensé en el rojo de la bici y de la sangre.

—¿Qué pasó, entonces?

—Luz —contestó Alberto—. Eso es lo que vieron los testigos. Entre ellos, el padre del niño. Vieron un círculo resplandeciente de luz azul debajo del agua. Y luego, al cabo de siete minutos, el niño volvió a la superficie. Estaba vivo.

—¿Y qué le ocurrió al crío?

Se encogió de hombros.

—Volvió a Inglaterra y, fueran cuales fuesen los talentos que le había concedido, los mantuvo en secreto... Pero eso fue una situación totalmente distinta. A ti te eligió, Grace. Tú no estabas en peligro.

Suspiré.

—No entiendo por qué tenemos que ir a la iglesia.

—Dentro hay un manuscrito. Un manuscrito muy importante, de Francisco de Palau. Fue un hombre de gran importancia, sacerdote y... —hizo el gesto de sujetarse una capucha mientras pronunciaba la palabra— *monk*, un monje que vino a la isla y pasaba mucho tiempo en una cueva de Es Vedrà...

Cuando el camino se tornó más rocoso, reduje la velocidad. Los neumáticos gruñían sobre la tierra roja y las piedras. Me acordé de cuando Rosella, la de la tienda de comestibles, me había hablado de un ermitaño religioso. «Hace muchos muchos años, hubo un ermitaño que vivía allí. En una cueva. Un hombre religioso. Un sacerdote. Escribió sobre unas luces que veía en el agua, unas luces que iluminaban todo el mar.»

Alberto sonrió. Sabía que acababa de establecer la conexión. El agujero que tenía entre los dientes parecía la entrada de una cueva misteriosa. Y entonces nos detuvimos y señaló hacia delante, hacia una preciosa iglesia blanca y cúbica.

—*Look,* Grace, ya estamos aquí. ¿No es preciosa?

Iglesia

Era cierto.

La iglesia de Es Cubells era una construcción de una belleza geométrica y limpia. Contaba con unos contrafuertes laterales bien proporcionados a ambos lados de la nave cúbica, y estaba tan blanqueada que casi deslumbraba. Con un diseño de lo más simple y erguida sobre el mar, resultaba tranquilizadora a un nivel transcendental. Podría haberme pasado horas mirándola bajo el sol de la tarde.

Cuando salí del coche, Alberto iba camino de un arbusto.

—Tengo muchas ganas de... ¿Cómo se dice en inglés? Vaciar la cantimplora.

Le di la espalda.

—Nadie dice eso. Y, cuando digo nadie, es nadie.

—Cambiarle el agua al canario, ya sabes —prosiguió impertérrito.

Era el hombre más cercano a un animal que había conocido nunca. Una vez que terminó de orinar, se reunió conmigo en el camino polvoriento.

Antes de llegar a la puerta de la iglesia, me di cuenta de que tenía una lagartija junto a los pies. Estaba inmóvil por completo, tan inmóvil como solo pueden estarlo las lagartijas, y percibí su paradójico estado mental. Del mismo modo que algunos idiomas tienen palabras que no existen en otros, algunas especies tienen sentimientos que los humanos no han conocido nunca. Una lagartija, por ejemplo, parece encontrarse siempre en un estado de alerta y de profunda relajación a la vez, en total armonía con lo que la rodea, tanto aterrorizada como calladamente enamorada de todo ello.

«Te estás acercando —me dijo en tono misterioso—. Ya casi has llegado.»

—¿Ves? —me dijo Alberto—. Ahora entiendes los pensamientos de los animales. Esto es un don, ¿no?

—Y, sin embargo, señor Ribas, aún no sé lo que piensas tú. ¿No te parece interesante? ¿Tienes más que esconder que un reptil?

—Colega, lo dices como si compararme con un reptil fuera un insulto. Los reptiles son las criaturas más sinceras, nobles y puras de todas. Rebosan un saber antiguo. Entienden cómo ser. Cuando te dicen una cosa, te están diciendo muchas, muchísimas. Sus pensamientos son más precisos que un haiku. Son...

Se quedó allí plantado durante un rato considerable, quieto sobre el suelo caliente y polvoriento, bajo el calor achicharrador y sin sombra, soltándome un sermón sobre las lagartijas mientras su acento cambiaba del español al inglés americano y después al británico y a algo propio solo de Alberto. Y no había percepciones extrasensoriales suficientes en el mundo para hacer que me mantuviera concentrada en lo que me estaba contando, así que dejé la mirada perdida en la distancia. Más allá del acantilado, más allá de los arbustos de enebro, en el mar y en sus misterios. Al cabo de un rato, las palabras cesaron y echó a andar de nuevo.

Como ya antes de tocarla supe que la puerta estaba cerrada con llave, se lo dije:

—No podemos abrirla.

Él también debía de haberlo adivinado. Frunció el ceño y miró la puerta. De hecho, más bien la fulminó con la mirada. Me di cuenta, para mi gran regocijo, de que lo que estaba intentando hacer —y lo estaba intentando con todas sus fuerzas— era abrir la puerta con la mente.

—Oye —dijo vacilante—, antes era capaz de abrir las cerraduras con bastante facilidad. Pero, en los últimos tiempos, mi talento

210

se ha desvanecido. —Parecía avergonzado, como si quisiera decirme algo—. Nos hace más poderosos hasta que deja de hacerlo. No nos convierte en inmortales. —Una grieta minúscula en su escudo defensivo. Casi consigo introducirme en su psique, aunque no del todo. Suspiró. Se recuperó al instante—. Pero, confía en mí, esta es la investigación más importante que debemos llevar a cabo, y tú eres la única persona capaz de hacerlo, así que tenemos que abrir la puerta…

—O sea, ¿que estoy aquí para hacerte la investigación?

—Sí —respondió. Luego se lo pensó mejor. Frunció el ceño, enfadado consigo mismo. Arrugó la cara y no solo para protegerse del sol—. No. La investigación es importante, por supuesto, porque La Presencia lo es. Pero no tiene sentido que te cuente lo que sé porque ni siquiera yo mismo sé lo que sé.

—Pero me aseguraste que a estas alturas ya lo sabría. Que sabría todo lo que le ocurrió a Christina. Esa fue la única razón por la que me reuní contigo en la playa a medianoche.

Hizo una mueca triste sacando el labio inferior hacia delante.

—Vaya, ¿en serio? Yo creía que era por mi encanto magnético.

—Es curioso, pero… no.

—Ah.

Se quedó tan alicaído que casi me dio pena. Casi.

—Fui a bucear porque quería respuestas. Me prometiste respuestas. Y lo único que sé hasta el momento es que «desapareció en el mar»…

—Pensé que iba a decírtelo —confesó—. La Presencia. —Consultó su reloj de pulsera—. Tenemos que darnos prisa. Debemos marcharnos antes de que abran la iglesia. —Apartó de un manotazo un mosquito obsesivo—. Mira, sí, te estoy utilizando, Grace. Te estoy utilizando. Lo reconozco. Tienes un talento inmenso y puedes ayudarme. Christina no fue capaz de penetrar en la mente de los muertos, de Francisco de Palau, pero quizá tú…

—¿Por eso murió, porque ya no te resultaba útil, porque no podía ayudarte con la investigación?

Se puso furioso. Frunció el ceño igual que lo hacía Bernard, nuestro viejo Pomerania, cada vez que le atábamos la correa.

—Eres una persona muy imbécil —masculló.

—Sí —contesté—, soy muy consciente de ello. Soy la mujer más imbécil del planeta. Si no lo fuera, jamás habría acudido a ti en busca de respuestas.

Estaba tan cabreada que me había puesto a caminar. ¿Te ha pasado alguna vez, estar tan enfadado que has arrancado a andar? Y luego, una vez que has empezado, tienes que seguir como si de verdad quisieras hacerlo, cuando en realidad lo único que piensas es que ojalá te hubieras quedado en tu sitio y hubieses respirado hondo un par de veces. Porque no puedes ir a ningún sitio salvo al borde de un acantilado o a un coche asfixiante del que te habías alegrado mucho de bajarte.

—Eres una mujer de matemáticas. Quieres respuestas, ¿verdad?

—Sí, quiero respuestas reales.

Era más fácil hacer sangrar a una piedra que conseguir que Alberto soltara alguna respuesta. Pero me di cuenta de que estaba muy cerca de hacerlo. Así que me quedé parada, de espaldas a él, con la mirada fija en el mar y en los arbustos.

—Christina desapareció en el mar durante una noche sin luna. ¿Sabes a quién le pasó lo mismo? A Francisco Palau... Y en esta iglesia hay trescientas páginas escritas de su puño y letra. Y sí, quiero saber más de La Presencia, desde luego que sí. Pero investigar La Presencia es exactamente lo mismo que investigar lo que le ocurrió a Christina. Venga, por favor. Si eres capaz de liberar a las langostas, eres capaz de abrir una cerradura. Vamos dentro.

La fe en que hay más

Dentro el aire era fresco. El suelo era de baldosas relucientes. Cuadrados girados cuarenta y cinco grados para formar rombos. Bancos pulcros y con una buena separación entre ellos formando un pasillo central amplio a lo largo de la nave. Reinaba una tranquilidad que me hizo desear haber ido más a la iglesia durante los últimos años.

Creo que me había estado haciendo de rogar. Con Dios, me refiero. Quería que Él viniera a mí. Que me demostrara que estaba ahí. Pero en aquel momento me di cuenta de que las cosas no funcionan así. Forjamos nuestra propia fe al mismo tiempo que forjamos nuestra propia historia. Creemos en lo que queremos creer, pero supone un esfuerzo.

—De niño me traían aquí —dijo Alberto—. Mi madre era una mujer muy religiosa. He asistido a misas en todas las iglesias de la isla, pero la mayor parte de las veces íbamos a la de Santa Agnès de Corona, nuestro pueblo. Vivíamos justo enfrente. Por aquel entonces, yo tenía un sapo de mascota. Un sapo balear verde y con manchas. Lo llamaba El Capitán y solía llevármelo a misa, metido en el bolsillo.

—Pobre sapo —dije.

—*Yes*. Es verdad. Desde entonces he hablado con varios sapos y no tienen mucho tiempo para sermones. Ni para bolsillos.

—¿Eres creyente? —le pregunté.

—Creo que sí. Pero considero que, si existe algún dios, no llegas hasta él a través de la Iglesia, sino a través del océano o del bosque. Aprendí más del sapo.

Chasqueé la lengua en señal de desaprobación. A fin de cuentas, mi educación había sido católica.

—A mí me gustan las iglesias —comenté—. Son un lugar tranquilo, silencioso y serio. Podrías aprender algo de ellas.

Salvo por un elaborado retrato de Cristo colocado sobre el altar, la iglesia era sencilla, minimalista, así que no tardamos mucho tiempo en localizar el manuscrito. Estaba en una vitrina de cristal junto a la pila del agua bendita, no muy lejos de la entrada. Era lo único que se exponía en la vitrina. Huelga decir que estaba cerrada con llave, pero, igual que había ocurrido con la puerta, la abrí con una facilidad alarmante. Sentí el pestillo en la mente, y solo tuve que imaginar con seguridad que lo movía para que se moviera de verdad. Entonces abrí la vitrina y cogí un manuscrito amarillento, atado con cintas cosidas a lo largo del lateral de las páginas. El manuscrito que Francisco Palau había escrito, según la fecha que aparecía en la parte superior de la primera página, en octubre de 1855.

—Toca las palabras con los dedos —me indicó Alberto—. Léelas, pero tócalas también. Es como tiene que hacerse... Se llama psicometría, la capacidad de entender la mente de alguien con solo tocar algo que también haya tocado esa persona. Es un tipo de adivinación de pensamientos tan profundo e intenso que puede incluso cruzar la línea que separa a los vivos de los muertos. Involucra muchos sentidos y no es solo que leas la mente de la persona, sino que casi te transformas en ella. En ese tiempo y en ese lugar. Es viajar en el tiempo, de hecho...

—¿Podrías callarte un rato, por favor? —le dije.

—Estudia las palabras —susurró.

—Chis.

Bueno, el caso es que estudié las palabras. El relato del viejo sacerdote, escrito en catalán antiguo, acerca de su llegada a Ibiza desde la Península. Acerca de su exilio en la isla.

Su caligrafía era elegante, las letras se inclinaban un poquito hacia atrás, como barridas por el viento, como si les costara seguir la velocidad de la pluma. Como si su autor supiera que no le quedaba mucho tiempo de vida.

—No —dijo Alberto—, esa parte no. Pasa al final. Pasa a su último viaje a Es Vedrà.

Acaricié las palabras con las yemas de los dedos, esperando a que empezara la psicometría, o, en términos más científicos, a que mis capacidades inducidas por los biofotones se activaran.

Cuando cerré los ojos, oí vagamente el rumor del mar. No supe distinguir si procedía del de verdad, de las olas cercanas que lamían la playa a los pies del acantilado, o si en realidad se trataba de un recuerdo. Al fin y al cabo, el mar siempre suena a mar.

—¿Oyes el mar? —le pregunté a Alberto.

—No —respondió—. No lo oigo ni de lejos. El mar de verdad está demasiado en calma como para que su sonido llegue hasta aquí, así que estás oyendo otra cosa. Estás oyendo un sitio que no es este. Estoy justo a tu lado, pero vas a separarte de mí durante un tiempo. Te reunirás con otra persona en otra época. Será solo un ratito. *Safe travels!*

Sus palabras se disiparon en la nada.

El mar se encabritó. Lo oí estrellarse contra las rocas y me di cuenta de que me estaba separando de los elementos del tiempo y la identidad, desplazándome hacia la fluidez de una vida pura y universal. Experimenté un breve momento de liberación, como si me hubiera quitado un casco que me apretaba, y entonces fui una persona totalmente distinta en un lugar totalmente distinto.

Mansiones

Verás, Maurice, de todas las cosas que me habían ocurrido hasta entonces, creo que aquella fue la más extraña. Y, por eso mismo, creo que es la más difícil de transmitirte. Sospecho que, como todos los talentos que tenía, fue una exageración extrema de algo que ya había vivido en la vida normal. Por ejemplo, cada vez que leo una biografía —la de Maya Angelou, la de Anna Frank, la de Richard Feynman o la de quien sea—, siento una especie de empatía que hace que una parte minúscula de mí se convierta durante un breve período de tiempo en la persona sobre la que estoy leyendo.

Supongo que ese es uno de los propósitos de toda lectura. Te ayudan a vivir vidas más allá de aquella en la que estás inmerso. Convierten nuestra choza mental de una sola habitación en una mansión.

Toda lectura, en resumen, es telepatía y un viaje en el tiempo. Nos conecta con todas las personas, con todos los lugares, con todas las épocas y con todo sueño imaginado.

Ahora, figúrate un dial, igual que un dial de los que regulan el volumen, pero para regular la empatía. Si la experiencia de leer ya hace que el dial suba del uno al dos o al tres, para mí, la experiencia de contemplar y tocar el manuscrito de Francisco Palau fue subirlo al diez. Una inmersión completa y absoluta.

No experimenté solo las palabras escritas, sino también la vida que las rodeaba. Las palabras no fueron más que semillas de las que brotó una repentina experiencia sensorial total. La iglesia en la que me encontraba desapareció por completo. Estaba de vuelta —si es que «de vuelta» es la expresión adecuada— en 1855. Sentí el aire caliente en la cara. Oí el mar.

La tercera persona

Ya no era yo.
    Era él.
    Era aquel.
    Era la tercera persona.

La luna que cae

———

Era Francisco Palau. Por supuesto, en teoría seguía siendo Grace Winters y seguía estando en una iglesia, pero en aquel trance psicométrico sentía todo lo que él sentía. No tenía voluntad, no podía cambiar la experiencia pasada que estaba observando. Sin embargo, al mismo tiempo, sabía que era algo más que una testigo. Sabía que estaba totalmente dentro de su mente y de su época, sentada en una barca de remos entre la cala d'Hort y Es Vedrà. Aun así, no me costó darme cuenta de que aquella no era la cala d'Hort del siglo XXI. No había edificios a lo largo de la costa. Ni cabañas en la playa. Ni restaurantes. Ni más barcas. No había ni rastro de Atlantis Scuba. Solo playa, rocas y naturaleza.

El barquero hacia el que Francisco estaba mirando se llamaba Miquel y era un hombre impío y de rostro duro que apestaba a alcohol. Se había negado a llevarle a aquellas horas tan tardías del día, pero Francisco le había ofrecido tres reales para que le valiera la pena.

—Yo no soy como usted, padre —le dijo Miquel al cura en catalán—, soy un pecador. Dios no me ofrece la misma protección. No podría pasar una sola noche en esa roca y llegar a ver el día siguiente.

—¿Qué significa eso?

—Alrededor de Ibiza y de Es Vedrà hay cosas que no están en la naturaleza. Ajenas a Dios.

—No hay nada ajeno a Dios.

219

—Pues, si estas cosas son propias de Dios, entonces debemos temerlo.

—Sí, debemos temerlo. Pero el miedo no es más que otro camino para llegar a Él. Otro camino hacia Su amor. Ya lo dice el Evangelio de Mateo: «Así que no les teman. Porque no hay nada encubierto que no será revelado ni oculto que no será conocido… No teman a los que matan el cuerpo pero no pueden matar al alma. Más bien, teman a aquel que puede destruir tanto el alma como el cuerpo en el infierno».

Miquel reflexionó con detenimiento sobre aquellas palabras mientras volvía a hundir los remos en el agua negra y suavemente ondulante.

—Ahora tengo otro miedo aparte del anterior, padre.

A Francisco se le escapó una risa tensa y no dijo nada más. Miquel tenía razón: no era como él. El barquero estaba perdido, pensó el sacerdote, como tantos otros. Era esclavo de los miedos y de otros impulsos, de una mezcolanza sacrílega de las distintas supersticiones que los infectaban aún desde la época de los fenicios, emparejadas con creencias populacheras.

Llegó a la conclusión de que, de todas las personas supersticiosas de la isla, los barqueros eran los más decididos. Quizá se debiera a ese licor de hierbas de elaboración extraña que bebían todos y del que Miquel tenía una botella a los pies. A lo mejor aquella fusión de alcohol, hinojo, enhebro y cualesquiera que fueran los demás ingredientes que lo componían les provocaba visiones alucinantes e imaginaciones febriles.

Daba la sensación de que la gente de las Baleares (también había estado en Mallorca para trabajar con los monjes de esa isla) habitaba un mundo al revés en el que, cuanto más fantástica era una historia, más probabilidades había de que se la creyeran. Pero los nativos de Ibiza eran los más proclives a esos delirios, e incluso celebraban numerosas festividades en las que se aclamaban y honraban con fervor varias supersticiones y en las que bailaban alrededor de los pozos: los hombres, tocados con una boina roja, saltaban alrededor de las mujeres, cargadas de joyas, al ritmo de una cacofonía de tambores, flautas y castañuelas. Él sentía una profunda aversión hacia ese tipo de espectáculos paganos, aunque se esforzaba en disimularla cuando había lugareños delante.

Pero entonces: algo.

El barquero vio algo en el agua. Y, al instante, Francisco también lo vio. Una luz resplandeciente. Algún tipo de reflejo.

—Creía que esta noche no había luna —dijo el sacerdote, que parecía un poco nervioso.

Levantó la vista y lo vio en el cielo. Un objeto ligero que se dirigía hacia ellos. Al principio, no era más que una línea de luz, pero, a medida que se aproximaba a la Tierra, fue transformándose en una esfera brillante.

—Creo que se está cayendo del cielo —dijo Miquel atónito—. La luna. Creo que la luna se está cayendo del cielo.

—Eso no es la luna, es demasiado azul. Es otra cosa. Está cambiando de forma.

La luz no paraba de acercarse. Era de un blanco azulado y reluciente, una esfera que se estrechó hasta convertirse en un rayo de luz fino e imposiblemente largo que impactó contra el agua sin apenas alterarla. Y, de repente, desapareció. Bajo las olas. No obstante, un segundo después, volvió a brillar, ahora en las profundidades del mar. Una nube de luz que se transformó en una esfera, que se transformó de nuevo en una nube.

Miquel bebió un trago de licor y luego le ofreció la botella al sacerdote, que la apuró sin dudarlo ni un solo instante.

1855

—Te he sentido sentirlo. —La voz de Alberto me sacó del trance y, de pronto, estaba de nuevo en la iglesia—. ¡Era la llegada! —exclamó en un tono mucho más alto del que se supone que debes emplear en un lugar sagrado—. ¡El momento en el que La Presencia llegó a la Tierra! Él la vio, la vio en el cielo. En sus escritos no dice que la vio llegar, solo cuenta que vio luces en el agua. ¡No escribió sobre la llegada! —Estaba emocionadísimo—. Pero Francisco estaba allí cuando aterrizó. ¡Estaba allí! Llegó en 1855. Ese detalle es increíble, es un verdadero avance. Pensaba que había llegado antes de esa fecha, creía que a lo mejor estaba aquí incluso desde la época de los fenicios. Pero no. Mil ochocientos cincuenta y cinco. Mil. Ochocientos. Cincuenta y cinco... ¿Sabes qué quiere decir eso?

—¿Que soy tu ayudante de investigación frustrada?

—No, no, no. Significa que, tal como creíamos, vino por un motivo. Llegó justo cuanto nuestro planeta comenzó a volverse *fucking crazy,* colega. Guerras, imperios, ferrocarriles y el verdadero comienzo de esta... Bueno, de esta destrucción del medio ambiente. —Cuando se entusiasmaba de ese modo, el acento y la gramática españolas de Alberto se hacían más evidentes. Resultaba casi simpático—. La década de 1850 fue cuando el número de especies extintas... —Su mano se convirtió en un cohete. Imitó el sonido—. Se extinguieron el cuádruple de especies que en la década anterior. Fue el principio del fin. En las ciudades el aire se llenó de humo. Todo el mundo tosía. Ya sabes, el ser humano en crisis.

Así que todos los grandes escritores empiezan a producir sus grandes obras porque todo se está yendo a la mierda. Dickens y Flaubert y, poco después, nuestro gran señor Galdós. Fue el inicio del movimiento de conservación de la naturaleza. Y, en ese momento, llega La Presencia, una fuerza sanadora. ¿Por qué en ese momento? ¿No es posible que viniera a ayudarnos? ¿Que viniese desde Salacia, que los salacianos la enviaran, porque vieron que la vida estaba en peligro y querían preservarla? Sigue, sigue... Pasa a sus otros viajes a Es Vedrà.

De manera que volví a posar los dedos sobre el texto y me evadí una vez más hacia el pasado. Francisco Palau estaba visitando de nuevo Es Vedrà, trepando hacia su cueva mientras el día comenzaba a morir.

Salvación

Francisco debía de llevar bastante más de una hora remontando aquella ruta escarpada, pero sabía que la cueva ya no estaba lejos. Así que se detuvo allí un ratito a contemplar las vistas y a beber un poco de agua de su odre.

El cielo estaba rebosante de color.

El rosa, el morado, el naranja y el dorado decoraban las finas franjas de nubes, que parecían los caballones y los surcos de una especie de campo celestial. Agarró las cuentas de su rosario y elevó una silenciosa plegaria de gratitud. Había viajado por toda España, mucho más allá de su Cataluña nativa. Había saltado de un lugar a otro, debido a las guerras, el hambre o la persecución. Había conocido mucho cielo en su vida, y gran cantidad de sus oraciones se dirigían hacia él. Pero no había nada comparable a aquello.

En la granja, cuando era pequeño, años antes de que lo desterraran de la Península, contemplaba asombrado la puesta de sol junto a la pequeña plaza de la iglesia de Aitona y sentía la proximidad del Único Padre. Sin embargo, el cielo de Es Vedrà era otra cosa. Su belleza resultaba abrumadora. Sentía la intimidad de la cercanía de Dios dentro del pecho. Ninguna catedral le había ofrecido nunca una sensación así. Lo ayudaba a respirar y le confería fuerza, hacía posible aquel viaje. Contribuía a sustentarlo a lo largo de tres días de meditación, observación y escritura en la cueva. Casi bastaba para hacerle olvidar todos los horrores de los que había sido testigo.

Miró por encima del agua, por encima de la roca de Es Vedranell, que era más baja, hacia la cala desde la que había iniciado su viaje y atisbó el vuelo rasante de un cormorán. Le encantaban los cormoranes y deseó tener una vista mejor. Era una maravilla de ave, admirable, majestuosa y de un negro reluciente. A la luz mortecina del día, alcanzó también a vislumbrar la mancha marrón de la barca de remos de Miquel, ya atracada a salvo en la arena de la cala d'Hort, junto a las rocas.

Fue en ese instante cuando el sacerdote reparó en algo que se movía junto a sus pies.

Una lagartija.

No tenía nada de raro. Era una de esas lagartijas verdes con manchas negras que tantas veces había visto en Ibiza. El animal se detuvo un instante antes de escabullirse hacia uno de los escasos y robustos arbustos que se aferraban a la roca.

Pero entonces vio otra. Idéntica. Y luego otra y otra más. Intentó contarlas, pero perdió la cuenta al llegar a ocho. Todas se dirigían hacia el mismo sitio. Hacia abajo. Justo al contrario que el sacerdote.

La última vez que había ido a Es Vedrà había visto dos cabras. Quizá fueran ellas las que habían espantado a las lagartijas, aunque no las veía por ningún lado.

Durante unos instantes, experimentó una punzada de miedo irracional.

Era irracional por partida doble, puesto que uno de los beneficios de Ibiza, y se suponía que también de aquel islote adyacente, era que no había animales temibles ni letales. Ni plantas venenosas. Ni serpientes endémicas. Dios la había creado como un santuario de paz. Un lugar protegido.

El sacerdote se sacudió la preocupación interna, dejó que el odre volviera a quedarle colgando a un costado y continuó su camino hacia la cueva. En ningún momento dejó de buscar indicios de la presencia de más lagartijas, pero no encontró ninguno. Sin embargo, sí vio un halcón sobrevolando el islote en círculos a la lánguida luz del día.

Cuando estaba a punto de llegar a la cueva, situada a medio camino entre el mar y el punto más alto de la roca, el cielo se sumió en la oscuridad absoluta, en una noche sin el menor atisbo de luna. El sendero era estrecho y la caída que tenía a su derecha, un acantilado vertical.

Se detuvo delante de la entrada y, una vez más, miró hacia el mar. Desde allí, Es Vedrà se sumía en el silencio para todos los sentidos. El mar estaba demasiado lejos como para oír su embate. No había nada. Solo la paz de Dios.

Pero entonces vio algo, mucho más abajo.

Era otra luz. Idéntica a la que había visto caer en el océano. Daba la sensación de que la luz emanaba de las profundidades del mar, más cerca de Es Vedrà que de la playa de la cala d'Hort.

Una especie de fosforescencia transparente, brillante y reluciente. Por la noche, era casi del azul ultramarino del manto de la Virgen, pero destellaba, se movía, palpitaba como una medusa gigante, mutante, imposiblemente hermosa.

El cura se sintió sobrecogido, fascinado. El anochecer había sido una cosa, pero aquello era harina de otro costal. Recordó el versículo cinco del capítulo primero de Juan y lo susurró sin apenas pensarlo:

—«La luz resplandece en las tinieblas, y las tinieblas no la vencieron.»

Y se dio cuenta de que las lagartijas se dirigían hacia ella.

Tuvo una extraña pero maravillosa sensación de disolución, como si ya no fuera Francisco Palau, como si ya no fuera el cura, el antiguo monje y el ermitaño esporádico, como si ya no fuera el fundador de la Escuela de la Virtud en Barcelona, como si ya no fuera una persona, un exiliado o un yo en una época concreta, como si ya no fuera una identidad que recordaba el incendio de su monasterio a manos del ejército español y a sus compañeros frailes ardiendo hasta la muerte. En ese momento extático, estaba más allá de su ser. No existía ninguna línea que separara al hombre del universo, a la carne del infinito.

Él era el pasado, el presente y el futuro.

Era, en definitiva, la propia vida.

Pero entonces pasó algo. Perdió el equilibro en aquel sendero estrecho. Y cayó, chocó varias veces contra la piedra caliza a lo largo del descenso, fueron golpes tan fuertes y dolorosos que perdió el conocimiento antes de estamparse contra el agua y de que el mar entero se llenara por completo de luz desde Ibiza hasta Es Vedrà. Recuperó el conocimiento mientras estaba en ese océano, entre la luz, jadeante y perplejo, pero vivo. Extrañamente, ya no le dolía nada. La esfera-nube estaba delante de él y nadó hacia ella dando por hecho que era Dios o la salvación. Cuando la alcanzó, la esfera mantuvo la forma y se expandió hasta que apareció un agujero en su interior. Francisco lo atravesó nadando y, de pronto, se encontró en un lugar distinto por completo. Estaba en una playa con la arena naranja y un bosque lleno de árboles con las hojas blancas, junto a un mar distinto, un mar cuya luminosidad no se desvanecía jamás. Inhaló aquel aire fresco y vio criaturas, de carne y de vapor, que no se parecían a ninguna otra que hubiera visto. Una de ellas se acercó a él y le transmitió un mensaje.

«Aquí estás a salvo. Estarás protegido para siempre.»

Y supo, con hasta el último átomo y fibra de su ser, que esas palabras eran ciertas. Lloró de gratitud y cordialidad y se encaminó hacia aquellas criaturas —ángeles, estaba seguro—, preparado para la salvación.

La vista desde el suelo
de la iglesia

Me desperté sobre las baldosas de la iglesia. Me sentía débil, un poco delirante. Me dolía la cabeza. Y, al mirar hacia arriba, vi el rostro de Alberto desfigurado por una emoción intensa, llorando.

—No pasa nada —le dije—. Estoy bien. No es más que una posible conmoción cerebral.

—Ah, no te preocupes, no lloro por ti.

—Ya decía yo. Gracias. Entonces, ¿por qué lloras?

Y de pronto las lágrimas empezaron a brotar acompañadas de una sonrisa tan abierta como los botones de su camisa.

—Porque Christina tenía razón. No es solo una presencia, es un portal.

—¿Un portal?

Asintió como un gallo ansioso.

—Sí, es un portal que lleva al lugar del que vino. A Salacia. Y ya sabes lo que significa eso, ¿no?

—Pues la verdad es que no tengo ni la menor idea.

—¡Significa que Christina lo consiguió!

—¿Qué consiguió?

Y Alberto siguió riendo y llorando unos segundos más, justo allí, delante del altar y de un cuadro de Jesús descendiendo de la cruz.

—¡No murió! —Su exclamación retumbó por toda la iglesia como el eco de una campana—. Fue adonde quería ir. ¡Consiguió llegar a Salacia!

Una ecuación sin solución

Bien, no me cabe duda de que todo esto te tiene tan confuso como lo estaba yo al principio. No te preocupes, la confusión tiene sus usos.

De hecho, ahora me doy cuenta de que estar dispuesto a sentirse confuso es un requisito indispensable para tener una buena vida. Querer que las cosas sean sencillas puede convertirse en una especie de cárcel, de verdad que sí, porque terminas quedándote atrapado en cómo quieres que sean las cosas en lugar de aceptar cómo podrían ser. Terminas encerrado. Terminas cerrándoles las puertas a muchísimas posibilidades. Yo me sentí atraída hacia las matemáticas gracias a sus certezas, a que quería puertas cerradas y simplicidad, pero la vida no es así. Y, de hecho, las matemáticas tampoco. Nunca puedes destejer por completo el arco iris porque las matemáticas, la ciencia y la verdad fundamental no están desprovistas de magia y misterio. Son magia y misterio. Así que no creas que me había embarcado en un viaje hacia lo místico que me alejara de las matemáticas. Porque ese no era el viaje en el que me había embarcado. No estaba abandonando la verdad matemática, la estaba descubriendo a un nivel más profundo.

Como ya sabes, en las matemáticas convencionales se tiende a simplificar. Formulamos algoritmos, patrones y fórmulas basadas en que todo lo demás permanezca inalterable; unas matemáticas más intrincadas comprenden que, en un universo en constante cambio, hay muy pocas cosas inalterables o simples.

229

Puede que hayas oído hablar de «la ciencia de la complejidad», ese híbrido de la ciencia y las matemáticas que intenta abordar las cuestiones más complicadas. No es ingeniería aeroespacial. De hecho, la ingeniería aeroespacial es bastante sencilla, por eso las matemáticas convencionales bastan para resolver la mayor parte de los problemas de ingeniería. No, la ciencia de la complejidad implica comprender, por ejemplo, las matemáticas de la naturaleza —lo intricado de los organismos en crecimiento—, de la predicción del avance del cambio climático, de la forma en la que interactúan los átomos. Y en la ciencia de la complejidad hay un concepto que se llama «universalidad» y que nos explica que, incluso dentro de la complejidad de la vida, hay similitudes y patrones universales comunes a varios sistemas. De manera que la verdadera magia es matemática. Es la magia que no postula una oposición entre la simplicidad y la complejidad, sino que encuentra el orden más verdadero dentro de la complejidad. Dentro del caos. Del bello, vertiginoso y entrópico caos al que llamamos vida.

Querer contemplar la vida como si fuera una hoja de examen y desear una pulcritud, un orden, una limpieza y un control estrictos son los cimientos de la desesperación mental. Porque es un engaño. Estamos en este mundo. Nosotros somos la hoja de examen. Somos un agente en movimiento en un mundo cambiante en un cosmos en constante expansión.

Yo creo que, si quieres la verdad, si quieres llevar una vida plena y consciente, tendrías que encaminarte hacia la posibilidad, hacia el misterio y el movimiento, hacia el viaje o el cambio, porque, cuando encuentras la universalidad que engloban, te encuentras a ti mismo. Encuentras a ese yo que está en continuo movimiento. Llegas en el acto de marcharte. De mantenerte siempre abierto a la posibilidad de que todas las cosas sencillas que nos decimos a nosotros mismos podrían ser erróneas.

Así las cosas, aquí voy a ofrecerte unas cuantas respuestas que son distintas. Respuestas que también son preguntas. Te contaré todo lo que aprendí después de levantarme de aquellas frías baldosas de la iglesia. Y, una vez más, no tienes por qué creerte nada de todo esto si así lo decides. Estar abierto a la posibilidad es estar abierto al dolor, el fracaso, la decepción; de ahí la tentación de hacernos una bola como un armadillo. Y es perfectamente comprensible. En ocasiones, es más fácil meternos una nariz metafórica en un trasero también metafórico que mirar hacia el universo. Ser humano es tener miedo de nuestra absurdidad innata, así que somos capaces de hacer cualquier cosa para reducirla. Cubrimos nuestro cuerpo, procreamos a puerta cerrada, escondemos todas y cada una de nuestras funciones corporales, no lloramos en la oficina de correos ni cantamos en la calle, e intentamos mantener nuestras ideas alineadas con lo que nos han dicho que deberíamos pensar.

Pero la vida es caos y confusión y está llena de realidades incómodas, bochornosas.

Por supuesto, todos nos creamos nuestras propias creencias en este mundo y, a veces, cambiarlas resulta aterrador. Si de verdad quieres llevar a cabo descubrimientos maravillosos, como bien sabe cualquier armadillo que se precie, al final tienes que sacar la cabeza de debajo del caparazón y mirar hacia el día luminoso y desconcertante. Hacia la gloria oculta, hacia las matemáticas más profundas, hacia la realidad fundamental. Hacia la vida.

Agujero de gusano

Estábamos de nuevo en el coche. Con las ventanillas abiertas. Sin conducir.

—La teoría —me dijo Alberto despacio, como si tuviera siete años— es que La Presencia es una presencia muy real, repleta de fotones muy potentes, y, además, un agujero de gusano. Un agujero de gusano es una conexión entre dos lugares en el tejido espacio-tiempo. En mis investigaciones sobre La Presencia hablé con los parientes de Joan Bonanova, el pescador al que rescató. Este le dijo a su hija que se iba a otro mundo y que no podría volver. Había visto su propio futuro en Salacia. Desapareció una noche, estando viejo y enfermo; descendió hacia La Presencia y no regresó jamás. Así que, por lo que sabemos, es posible cruzar hacia el otro lado de La Presencia, pero no volver. Si Christina se ha ido a Salacia, es con un billete solo de ida.

Si te soy sincera, asimilar todo aquello me parecía demasiado abrumador. Tenía la cabeza más embotada que cuando me había enfrentado por primera vez al cálculo avanzado. En cualquier caso, lo más importante era esto: probablemente (o, al menos, muy posiblemente), Christina seguía viva en otro planeta.

Y, desde luego, no tenía ni idea de si debía fiarme de Alberto Ribas, pero lo necesitaba. Era la única persona del mundo que sabía en qué me había convertido.

—Quiero enseñarte una cosa —me dijo.

Se sacó el móvil de los pantalones cortados y me puso un vídeo. Vi a una mujer en una barca. Tardé unos instantes en darme cuenta de que se trataba de la barca de Alberto. Y de que la mujer a la que estaba mirando —aquella mujer de pelo gris, grácil y un tanto hechizante— era la propia Christina.

Lo que Christina dijo en la barca mientras el viento le agitaba ligeramente el pelo

---

Hola, Grace. Cuánto tiempo sin vernos. Soy tu vieja amiga, Christina. Supongo que tengo un aspecto un poco distinto a como me recuerdas. Hasta tengo un tatuaje, ¡mira! Es el sol. ¿Puede haber algo mejor que el sol?

Para cuando veas esto dentro de un mes, el 26 de junio, en el coche con Alberto, yo ya no estaré aquí. No. No quiero decir que vaya a estar muerta. Aunque veo mi muerte, albergo la esperanza de evitarla. Alguien está intentando matarme, pero no sé quién. Sé que todo esto suena muy dramático, pero así ha sido mi vida en los últimos tiempos. Con un poco de suerte, estaré en Salacia. Veo gran parte del futuro, pero eso no alcanzo a verlo con certeza. Así que debo tener fe. Como tú, capté un pequeño atisbo del planeta cuando me tocó por primera vez. La playa, los árboles, el aire fresco. Se supone que es un paraíso benévolo. Allí vives durante mucho tiempo, con salud y en paz. Quizá para siempre. Los salacianos se preocupan por nosotros. Por eso nos enviaron a La Presencia. A veces me pongo el tarro de aceitunas al lado de la cama. Justo a la altura de la cabeza. Si lo haces, te revela cosas en sueños. Cosas que debes escuchar. Los sueños son los más vívidos que hayas tenido en la vida. Y están llenos de un tipo de verdad que sana.

La teoría es que te zambulles y nadas directamente hacia La Presencia, rápida como una flecha, en lugar de esperar a que ella acuda a ti. Así es como si le estuvieras diciendo que quieres escapar. Y yo no es que quiera escapar, es que tengo que hacerlo. Porque, de lo contrario, me matarán.

Como ya te he dicho, no estoy segura de quién es mi asesino. Igual que te pasa a ti, no puedo ver todas las mentes. Hay personas a las que es más difícil llegar. Y sé lo que estás pensando. Estás pensando que podría ser Alberto, que él podría ser la persona que quiere matarme. A fin de cuentas, no consigues leerle el pensamiento. Pero no. Te lo dice alguien que lo conoció antes de que subiera el puente levadizo. No es él. Alberto es muchas muchas muchas cosas —al menos la mitad de las cuales te sacan de quicio—, pero no es un asesino.

Bueno, aunque te dejé una carta, no podía contártelo todo en ella porque te habría puesto en peligro. Debes ser discreta. De hecho, tengo la sensación de que, si yo no lo hubiera hecho tan público, si no hubiera montado un puesto en el mercadillo, no me habría convertido en un objetivo. Así que te diré aquí lo que no pude escribirte en la carta.

Eres una persona especial. Siempre supe que lo eras. Lo supe cuando estaba en mi momento de mayor soledad y tú me ofreciste compañía. Sin embargo, no me di cuenta de hasta qué punto eras especial. La primera vez que La Presencia vino a mí en el mar, me otorgó ciertos talentos. A ti te ha dado más. He conocido a muchas personas a lo largo de mi vida, tanto en Inglaterra como en España, pero tú eres la única a la que La Presencia le habría concedido tantos dones. Créeme, lo sé. Era a ti a quien quería. Era a ti a quien estaba llamando a través de mí. El único obstáculo al que te enfrentarás serás tú misma. Deja que La Presencia te sane.

El verdadero talento que te ha otorgado es el gusto por la vida. Es complicado de explicar, al menos en nuestro idioma, lo que eso significa en realidad. No obstante, en español sí existe una palabra: «duende». Una de las connotaciones de ese término procede de Lorca, el poeta español. Describe el sentimiento que se produce cuando alguien conecta con la esencia sublime de la vida, con su tragedia y su belleza, ya sea en el arte, en el flamenco o en la naturaleza. Verás, es como esas veces que estás en un museo y ves un cuadro que hace que te sientas aterrorizada o exultante, solo que ahora no será solo el arte o una puesta de sol lo que te provoque esa emoción. Será cualquier cosa. Podría ser una brisa cálida o el mero olor a pino de esta isla de pinos.

Sé que te has sentido vacía, pero te sentirás plena. Quizá por primera vez desde que eras una niña pequeña. Ahora te toca vivir. Saborearás al máximo todas y cada una de tus experiencias. Estarás presente aquí. Esa presencia es mejor que cualquier droga de la Tierra (créeme, porque en mis tiempos probé unas cuantas). Es lo más viva que se puede estar.

Al comprender el presente de una manera tan profunda, comprenderás también el futuro, igual que un tiburón es capaz de predecir un huracán mediante la percepción de los cambios en la presión del agua.

Puede que ahora mismo todo esto no te parezca un regalo, pero te prometo que lo es. Los talentos son un regalo. Alberto los tiene, pero los está perdiendo. Yo los tenía, pero ya no estoy. La Presencia ha tocado a otras personas. Sin embargo, tu cambio será de los más espectaculares.

Sé que eres una persona escéptica por naturaleza, así que he tenido que trazar un rastro de migas para que llegaras hasta este punto. Por eso te dejé la casa. Y la nota. Ese es también el motivo por el que le hablé de ti a Rosella, la chica de la tienda de Santa Gertrudis. Y por el que te dije que fueras al mercadillo hippy a conocer a Sabine, que odia con todas sus fuerzas al pobre Alberto y sabía que te haría desconfiar. Y luego está esto, claro, lo que tengo ahora mismo en la mano. El regalo que me hiciste. La cadena con el colgante de san Cristóbal.

Esta ha sido la clave, Grace. Así es como lo he sabido. Psicometría. Este colgante me proporcionaba conocimiento sobre ti. Sujetándolo. Recordándote. Así he adquirido el saber acerca de lo fuerte que podrías ser. De que podrías recibir talentos tan potentes como los de cualquiera. De que podrías salvar la isla, a los animales, el mar e incluso a la gente de la destrucción. De que podrías ser un regalo para la naturaleza.

Voy a dejarlo caer en el mar ahora mismo. Y, dentro de unos minutos, durante la zambullida, Marta, la hija de Alberto, lo fotografiará y después subirá la imagen al sitio web de Atlantis Scuba. Cuando viste la foto de tu colgante pensaste que las probabilidades eran de muchos millones en contra, pero te equivocaste. Porque queríamos que lo vieras. Y predijimos que visitarías el sitio web después de ver a Rosella, una vez que tus sospechas comenzaran a aumentar. Y que con eso bastaría para que fueras a buscar a Alberto. El resto... Bueno, el resto ya lo sabes.

Verás, ahora eres una protectora. Porque es imposible sentir la vida de una manera tan profunda y no querer protegerla. Te darás cuenta de que necesitas proteger a la gente y a los animales.

Yo también he sido protectora. He intentado proteger a los animales. El medio ambiente. He intentado proteger a la gente de su futuro desde mi puesto del mercadillo hippy. He disfrazado esta ciencia de misticismo adivinatorio y las autoridades me han dejado tranquila. Sin embargo, es obvio que me he interpuesto en el camino de alguien. Creo que he ayudado a la gente, o que al menos lo he intentado. Es posible que mi hija discrepe. Pero opino que tú serás capaz de ayudar aún más.

Está claro que un don muchas veces también es una maldición. Y debes ser consciente de que estos talentos conllevan ciertos peligros, como yo sé muy bien ahora. Aun así, tenía que escogerte, Grace. Tenía que elegir a alguien que continuara mi labor. No tienes que revelarle su futuro a la gente como hacía yo, pero te sorprenderás protegiendo la vida, protegiendo la naturaleza, protegiendo esta hermosa isla.

En los años treinta del siglo pasado, La Presencia salvó a un pescador llamado Joan Bonanova. Alberto ya te ha hablado de él. Poseía un alma tan pura, tan libre de culpa y pecado, que los talentos que desarrolló fueron poderosísimos. Una noche, en plena invasión de los fascistas de Franco, les envió una señal a todos y cada uno de los animales de la isla para que colaboraran y pronto empezaron a llegar noticias de que las cabras y otras criaturas atacaban a los soldados sublevados. Creo de todo corazón que, si de verdad lo deseas, tú puedes ser como Joan Bonanova. Serás capaz de desarrollar unos talentos superiores a los que cualquiera haya conocido desde hace décadas.

Y deseo con todas mis fuerzas que encuentres a mi potencial asesino. No por mí. Yo estaré a salvo, no me cabe duda de ello. Sino por los demás. Quiero que le pongas freno, porque hay otras personas en peligro. Pero, sobre todo, te he traído hasta aquí no tanto para que salves otras vidas como para salvar la tuya. Quiero que vivas, Grace. Quiero que dejes atrás tu pasado y que vivas. Tienes que hacerlo. Por el bien de todo, ¿me oyes?

Adiós, amiga mía.

Grace la Inútil

—Madre mía —dije una vez que acabó el vídeo.

No me gustaba nada todo aquello. Me sentía como si me estuvieran estafando de nuevo. Me sentía como si alguien me hubiera puesto en la mano un reloj que no quería y ahora esperara que lo pagase.

Tuve la sensación de que estaba a punto de sufrir un ataque de ansiedad y, como tantas veces había hecho en mi vida, intenté hacer cuentas y buscar patrones compulsivamente para tranquilizarme.

El vídeo duraba tres minutos y veintidós segundos. «22 entre 3 es 7,33. La raíz cuadrada de 3 es 1,73...»

Alberto se guardó el móvil. El calor que hacía en el coche no ayudaba mucho. Clavé la mirada en el mar. De todas las cosas raras que acababa de oír, de entre todas aquellas absolutas locuras, las palabras que continuaban retumbándome en los oídos eran «amiga mía». Si tan amiga suya era, ¿por qué no se había puesto nunca en contacto conmigo durante más de cuatro décadas? Cuando Daniel murió, cuando perdí a Karl, cuando necesitaba una amiga, ¿dónde estaba? No podía dejar de pensar en lo que me había dicho Lieke en el centro de jardinería.

«No le dio la casa a cambio de nada. La estaba reclutando. Era una trampa. Usted es su sustituta.»

—Uf —dije—. Esto es demasiado. Yo no lo he elegido, ¿por qué necesito este don?

—Lo único que sé es que es muy poco frecuente ser la elegida. Y que es una suerte que tú lo hayas sido… Christina sabía que tenías que ser tú. Había visto el futuro.

Ahí fue. Ese fue el momento. Esa fue la gota que colmó el vaso. Fue entonces cuando me olvidé por completo del sabor aumentado del zumo de naranja y de las nuevas maravillas que me rodeaban. Fue entonces cuando me di cuenta de que la decisión de Christina no era un acto de generosidad desinteresada.

—Es como una secta —estallé—. Es como una secta siniestra.

—Bueno, a ver, no es que yo aprobara al cien por cien los métodos de Christina…

—¡También han sido los tuyos! Podrías habérmelo aclarado todo.

—Mandarte de vuelta a tu casa habría sido lo más sencillo del mundo. Te lo advertí, pero insististe en saber la verdad. Te dije que esto te cambiaría. Lo cierto es que no hemos sido ni Christina ni yo quienes te hemos elegido, ha sido la propia Presencia. Ella solo lo vio. De las miles de personas que Christina conoció a lo largo de su vida, tú has sido la única a la que ha querido La Presencia. Mis poderes son débiles en comparación con los tuyos. Eran débiles en comparación con los de Christina. Hace tiempo eran más fuertes, pero se han apagado. Se han retirado como el mar cuando baja la marea. Pero tú eres especial. Mira lo que has sido capaz de hacer ahora mismo en esa iglesia…

—No soy especial —dije. Aquellas tres palabras fueron las más fáciles que había pronunciado en mi vida. La expresión de un sentimiento que tenía desde hacía setenta y dos años. Una profunda conciencia de mi propia mediocridad—. ¿Por qué iba a serlo? Soy una inglesa vieja y gruñona. Una profesora de Matemáticas jubilada de un pueblo en el medio de la nada. Soy una nada inmensa, eso es lo que soy. *A big nothing*. No, ni siquiera eso. No soy un cero, soy un menos. Soy una mediocridad que jamás ha tenido ningún impacto en el mundo. Salvo, de vez en cuando, para algo malo. Mi precioso hijito Daniel murió porque yo lo dejé marcharse en la bici a pesar de que llovía a mares y me quedé leyendo un puñetero catálogo porque, por lo visto, me pareció que era más interesante que acercarme al centro con él. Murió bajo las ruedas de un camión del servicio postal. Soy la persona que nunca lo logró. La que decepciona a la gente en el último obstáculo. La que deja que sucedan cosas horribles. La que se conforma con menos porque eso es lo que merece. La que nunca consiguió el trabajo que quería en la universidad. La que se convirtió en la profesora del montón que, seguramente, apartó a más gente de la asignatura. La que le fue infiel a su marido. He sido una inútil una y otra vez. No puedo hacer esto. Es un error. Yo no estoy libre de culpa y de pecado como el dichoso Joan Bonanova. Soy una mala persona. Esto jamás se me dará bien, jamás seré capaz de enviarles una señal mágica a todos los animales. Y tampoco quiero hacerlo.

—Tenía el corazón desbocado—. No. Soy. Especial.

—Más bien todo lo contrario —dijo Alberto, tan arrogante como siempre—. Christina intentó pensar en todas las personas que conocía. En todas las personas que había conocido a lo largo de su vida. Y eran muchas. Fue capaz de predecir todos los escenarios, todas las posibilidades. Había más gente a la que La Presencia se habría acercado, pero ninguna habría experimentado la misma reacción. Por eso perdiste el conocimiento en el agua. Y el hecho de que hayas podido retroceder en el tiempo hasta mil ochocientos cincuenta y cinco, y de que hayas roto el tanque de unas langostas, y de que le hayas clavado un tenedor en la pierna a un señor solo con la mente, no hace más que confirmarlo. Esto es *unusual*… Muy muy raro.

—No tendría que haberle clavado un tenedor en la pierna a ese hombre —dije en tono de arrepentimiento—. No era malo del todo.

—No, quizá no. Pero ¿y si hay alguien que sí es verdaderamente malo del todo? ¿Y si esa persona fuera una asesina? ¿Y si tuviera planeado matar a tu amiga? ¿Y si pudieras evitar que matara…?

—¡Apenas conocía a Christina! —le espeté—. No era mi amiga.

Y Alberto asintió. La cara le cambió como si, al fin, le hubiera pegado una bofetada.

—Vale, puede ser. Pero sí lo era mía. Era una buena persona. ¿Complicada? Sí. ¿Una mala madre? Tal vez. Pero era buena. Una persona excepcional.

Y, durante un segundo, tuve la sensación de que iba a echarse a llorar y, para mi bochorno, eso pareció enfurecerme aún más en lugar de lo contrario.

—No soy especial —repetí de nuevo, como una maníaca—. Soy una persona egoísta. Fracasé en lo único que una madre tendría que ser capaz de hacer. Soy Grace la Inútil: yo no salvo a la gente; permito que muera. Como permití que muriera mi propio hijo. No he hecho ni una sola cosa valiente en toda mi vida, aparte de mudarme a Ibiza. Y ahora me doy cuenta de que ha sido mi mayor error.

—Eras profesora, ¿hay algo mejor que ser profesora? —Alberto no pensaba rendirse. Su abofeteable rostro no paraba de hablar—. La Presencia vio algo en ti; no quién has sido, sino quién podrías ser. A La Presencia no le interesan las superficies, le interesan las profundidades.

—Tengo más de setenta años. Soy demasiado vieja para las teorías sentimentales de imán de nevera, y todavía más para el «quién podría ser».

Alberto chasqueó la lengua, poco convencido.

—Bueno, yo tengo setenta y nueve y en mi casa no hay nevera. Además, me encantan las teorías sentimentales, soy un hombre sentimental. El martes que viene asistiré a mi primera clase de samba. Y luego voy a ir al Cova Santa a bailar en una cueva y a beber limonada. Esto es Ibiza, la edad no importa.

—Puede que esto sea Ibiza, pero no tiene nada que ver conmigo. Yo no encajo aquí.

—A veces pienso que a la gente a la que no le gustan las cosas sentimentales en realidad no le gusta sentir nada en absoluto. Prefieren mirar el mundo entero con desdén.

—No me importa tu opinión. Yo estaba muy bien no sintiendo nada en absoluto. No quiero sentir nada de nada. Y no teníais ningún derecho a obligarme a hacerlo.

Todo había sido una trampa. La casa. La foto del colgante. Hasta la última palabra que había salido de la boca de Alberto.

Y, además, yo no sería capaz de salvar a nadie. Solo empeoraría las cosas. Era mi forma de ser.

—Ya me he hartado —dije al mismo tiempo que arrancaba el coche—. Me voy a casa. Allí también puedo ayudar a la gente con estos talentos. Me voy al aeropuerto...

—Mis investigaciones sugieren que, cuanto más lejos te encuentres de La Presencia, menos potentes...

—Me da igual.

—¿Esperamos hasta mañana para que hayas tenido tiempo de asimilarlo?

No quería un mañana de «aquello». Quería volver. Prefería mil veces no haber saboreado la nueva dicha infinita del zumo de naranja a tener todo «aquello». No quería bailar en una cueva. Quería sentarme en mi sofá y anestesiarme delante de un concurso de la tele. Permitirme experimentar la dicha infinita me llevaría en última instancia a experimentar un dolor infinito. Y eso ya lo había sentido y no quería volver ahí. De repente, anhelaba el vacío conocido y sin sobresaltos. Extrañaba de veras la anhedonia.

—No. Me voy a casa. Casa. Casa.

La palabra me consolaba. La sentía sólida. Como una roca en el mar.

—Pero la isla te necesita. La gente y los animales de Ibiza te necesitan. Aquí podrás hacer el bien. No solo para... las langostas, sino en general. Y sigue habiendo un asesino en potencia suelto. Una persona humana u otra cosa. Tú podrías ponerle freno, pero no desde tu casa. Cuanto más lejos estés, menos talentos tendrás.

No le hice caso. Intenté bloquear sus palabras del mismo modo en que bloqueo los acúfenos. Empecé a circular con un solo sentimiento:

«Me muero de ganas de largarme de esta isla.»

Caballo

El trayecto hasta el aeropuerto duraba veinte minutos, pero yo estaba intentando hacerlo en diez. Alberto me acompañaba. La única razón para ello era que no podía dejarlo tirado en medio de la nada en Es Cubells. Bueno, eso y que él quería acompañarme. Y que alguien tenía que quedarse con el coche de Christina.

Nos dirigimos hacia el interior de la isla y pasamos junto a un hombre que circulaba por la carretera en una bicicleta eléctrica y sibilante, sonriendo bajo el sol. La bicicleta era roja. Repasé los primeros números de la secuencia de Fibonacci.

«0, 1, 1, 2, 3, 5, 8, 13, 21, 34...»

Me di cuenta de que así había sido mi estancia en la isla: una continua elevación de todo lo que la había precedido, un incidente sumado al siguiente, todo ascendiendo hacia la locura como un cohete lo haría hacia el cielo.

Continuamos avanzando y dejamos atrás una enorme valla publicitaria con el rostro de Lieke. Fue como mirar un espejismo. Recordé su dolor, su fragilidad interior y su furia exterior, y allí estaba ella, dominando el horizonte como algo más fuerte que las emociones.

La miré a la cara y vi los ojos de su madre.

Continué conduciendo sin hacerle el menor caso a Alberto. Siempre hacia delante bajo aquel cielo azul y sin nubes, aferrada al volante con tanta fuerza que capté otro recuerdo de Christina.

Estaba en la puerta de un hotel. Había un grupo de manifestantes al lado de unas obras. Vi un cartel en mi mente. «EIGHTH

Wonder. Cala Llonga. Próximamente.» Christina estaba con la mujer de las gafas y el pelo alborotado y oscuro. Conocía a aquella mujer. Había aparecido en una visión. Era la que iba sentada junto a Christina en aquel mismo coche. Y entonces me di cuenta de que la había visto antes. En el aeropuerto. Era la primera persona a la que había visto en aquella isla. La que llevaba la camiseta de Einstein y me había sonreído. Pero, justo en el instante en el que la reconocí, la visión cambió.

El día se convirtió en noche y el aire se transformó en una inundación.

Ahora estaba en el mar.

Christina, quiero decir.

Estaba nadando, cada vez más abajo y envuelta en un agua oscura, en dirección a la esfera resplandeciente, que esta vez no se convirtió en nube, sino que mantuvo su forma e incluso se expandió hasta que se le abrió un agujero justo en el medio. Una apertura creciente que atravesaba la esfera de lado a lado. Se convirtió en un túnel aún más reluciente que la propia esfera, de una luminosidad plateada e imposible. Y Christina se introdujo en él nadando, cruzó el portal pensando en su hija y esperando que estuviera a salvo.

Cuando salí de aquel microtrance, Alberto me había puesto una mano en el brazo. Estaba gritando mi nombre con la misma fuerza con la que solía hacerlo mi padre. Teníamos un enorme caballo castaño con su jinete justo delante. Estuve a punto de embestirlos, pero los esquivé a tiempo. La yegua se encabritó, pero la jinete se mantuvo sobre la silla clavando los pies con fuerza en los estribos. Sentí que el pánico del animal me retumbaba por todo el cuerpo como un tambor.

—Tranquila —dijo Alberto, cuya voz fue desvaneciéndose como una ola mientras yo me concentraba de nuevo en la carretera—. Tranquila, tranquila, tranquila...

Aeropuerto

—El siguiente vuelo disponible a cualquier punto de Inglaterra —le dije a la mujer de sonrisa forzada que atendía el mostrador.

Su placa identificativa me dijo que se llamaba Gabriela, pero no me dijo que se sentía un poco hinchada, que le dolía la barriga y que estaba pensando que ojalá tuviera más cápsulas de aceite de menta. Ni que llevaba seis horas y media de turno. Deseé con todas mis fuerzas no saber nada más que su nombre gracias a la placa.

—Hay un vuelo a Gatwick esta tarde. Sale a las diecinueve cincuenta. Puedo comprobar si quedan plazas.

—Perfecto, sí. Ese me valdrá.

No había trazado un verdadero plan. Volvería al bungaló, vendería la casa de Christina desde allí y donaría el dinero a alguna organización benéfica. Hasta ahí había llegado. Esa condición no estaba incluida en la carta del abogado. Aquellos «talentos» no eran talentos, en realidad. Tan solo causarían más daño. Mientras Gabriela se concentraba en el ordenador, pensé en el pobre caballo y la jinete a los que había estado a punto de atropellar. Pensé en un tenedor clavado en una pierna. Christina se había equivocado. Yo no sería útil en Ibiza, sería un perjuicio. Tal como lo había sido siempre.

Miré a mi alrededor y sentí curiosidad por saber si Alberto se habría marchado ya. Me había dicho que iba a esperar un ratito en el aparcamiento «por si acaso». Sentí una punzada de tristeza. Una aflicción diminuta. Una parte extraña de mí quería seguir sentada a su lado. «Déjate ya de historias, Grace. Estás haciendo lo que debes hacer.»

Había una madre con un bebé cansado en brazos y una maleta pequeña a modo de equipaje de mano. La madre le dio un beso en la frente a la criatura y vi un amor teñido de color índigo. Aparté la mirada de inmediato, puesto que no quería saber demasiado de ellos y, desde luego, tampoco quería sentir lo que estaban sintiendo. No quería sentir nada. Maldije a Christina y a aquella «plenitud» que me había dado. A aquel «duende». No quería sentir ningún vínculo con nada.

Había mentes por todas partes y sus pensamientos se esparcían por el aire como si fueran polen. Había una joven que viajaba sola, ilusionada por volver a ver a su familia. Deseé con todas mis fuerzas poder volver a casa con Karl, que me recibiera en Gatwick con un abrazo, que me dijera que me había echado de menos y que todo iba a ir bien.

Mi mirada recayó sobre una imagen digital que reconocí al instante porque era casi idéntica a la valla publicitaria que había frente a la casa de Christina, al otro lado de la carretera. La del hotel, incluido el recuadro con la foto de una habitación de lujo.

«ABIERTO. EL FLAMANTE EIGHTH WONDER SPA RESORT HOTEL, CALA LLONGA, IBIZA. VISUALIZA TUS SUEÑOS Y HAZLOS REALIDAD.»

Verlo me hizo pensar. Activó el recuerdo de varias cosas que me habían dicho. El taxista. Sabine. Las piezas empezaron a encajar. Pensé en Christina y en Marta, la una junto a la otra. Pensé en la protesta. El anuncio casi parecía una advertencia.

«Hay otras personas en peligro.»

Había un hombre mirando el anuncio. Sentí su orgullo. Estaba de pie junto a una maleta y llevaba un traje de lino. Tenía el pelo engominado, peinado hacia atrás. Era bastante joven, no llegaba a los cuarenta. Aunque, claro, cualquiera era muy joven. (Cuando pasas de los setenta, el mundo entero se convierte básicamente en un jardín de infancia, y todos sus habitantes, en bebés abandonados.) No era ni la ropa ni el pelo ni la cara ni la juventud lo que me interesaba de aquel hombre. Ni siquiera su mente agotada y aturullada, repleta de molestos pensamientos y distracciones de aeropuerto. Era una de las revistas que llevaba en la mano. La revista *DJ*. En la portada aparecía una foto de Lieke. «La nueva reina de Ibiza ocupa el trono.»

—Ya casi estamos, estoy comprobando la disponibilidad de asientos —me dijo Gabriela con una eficiencia amigable.

Y mientras la veía concentrarse y entornar los ojos ante la pantalla del ordenador, también la vi abrazando a sus hijos en su bloque de pisos de Santa Eulària. No parecía mucho mayor que en aquel momento, excepto por uno o dos mechones de canas. Estaba intentando convencer a los niños de que todo iría bien.

—Para —me dije.

—¿Se encuentra bien? —me preguntó Gabriela con el rostro y la mente llenos de preocupación.

—Sí. Perdón. Sí. Es solo que me pongo nerviosa cuando tengo que subirme a un avión.

—Ah —contestó la mujer—. Vaya, siento que lo pase mal, pero en realidad es la forma de transporte más segura. Veamos, sí, quedan algunos asientos en ese vuelo con destino Gatwick. ¿Prefiere ventana o pasillo?

Apenas la estaba escuchando.

—No puedes casarte con él.

—¿Cómo dice?

—Dentro de dos meses, dejarás a tus hijos con tu padre y te irás a Londres. Te enamorarás de un hombre, un banquero que está a punto de jubilarse a los cuarenta y dos años, y se vendrá contigo a Ibiza. Terminarás casándote con él. No te cases con ese hombre. Por favor. Confía en mí. Creerás que te conviene, pero no...

Me miró con una sonrisa confusa.

—¿Cómo sabe que voy a ir a Londres?

—Por favor, tú fíate de mí.

Y entonces la vi en un futuro distinto, feliz, en la pista de karts con sus hijos, y entendí por qué Christina había querido ayudar a la gente de la manera en la que lo había hecho. Si tenías la capacidad de ayudar a la gente, puede que también tuvieras la obligación de hacerlo. El hecho de que fuera algo que yo no había pedido no quería decir que pudiera darle la espalda sin más.

En aquel preciso instante, vi de lejos a una mujer que se dirigía hacia la zona de llegadas y a la que reconocí vagamente. Era una mujer alta, con la cara seria y el pelo encrespado como un diente de león a medio soplar. Era la médica. La que alteró tanto a Alberto que había decidido marcharse al instante. Estaba tomándose un café y había ido al aeropuerto a recoger a su madre, que venía a verla desde Bilbao. Y entonces llegó. La imagen de Alberto con ella. Hacía un mes, en una sala pequeña del hospital, en el departamento de oncología, diciéndole: «El cáncer es agresivo» y comentándole las opciones de tratamiento. Y Alberto mirándola sin verla, estupefacto. Entonces la médica desapareció de mi campo de visión.

—¿Señora, *hello?* —me llamó Gabriela, sabedora de que me había sumido en una especie de trance—. ¿Señora? ¿Sigue queriendo el billete?

Le sonreí. Luego agarré el asa de mi maleta.

—Estoy... Tengo que irme...

Era inútil. Sabía que iba a quedarme.

Protección

No paraba de pensar en lo que me había dicho Christina: «Es imposible sentir la vida de una manera tan profunda y no querer protegerla». El cambio que se había producido en mi interior era innegable. Ahora que comprendía las cosas que antes estaban ocultas —los pensamientos, los futuros—, ya no podía continuar engañándome con la triste pero reconfortante ilusión de que el mundo no quería saber nada de mí. De que podía retraerme y desaparecer y de que eso no cambiaría nada.

No puedes permanecer inmóvil en un universo variable. Había cambiado. El refugio de la pena y la autocompasión se había disipado. No podía protegerme no haciendo nada. La protección es algo que solo podemos ofrecer, no algo que siempre se recibe. E iba a hacer cuanto estuviera en mi mano para ayudar a todo lo que necesitara ayuda.

La puerta cerrada

Me subí al coche, que estaba aparcado a poca distancia de la terminal.

Alberto tenía la radio encendida y meneaba la cabeza al ritmo de unas voces españolas que rapeaban sobre una melodía que te hacía querer mover las caderas.

—Reguetón —me explicó como si hubiera vuelto para recibir una clase sobre géneros musicales—. Existe desde hace una eternidad, pero ahora la gente está más a tope con él que nunca... Tiene cierta energía sensual, ¿no te parece?

—Mientras te quedes esa energía sensual para tus adentros... —le dije en tono cortante.

Alberto le echó un vistazo a su reloj de pulsera y se encogió de hombros.

—¿Qué? —le pregunté.

—Nada, que es curioso —dijo refiriéndose a mi decisión de abandonar el aeropuerto—. Pensé que tardarías veinte minutos menos.

—Es que iba a marcharme de verdad.

—Entonces, ¿por qué has vuelto?

En ese momento, captó un atisbo del motivo. En mis pensamientos. Así que lo ayudé a llegar a la conclusión.

—Ahí dentro he visto a una persona a la que he reconocido del hospital. Una médica. Oncóloga.

Fue como si le hubieran asestado un puñetazo. Como si le faltara el aire. Apagó la música y permanecimos allí sentados a pesar de que los coches no paraban de dar vueltas a nuestro alrededor en busca de un sitio donde aparcar.

—Perdona —le dije—. No pretendo meterme donde no me llaman. —Se mordió el labio inferior. Agitado. Consternado—. El caso es que se supone que tengo unos poderes extrasensoriales superiores a los de cualquiera —continué— y, sin embargo, soy incapaz de acceder a nada que tenga que ver contigo. Eres una puerta cerrada. No veo nada. Soy capaz de entender a una langosta, a una lagartija o a un caballo mejor que a ti. ¿Por qué no me dejas entrar? Quiero ayudarte. Si te pasa algo, quiero estar contigo. Como... como... como amiga. Y sé que el peligro no se ha acabado, que habrá más gente que necesite protección. Así que voy a quedarme. Pero no podré ayudar si no sé en quién confiar. Y tengo que poder confiar en ti.

Permaneció callado unos instantes. Parecía estar sopesando algo. Un coche nos pitó. Alberto se asomó por la ventanilla y le soltó un improperio al conductor.

—Vale —dijo cuando se calmó—. Antes de que vayamos a ver a Marta, tengo que contarte una cosa. Conozco una cafetería de carretera que nos pilla de camino. Es un sitio tranquilo... Sirven un zumo de naranja maravilloso, recién exprimido.

Zumo sin probar

Nos sentamos en una sencilla cafetería de carretera, al lado de una máquina de pinball rota.

La pared estaba forrada de carteles de eventos de discotecas celebrados el siglo pasado, escritos en una mezcla de español e inglés.

«Ku presents Fantasy. Domingo 17 de julio de 1980»

«Flower Power at Pachá. Fiesta de cierre, 1988»

«Moondance at Space. Every Wednesday/Todos los miércoles, 1992»

Pensé en todas las fiestas salvajes que se habían organizado mientras Karl y yo estábamos criando a Daniel en nuestro reducido mundo familiar. Cuando tienes un hijo, el mundo desaparece durante un tiempo. Te conviertes en una especie de satélite y, salvo que hagas un esfuerzo para mirar, te olvidas de que existen otras cosas. Que hay otras vidas, tan importantes como la tuya, sucediendo por todas partes. Algunas de ellas suceden rodeadas de glamur en las discotecas de Ibiza.

Alberto también se estaba fijando en los carteles.

—Buenos tiempos —dijo mientras esperábamos a que nos sirvieran nuestro zumo de naranja—. Estaba Pachá, claro, que básicamente era una discoteca en una granja. Todavía hoy sigue siendo, en esencia, una «casa payesa». La jet set empezó a ir allí desde el principio, en la década de los setenta, cuando no era más que una finca con una disco. Luego estaba Ku, que era puro exceso. Verás, cuando Freddie Mercury y Montserrat Caballé grabaron el vídeo de la canción *Barcelona,* lo hicieron en Ku porque era un lugar de magnitud operística. Ku era el sitio de moda. Polisexual, glamuroso, ecléctico. Allí estaban David Bowie, Grace Jones, Mick Jagger... Todo el que se te ocurra. Era un faro para toda alma desbocada, para todo excéntrico creativo. Era una discoteca de vanguardia, gigante, situada en las montañas en medio de la isla. ¿Sabías que antes estos sitios estaban al aire libre? Ku era una especie de Studio 54 sin techo. Amnesia era un poco más alocada, un poco más... relajada. Allí se bailaba bajo las estrellas hasta que se acabara la noche. Hippies, estrellas de cine, gurús indios, artistas, gente ociosa, músicos, escritores, personas elegantes, personas desaliñadas... Aquellos fueron los primeros juerguistas, gais, heteros y todo lo que hay en el medio, antes de que se convirtiera en una industria como la que hay ahora... Íbamos, bebíamos, fumábamos un poco de hierba, tomábamos setas mágicas y bailábamos junto a las palmeras...

—Puede que no sepas esto de mí —le dije, sorprendida ante mi propia impaciencia— y no pretendo ofenderte, pero no estoy particularmente interesada en la historia detallada de los clubes nocturnos de Ibiza.

Nos sirvieron el zumo de naranja.

Sabía que su sabor me resultaría extático, así que decidí no probarlo hasta que Alberto abordara el motivo por el que estábamos allí. Puede que fuera eso lo que llevaba haciendo tanto tiempo: eligiendo no disfrutar, negándome una vida placentera.

—¿Qué me dices de las ballenas? —preguntó.

Empecé a preguntarme si en algún momento iba a hablarme de la visión de la médica y él que había tenido en el aeropuerto, la que me había mantenido en la isla.

—¿Cómo dices?

—Sí. No te interesan las fiestas locas, así que ¿qué me dices de las ballenas, te interesan?

Y entonces le hice la pregunta que todo el mundo que mantenía una conversación con él debía de hacerle en algún punto:

—Pero ¿de qué estás hablando, Alberto?

La ballena de cincuenta
y dos hercios

———

—Hay una ballena en el océano —me dijo después de beber un trago de zumo.

—En el océano hay muchas ballenas.

Asintió.

—Esta es distinta. Esta es una ballena muy solitaria.

—Vaya, pobrecita.

—¿Sabes por qué es tan solitaria?

Me encogí de hombros.

—Porque no tiene conexión a internet.

Me dedicó una de sus sonrisas anchas y torcidas.

—Más o menos. Es por el sonido de su llamada. Las ballenas son grandes comunicadoras, se pasan el día emitiendo llamadas, pero tienen que hacerlo en la frecuencia correcta. Esta ballena, sin embargo, emplea una frecuencia aguda muy poco habitual. Cincuenta y dos hercios. Es la ballena más solitaria del mundo porque ninguna otra ballena comprende las llamadas a esa frecuencia. Es una ballena azul y las llamadas del resto de los ejemplares de la especie son mucho más graves. Las ballenas azules son las Barry White de los mamíferos marinos: su canto es profundo, profundo, profundo. Así que la pobre criatura de voz chillona tiene que nadar por el océano siempre sola, incapaz de hacer amigos y sin que nadie oiga sus llamadas.

Estaba sonriendo, pero tenía los ojos vidriosos de pena.

—Yo fui esa ballena. Escribía sobre cosas increíbles y no había nadie en mi longitud de onda. Nadie me comprendía. Me tomaban por un chiste. Igual que a una ballena con la voz chillona. Durante un tiempo, ni siquiera mi hija, Marta, me entendía. Pero seguí haciendo aquello en lo que creía. Y, aunque eso fue incluso antes de que entrara en contacto con La Presencia, lo sabía. Tenía la mente abierta...

Negué con la cabeza.

—Entonces, ¿qué te pasó?

—¿Cómo?

—Que qué te pasó para que cerraras la mente.

Aquello lo ofendió. Se echó hacia atrás en la silla. Masculló una grosería en catalán sin acordarse de que ahora lo entendía.

—Tengo la mente abierta. Acepto la existencia de más especies que...

—No estoy hablando de eso. No estoy hablando de las especies, sino de tus pensamientos. Hablo de la muralla que has construido a tu alrededor. ¿Por qué te has encerrado así?

Sabía a qué me refería. Sabía que lo único que había podido percibir era aquella tristeza gris verdosa y sus amplias sonrisas de negación.

Señalé la gasolinera del otro lado de la carretera, donde una pareja joven se estaba bajando de una moto alquilada. Iban camino del cajero automático que había junto a la contigua oficina de CaixaBank.

—Puedo leerles la mente con una facilidad pasmosa. Han pasado el día en unas hamacas de lujo sobre la pálida arena de la playa de Es Cavallet y han comido calamares a la brasa y lubina a la sal en el restaurante El Chiringuito, donde ambos han intercambiado miradas disimuladas con extraños que les parecían atractivos. Su relación terminará dos semanas después de que vuelvan a Berlín. Y están a más de cien metros de distancia. Tú, por el contrario... A ti te tengo justo delante y no sé nada.

Mis palabras no eran más que moscas en el aire. Alberto estaba en otro sitio.

La música estaba puesta y sonaba de fondo a un volumen suave.

—¿Te gusta esta canción? —preguntó para volver a uno de sus temas favoritos: la música—. Se llama *The Last Day of Summer*. Es de The Cure. Yo no fui mucho de música gótica. Fui más de los Rolling Stones. De canción protesta. De soul, de Dylan, de Joan Baez, de Sam Cooke y de Gil Scott-Heron. ¡Imagíname con los ojos delineados! Pero siempre he intentado mantener la mente abierta a la música posterior. Es una canción preciosa. A Julia, mi esposa, le encantaba The Cure. Los vimos en el Palau Sant Jordi de Barcelona. Esta canción le gustaba muchísimo. Está muy infravalorada. Es un poco triste y no muy de mi estilo, pero escucha. Escucha esas guitarras, cómo crean formas, igual que un bosque. Y luego entra su voz y es tan natural como una sombra. —Se quedó callado un segundo—. Esta canción es exquisita.

En aquel momento me recordó un poco a Karl. Aquella manera de utilizar la música como una especie de escudo, para poder hablar de los sentimientos sin tener que hablar de sus propios sentimientos. Iba a volver a reconducirlo hacia el tema, pero entonces me di cuenta de que aquel era el tema. Al sentir la música, al sentir sus recuerdos y su melancolía, Alberto estaba permitiéndose abrirse.

Y, en cuanto comenzó a hacerlo, noté que estaba sufriendo.

—Perdona —me disculpé—. Es que, bueno… Es que pensé que sería genial saber un poco más de ti. —Iba a preguntarle a bocajarro si estaba enfermo, pero me pareció demasiado falto de tacto, así que al final le dije—: Por ejemplo, me encantaría saber qué opinabas de Christina.

Suspiró. Fue un suspiro lento, apenado.

—Era especial. Hacía que me sintiera como si no fuera la ballena de los cincuenta y dos hercios. Era la única en mi longitud de onda.

Enarqué una ceja.

—Interesante.

—No —dijo—. Nunca hubo nada de eso. —Lo reconsideró mientras miraba su zumo con expresión filosófica—. Bueno, vale, un poco sí. Nos lo pasábamos muy bien. Al principio hubo una conexión romántica. Ella acababa de divorciarse y no hacía mucho del fallecimiento de Julia. Christina era muy buena conmigo y a Marta le caía bien. Durante unas cuantas semanas, hubo algo más. ¿Por qué me preguntas todo esto? —Arqueó una ceja presuntuosa—. Es porque soy más magnético que Es Vedrà, ¿no?

Me quedé mirando la sonrisa que le adornaba el rostro barbudo y curtido por el sol. Sí que tenía algo, supuse. Algo salvaje, puro y desfasado. Una especie de terquedad exasperante pero atractiva que sugería que no solo era una ballena solitaria metafórica, sino que además quería serlo.

Él también me estaba estudiando a mí.

—La vida es como el Tetris: si encajas, desapareces, ¿no?

—No lo sé. Yo siempre he intentado encajar. No quiero ir a contracorriente porque, con el tiempo, terminas haciéndote daño.

—Pues ahora eres distinta, Grace. Y, créeme, ser único no es tan horrible. Siempre sabes que estás ahí. Sabes cuál de todos eres.

Entonces lo miré a los ojos un segundo y noté que algo cambiaba en su interior. Como si de repente hubiera abierto el libro que me permitiría leerlo. Posó una mano encima de la que yo tenía sobre la mesita del bar. No fue raro. Fue el gesto de un verdadero amigo.

Decidí que aquel era el momento.

—Aquel día, en el hospital, me dijiste que teníamos que marcharnos porque debíamos mantenerlo todo en secreto.

—Sí…

—Sí, pero quisiste marcharte muy de repente y no entendí por qué. Tú nunca ocultas tus creencias; de hecho, has escrito libros sobre ellas. En los mercadillos hippies y en las tiendas de comestibles la gente sabe quién eres y conoce tus «teorías locas». Así que ¿por qué teníamos que marcharnos del hospital?

Titubeó.

—Vi a alguien. A una persona que conozco.

—La médica, la que he visto en el aeropuerto.

El silencio se alargó.

—Sí. La doctora Pérez, la oncóloga. Tenía que largarme de allí. Lo siento, no quería que lo supieras. Ni tú ni nadie, y Marta la que menos. Perdóname, tendría que haber sido más sincero, pero...

—¿Se solucionará?

—Me han hecho todas las pruebas pancreáticas posibles. Análisis de sangre, ecografías, de todo... Y la oncóloga insiste en que tendría que someterme al tratamiento, pero ella no sabe que soy capaz de ver el resultado. Veo mi propio futuro. Haga lo que haga, solo retrasa la fecha alrededor de una semana o dos. Tres, como mucho. Vemos el futuro que existe si no hacemos nada. Eso es cierto. Pero, a veces, da igual lo que hagamos. De momento estoy bien, pero tarde o temprano...

No tenía ni idea de qué decir. Volví a agarrarle la mano, se la apreté. La muralla había desaparecido y entonces lo vi todo. Solo le quedaban unos dos meses. Como mucho. Se deterioraría muy rápido en los últimos días. Alberto no sabía si iba a seguir a Christina hacia aquel otro mundo. Sentí que su tristeza me inundaba. Aunque en realidad ya no era solo tristeza. La tristeza se estaba desvaneciendo para dejar paso a la gratitud, el alivio y una especie de contemplación serena.

—No he querido disgustar a nadie.

—Pero La Presencia... sana otras cosas, ¿no puede sanarte a ti?

Negó con la cabeza.

—Solo se acerca a ti una vez. Es posible que en Salacia las cosas sean distintas. Si decido probar suerte con ese billete sin retorno, quizá tenga la oportunidad de que me curen. ¿Quién sabe? Imagino que es posible. A lo mejor allí me quedan años. Pero aquí no es capaz de hacernos inmortales. Los terrícolas no estamos hechos para ser inmortales, Grace.

Me acordé de su reacción tras descubrir que Francisco había conseguido llegar a Salacia. Por eso era tan importante para él, porque quizá hubiese encontrado una escapatoria.

Intenté no llorar.

—Allí el aire es fresco —le dije—. El mar es maravilloso. ¿Te imaginas a las criaturas que lo habitan?

Entonces sonrió, y la sonrisa pareció verdaderamente auténtica.

—Pero, de momento, estoy aquí. Y aquí el aire y el mar también son magníficos, así que voy a quedarme... Y nunca me he sentido tan vivo.

En aquel momento me introduje del todo en su mente.

Estaba abierta de par en par.

Como un prado.

Entré en él, dentro de su mente, y me quedé allí, a su lado, y no hacía falta decir nada. Nos limitamos a estar juntos.

En un estado de comprensión.

En la misma frecuencia.

Fue maravilloso.

Nos tomamos el zumo de naranja juntos.

Marta y el segundo principio
de la termodinámica

Marta vivía en una finca al norte de la isla. Era un lugar relajante, aunque un tanto caótico, con higueras en el jardín y gatos entrando y saliendo de la casa a su antojo. Si yo hubiera sido Alberto, no habría dudado ni un segundo en aceptar su oferta de instalarme en la habitación que le sobraba. Suponía una clara mejora con respecto al futón viejo y mordisqueado por las cabras que tenía en el suelo de su empresa de buceo.

—Marta no tiene poderes extrasensoriales —me había dicho Alberto en un tono quedo, reservado y sensible—. La Presencia no se acercó a ella. Pero es superinteligente. —Su hija había estudiado en la Universidad de Navarra y ahora daba clases allí, en remoto y a tiempo parcial—. La mejor universidad —me había dicho Alberto con un orgullo que hasta yo tuve que reconocer que era enternecedor, teniendo en cuenta el feroz rechazo que sentía hacia el mundo académico en general—. Es una cuna de genios: presidentes españoles, exploradores polares, directores de cine y los mejores científicos. Marta le cae bien a todo el mundo. Tiene una mente hecha para la investigación. Es una astrofísica brillante y encuentra lógica donde nadie más es capaz de hacerlo. Si queremos averiguar quién andaba detrás de Christina, la necesitamos. Estas cosas se le dan mejor que a mí.

—Pero ¿no lo sabe?

—No —contestó Alberto—. Le contaré lo de mi enfermedad, te lo prometo. Pero no hoy.

Suspiré. Era decisión suya. Me bajé del coche. El sol de media tarde era aún más abrasador allí, si es que eso era posible, y parecía radiar desde las montañas hacia todo el valle revestido de pinos.

—Hola, Grace, *welcome*. Un placer conocerte.

Era muy distinta a su padre: menos excéntrica y gregaria, más introvertida. No, introvertida no es la palabra. Es un error calificar de introvertida a la ambientalista con más éxito de la historia de Ibiza. A una persona que, como no tardaría en descubrir, era capaz de plantarse ante miles de personas, hablar sobre los peligros de la destrucción ecológica —su pasión por el medio ambiente era una ramificación de la curiosidad que, como astrofísica, sentía por el universo— y hacer que actuaran para cambiarla. A lo que me refiero es a que era una persona sosegada. No necesitaba crear ruido innecesario. Cuando hablaba, y era bastante habladora, lo hacía por un motivo. Levantó la vista hacia nosotros desde el enorme cartel de cartón que estaba pintando y nos dedicó una sonrisa enorme.

Yo ya había visto a Marta en otras ocasiones. Era la mujer con gafas y el pelo alborotado a la que había visto en el aeropuerto vestida con una camiseta de Einstein. Y en las visiones con Christina. Llevaba puestos unos vaqueros cortados, como su padre, y una camiseta desgastada con la palabra «SPACE» estampada en el pecho. Space era el nombre de una antigua discoteca, pero la camiseta le venía como pintada a una astrofísica. Con el tiempo, descubriría que Marta tenía un montón de camisetas geniales. También tenía pareja —una arquitecta suiza llamada Lina—, pero estaba fuera. Era la mujer de la que se estaba despidiendo la primera vez que la vi.

—Creo que te vi en el aeropuerto —le dije.

Esbozó una sonrisa de curiosidad.

—Ah, ¿sí?

Me pareció que aún era demasiado pronto para decirle que también la había visto en unas visiones que me habían sobrevenido al tocar un volante.

Había un gato de tres patas al que parecí caerle bien. Me restregó la cabeza contra las pantorrillas y tuvo cálidos pensamientos felinos.

La mente de Marta era más fácil de leer que la de su padre. Cada una de sus sonrisas eran una puerta abierta. Era una mente muy intrincada, un jardín mental frondoso retroiluminado por una calidez dorada. Sin embargo, también había intranquilidad, una sensación de incompletitud. No, no era exactamente eso. Me explico: las personas son como obras musicales. No oímos su canción porque muy poca gente la canta en voz alta. Pero la mente toca sus notas y la de Marta parecía estancada en un tono menor. Como todo el mundo, ella también tenía una melodía. La mía siempre había sido la culpa. La suya era la de no haber sido tenida en cuenta, la de no haber sido elegida. El hecho de que La Presencia nunca hubiera acudido a ella, a pesar de haber buceado muchas veces cerca y de haberle dedicado muchísimas horas de investigación, no hacía sino reforzar ese sentimiento. Pero Alberto la miraba con orgullo cada vez que hablaba y no veía nada salvo pura magia en su hija.

Nos sentamos en el jardincito, a la sombra de una de las higueras. Marta sacó una jarra de vino tinto. La música de la radio flotaba hasta nosotros a través de la ventana de la cocina. *Mr Tambourine Man*. Me fijé en las palabras que estaba pintando en el cartel: «NOS ALZAMOS COMO EL OCÉANO». *We rise like the ocean.* También había hecho un detallado dibujo del globo terráqueo.

—Bob Dylan vivió en Formentera durante un par de años —me dijo Alberto—. Vivía en el faro…

—Papá, no creo que Grace quiera hablar de Bob Dylan. —Lo dijo con una voz suave pero firme—. Cuéntanos, Grace, ¿cómo te sientes? Ya me lo han contado todo. Menudos días has pasado.

—No lo sé —respondí con sinceridad—. Abrumada, creo. Me gusta tu cartel.

—Ah, *thank you very much*. No soy una gran artista. Va a haber una manifestación.

—Sí, eso me han dicho.

Su mente se sumió en la sombra.

—Christina quería asistir. Me sentiré sola sin su compañía. Pero ahora está en Salacia, estoy convencida de ello. Y tú estás aquí.

—Sí. —Bebí un sorbo de vino que sabía a sol y a tierra—. Me ha costado un poquito —le dije— todo ese tema de «te han concedido poderes extraterrestres». He estado a punto de volverme a casa, a Inglaterra.

—¿Qué te lo ha impedido?

El gato se me encaramó al regazo antes de que tuviera tiempo de responder.

—Ese es Sancho —me informó Marta—. Por lo general, no le gustan los extraños. Es todo un honor.

Sentí el amor que emanaba de la criatura. Sé que existe la idea equivocada de que, por alguna razón, los gatos son menos cariñosos que los perros. Es una tontería. El amor que puede ofrecerte un gato es repentino y cálido. Es un amor que no conlleva ningún tipo de principio moral o ético. Es amor así porque sí, sin más. Es totalmente recreativo, un amor del aquí y el ahora. Pero amor de todos modos.

—La manifestación es en contra del hotel que van a construir en Es Vedrà, ¿no?

—Sí.

Marta retomó su labor con el cartel. Estaba trabajando en un segundo globo terráqueo.

—Volviendo a lo de los extraterrestres…, ¿conoces el concepto de «adaptación disipativa»?

Su inglés, aunque parezca imposible, era incluso mejor que el de su padre.

Negué con la cabeza. Seguro que se encontraba en algún rincón de mi mente, tal como me ocurría con todo lo demás desde hacía un tiempo. Pero algunas cosas aún requerían un esfuerzo. Además, la astrofísica parecía ser su lugar seguro, al igual que las matemáticas eran el mío, y me gustaba oírla hablar del tema.

—Bueno, en resumen, explica que la vida es inevitable. Verás, históricamente la gente creía que la vida era una imposibilidad general y que la Tierra era la excepción a la regla. Los humanos éramos casualidades. El segundo principio de la termodinámica decía que el desorden se incrementa en cualquier sistema.

—Trabajaba en un colegio —comenté sin apartar la mirada de un higo que colgaba del árbol. Bulboso, púrpura y bello—. Lo he comprobado con mis propios ojos.

Me volví hacia Marta. Sonrió y se subió las gafas por el puente de la nariz. Tenía una mancha minúscula de pintura verde en la barbilla.

—La vida se consideraba improbable porque requiere lo contrario del desorden. La vida es el orden que surge del caos. La vida es el frío que se transforma en calor. Por eso, la vida extraterrestre se tenía por improbable desde el punto de vista científico. Pero entonces llegó una nueva hipótesis que dice que no, que, en realidad, cuando a un grupo de átomos se le aplica calor, sus componentes se organizan para recibir esa energía. Lo que se genera es orden, no desorden. Eso significa que la vida es el orden de las cosas. Que la vida termina dándose con el tiempo. Ahora la vida se considera lo lógico. Antes, los idiotas creían en los extraterrestres y los científicos desestimaban la idea. Ahora es al contrario. ¿Lo entiendes? La vida es ineludible si ese proceso se repite muchos millones de veces. Y La Presencia es, básicamente, una activista intergaláctica. Está aquí para proteger las cosas. También se ha organizado. Que es justo lo que tenemos que hacer nosotros. En eso consistirá la protesta contra ese estúpido hotel: en que la gente se organice en aras de la vida, como los átomos.

—Como los átomos —masculló Alberto.

Su hija lo miró de hito en hito y una ligera preocupación le tiñó el rostro.

—¿Te estás poniendo la crema solar que te llevé?

—Sí, sí, me la echo todos los días. No soy muy de cremas, Grace. Nunca he tenido una rutina de belleza. El mar es mi baño. Pero Marta se preocupa por mí, y me echo la crema porque me gusta el olor a coco.

Aquello la satisfizo.

—Estamos en una galaxia con más o menos cien mil millones de estrellas, cada una con al menos un planeta orbitando a su alrededor, así que ahí fuera hay muchísimos planetas —continuó Marta, que empezaba a animarse.

Sentí su entusiasmo. Me concentré en su cara y vi un recuerdo suyo: en el colegio se reían de ella por estar leyéndose un libro sobre ovnis.

—Y, de esas estrellas, hay diez mil millones que son como nuestro sol, y dos mil millones tienen exoplanetas en los que las condiciones para la vida se parecen mucho a las nuestras. Dos mil millones. —Entonces Alberto miró a su hija no solo con orgullo, sino con algo más. La tristeza le relucía en los ojos—. Papá, ¿estás bien? —le preguntó ella.

—Sí, sí, estoy bien. No pasa nada.

La emoción le estrangulaba la voz. Se levantó y arrancó un higo del árbol. Justo el que yo había estado mirando.

—La vida imposible no es tan imposible. Hay extraterrestres por todas partes. Y hay mucha gente en la Tierra que los ha visto con sus propios ojos. Pero nunca los creen.

Me dio el higo. Me quedé mirando el fruto.

—Pruébalo —me dijo.

Y eso hice.

Un higo

No hay nada como saborear un higo recién cogido del árbol, tierno y caldeado por el sol. Puedes comértelo entero. De cabo a cabo. La piel, la carne púrpura, las semillas. Divino. Cómete el higo entero, ese es mi consejo. Y arráncalo del árbol, justo en ese momento, cuando se te presente la oportunidad.

Elvis Presley y el vaso roto

Tras degustar el higo, recordé algo de lo que había oído hablar en la radio.

—La zona de habitabilidad —dije.

—Sí.

Marta asintió rápidamente, soltó el pincel y agarró su vaso de vino.

Tuve un mal presentimiento.

No entendí nada de aquella emoción, salvo que era negativa.

Era una especie de estado de alerta. Una sensación de que, de pronto, algo iba mal. Alberto abrió los ojos como platos. No supe si se debía a que él también lo estaba sintiendo o a que me estaba sintiendo a mí sentirlo.

—Ni demasiado cálida ni demasiado fría —prosiguió Marta, ajena a todo lo demás—. Por eso a veces también se la conoce como la zona Ricitos de Oro, porque así era como le gustaba tomarse las gachas a la niña del cuento. Y dos mil millones de planetas en la zona de habitabilidad son muchos planetas. Desde un punto de vista racional, sería mucho más complicado creer que somos los únicos entre esos dos mil millones y...

Fue entonces cuando le ocurrió algo extraño. Al vaso que tenía en la mano empezaron a salirle grietas, como una telaraña en expansión. Al principio pensé que quizá Marta lo estuviera apretando demasiado.

—Cuidado. El vaso.

Pero no era eso.

Si hubiera apretado el vaso con demasiada fuerza, se habría roto al instante. Aquello era distinto. Era una «exhibición» de un vaso resquebrajado. Era un teatro. Era como si quisiera ser percibido como algo antinatural, y Marta se quedó tan fascinada y aturdida ante aquella imagen que no lo soltó, sino que se quedó mirándolo sin más. Y entonces, justo en el momento en el que se dio verdadera cuenta de lo que estaba ocurriendo, el vaso estalló y el vino tinto se derramó como sangre sobre el cartel y empapó el cartón.

Marta se sobresaltó.

—¿Qué mierda...?

El cartel quedó destrozado. La Tierra pasó a ser tan roja como Marte.

—¿Estás bien? —le preguntamos su padre y yo al unísono, cada uno en una lengua.

—¿Qué acaba de pasar? —preguntó ella a su vez.

Alberto miró a su alrededor para comprobar si había alguien entre los arbustos o tras las higueras.

Y entonces ocurrió algo más.

La radio.

La radio dejó de reproducir a Bob Dylan y se convirtió en un estruendoso siseo de interferencias.

Y después, poco a poco, las interferencias fueron modulándose hasta transformarse en música. En otra canción. *Heartbroken Hotel*, de Elvis Presley. Aunque empezó justo por la mitad. La voz de labios torcidos del cantante nos llegó ondeando en el aire con una amenaza siniestra.

Marta fue a apagar la radio. Volvió con un paño, un cepillo de barrer y un recogedor justo cuando yo empezaba a retirar los trozos de cristal.

Alberto tenía la vista clavada en el cartón impregnado de vino.

—Es una advertencia. Es quienquiera que pretenda matar a Christina. —Miró a su hija con el ceño fruncido de preocupación—. Quiere que pares. No puedes seguir adelante con la manifestación, Marta.

—Papá, no seas tonto —replicó ella; y no por primera vez, me di cuenta.

«Hay otras personas en peligro.»

Eso era lo que había dicho Christina.

No sentí miedo. De hecho, me alegré de no haberme subido al avión. Sentí que allí me necesitaban.

Acaricié a Sancho mientras le daba vueltas en la cabeza a una idea.

—Christina quería participar en la protesta, ¿verdad?

Marta barrió los cristales.

—Sí, me ayudó a concebir la idea.

—Y ya os habíais manifestado juntas otras veces, ¿no?

—Sí, muchas.

—Pero en esta ocasión no sabéis contra quién os estáis manifestando exactamente, no sabéis a qué empresa pertenece el hotel.

—Eso es, es todo confidencial. Lo único que sabemos es que el gobierno local ha aprobado el proyecto.

—Eighth Wonder —dije.

—¿Qué pasa con ellos?

—Protestasteis contra uno de sus hoteles. El de la cala Llonga.

Marta me miró. Alberto me miró. Fue una revelación colectiva.

—Sabéis lo de las cabras, ¿no? —les pregunté a ambos—. Lo de las cabras de Es Vedrà que han matado a tiros por lo del hotel.

Alberto asintió, con la cara moteada de sombras.

—Sí, lo sentí en cuanto te vi. Después de lo de las langostas.

Aquello turbó a Marta bastante más que lo del vaso.

—¿Por qué no se limitaron a trasladarlas?

—Porque a la persona que dio la orden le daban igual —contesté. Era solo una hipótesis, no podía saberlo con seguridad, pero parecía cada vez más probable—. De hecho, creo que se deleitó bastante con la idea.

—¿Adónde quieres llegar con todo esto? —preguntó Alberto.

—Veréis, el caso es que la gente que disparó contra las cabras lo hizo desde un barco. El barco tenía un logo diminuto, pero lo vi en mi mente.

Marta negó con la cabeza.

—Los del Ayuntamiento son tontos, pero no tanto. No después de todos los problemas que tuvieron con la cala Llonga. Eighth Wonder es la peor empresa que ha pisado esta isla. Jamás les habría autorizado a...

Le falló la voz. Tenía el recogedor lleno de cristales rotos en la mano. La sombra de las ramas de la higuera le decoraba la cara.

—Christina recibió la visita de un hombre —dije—. Iba a verla mucha gente, pero una de esas personas era un hotelero rico. Me lo dijo el taxista el día en que llegué. También me dijo que su nombre empezaba por A. Al principio pensé que la A podía ser de Alberto, pero me dijo que iba bien vestido.

—Qué maja —gruñó Alberto mientras se examinaba los vaqueros harapientos.

—Acababa de comer en el restaurante más caro. He intentado acceder a los recuerdos que Christina tuviera de él, pero no lo he conseguido. Hay una barrera.

Los pensamientos de Marta eran un caldero burbujeante.

—El restaurante más caro del mundo. Ese sitio que hay junto al Hard Rock, en el que te ponen unas gafas de realidad virtual. Es un timo para turistas ricos y DJ de moda... Para gente con más dinero que sensatez.

Pensé en Karl, en el rechazo que le habría provocado algo así. Me acordé de la mala cara que puso cuando una cadena de pizzerías les hizo un agujero enorme en el centro a algunas de sus pizzas y las comercializó como «opciones dietéticas». («¿Tan tonta creen que es la gente?») Quejarse de los restaurantes siempre había sido una de sus aficiones favoritas. Una irritabilidad recreativa.

—Submarino —dijo Alberto—. Así se llama el restaurante.

—No —lo corrigió su hija—. En Ibiza no hay ningún restaurante llamado Submarino. Se llama Sublimotion.

—Pues tendría que llamarse Submarino. ¿Qué tipo de nombre es Sublimotion?

Toda la mente de Marta puso los ojos en blanco.

—Papá, por favor. Concéntrate.

Alberto suspiró.

—Oye, debemos tener cuidado de no sacar conclusiones precipitadas. Había mucha gente interesada en ella porque predecía el futuro. Cambiaba vidas casi a diario desde su puestecito de Las Dalias y, a veces, desde su casa. Siempre me pareció que no era buena idea, pero era una manera de poder ayudar a la gente...

Hice un gesto de negación.

—Quienquiera que pretendiese matar a la pobre Christina tenía el futuro muy claro. Por eso pretendía matarla, porque sabía que iba a impedirles hacer lo que querían hacer. ¿Y qué quería impedir Christina? La destrucción de la naturaleza en Ibiza.

—Sí —convino Christina—. Y los peores promotores inmobiliarios son los de Eighth Wonder. Una empresa dirigida por Art Butler.

—A de Art —murmuró Alberto.

Su hija asintió.

—Retiros eco que ofrecen meditación, crioterapia, *biohacking* y batidos de carbón vegetal a aquellos que pueden permitírselo. Son falsos hoteles «verdes» que cuentan con restaurantes que emplean alimentos de origen responsable y que, casualmente, siempre están situados en antiguas reservas naturales. Van de sostenibles y luego lanzan aguas residuales sin tratar al Mediterráneo.

Marta estaba de rodillas pero erguida, con una expresión resuelta en la cara. Inmersa por completo en su hilo de pensamiento. Se colocó un mechón de pelo rebelde detrás de la oreja.

—Art Butler tiene un par en Estados Unidos. El año pasado abrió otro en Bali... Pero Ibiza es donde empezó todo, aquí tiene siete. Esta isla siempre ha sido su campo de pruebas. A ver, Ibiza siempre ha despertado muchas ambiciones. Lo que funciona aquí se clona en otros sitios, aunque despojándolo de alma. Siempre ha sido así: las discotecas, los clubes de playa, el agroturismo, los retiros de bienestar, todo lo que se os ocurra. Coges el paraíso, lo envuelves y haces muy rica a la gente.

Alberto asintió al mismo tiempo que se preguntaba por qué no habría establecido él mismo aquella conexión; al tiempo que se preguntaba qué fuerza le habría impedido percatarse de lo más obvio: que la persona contra la que Christina se había manifestado era la persona que había puesto su vida en peligro. Y no había establecido la conexión, conjeturó, porque Art Butler no se lo había permitido.

—El pez gordo británico —farfulló casi para sí. Y luego algo más—: Tenemos que parar esto... Tenemos que parar...

Marta no lo oyó.

—En Ibiza ha contaminado el mar con aguas residuales, ha contribuido a la extinción de plantas y aves, ha dañado el ecosistema, se la ha jugado a los trabajadores. La naturaleza no le importa lo más mínimo, pero finge que sí.

—Pero ¿de verdad significa eso que planeaba acabar con Christina? Me parece mucho suponer.

—Tiene mucha influencia —respondió Marta en tono ominoso—. Y mucho dinero. Ha superado obstáculos que ninguna otra persona habría sido capaz de superar. Áreas protegidas que de repente dejan de estar tan protegidas; y siempre promete preservar las especies y los hábitats, pero, en cuanto el proyecto se completa, todo se va al traste. Hasta donde sabemos, es humano, pero, si lo fuera, Christina habría sido capaz de saber que era él quien iba a matarla. Sin embargo, no pudo saberlo, decía que había una barrera que le impedía ver a la persona. Que la persona no tenía cara.

Pensé en mi visión de una persona sin cara y el agente de la Guardia Civil con dinero en la mano. Sentí que el ánimo de Marta se ensombrecía aún más.

—Hubo un político de la isla —prosiguió—, Ricardo Martínez, que murió en circunstancias misteriosas después de bloquear la solicitud de Eighth Wonder para construir un complejo hotelero cerca de los humedales de Ses Feixes.

—Eso es horrible —dije—, pero la correlación no es...

Esa fue la última vez que empleé una lógica centrada en la realidad en aquella conversación. Porque ese fue el momento exacto en el que la realidad tal como la conocía se desintegró por completo, de manera que cualquier lógica posterior tuvo que incluir lo sobrenatural. Porque fue entonces cuando a Marta comenzó a vibrarle el móvil en el bolsillo.

Era un mensaje de texto. Tan solo decía, en inglés: *To live, stop*.

Se siguió un silencio escalofriante. Una falta de aliento colectiva. Fue como si el aire que nos rodeaba se hubiera tensado. A Marta le temblaba la mano.

—Hostia —exhaló al final.

—Es él —aseguró Alberto, presa del pánico y girando la cabeza de un lado a otro como si Art fuera a estar escondido detrás de una higuera.

—¿Cómo es posible?

—No lo sé. Pero hay algo más en ese hombre. Algo «ajeno».

—Se refiere a la protesta. Quiere que ponga freno a la manifestación.

—Pues deberías hacerlo —sugirió Alberto, aún tan asustado que su voz no era más que aire esculpido con delicadeza—. Es justo lo que te estaba diciendo. Tenemos que dejarla estar. Seguro que ese tipo es capaz de hacer lo que le dé la gana desde cualquier punto de la isla. Creo que lo más inteligente sería detener la protesta.

Tuve que darle la razón:

—Hay que detenerla, sí. Marta, creo que en esto coincido con tu padre.

—Papá, sabes que no es posible.

—Lo no posible siempre es posible. ¿Desde qué número te ha llegado el mensaje? —preguntó Alberto, que se acercó a su hija y estiró el cuello para verlo—. Es raro… Dos, siete, uno, ocho, dos, ocho, uno…

—¡Espera! —lo interrumpí—. Ese número no es normal. Lo conozco. Dos-coma-siete-uno-ocho-dos-ocho-uno-ocho-dos y así hasta el infinito.

—Yo también lo conozco —dijo Marta.

Era física. Sabía de matemáticas.

Asentí.

—Es el número de Euler, el número e. La base de los logaritmos naturales. El número favorito de todo empresario. Se utiliza para calcular cómo pueden hacer crecer su riqueza de manera exponencial mediante el interés compuesto. Si quisieras encontrar un número matemático que ayudara a explicar por qué los ricos se hacen más ricos, sería este. Es otra señal. Sabe que nos daremos cuenta de que no es un número de teléfono de verdad… Nos está diciendo que tengamos mucho cuidado.

Marta se quedó mirando el cartel mojado mientras Alberto lo levantaba del suelo.

—Crecimiento exponencial. Eso es lo único que le importa. Es él.

Yo seguía dándole vueltas a la cabeza.

—¿Quién lo ha autorizado? El proyecto de urbanización de Es Vedrà, quiero decir.

—Ah, pues… Sofía Torres, la política con más poder de toda la isla…

Alberto estaba intentando sacudir el vino del cartel destrozado.

—La conoce todo el mundo. Va a cenar al mismo restaurante de pescado todas las noches.

—¿Cómo se llama el restaurante?

—El Pescador. Está en el casco antiguo.

Siendo profesora de Matemáticas, sabía que, si quieres resolver un problema, tienes que hacerlo en el orden correcto. Y, si hay un elemento desconocido y una cantidad dada, debes comenzar por la cantidad dada, no por el elemento desconocido, porque… Bueno, porque es desconocido. El elemento conocido era Sofía Torres, así que tenía sentido empezar por ella.

—Tenemos que ir —dije, y me sentí apremiante, aventurera y ridícula. La Don Quijote de Marks & Spencer una vez más—. Tenemos que ir esta misma noche.

A la caza de mentes

Nos montamos en el coche y puse rumbo a Ibiza capital. A lo lejos, veíamos la antigua ciudad fortificada, Dalt Vila, en lo alto de una colina: edificios apiñados detrás de la muralla y baluartes de ángulos precisos bajo un cielo que iba deslizándose poco a poco hacia la noche.

Alberto y Marta se pasaron todo el camino discutiendo en español y entendí todas y cada una de las palabras que se dijeron y las que no se dijeron a pesar de querer hacerlo. Mi español era ahora tan fluido como si hubiera nacido en aquel país.

Alberto no paraba de decir que no con la cabeza una y otra vez.

—Lo de mañana tiene que anularse.

—No va a anularse, ya está convocada.

—Llama a tu gente —dijo él con la voz tensa a causa de la preocupación—. Por favor, Marta, llama a Adrià y a los demás y diles que no puede celebrarse. Publícalo en internet, diles que no vayan. No sabemos qué es Art Butler, pero, en cualquier caso, no podemos competir con él.

—Porque así es como hay que enfrentarse a los asesinos y a los terroristas ecocidas, ¿no? Cediendo a sus demandas. No, papá, voy a seguir adelante con la manifestación.

—Soy tu padre y mi deber es protegerte.

—Es imposible hablar contigo.

—No, con quien es imposible hablar es contigo.

Te haces una idea. Fue una riña familiar. Ambos tenían la mente repleta de amor y preocupación por el otro. Me di cuenta de que aquella era una de las ventajas de la telepatía, que convertía el subtexto en texto. Hacía visible lo invisible. Mostraba que el amor y la bondad a veces podían venir envueltos en rabia y desdén. Era cierto que Marta no tenía ningún miedo.

—Será mejor que disfrutemos de este rato —dijo en tono desafiante—. Hace muy buena tarde. Venga, Grace, vamos a correr una aventura, ¡a salvar el mundo!

—¿Una aventura? —dije, y nada más; fue casi como si me estuviera extendiendo una invitación a mí misma.

El caso, Maurice, es que dejamos el coche en un aparcamiento a las afueras de la parte nueva de la ciudad. Aparqué de culo, como Karl me había recomendado siempre, e imaginé su satisfacción.

El plan era dirigirnos a El Pescador, pero aparcamos lejos a propósito. Queríamos dar un paseo largo. Y queríamos cruzarnos con mucha gente.

Marta frunció el ceño.

—¿Por qué aparcamos aquí?

—Tenemos que ir a la caza de mentes —le respondió Alberto—. Bueno, sobre todo Grace, yo haré lo que pueda. Ibiza capital es el mejor lugar para hacerlo, porque aquí tiene que haber alguien, aparte de Sofía Torres, que sepa algo de los planes de Art Butler o de dónde podemos encontrarlo.

La ciudad estaba muy concurrida, lo cual era fantástico para nuestros propósitos.

Cada vez que nos cruzábamos con alguien, yo cazaba sus pensamientos como si fueran mariposas. Y, como las mariposas, unos eran más bonitos que otros.

—Estate atenta a cualquier cosa sospechosa —me advirtió Alberto—. La información que necesitamos podría proceder de cualquier mente…

Cuanto más nos acercábamos al centro, más abarrotadas estaban las calles.

Había una mujer ante un escaparate, mirando un vestido de tirantes amarillo, imaginándose con él puesto, valorando si podría estirar un poco más el límite de su tarjeta de crédito.

Había una niña que estaba cansada y que no entendía por qué sus padres no la dejaban tener un conejo.

Había un hombre que estaba preocupado porque tenía la barriga demasiado fofa.

Había otro hombre que planeaba pasar la noche en el casino y recuperar el dinero que había perdido la noche anterior ganándoselo al mismo tipo que se lo había quitado.

Había una mujer recordando un orgasmo con un amante más atento que aquel cuya mano sujetaba.

Había un turista con náuseas que se arrepentía de haberse pedido los mejillones.

Había un hombre que se sentía desesperado a pesar de su sonrisa.

Había une adolescente mirando el móvil y deseando parecerse a la persona que bailaba en el vídeo.

Había una pareja joven, los dos deseando a la vez que su Airbnb estuviera más cerca de la ciudad.

Había un camarero limpiando una mesa de la terraza, soñando con un viejo amor que se mudó de vuelta a Argentina y se casó con un abogado. Marta lo conocía y lo saludó.

—¡Hasta mañana! —le contestó él, y añadió que le apetecía mucho ir a la manifestación.

—Sí, nos vemos mañana.

Había un perro que intentaba decirle a su dueño que tenía sed.

Había una cucaracha correteando por las losas de piedra junto a un bar, fresca como una rosa y dispuesta a iniciar temprano una noche de búsqueda de alimentos, con la mente llena de unos niveles de miedo, codicia y hambre casi humanos.

Había una persona con una ansiedad profunda y a la que le aterrorizaba la muerte, pero cuya vida estaba tan expuesta a mi lectura que supe que en realidad tardaría otros cincuenta y tres años en morir. Y que moriría sin dolor, durmiendo en la cama de un hotel de lujo en Kioto.

Había tres chicos jóvenes que querían colocarse, uno de los cuales deseaba en secreto poder decirle a su amigo que estaba enamorado de él.

Había una mujer que llevaba una bolsa de la compra llena de manzanas y pan y a la que le preocupaba no tener dinero suficiente para pagar el alquiler.

Pasé junto a alguien que se sentía culpable por estar de vacaciones mientras su madre estaba ingresada en el hospital. Aquella culpa me resultó conocida. La culpa de pasárselo bien.

Me crucé con una persona que tenía justo mi edad. Una mujer española que estaba sumida en una depresión aguda. Que quería ser nada.

Pensé en los días posteriores al funeral de Karl, cuando lo único que deseaba era no existir. Empecé a sentir fascinación por el cero, como concepto y como número. Los antiguos egipcios tenían un símbolo jeroglífico que representaba el cero. Era intercambiable con el que representaba la belleza. Aquello concordaba con mi estado mental en aquel momento. La belleza no era nada. En cuanto había algo, había problemas. Y dolor.

Le debía al mundo sentirme así de mal, esa había sido mi lógica. Y, si no se lo debía al mundo, como mínimo, se lo debía a mi marido y a mi hijo muertos.

Creía que, sencillamente, se daba por hecho que no debía ser feliz. Haber dejado de sentirme así era un gran alivio. Sin embargo, incluso allí, incluso caminando por la ciudad de Ibiza, continuaba sintiendo un dejo de culpa. Como una mancha en un cartón que no desaparecería por más que la pusieras al sol.

Desamores y resacas

Continuamos caminando. Yo sabía todo lo que podía saberse de todo aquello con lo que nos topábamos, igual que, con el entendimiento suficiente, un grano de arena podría hablar del universo entero.

Seguimos la ruta más larga posible hasta el casco antiguo, que discurría ante la fachada de color amarillo mantequilla del Gran Hotel Montesol. No solo supe que era el hotel más antiguo de la isla, sino que también lo sentí cuando pasamos junto a su esquina *art déco*, curvada y de varios pisos, junto a la que se había congregado una sofisticada e internacional concurrencia nocturna para sentarse bajo los toldos de la terraza y mirar a la gente. La miraban, pero, al contrario que yo, no la comprendían.

Porque yo me sentía como si estuviera caminando entre una nube crepitante de indulgencia y experiencia, donde los recuerdos rezumaban de los edificios y de los cuerpos. Dimos un rodeo para pasar por el puerto, vimos la tienda de Pachá y los restaurantes que iban llenándose poco a poco, a la gente paseando con helados enormes y perritos pequeños. Pasamos junto a desamores y resacas, aburrimiento y estimulación. Pasamos ante amor y pérdida, arrepentimiento y vergüenza, esperanza y desesperación, estrés e indigestión, beatería y pornografía, ambición y aceptación. Nos cruzamos con pensamientos sobre dinero, música, aflicción, canguros de mascotas, dolores de muelas, vejigas flojas, espaldas lesionadas, acúfenos y con alguien que contraía los músculos abdominales. Pasamos junto al sencillo disfrute del alioli, el pan de centeno y el vino de la tierra. Pasamos ante una mujer sueca que se estaba planteando si los humamos sobrevivirían a la revolución de la IA. Dejamos atrás fragmentos de canciones, de anuncios, de vídeos virales y de conversaciones no deseadas que estaban pegados a la mente de la gente como un chicle a un zapato. Pasamos junto a turistas que pensaban en lecturas playeras y en horarios de vuelos. Vimos a un hombre al que una vez le habían dicho que se parecía a Keanu Reeves buscando en su móvil un selfi en el que el parecido fuera cierto. Pasamos ante una bailarina de París que estaba dándole demasiadas vueltas en la cabeza a cómo debía parpadear. Y ante un ibicenco apoyado en una farola mientras se comía una reina jugando al ajedrez en línea. Dejamos atrás a un hombre que estaba fantaseando con que era DJ en Ushuaïa y tocaba para una multitud eufórica que bailaba alrededor de la piscina del hotel. Y luego a un DJ de verdad que estaba contratado para actuar aquella noche en la discoteca Hï y también —veinticuatro horas más tarde— en un establecimiento muy lujoso llamado Club Chinois; sus joyas brillaban, pero su mente estaba embotada por culpa del desfase horario tras un vuelo con escalas desde Singapur. Echaba de menos a su hija de veinte años, que estaba en casa, en Chicago, y pensaba en cuándo llamarla por FaceTime mientras permanecía sentado a solas en un banco, comiéndose una ilógica hamburguesa vegetal del Burger King y escuchando la preciosa voz de una música callejera que cantaba un tema de una cantante que supe que se llamaba Olivia Rodrigo.

Nos cruzamos con pensamientos en todos los idiomas y con emociones de todos los colores.

Sé lo raro que suena todo eso, pero, en realidad, empezaba a parecerme extraordinariamente normal. O, si no normal, al menos sí natural. Solo habían pasado dos días y ya me parecía una eternidad.

A veces la diferencia entre un don y una maldición es solo cuestión de perspectiva.

Las islas no existen

Yo había sido una isla. Y ahora, sin embargo, gracias a Christina y a La Presencia, sabía que no había islas. Si profundizas lo suficiente, todo está conectado. Ibiza y Lincoln están unidas a la misma tierra. Nuestras mentes se solapan unas con otras como un millón de corrientes en el mar. Confluimos, convergemos. Todo el mundo se funde con todos los demás sin siquiera darse cuenta. Incluso las cucarachas desempeñan su papel. No somos solo una persona, no somos solo un género, no somos solo una edad, no somos solo una nacionalidad, ni siquiera somos solo una especie. Los muros que nos separan son imaginarios. Los pensamientos que tenemos son nuestros y gloriosamente únicos, pero, también gloriosamente, se encuentran en el mismo espectro continuo. El amor, el miedo, la pena, la culpa, el perdón. Esos son los estándares del repertorio. Son las versiones que podemos tocar. Creemos que estamos solos porque por lo general estamos ciegos a las conexiones. Pero estar vivo es ser una vida. Ser vida. Somos vida. La misma vida en constante evolución. Nos necesitamos los unos a los otros. Estamos aquí los unos para los otros. El sentido de la vida es la vida. Toda vida. Tenemos que cuidarnos entre nosotros. Y, cuando tenemos la sensación de que estamos verdadera y profundamente solos, ese es el momento en el que más tenemos que hacer algo para recordar cómo conectamos.

Por eso aceptamos una invitación a Ibiza, le mandamos un correo electrónico a la vieja y solitaria profesora de Matemáticas o compartimos la ridícula verdad sobre nosotros mismos. No podemos permanecer inmóviles para siempre en nuestro caparazón solitario sin emitir ni un solo ruido.

Para nadar en el mar, a veces tenemos que lanzarnos de cabeza.

El Pescador

Dejamos atrás más restaurantes, más turistas y más paseadores de perros antes de llegar al callejón más estrecho de todos. El callejón en el que se encontraba el pequeño pero exclusivo restaurante de pescado. El Pescador.

En la terraza había una hilera de mesitas blancas de madera dispuestas sobre el suelo irregular, y Sofía Torres y su marido —que distinguí que se llamaba Jorge— ocupaban la que estaba situada en la parte más alta de la cuesta.

Marta estaba hablando por teléfono, con las gafas de sol puestas y de espaldas a Sofía, por si acaso la reconocía. Estaba charlando con una amiga y planeando cosas para la protesta. La miré e intenté acceder a su futuro, pero no lo conseguí, algo que me pareció extraño teniendo en cuenta que no tenía ningún problema para entrar en su mente. Era muy raro que no pudiera ver absolutamente nada de su futuro. ¿Significaba eso que el destino de Marta era muy abierto? ¿Que había múltiples futuros suspendidos en equilibrio? Eso podía ser tanto una buena como una mala noticia, supuse.

—¿Y ahora qué? —me preguntó Alberto.

Me gustaba haberme convertido en la que llevaba la voz cantante.

Vi que más arriba, en la misma calle, había un bar con una mesa vacía y tres sillas.

—Vamos a sentarnos ahí —le contesté—. La observaremos y hurgaré un poco. *I'll have a rummage.*

—*Rummage!* —exclamó Alberto—. Colega, qué palabra inglesa tan buena, es muy peculiar. —Reflexioné sobre ello y me di cuenta de que tenía razón. *Rummage.* Era, sin duda, un término muy especial—. Es casi tan buena como *fungus* —añadió—. O *queue.* Me encanta *queue.* ¿Quién estaría tan loco como para poner esas letras juntas, una al lado de la otra, en la misma palabra de cinco letras? Solo los ingleses...

—Y solo a los españoles se les ocurriría poner los signos de exclamación del revés —contraataqué.

—Y los de interrogación —señaló Alberto en tono divertido—. ¿Qué quieres que te diga? En este país la fiesta le gusta a todo el mundo, incluso a los signos de puntuación. Y también está la palabra «madrugada», otro concepto para el que vosotros no tenéis un término concreto. Es ese tiempo anterior al amanecer, pero posterior a la medianoche... Un tiempo muy mágico e importante. Sin embargo, en inglés se necesitan muchas palabras para nombrarlo. De hecho, es...

Mientras Alberto continuaba parloteando, empezó a ocurrir. Miré a Sofía Torres con disimulo y comencé a captar atisbos suyos. Era como ser una niña, sentir un regalo sin envolver, ir averiguando poco a poco lo que era antes de verlo. Cada palabra que pronunciaba, cada bocado de comida que se llevaba a la boca, cada sorbo de vino, cada gesto: todo formaba un rastro de humo que me llevaba al incendio del interior. La mayoría de nosotros revelamos hasta el último aspecto de nosotros mismos en todo momento, pero muy pocas personas son capaces de entender esas señales físicas que nos delatan. Existen como meros significantes que nunca llegan a ser comprendidos, cosa que, en parte, podría explicar la soledad que flota alrededor de muchos de nosotros; la soledad de las palabras extrañas en busca de significado.

Pero a lo que vamos: nos pasamos una hora sentados en aquel callejón estrecho bebiendo cerveza, arponeando aceitunas y observando a la política que charlaba con su marido.

Por suerte, la mujer estaba muy accesible, justo delante de mí. Estaba sentada de cara a nosotros, pero no me veía porque yo estaba oculta en las sombras y ella estaba sumida en sus preocupaciones.

Marta ya me había contado que era la política más preeminente de la isla, que en un principio había actuado como un puente entre la izquierda y la derecha, pero que después había abandonado toda pretensión de ecologismo. No obstante, con solo mirarla supe más de lo que me habían contado. Entender su mente fue tan sencillo como fijarme en su traje de lino blanco, en su peinado ahuecado y en su sonrisa tallada en piedra. Supe, a pesar de que estaba demasiado lejos para verlo, que no estaba concentrada en la ensalada de granada ni en la lubina.

Pese a su sonrisa, estaba muy preocupada.

Verás, la preocupación es algo tremendamente habitual. Incluso más habitual de lo que nos imaginamos. Esa es una de las primeras cosas que me enseñó la telepatía. Junto con la soledad, es el aire contaminado en el que viven la mayoría de las mentes, lo que nos priva del momento presente y nos atrapa al mismo tiempo en el pasado y en el futuro. Pero la preocupación de Sofía Torres tenía una profundidad y una inmediatez que casi quemaban. Se debía sobre todo a lo que ocurriría al día siguiente, en la manifestación. Durante unos breves instantes, incluso pensó en Marta Ribas, una persona de la que había oído hablar mucho. Marta, según sabía, había sido una de las principales instigadoras de la protesta de la cala Llonga y de la de Talamanca antes de aquella. Astrofísica y nacida en Ibiza, era una persona seria que hablaba bien y tenía buenos principios. La pesadilla de cualquier político. Pero aquello iba a ser mucho más sonado. Ojalá pudiera hablar con ella en persona.

Sonreí un poco.

—Le gustaría charlar contigo —le susurré a Marta, que acababa de colgar el teléfono.

—¿Sabe que estoy aquí?

—No, pero le gustaría hablar contigo. Te envió un correo electrónico, pero no ha recibido respuesta.

Marta se levantó, pero luego se lo pensó mejor.

—Si me acerco y nos ponemos a hablar, ya no pensará en otra cosa.

—Eso es —dije—. Removerá las aguas, y eso es malo para la pesca.

—Tenemos que jugar con inteligencia —añadió Alberto—. Deja que Grace la observe, así podrá contárnoslo todo. Si te acercas a esa mujer, te estarás poniendo en un peligro aún mayor. Nada de lo que digas la disuadirá... Solo conseguirás atraer la atención hacia ti... Manifestarte es tu forma de hablar con ella.

Así que allí nos quedamos los tres. Marta mantuvo la cabeza baja y publicó entradas sobre la protesta en internet mientras yo comía aceitunas y le leía la mente a Sofía.

Ahora, la mujer estaba dándole vueltas a una reunión que había mantenido el año anterior con Art Butler. Los planes de este para construir un hotel en Es Vedrà iban a revelarse a la prensa y al público al día siguiente, en el Eighth Wonder de Talamanca, mientras se celebraba la protesta.

Un hotel de lujo en Es Vedrà era una broma de mal gusto, pensaba Sofía. Sin embargo, ella se había mostrado de acuerdo con el proyecto. De hecho, había sido ella quien había firmado el contrato. Estaba claro que tanto ella como sus compañeros de Mallorca habían sido ilusos al pensar que la protección de una reserva natural podía subcontratarse a una entidad corporativa con ánimo de lucro como Art Butler Worldwide.

Ya se hablaba de la manifestación por todo Instagram y TikTok; la gente de las discotecas se estaba involucrando. Y Sofía recordaba las protestas de la década de los noventa, cuando todos los isleños se habían mantenido unidos. Ella también había participado, codo a codo con los ecologistas. Cómo lo había celebrado cuando la zona que rodeaba la cala d'Hort se había convertido en una reserva natural protegida y no en un campo de golf. Y ahora mírala. Qué hipócrita pensarían que era.

En los lapsos durante la conversación con Jorge, su mente volvía a una villa situada entre las montañas cercanas a la cala Jondal. Una villa que hacía muchos meses que no visitaba.

Una villa de veinte millones de euros, tan opulenta que rayaba en lo absurdo.

Enorme, blanca, cúbica y genéricamente lujosa, con las paredes compuestas sobre todo de ventanas.

Antaño, había sido una finca con una pequeña granja llena de cerdos y conejos, pero ya no quedaba ni rastro de ella. Una piscina desbordante se fundía de manera casi impecable con el lejano mar Mediterráneo en el horizonte.

—¿Estás viendo la villa? —le pregunté a Alberto, que estaba masticando una aceituna.

—No, no veo nada —respondió, y se sintió un poco menoscabado—. Estoy demasiado lejos. Soy incapaz de leerla. Podría leerte a ti mientras las lees a ella, pero creo que provocaría interferencias mentales.

—Es Art Butler. Está pensando en Art Butler. En efecto, es él el que tiene proyectada la construcción del hotel en Es Vedrà...

—¡Toma! —exclamó Marta—. *There you go.* Teníamos razón.

La mirada de Alberto era tan intensa y curiosa como la de un búho.

—¿Dónde está Butler? ¿Sabe dónde está?

—No lo sé. Deja que me concentre...

Art Butler

Así que allí estaba, dentro de la cabeza de Sofía, dentro del rincón concreto de su mente que se alojaba en una villa que pertenecía al jefe de Eighth Wonder Resorts. De hecho, Art Butler le había ofrecido la posibilidad de quedar en su yate, permanentemente amarrado en la Marina Botafoch, a un corto paseo de su lugar favorito, el casino que había junto al Ibiza Gran Hotel. Sin embargo, por alguna razón, Sofía no se había visto preparada para todo aquello. Se había sentido más cómoda reuniéndose con él en tierra firme. En la villa que estaba recordando en aquellos precisos instantes, mientras yo la observaba. No era la villa exacta. Era una observación de un recuerdo de una villa. Una villa de segundo grado. Cada pocos segundos cambiaba algún detalle. Un jarrón se movía de posición, una silla desaparecía y luego reaparecía. Pero los detalles esenciales conservaban la solidez. Aquello había sucedido hacía ocho meses. Y yo lo estaba mirando —al señor Art Butler— en aquel preciso momento. Mirándolo al mismo tiempo a través de la mente de Sofía y de la mía.

La política ibicenca siempre había pensado que aquel hombre tenía un aspecto peculiar, incluso teniendo en cuenta los excéntricos estándares de los varones ingleses. Era bajo. Tenía los mofletes tan caídos como un *basset hound* y los ojos inquietos. Una barba incipiente y entrecana y un pelo rizado e incontrolable que le gustaba tocarse. Camisa azul, pantalones de vestir y chanclas. Tenía una apariencia como de estar hinchado y demasiado cocido. Debía de rondar, pensaba ella, los cincuenta años, pero tenía algo fundamentalmente infantil. No podía decir que le cayera mal, antes de aquella reunión. Tenía algo que lo hacía entrañable. Como si fuera un niñito perdido que fingía que no estaba perdido y que todo iba a la perfección.

—Vamos a tener que rechazar sus planes —le estaba diciendo Sofía con gran delicadeza, como si le estuviera transmitiendo la noticia de la muerte de un pariente—. Me temo que es imposible plantearse siquiera un proyecto de construcción en Es Vedrà. Las protestas serían demasiado fuertes. Los tiempos están cambiando.

Él guardó silencio durante unos instantes, sonriendo con suavidad.

—Ay, pero, Sofía, esta es la nueva Ibiza. Es justo lo que buscáis...

—¿La nueva Ibiza? ¿Cuál es la vieja?

Art soltó una carcajada hueca.

—Todo aquello de lo que habéis intentado libraros. Ya sabes: las drogas, los borrachos, la música atronadora, el caos, los paquetes vacacionales baratos, las hordas de gente achicharrada por el sol... La basura.

Sofía también sonrió un poco. Una de esas sonrisas que esconden una mueca de dolor. «Basura.» Con qué naturalidad despreciaba a la gente.

—¿Esa es la vieja Ibiza? No lo sé. —Sofía pensó que los fenicios y los cartagineses tal vez tuvieran algo que decir al respecto. Y eso por no hablar de los romanos, los árabes y los piratas. O cualquier otra persona nacida allí—. Usted es demasiado británico. La Ibiza a la que se refiere ha sido siempre una simple percepción...

A Art le sonó el teléfono. Contestó.

—Raj, luego te llamo... Sí. Sí. Los brasileños nos han hecho un cálculo aproximado, pero sigue siendo demasiado. Lo retomaremos mañana...

Sofía no quería estar allí. Tenía un montón de asuntos que se le estaban acumulando, como el problema de los sintecho que tenían que vivir en tiendas de campaña cerca del puerto deportivo, el enfado por la gente que aparcaba donde no debía cerca de la playa d'en Bossa y el discurso que iba a dar el martes siguiente acerca de la discrepancia entre Mallorca e Ibiza en cuanto a la financiación sanitaria, que sin duda enfurecería al presidente del gobierno balear. Lo último que necesitaba ahora mismo era un Art Butler, pero, aun así, tenía que resolver el lío que ella misma había creado. Las manifestaciones terminarían costándole el puesto. Tenía que revertir la decisión sobre Es Vedrà.

Art finalizó la llamada. Se volvió hacia Sofía. Esta se dio cuenta de que ahora parecía un poco más tenso.

—Estamos hablando de una visión —dijo el hombre, que acompañó sus palabras con unos gestos de los brazos grandes y dominantes, como un director de orquesta a punto de llegar al final de la sinfonía—. No solo de la percepción de cómo son las cosas, sino de cómo podrían ser. Ibiza se está transformando. El mundo se está transformando. Y las personas como nosotros somos quienes nos estamos encargando de hacerlo.

—No somos Dubái —respondió Sofía. Sentí su frustración, su desagrado y un cierto miedo—. No somos Las Vegas. Ibiza es un lugar natural, no puede transformarse al antojo de un constructor. Ni siquiera al suyo.

—He traído ideas nuevas. He aportado vida al lugar.

—Con todos mis respetos, nada de lo que ha traído hasta aquí puede considerarse una novedad. La gente lleva alojándose en hoteles de la isla desde que el Montesol abrió sus puertas en la década de los treinta. Y la gente lleva viniendo aquí a sanar y a hacer yoga desde hace incluso más tiempo… No puede construir un futuro respetuoso con el medio ambiente edificando en zonas protegidas.

Art apretó los dientes.

—Tienes que hacer que deje de ser una zona protegida, Sofía. Tanto Es Vedrà como su roca gemela y el mar que las separa de la cala d'Hort. Sé que puede hacerse. Será bueno para la gente, para la economía… Y esto no es más que el principio. Esto será la plantilla. Tendrá éxito y después podremos replicar el método en otros sitios.

—¿De qué está hablando?

—De la protección de un terreno muy valioso.

—¿Protección? —repitió Sofía entre risas—. Mi inglés no es tan bueno como el suyo, pero ¿de verdad ha dicho «protección»?

—Es Vedrà es un símbolo de un lugar sagrado y natural. Y, una vez que sea mío, lo haré todavía más especial. Y luego podré presentarlo en todas partes, a los gobiernos, y les diré: «Vuestra tierra está a salvo conmigo, yo la cuidaré».

—¿A qué viene esa obsesión con comprar la naturaleza?

—¿En serio vas a venir tú, una política, a darme un sermón sobre cómo cuidar del medio ambiente? Tuviste tu oportunidad. Y el futuro será de los que tengan visión de futuro. Complejos hoteleros en medio de la naturaleza en los que los turistas contribuyan a pagar para proteger ese entorno. Cuando tenga Es Vedrà, lo haré en todas partes, en todos los continentes. Me haré con los espacios más valiosos del mundo y los convertiré en algo accesible a la gente al mismo tiempo que protejo el territorio. Este es el futuro: el capitalismo y la ecología de la mano. Ya tengo autorización para construir en la zona más profunda del Amazonas... ¿Sabes cómo la conseguí? Les dije que esto iba a ocurrir aquí, en España. Y que tú habías dado tu conformidad. ¿Habías dado tu conformidad?

—Sí, es cierto. Había accedido verbalmente. Pero no había previsto todos los problemas que habría. ¿Por qué no puede ir a áreas ya construidas como hacen los demás hoteleros? ¿Por qué tiene que coger algo puro y destruirlo?

—«Destruir» es una palabra muy fuerte.

Sofía suspiró y se echó hacia delante sobre una silla amplia y con cojines que alternaba entre la mimbre y el plástico dependiendo del momento del recuerdo.

—Señor Butler... Hay una especie de flor, la *Nolletia chrysocomoides,* que se vio por última vez en la Tierra aquí, en Ibiza, pero se extinguió cuando usted abrió su primer hotel en la cala Bassa y vertió cemento sobre un prado de flores silvestres. Y esa no es la única historia así. Usted va a lugares delicados y los desfigura.

—Mi padre era botánico —dijo en un tono tan nostálgico y suave que Sofía casi no lo oyó.

La tristeza recorrió las facciones del hombre como una sombra.

—Usted lo único que ha hecho es ser un peligro ecológico. Es Vedrà es un lugar muy especial. La gente le tiene mucho cariño. Y no puede pasarse todo el día trasladando turistas desde la cala d'Hort hasta allá. Piense en la contaminación. Ese tramo de agua es muy importante, allí la posidonia...

Art puso los ojos en blanco.

—Tiene cien mil años de antigüedad. Sí, ya lo sé. La planta más longeva del planeta. El hábitat más importante del Mediterráneo. Bla, bla, bla. Habrá taxis acuáticos circulando sobre ella a todas horas y haremos un puente que conecte el islote más pequeño con Es Vedrà para que lo disfruten los humanos, los humanos de verdad, no vuestras queridas algas y pececillos.

—No lo entiende, señor Butler. El agua de esa zona es muy muy especial. El turismo ya ha dañado la pradera de posidonia. Si altera más esa zona, se estará metiendo en un buen lío.

El hombre dejó su café junto a una escultura de Tanit.

—Te sorprendería. He oído esas historias. Las conozco mejor que la mayoría.

Para Sofía, ese fue el momento en el que la conversación cambió por completo. La expresión de Butler adquirió un aspecto fiero y dominante. Empezó a mirarla como un perro lo haría con un conejo.

—Fíjate en lo que hice con la cala Llonga. Era un lugar viejo y pasado de moda hasta que llegamos nosotros. Y, ahora, fíjate. Ibiza es un sitio donde la gente viene a gastar dinero. Y nosotros conseguimos mejor gente que gasta mejor dinero. Las protestas se disiparon. Todo el mundo se olvidó de ellas en cuanto abrimos.

—Usted no entiende a la gente de Ibiza. En el caso de la propuesta que está haciendo ahora, las manifestaciones no cesarán jamás... Este nuevo turismo, el de los superricos, no ayuda. Tenemos yates enormes tapando las puestas de sol y, por otro lado, tenemos a gente que no puede permitirse pagar el alquiler de su casa. Y mire la forma de Es Vedrà. ¿Cómo va a construir un hotel ahí? No nos necesita. Tiene hoteles por todas partes. Puede dejarnos en paz ya.

—Mediante la voladura de rocas. Crearemos un saliente perfecto y plano en la roca. Ya lo hemos hecho antes, en Mallorca.

—Pero hay aves que anidan allí. Cormoranes.

—¿De verdad te preocupan más los cormoranes que la economía local?

—Creía que era a usted a quien le preocupaban —replicó Sofía en un tono un tanto combativo—. ¿No era esa la idea, que la ecología y el capitalismo trabajaran unidos? ¡Y me habla de la economía! Eso dígaselo a la gente que vive en una tienda de campaña en un aparcamiento. Autorizar esto fue un error. Subestimé a la opinión pública. Se enfrentará a una revolución. Christina van de Berg, por ejemplo, tiene mucha influencia.

El nombre lo molestó. Fue como si una avispa le hubiera pasado por delante de la cara. Pero entonces hizo un gesto de desdén.

—En cuanto no haya pastores, las ovejas no tendrán a quién seguir.

—¿Qué significa eso?

—Si restas a los pastores, todo se queda en nada. Detendremos a la gente que tiene poder para detener esto…

Sofía estudió la fría expresión del hombre.

—¿Restarlos? ¿Cómo restas a la gente?

Pensó en su compañero, Ricardo Martínez, el que había muerto dos días después de bloquear la solicitud para construir un complejo hotelero de Eighth Wonder junto a los humedales de Ses Feixes. Las investigaciones concluyeron que la muerte había sido accidental. Le había fallado el corazón. Un problema sin diagnosticar en la válvula aórtica.

—Sí —dijo Art como si le estuviera leyendo la mente—. No bloquees el progreso, Sofía. No le haría ningún bien a tu familia.

—Existen leyes. Existe la policía. Esto es España, no puedes llegar aquí y empezar a amenazar a la gente sin más.

El empresario levantó un dedo y lo sostuvo en el aire señalando a Sofía, aún a dos metros de distancia de ella. Sin embargo, la mujer sintió algo, estaba convencida de ello. Sintió que el dedo le tocaba el cuello sin llegar a tocárselo de verdad. No era más que una ligera sensación de opresión, algo que se hundía hacia la laringe, pero alzó las manos hacia ello, hacia la cosa invisible que se le estaba clavando en el cuerpo. Cuando no encontró nada a lo que agarrarse, el dedo de Art, que seguía a la misma distancia, dejó de señalar y Sofía volvió a no sentir nada.

Intentó recuperar el aliento.

—¿Qué eres?

Aunque contenida, la sonrisa no había desaparecido.

—El último pensamiento de Ricardo Martínez.

—Eres...

Fue incapaz de encontrar la palabra adecuada.

—Piensa en mí como en el futuro —continuó Art con una expresión que se adivinaba más triste que intimidante. Con una mirada de dolor profundo, aunque lejano—. Tan inevitable como la puesta de sol.

Y entonces perdí el recuerdo. Y la mente. Todo desapareció. Volví de golpe, regresé por completo al interior de mi propio ser, preguntándome de qué acababa de ser testigo.

Cantidades inciertas

—Amenazó a Sofía —dije tras salir del trance y beber un sorbo de cerveza para aclimatarme de nuevo a mi propia mente.

Descubrí que, en el presente, la política había ido al baño, de ahí que se hubiera roto el recuerdo.

El relato de lo que había visto me brotó de los labios en un torrente de susurros.

—Ese hombre mató a alguien, a un político. Puede que a más de una persona. E iba a matar a Christina. Tiene comprada a la Guardia Civil. Y a los políticos. Por eso va a llevarse a cabo el plan de Es Vedrà. Y eso es solo el inicio de su nueva fase. Quiere construir en las zonas más protegidas del mundo, así que va a empezar con la zona más protegida de Ibiza. Quiere manchar hasta el último vestigio de belleza de la Tierra, creo.

—¿Por qué? —preguntó Alberto.

—Quizá le guste el desafío enfermizo que supone —intervino Marta—. Puede que lo vea como un juego: fingir que se preocupa por el medio ambiente mientras lo destruye.

—A veces la gente no sabe por qué hace las cosas —dije mientras pensaba en Aidan Jenkins y en mí en aquel cuarto del material del colegio—. Hay personas que se sienten impulsadas a hacer daño porque creen que están aquí para eso. Es un patrón en el que se ven atrapadas si no saben amar como es debido. —Dejé a un lado el recuerdo—. Y tiene poderes, esa es su forma de matar a la gente. Han accedido a entregarle no solo la roca, sino también el mar que la rodea. Y ese hombre tiene algo que no es humano en absoluto. Por eso Christina no podía verlo. Quizá recibiera los talentos... Quizá entrara en contacto con La Presencia.

Alberto negó con la cabeza.

—La Presencia solo ayuda a los buenos. Jamás habría sido capaz de ayudar a alguien capaz de hacer daño.

—¿Acaso no somos todos capaces de hacer daño? —me pregunté.

Marta se clavó las uñas en la mano y luego miró las marcas que le habían dejado y sonrió con satisfacción. Tenía algo ligeramente masoquista.

—No —contestó—. No a su nivel. Pero tienes razón en lo de los políticos, debe de haber amenazado a otros parlamentarios. Tiene que haberlo hecho. Si no, sería imposible que hubieran cedido con tanta facilidad.

Compartí otro de los detalles que había recabado en la mente de Sofía.

—Mañana harán público que va a construirse el hotel.

—¿El día de la manifestación? —preguntó Marta con incredulidad—. ¿Está loco?

—Tal vez —suspiró Alberto—, pero tú también si sigues creyendo que esa protesta puede celebrarse. Somos los tiburones que sienten la proximidad del huracán antes de que impacte.

El bar era un hervidero de actividad, una amigable fusión de turistas y lugareños.

Marta asintió.

—Sí, pero, a diferencia de los tiburones, nosotros sí podemos detener este huracán.

Una pareja de mujeres pasó por la terraza dejando sobre las mesas folletos que anunciaban la actuación de Lieke en Amnesia. (Alberto me había contado que esos folletos, aunque aún no habían desaparecido del todo, eran «la red social pasada de moda de Ibiza, la de antes de TikTok». En los viejos tiempos, esa era la manera de que todo el mundo se enterara de lo que iba a pasar.)

Reconocieron a Marta.

—Hola, Marta.

Ella se alegró de verlas.

—¡Hola, chicas! ¿Sabéis lo de la manifestación de mañana en contra de la urbanización de Es Vedrà? Hemos quedado en la puerta del Mar y Sol.

—Ah, lo siento, nos encantaría ir —respondió una de ellas—, pero mi hermano toca mañana en una fiesta cerca de la cala Comte y le prometí que iría.

La sonrisa de Marta pareció más bien un mohín.

—No importa… Chao.

Una vez que se marcharon, Alberto miró a su hija con ternura y se encogió de hombros.

—Oye, no va a cambiar nada y hay demasiado en juego. Cancela la manifestación.

—Papá, por favor. Sé que solo quieres mantenerme a salvo, pero que Art Butler se haga con Es Vedrà hará que nadie esté a salvo. Tan solo lo fortalecerá. Tenemos que plantarle cara ahora. Venga… Tú siempre dices que lo que más te gusta de las cabras es que resisten con terquedad y hacen lo mejor para ellas. Sé como las cabras, papá. Siempre lo has sido, no te ablandes ahora.

A Alberto le brillaron los ojos de tristeza. Deseaba con todas sus fuerzas comunicarle su diagnóstico a Marta. Iba a hacerlo. Estaba justo a punto de contarle que tenía un cáncer que terminaría matándolo. Iba a decirle que por eso se habían debilitado sus poderes.

Era consciente de que tenía que posicionarse a favor de su hija. Estaba intentando mantener a salvo a todo el mundo porque no era capaz de mantenerse a salvo a sí mismo. A Marta le faltaba poco para cumplir treinta años. Tenía que permitirle ser la adulta que era. No podía tratar de mantenerla sana y salva diciéndole que no fuera ella misma. Su hija conocía todos los riesgos y, aun así, estaba dispuesta a plantar cara. Se sentía orgullosísimo como padre. Marta siempre había querido que La Presencia la eligiera, pero eso nunca había ocurrido. Aquella era su oportunidad de ejercer su poder para mejorar las cosas y no sería él quien se lo impidiera.

Sentir aquel cambio en el interior de Alberto fue bastante impactante. Fue como cuando la brisa se para y se queda solo el sol y te das cuenta de que el día es caluroso.

—Tienes razón, mi vida. Hagamos que nuestro amigo Nostradamus esté orgulloso. Seamos cabras.

Y Marta se volvió hacia su padre con la más compleja de las sonrisas. Una sonrisa que contenía esperanza, miedo, resistencia y amor.

—Gracias, papá.

Confieso que en ese momento su vínculo me provocó una punzada de celos. No fue solo el habitual aguijonazo de dolor por Daniel, sino un anhelo de familia. De pertenencia. De no ser la vieja y solitaria Grace.

Pero también experimenté una profunda admiración por Marta cuando aprovechó la oportunidad para levantarse y echar a andar sobre los adoquines hacia el restaurante.

—*Shit!* —exclamó Alberto, y empezó a seguir a su hija—. Está loca.

Yo lo seguí a él.

Cuando llegamos junto a Marta, la joven les estaba pidiendo disculpas a Jorge y Sofía por la interrupción, pero después fue directa al grano.

—La manifestación de mañana va a celebrarse —les dijo en español, y todos los comensales de las mesas cercanas se quedaron callados.

Sofía le dedicó una sonrisa tranquila. Me di cuenta de que su rostro y su mente eran dos entidades totalmente distintas. Puede que fuera algo esencial para hacerse político: tener un rostro que no mostrara por fuera el menor indicio de lo que ocurría por dentro, en la mente.

—No servirá de nada —repuso—. Es imposible que haya tanta gente dispuesta a echarse a la calle como para conseguir parar esto.

—Cuando la gente se entere de que Art Butler está detrás de todo, vendrá —replicó Marta—. Sobre todo después de que destrozara la cala Llonga. Es Vedrà es especial, y las aguas que la rodean también. No es solo una cuestión medioambiental, también es simbólica. Es el alma de la isla. Nadie quiere que Art Butler se la robe. Ibiza no está en venta.

Sentí el pánico de Sofía. Por eso habían tenido que mantener aquella información en secreto. Para evitar proporcionarles a los manifestantes un revulsivo de energía.

—Con todo el respeto, señorita Ribas, no tiene ni idea de a qué se está enfrentando. Le aconsejo encarecidamente que acuda a los canales pertinentes de las redes sociales y cancele todo lo relacionado con la protesta. Por su propio bien. Todos los partidos han consensuado que esto va a salir adelante.

Alberto suspiró.

—Pero tú tienes la influencia necesaria. En este tema, tú eres la figura más influyente, Sofía. Con tu apoyo, esto se detendría. La balanza se inclinaría. Eres la diputada del partido de la mayoría, eres la jefa. Podrías acabar con esto.

La adrenalina hacía que Marta no parara de agitar la pierna izquierda. Ahora tenía público. Y, como Alberto y yo la estábamos flanqueando, en realidad todos teníamos público. Nos estaba mirando todo el restaurante.

—¿Cuántas? —preguntó Marta.

—¿Cómo dice?

—Ha dicho que es imposible que haya tanta gente dispuesta a echarse a la calle como para conseguir parar el hotel de Es Vedrà, así que me gustaría saber cuántas personas serían necesarias.

El marido de Sofía trató de intervenir. Abrió la boca para hablar, para poner a Marta en su sitio. «Cállate, Jorge», ordenó mi mente. Y eso fue lo que ocurrió. Fue una repetición exacta de la situación de Brian: la boca se le cerró con la misma fuerza que las valvas de una ostra y su mirada me dijo que no entendía qué narices acababa de ocurrirle.

La sonrisa de Sofía estaba a punto de desvanecerse, pero no del todo.

—¿A qué se refiere?

Marta se mantuvo firme.

—Acaba de decir que es imposible que haya tanta gente dispuesta a echarse a la calle como para conseguir parar el hotel de Es Vedrà, así que me gustaría saber qué número de personas se consideraría suficiente.

Entonces Alberto habló desde detrás del hombro de su hija.

—¿Diez mil? Ese fue el número de 1999. ¿Te acuerdas, Sofía? Los dos estábamos allí, ¿no? Tú eras bastante joven en aquella época, todavía te importaban las cosas. Y lo impedimos. Aquel enero, logramos que no convirtieran esa zona en un campo de golf, sino en una reserva natural. ¿Te acuerdas? La cala d'Hort. «¡Golf! ¡No!» Todo el mundo llevaba esas pegatinas en los parachoques. Bueno, ¿bastaría con eso, con reunir a diez mil personas?

Sofía dejó escapar una risita, pero, por dentro, se tornó repentinamente frágil. Como un huevo que se resquebraja.

—No van a conseguir que diez mil personas salgan a la calle para manifestarse contra esto. Pero, aunque las reunieran, no, es imposible.

—¿Y veinte mil? —dijo Alberto, como si fuera el peor negociador del mundo.

—Papá.

Marta le dio un codazo suave en el estómago. Vi lo que estaba pensando. Estaba pensando: «Ni de broma van a acudir veinte mil personas a la protesta». En ese momento, tenía la esperanza de que se presentaran alrededor de mil, y puede que incluso eso fuese demasiado optimista.

En aquella ocasión, la risa de Sofía fue más genuina.

—¿Veinte mil? Veinte mil personas. Eso es mucho más del diez por ciento de toda la población. ¿De verdad creen que van a atraer a tanta gente? He visto las cuentas en las redes sociales. Esa protesta no le importa a nadie. No estamos en enero, estamos en junio. La gente solo quiere pasárselo bien.

Entonces fue Alberto el que se puso firme. Vi con total claridad de dónde lo había sacado su hija.

—Pero ¿y si lo consiguiéramos? ¿Lo detendrías? No te quedaría otro remedio, ¿verdad? Eres de las que escuchan a la gente, ¿no? Por eso te votaron.

—Y, en ese hipotético caso, ¿correrían ustedes con los gastos legales?

Alberto asintió.

—Cuarenta mil euros. Sé cuánto cuesta deshacer esas cosas.

—Más bien ochenta. —Sofía volvió a sonreír, sabía que Marta y Alberto no tendrían acceso a tal cantidad de dinero. En ese momento, se percató de que una clienta de otra mesa había empezado a grabarlo todo con un iPhone—. Pero, sí, claro. Soy una persona que escucha. Lo diré delante de todos estos testigos: si pueden cubrir los costes legales, que, de lo contrario, tendrían que salir de los impuestos de los contribuyentes, y son capaces de reunir a veinte mil personas en la manifestación de mañana por la tarde, tenemos un trato. Si lo consiguen, retiraré mi apoyo al proyecto.

—Bien, podemos hacerlo —afirmo Alberto—. Reuniremos tanto a la gente como el dinero.

La sonrisa de Sofía no flaqueó.

—Muy bien. Soy una mujer de palabra, así que, si lo logran, cumpliré mi promesa.

Mientras nos alejábamos, Alberto dejó su último billete de diez euros sobre la mesa del bar. Marta lo miró.

—¿En qué estabas pensando?

Él intentó restarle importancia con una carcajada.

—No te preocupes, podemos hacerlo. Tengo unas cuantas ideas ingeniosas.

Todas las ideas
ingeniosas presentes
en la cabeza de Alberto
en esos momentos

———

Folleto

Cuando nos acercamos a la mesa del bar, vi el folleto.

—¿Amnesia atrae a mucha gente? —pregunté.

Marta reflexionó sobre ello mientras pasábamos ante un músico callejero que cantaba una canción popular catalana.

—A alrededor de unas cinco mil personas todas las noches de la semana durante el verano.

Alberto negó con la cabeza.

—Cinco mil personas no son veinte mil.

—Gracias por la aclaración matemática —dije.

—Espera, Grace tiene razón. —Marta estaba pensando en voz alta—. En Amnesia los miércoles hay más gente de la isla que turistas. A ellos sí les preocupan temas como los de Es Vedrà. Y conocen a más gente. Existe una cosa que se llama redes sociales, papá.

Alberto sonrió con satisfacción. Su hija le caía bien incluso cuando se burlaba de él. Especialmente cuando se burlaba de él.

—Entonces, ¿estás diciendo que quieres ir a Amnesia?

Asentí.

—Sí. —Y después imité a Alberto tan bien como pude para animar a Marta—. Esto es Ibiza: nadie es demasiado viejo para nada. Hay una persona de noventa años que baila en Pachá todas y cada una de las noches…

—Vale, tienes razón. No eres demasiado vieja. Yo tampoco lo soy. Y Marta, por supuesto, mucho menos. Iremos a Amnesia.

Se desabrochó un botón de la camisa como para prepararse. Su hija lo miró con el ceño fruncido.

—¿Es demasiado? —le preguntó él—. ¿Debería reservármelo solo para el OnlyFans?

Marta se sentía confusa por dos motivos: primero, el horror de preguntarse por qué su padre sabía lo que era OnlyFans; y segundo, no tenía ni idea de cuáles eran mis intenciones.

—Pero ¿cuál es el plan? —me preguntó.

—Lieke —contesté—. El plan es Lieke.

Alberto bostezó. Y me lo pegó. Telepatía de bostezo.

—Va a ser una noche muy larga. Deberíamos echarnos una siesta de disco. No necesitamos muchas horas de sueño al día, pero algo hay que dormir. Si no, los talentos no funcionarán.

Marta asintió.

—Sí. Una siesta de disco. Necesitamos una siesta de disco.

—¿Qué es una «siesta de disco»? —quise saber.

—Una siesta —respondió Marta con la inocencia risueña de una profesora de jardín de infancia— que te echas antes de salir a la discoteca. Lieke es la cabeza de cartel, así que empezará a actuar a las dos de la mañana. Como muy pronto.

—¿Qué tipo de noche no empieza hasta las dos de la mañana? —pregunté.

—Una noche ibicenca —contestó Alberto entre risas—. Venga, dale una oportunidad a la madrugada... Ha llegado el momento de sentirse viva, Grace.

Un propósito

Así que allí estaba. De vuelta donde había empezado. De vuelta en mi nueva y diminuta casita de la carretera de Santa Eulària, oyendo el ruido de los coches al pasar. Eran las diez y dos minutos. La hora punta ni siquiera había alcanzado su momento crítico. Sin embargo, la sensación que me provocaba ahora aquella casa era distinta, Maurice. Ya no la odiaba. De hecho, comenzaba a sentir que era un hogar.

No sé qué era lo que hacía que de repente la casa me resultara acogedora. No se había producido ningún cambio, salvo el de la preciosa flor del camino de entrada, claro. Seguía teniendo un vestíbulo claustrofóbico, un salón pequeño y un sofá viejo con una funda desaliñadamente bohemia. La alfombra seguía necesitando una limpieza, el enorme ventilador del salón seguía cubierto de una gruesa capa de polvo y, para mi gran bochorno, todavía no había fregado las baldosas del suelo. El piano que había junto a la ventana ocupaba media habitación. El viejo equipo de música y las hileras de discos y casetes parecían piezas de museo. El aire seguía estando cargado, húmedo y espeso. Pero ahora todo era distinto. Por alguna razón, me aliviaba estar allí.

Los hogares necesitan un motivo. Y ahora tenía un motivo para estar allí, un propósito. Volví a sentir lo que había sentido en el aeropuerto. Comprendí por qué Christina había decidido ayudar a la gente. Y ahora yo me había convertido, en palabras de mi amiga, en una «protectora». Tenía que proteger a la gente y el entorno de la isla. ¿No era ese el motivo más importante? Después de tantos años sintiéndome innecesaria para el universo, ahora sentía que era necesaria.

Y sentirte necesaria es agradable. Muy agradable.

La señal

Volví a estudiar la galería de la pared, la que estaba llena de foto-grafías de mi amiga perdida. Sentí que su sonrisa era como la de una hermana. Y yo nunca había tenido una hermana, así que me gustó.

Me fijé en la foto de Lieke cuando era muy pequeña, aferrada al osito de peluche.

—La querías —dije.

No supe muy bien a quién me estaba dirigiendo, si a Lieke o a Christina. Puede que a ambas.

Me asaltó una punzada de dolor mental, repentino pero fami-liar. Pensé en mi hijo, allá por la década de los ochenta, jugando con sus figuras de Luke Skywalker y Han Solo. Haciendo ruidos de espada láser. Aquel tipo de recuerdos eran algo parecido a un calambre en la cabeza. Porque nunca llegaban de una forma neu-tral, sino siempre filtrados a través de la lente de mi vergüenza y mi autodesprecio. Así que, sí, la casa me parecía distinta, y yo me sentía distinta, pero no del todo.

Incluso mi recién descubierta apreciación de la casa venía acompañada de la culpa de que Karl no estuviera allí. Ese era mi problema. La culpa siempre acompañaba a la felicidad, o la seguía muy de cerca.

Me quedé mirando la foto de Christina con Freddie Mercury en el Hotel Pikes para intentar volver a encontrarme bien. Ella ha-bía actuado aquella noche. Sentí, a lo lejos, la emoción que había experimentado. Y el descorazonador día de soledad que la siguió.

Durante aquella época, había vivido una montaña rusa emocional: tan pronto se hundía como volaba. Pero entonces La Presencia había visto su potencial.

Antes de acostarme, me acerqué a los libros y elegí *La vida imposible*, de Alberto Ribas. *Impossible Life*. O *The Life Impossible*. Mejor optar por esta segunda traducción, la traducción palabra por palabra, puesto que encajaba bastante bien con Alberto. Era un título ridículamente pomposo y sentimental, sonaba como si soñara a lo grande.

Examiné la ilustración de la cubierta. Me di cuenta de que eran el mar y Es Vedrà vistos desde la cala d'Hort. Las líneas que brotaban del agua eran, sin duda, la representación de La Presencia.

Lo abrí por la página 153 y traduje lo que decía de manera automática:

E incluso cuando las pruebas eran irrefutables, como en el incidente de Manises, verificado por muchos testigos presenciales y en documentos del Ejército del Aire español ahora ya desclasificados, la gente decidió no creer porque es más fácil rechazar las cosas que arriesgarse a un cambio radical del modo de ver la vida...

Avancé unas cuantas páginas:

Desde su llegada, ha habido pruebas de que La Presencia actúa de maneras extrañas para salvar el entorno natural de Ibiza. Por ejemplo, hubo noticias de un pescador al que salvó «una luz en el océano» y que, en consecuencia, desarrolló capacidades paranormales. En 1936, durante un ataque aéreo de las fuerzas de Franco, las capacidades de este hombre se fortalecieron y se sintió protegido. El pescador se llamaba Joan Bonanova. Contó que había visto una luz azul corriéndole por las venas y también le relató a un periodista que se sintió conectado con todos los animales de Ibiza y que consiguió enviarles una señal. Hubo más personas que corroboraron sus palabras, pues dijeron que aquella noche habían visto a animales que se comportaban de manera peculiar. Que, aquella noche, criaturas de todas las especies actuaron como una sola y se dirigieron hacia el interior de la isla para alejarse del bombardeo que se sufrió en Ibiza capital y a lo largo de la costa. Hubo incluso una historia —referida una década más tarde— acerca de que un rebaño de cabras atacó a un soldado hasta matarlo junto a la Església de la Mare de Déu de Jesús. Sin embargo, el gobierno de Franco lo tachó de «propaganda antinacional».

Solté el libro.

«Una señal», pensé. Una señal como la que, en su mensaje, Christina me había insinuado que quizá yo también pudiera emitir. Vaya, qué interesante. Me atreví a preguntarme si tendría un poder así dentro de mí y qué se necesitaría para liberarlo. Un poder para hablar con los animales superior al del doctor Dolittle o al de Tarzán. Para comunicarme con miles de ellos a la vez. Para unir a la naturaleza por el bien de la naturaleza. Me di cuenta de que el libro era una obra interesante. Empezaba a cogerle cariño a Alberto, pero no quería llevármelo a la cama conmigo, ni siquiera en forma de libro, así que cogí *El conde de Montecristo*. Como ya te he dicho más arriba, lo había leído de joven y me había encantado. Me di cuenta de que en realidad no necesitaba releerlo. Me lo sabía entero. Hacía una semana, no habría sido capaz de citar una sola frase. En aquel momento, podría haberte grabado el audiolibro. Era capaz de repetir cualquier frase con la misma facilidad con la que era capaz de repetir mi nombre.

—«En el mundo no hay ni dicha ni desgracia; solo hay la comparación de un estado con otro. Solo el que ha probado el sumo infortunio está apto para sentir la suma felicidad...»

Había descubierto que eso era cierto, Maurice. Todo es comparativo. En matemáticas, los números obtienen su valor del hecho de ser mayores o menores que sus vecinos, mientras que, en el arte, Leonardo da Vinci necesita el contraste de la oscuridad circundante para hacer que la luz de san Juan Bautista parezca sagrada. Es el claroscuro, como dicen los italianos y los aficionados al arte. (Conocía la palabra desde hacía años, la había aprendido en un programa sobre el Renacimiento; sin embargo, no fui consciente de que la sabía hasta que La Presencia me la sacó de den-

310

tro.) El contraste entre la luz y la sombra. Toda la vida es claroscuro. Su significado se deriva de la diferencia relativa.

Bueno, el caso es que volví a dejar al señor Dumas en su sitio y cogí un libro que, sin duda, no había leído. *La guía definitiva del poder psíquico. Volumen 8.*

Abrí una página al azar. O quizá no fuese tan al azar, porque la página en la que aterricé tenía el título de capítulo: «CULPA E INTERFERENCIA».

Leí una frase: «Para potenciar verdaderamente tus habilidades y alcanzar el siguiente nivel, tu mente debe estar libre de contaminación. Y no hay nada que contamine y obstruya tanto la mente como la culpa...».

Y no leí nada más, pero con eso me bastó. Porque me llevó a pensar en lo que Christina había dicho sobre el tarro de aceitunas. «A veces me pongo el tarro de aceitunas al lado de la cama. Justo a la altura de la cabeza. Si lo haces, te revela cosas en sueños. Cosas que debes escuchar. Los sueños son los más vívidos que hayas tenido en la vida. Y están llenos de un tipo de verdad que sana...»

Eran esas últimas palabras. Me interpelaban con muchísima fuerza. «Un tipo de verdad que sana.» Eso era justo lo que necesitaba. Si iba a contribuir a que todo el mundo estuviera a salvo, si iba a contribuir a proteger Es Vedrà e Ibiza de destructores de la vida como Art Butler, tendría que hacer lo que nunca había sido capaz de hacer. Tendría que afrontar mi culpa sin rodeos.

Había llegado el momento de enfrentarme a la verdad.

Siesta de disco

Cogí el tarro lleno del extracto de La Presencia, le quité la tapa y lo dejé sobre la pequeña cajonera. Sin embargo, antes de hacerlo, vertí una minúscula cantidad de agua sobre la planta de la maceta, el lirio de la paz mustio. A continuación, me tapé con las sábanas y, a pesar de tener tantas cosas en las que pensar, me quedé dormida al instante.

El sueño llegó de forma repentina.

Estaba otra vez en el mar. Estaba allí de verdad, en el agua fría, pero esta vez sin traje de neopreno. Y vi lo que había visto por primera vez con Alberto: el brazo de luz de La Presencia. Avanzó a toda velocidad entre las barracudas, avivándolas, convirtiendo sus pensamientos en un suspiro de alivio colectivo, para llegar hasta mí y rodearme con una luminiscencia azul y cambiante.

Se me enredó en los tobillos y me arrastró por el agua, deprisa, hacia el interior de la nube-esfera reluciente, palpitante. En el momento en el que entré, me encontré en otro lugar. En un lugar en el que ya había estado. La playa naranja que no era una playa, junto al mar resplandeciente que no era un mar y los árboles de hojas blancas. Y ahora podía respirar, o sentía que podía respirar, y el aire era puro y fresco.

Pero, en este sueño, en este sueño vívido y demasiado real, sentí que mi cuerpo se debilitaba a cada segundo que pasaba. Sentí un entumecimiento físico progresivo y que mi dolor mental aumentaba al mismo ritmo que la incesante voz de culpa. Aquella con la que había vivido durante demasiado tiempo.

«Soy una mala persona. He hecho cosas malas. Soy una mala persona. He hecho cosas malas. Soy una mala persona...»

Una persona
a la que reconocí

Un momento después, no sé muy bien cómo, estaba en medio de los árboles. Eran tan altos como secuoyas, pero tenían el tronco suave y había flores amarillas entre las hojas blancas. A lo lejos, vi la silueta desenfocada, nubosa, de dos niños salacianos enfrascados en un juego desconocido y riendo.

Luego vi una mesa. Una mesa muy terrícola. Y a una persona sentada a ella. Pelo largo, sonrisa amable, ojos que brillaban como monedas en un pozo. Una persona a la que reconocí de inmediato, como si la hubiera visto el día anterior.

Era Christina.

La mejor persona que
he conocido en toda mi vida

Era la Christina joven. Carly Simon a través de Nana Mouskouri. Christina Papadakis, no la Christina van der Berg en la que se convertiría. La que les cantaba *Rainy Days and Mondays* a unos escolares boquiabiertos.

Aún con ese aire de glamur, aún con un collar de abalorios alrededor del cuello. Estaba sentada a la mesa, haciendo repiquetear las uñas pintadas de color terracota contra la madera. La mesa estaba allí plantada, en pleno bosque, rodeada de árboles y con los niños jugando más allá.

Me fijé en que, sobre la superficie, había una lámpara con una piña de porcelana como base. También había una botella de Blue Nun medio llena.

—Hola, Grace.

Notaba bajo los pies una arena que parecía muy real. Caminé, agotada, hasta la mesa y me desplomé sobre una silla frente a mi antigua amiga.

—¿Christina? ¿Esto es de verdad? ¿Estás aquí?

—Sí —contestó—. Y no.

Me sentía débil y confusa.

—¿Qué quiere decir eso?

—Esto es Salacia. Estás viendo Salacia y aquí hay salacianos. Y han sido bondadosos y me cuidan. Estoy en este mundo. Conseguí llegar. No seré inmortal, pero viviré estando lo más sana posible durante el máximo tiempo posible. Esto es maravilloso. Los habitantes viven más allá de esos árboles. Y cuidan muy bien de quienes llegamos hasta aquí. Son muy buenos, Grace. Se preocupan por todo el universo del mismo modo que tú te preocupaste por mí una vez...

Casi no podía hablar.

—¿Estoy en otro planeta?

—No, no estás aquí. Pero eso da igual. Lo que estás viendo es verdad. La Presencia te está haciendo este regalo. Esto no es un sueño, Grace, en ninguno de los sentidos habituales de la palabra. Esto es verdad.

—Entonces, ¿por qué está ocurriendo? ¿Para qué es esta verdad?

—La Presencia quería que viajaras a Ibiza porque sabía de lo que eres capaz. Sabía que podías ser fundamental en la preservación de los seres vivos de la isla. Yo también lo sabía. Por eso te elegí. Sabía que podías salvar vidas y sabía que podías contribuir a salvar la isla. Y así es como se hace. Así es como te conviertes en protectora. Liberándote primero.

Ahora Christina tenía un cuenco. Un cuenco lleno de rodajas de piña. En medio de mi desconcierto, intenté dilucidar si acababa de aparecer.

Señaló hacia el mar translúcido y resplandeciente.

—Liberándote de la duda. De la culpa. Liberándote de lo que has hecho. Tienes que ser tan clara como ese mar. Siempre se te ha dado bien encontrar la solución a las cosas, Grace. Ahora la única cosa a la que tienes que encontrarle solución es a ti. Sigues atrapada en tu propio pasado.

—Pero...

—Tú sabes de matemáticas, Grace. Sabes que la negatividad tiene más fuerza que la positividad. Cuando multiplicas un positivo por un negativo, el producto es siempre negativo. Tienes que ver las cosas de una forma distinta. Tienes que sacar un más del menos.

—Eso es imposible.

—Muchas de las cosas que considerabas imposibles se han tornado posibles. Esta es la última.

—No es solo lo de Daniel —masculló—. Fui una mala esposa, además de una mala madre.

—Fuiste una buena esposa y una madre aún mejor. —Se echó a reír y fue un sonido melódico y suave. Con gran delicadeza, pincho un trozo de piña con un tenedor—. Podría haber elegido a cualquiera, pero te elegí a ti. Tú eres la mejor persona que he conocido en toda mi vida.

—No me conociste.

—Te conocí mejor de lo que crees. Te vi entera. Vi tu futuro. Vi lo que podías ser.

—Tengo setenta y dos años. Me queda muy poco.

—Te equivocas. Has estado triste y sola durante mucho tiempo, Grace. Pero eso no tiene por qué ser así.

Pensé en la vida que llevaba en Inglaterra. La que nadie veía, aquella en la que apenas existía. La vida en la que yo era el árbol que caía en el bosque y nadie oía.

—Soy una persona imperfecta.

—No me jodas, Grace. Todo el mundo es una persona imperfecta. En eso consiste ser una persona.

—Todo el mundo no —dije.

—Sí —replicó sin perder ni un segundo—. *Everyone*. Todo. El. Mundo. —Y entonces me puso algo en la mano. El colgante de san Cristóbal—. Ha llegado el momento de devolverte esto para siempre.

Lo miré.

Y, cuando volví a levantar la vista, el cuenco de piña había desaparecido. Y Christina también. Sobre la mesa descansaba la carta de un restaurante llamado Raj Pavilion. Era el restaurante al que Karl y yo íbamos en Hull cuando éramos estudiantes. El restaurante en el que me pidió matrimonio por primera vez.

Imperfección perfecta

Ahora la mesa estaba puesta para dos personas, con los cubiertos sobre las servilletas, al estilo restaurante.

Le eché un vistazo a la carta que había sobre el mantel y, cuando alcé la vista, lo vi sentado justo allí. Karl. El joven Karl. El que adoraba a Jimi Hendrix y quería ser el guitarra solista de Black Sabbath. El que tenía el pelo negro y patillas, el cuerpo muy delgado y una energía que recordaba a Tigger y que le impedía estarse quieto en el asiento; no paraba de asentir ligeramente con la cabeza, como si estuviera tejiendo con la nariz.

—Los *bhajis* de cebolla están buenos, ¿no? —comentó mientras cogía la carta.

Un camarero apareció de la nada.

—¿Saben ya lo que quieren o les doy un momento más?

—Denos un momento, por favor —contesté mientras una criatura celeste con las plumas de color índigo volaba por encima de nosotros y los dos niños salacianos continuaban jugando en segundo plano.

Simplificando, estaba viendo la realidad de Salacia superpuesta con la realidad de mi memoria y la de mi psicología. Todas unidas en torno a la fuerza de la verdad, insufladas en mi sueño-que-no-era-un-sueño por medio de las fuerzas fotónicas del tarro de aceitunas. En pocas palabras, resultaba desorientador. Sin embargo, mi atención estaba centrada en Karl. Una vez, hacía años, tras una visita a las atracciones de la Goose Fair de Nottingham, me habían dicho que para dejar de sentirte mareada lo que tienes

317

que hacer es clavar la mirada en un punto fijo delante de ti. Karl era mi punto fijo. Me concentré en él y todo lo demás se calmó.

—Los momentos son importantes —convino Karl. Esbozó una de esas sonrisas románticas que existían en nuestros primeros años. Los ojos le brillaron como los de Paul Newman—. Pasan tan rápido que no siempre los vemos.

—No fui buena para ti, Karl.

Me miró el dedo, el anillo con una esmeralda minúscula engarzada en un estrecho aro de plata que me lo rodeaba.

—¿Sabes cómo determinan si una esmeralda es auténtica? —me preguntó.

—Por las imperfecciones —contesté.

—Sí, exacto. Esto es lo que me dijo la mujer de la joyería. Ocurre justo lo contrario que con otras joyas. Las esmeraldas, cuantas más inclusiones, cuantas más grietas y defectos tengan, más bonitas son. Una esmeralda auténtica es hermosa por sus defectos. Lo llaman «la imperfección perfecta». Solo una esmeralda falsa puede ser convencionalmente perfecta.

—Puede haber un exceso de imperfecciones —le dije.

—¿A qué te refieres, cielo?

—A lo que ocurre cuando es lo único que ves. A cuando solo ves las inclusiones, no la joya. —Me miró con cara de no entender nada, así que se lo expliqué con la mayor claridad que pude—: Tú fuiste muy bueno para mí. Pero yo no fui buena para ti.

—¿De qué estás hablando? ¿Lo dices por Daniel? No fue culpa tuya que estuviera en la calle montando en bicicleta.

—Podría haber ido al centro con él. Como me pidió. Pero estaba demasiado ocupada leyendo un catálogo.

—Yo también podría haber ido. Pero estaba en el pub. Demasiado ocupado tomándome una pinta de cerveza.

—Estaba lloviendo. No tendría que haberle dejado ir.

—¿Acaso la gente deja de montar en bici cuando llueve? A Daniel le encantaba esa bicicleta, no había manera de que la soltara.

No asimilé del todo sus palabras. Había una parte de mí que quería o necesitaba seguir culpabilizándose. Así que dije:

—Lo digo por Aidan Jenkins.

—¿Tu compañero de trabajo?

—Sí. Lo hicimos en el cuarto del material. Lo disfruté mucho. Pero, desde entonces, no he vuelto a disfrutar de casi nada. Porque a ti te quiero. Y a él no podría haberlo querido nunca.

Asintió con aire despreocupado.

—Ah, sí. Ya lo sabía.

—¿Qué?

—Llamó por teléfono una vez.

—¿Llamó a casa?

—Borracho.

—¿Borracho?

—Hizo que me sintiera mejor, la verdad.

—¿Mejor? ¿Cómo?

—¿Te acuerdas de Deborah, la chica que te presenté en el bar del club de estudiantes?

La recordaba de forma vaga. No sé por qué seguía conservando su recuerdo después de tantas décadas. Rubia, con un flequillo tupido y una sonrisa pícara.

—Sí.

—Bueno, me la tiraba todos los martes. Y todos los jueves.

Tardé un segundo en reaccionar.

—¿Qué? Pero si me pediste que me casara contigo.

—Sí. Es raro, tienes razón. Una puñetera locura, en realidad. Creo que es la culpa, te lleva a hacer cosas muy extrañas. El caso es que en ese momento de este nuestro pasado compartido era un poco cabrón, Grace. Me iba a su casa mientras tú creías que estaba en el pub, y compartíamos una botella de vino malo y fumábamos porque esto son los setenta y, nueve de cada diez veces, follábamos. Y todo mientras tú quedabas con Claudette. Un día estuviste a punto de pillarnos, ¿te acuerdas?

—¿Por qué me lo cuentas?

—Porque es la verdad. La verdad imperfecta de nuestro amor, que sí fue perfecto a pesar de su falta de simetría. Te quiero, Grace Winters, y los errores que cometimos no hacen que el amor importe menos.

—Karl…

—Tienes que pasar página. Fíjate. Fíjate en mí, en este joven yo. Una versión mayor de mí se casa contigo. Y nos queremos y pasamos momentos muy buenos, momentos muy malos y momentos muy del montón. E intentamos tener hijos en vano hasta que por fin tenemos uno, y yo me vuelvo un poco desatento e irritable, y me amarga mi trabajo, bebo demasiado y empiezo a roncar muchísimo. Y tú también tienes tu trabajo, que es, como mínimo, igual de estresante que el mío, y, aun así, por algún motivo, yo espero tácitamente que te encargues de la mayor parte de la crianza del niño. Y lo haces, y lo haces bien. Así que fingimos que somos felices hasta que lo perdemos. Los dos, Grace, los dos. Ninguno de los dos estábamos con él. Murió. Fue una tragedia, pero también fue un accidente, como lo son la mayoría de las cosas. Y yo llevo mal la pérdida, a veces grito, golpeo la pared y me largo hecho una furia. Y te desatendí y cometiste una estupidez. Tarde o temprano, todo el mundo comete una estupidez… Por más culpa que sientas, nunca podrás deshacerla. Y tampoco podrás hacerme volver. Yo ya no estoy y quiero que vivas. Quiero que vivas.

—¿Dónde está Daniel? —le pregunté. Y luego lo repetí más alto, con la esperanza de que Christina me oyera—: ¿Dónde está Daniel? ¿Puedo hablar con Daniel como he hablado contigo? Sé que no sería él de verdad, igual que tú no eres tú de verdad. Pero sería la verdad de mi hijo. Necesito la verdad. Necesito verle la cara. ¿Está aquí?

Karl negó con la cabeza.

—No se le puede ver. Todavía estás demasiado… triste. Esa parte de la verdad es la más difícil de alcanzar. Pero mi verdad es que siempre te quise por quien eras. A toda tú. Con errores y todo.

Esas palabras me resultaron poderosas. Las sentí temblar en mi interior.

—Yo también te quise siempre —dije, y me las ingenié para no llorar.

Juntó las manos, casi como si fuera a rezar.

—Lo supe en todo momento, Grace. Me lo contabas todo. Incluso cuando no lo hacías. Pero estoy aquí para decirte que yo tampoco fui perfecto. Y viví con mis errores y me perdoné. Tú también debes hacerlo. Eres necesaria. Te quiero, Grace. Siempre te he querido y siempre te querré. El amor no desaparece sin más. Es como la luz: sigue viajando. Pero tienes que pasar página. No te acuerdas de mí. La culpa siempre te empaña la vista. Para acordarte de nosotros, para acordarte de lo bueno, tienes que liberarte, Grace. Tienes que vivir.

—Te quiero, Karl.

—Entonces libérate, por favor... No estás aquí para ser perfecta. Nadie está aquí para eso. Estamos aquí para vivir. Así que déjame marchar...

—Antes de hacerlo, quiero decirte que tendría que haberte dejado poner la música más alta. Era muy buena. Tendría que haber hecho el esfuerzo de escucharla.

Sonrió con ganas. Los ojos le brillaron como soles lejanos. Había sido maravilloso verlo, pero ahora sabía lo que tenía que hacer. Y él también.

—Vete ya. Vete.

Había llegado el momento.

La niña que despierta

La Presencia traía las cosas de vuelta. Curaba heridas y revertía extinciones. Y eso era lo que me estaba ocurriendo a mí. Estaba floreciendo entre las grietas. Estaba volviendo.

Y, justo en ese momento, sentí que el agua me lamía los pies. Bajé la vista. Brillaba con aquel azul indescriptible y subía muy deprisa, más que cualquier marea.

Y, cuando levanté la mirada de nuevo, todo había desaparecido. La mesa. La playa. Los árboles. Las personas. Todas menos yo, que me vi arrastrada hacia lo alto en el interior de aquella luminiscencia pura, cada vez más arriba, hasta que salí de nuevo al aire. Erguida, despierta en mi cama. Lista, más o menos, para vivir y ayudar a vivir.

El brillo

Era la una de la madrugada y me desperté de la siesta tan viva como un cachorro.

El tarro, observé, resplandecía como nunca.

Iluminaba toda la habitación. Era el tipo de brillo del que en circunstancias normales tendrías que protegerte, pero, por algún motivo, yo no tuve que apartar la mirada. Sin duda, había mucho peligro. Art Butler seguía ahí fuera. Lo más seguro era que todos corriéramos algún tipo de peligro debido a un hombre que quizá ni siquiera fuera un hombre. Pero te diré una cosa: en comparación con esa niebla interna que te enturbia la visión del mundo, soy capaz de capear cualquier tormenta externa. Y ahora esa niebla se había disipado. Me hice una pregunta retórica: ¿qué podría haber mejor que una casa llena de amor que te ha dejado una amiga lejana en la isla más emocionante del mundo?

Tardé un par de segundos en darme cuenta, entre el brillo, de que el lirio de la paz que había junto a la cama ya no estaba mustio y moribundo. Tenía las hojas de un verde intenso y suculento. Sentí su existencia. No eran pensamientos, exactamente. Las plantas no tienen pensamientos como los nuestros.

Lo más llamativo, sin embargo, era el objeto que tenía entre los dedos. La cadena y su colgante de san Cristóbal, justo allí, en la palma de mi mano. El regalo que había hecho, devuelto. Palpé la figura repujada del santo, cruzando el río con el niño Jesús en brazos. Me aferré a él como el tesoro perdido que era, me volví hacia el tarro de aceitunas y dije:

—Gracias.

Después me duché, me puse el colgante y elegí la ropa que iba a llevar. Unos pantalones plisados elegantes y una blusa de gasa. Me miré al espejo y me sentí preparada.

—Venga, Grace —me dije—. Es hora de vivir.

Grace Winters más dos

La isla estaba llena de ruidos.

La discoteca Amnesia estaba justo al lado de la carretera que conecta Ibiza capital, en el este, con San Antonio, en el oeste. Era, como tantas de aquellas discotecas, absurdamente enorme. Del tamaño de una catedral o de un hangar. Y también un poco emocionante, debo reconocerlo.

No había vuelto a pisar una discoteca desde 1980, desde el día en el que, en el Roxy's de Lincoln, una mujer borracha me había vomitado en los zapatos mientras sonaban Kool & the Gang.

Muchos de los clientes que hacían cola para entrar llevaban atuendos llamativos. Si existía un código de vestimenta, era difícil de descifrar. Había una mujer con un bikini verde fosforito combinado con unas zapatillas deportivas del mismo color. Y otra que llevaba un vestido largo y rojo que era pura elegancia. Había un joven con una camiseta de rejilla negra y un bolso de mano. Había una pareja muy arreglada, los dos vestidos de negro, agarrados de la mano mientras se preguntaban si aquella sería su última noche juntos. Había muchísimas gafas de sol no del todo necesarias. Había más colores que en un parterre lleno de hortensias. Alberto llevaba sus vaqueros cortados, unas chanclas y una camisa hawaiana abierta que hacía poco por ocultar su indecoroso bosque de bello pectoral. Su hija se había puesto una de sus camisetas ingeniosas, una blanca con una Tierra azul y diminuta en el centro. La leyenda decía: *Pale Blue Dot,* en inglés. Supe —porque en aquella época lo sabía casi todo— que era una referencia a un discurso de Carl Sagan en el que mencionaba la imagen distante de la Tierra captada desde la sonda espacial *Voyager 1*.

También se había puesto unas playeras amarillas y unos pantalones verdes y blancos a rayas, como las hojas de una planta araña. Brillaba, de manera literal, gracias a la brillantina corporal ecológica y biodegradable que se había aplicado en las mejillas. Llevaba el pelo rizado y tan maravillosamente alborotado que, mirándola de lejos, podría haber pasado por una Medusa más bondadosa. En definitiva, estaba guapísima. Y, en lugar de sentirme como me habría sentido en otras ocasiones estando al lado de una persona con ese aspecto y menos de la mitad de mi edad —es decir, acomplejada y andrajosa—, pensé que Marta estaba genial y punto.

La seguí, junto a su padre, en dirección al más corpulento de los guardias de seguridad. Caminamos en paralelo a la cola de juerguistas que esperaban ante el edificio, que estaba iluminado con focos multicolores y móviles y el cartel de color amarillo narciso de Amnesia. El hombre era tan enorme que el iPad que tenía en las manos parecía un sello de correos.

—¡Rafael!

El guardia de seguridad, con la cara de un azul resplandeciente por culpa de los focos, sonrió.

—¡Qué hay, Alberto!

Ambos se abrazaron.

—Mi padre fue DJ aquí —me explicó Marta al oído—, hace una eternidad. Rafael y él se conocen de toda la vida, mi padre lo enseñó a bucear. Es una isla pequeña.

—Gracias por la serpiente —le dijo el guardia—, mi hija está encantada.

—Ah, no es nada. Esa serpiente en concreto es una criatura muy filosófica y reflexiva que deseaba estar en buena compañía...

Rafael le llevó la corriente. Me alegré de saber que la serpiente había abandonado el cajón y se encontraba en un hogar mejor.

Pero el guardia no se había apartado. Permanecía plantado delante de nosotros como una puerta cerrada.

Una guarnición de perplejidad había comenzado a acompañar la sonrisa de Alberto.

—Bueno..., ¿vas a dejarnos pasar?

—No —contestó Rafael a pesar de su expresión amigable.

Marta soltó una ristra de tacos muy creativos que entendí, pero que no voy a repetir aquí. Me pregunté si Alberto iba a utilizar sus talentos. Me pregunté si no debería hacerlo yo. Pero entonces caí en la cuenta de que no había ninguna necesidad.

Le dediqué a Rafael un educado saludo inglés.

Intentó no reírse de mi presencia ni de mi apariencia general, cosa que agradecí.

—¿Sí, señora?

—Hola, buenas, creo que estoy en la lista de invitados.

Me miró con aire confuso. Y Alberto y Marta también, si te soy sincera.

—Sí. Me encontré con Lieke en un centro de jardinería y tuvo el detalle de decirme que incluiría mi nombre. Grace Winters. Más dos.

Examinó con detenimiento su iPad y luego asintió.

—Sí, aquí está. —Nos hizo señas para indicarnos que podíamos pasar—. Que os divirtáis.

Alberto se indignó un poco y, anonadado, masculló unas cuantas palabras de cortesía en inglés: «Oh. I see. Yes. Very good». Sin embargo, la muralla de ruido hacia la que nos dirigíamos no tardó en sofocarlas.

El Taller de los Olvidadizos

Caminamos sobre las baldosas de terracota para abrirnos paso entre la muchedumbre de clientes, sobre todo españoles, congregada cerca de la entrada. Personas que se gritaban las unas a las otras al oído para poder oírse. Cuerpos sudorosos. Pensamientos volando de un lado a otro, cargados de alegría y anhelo, desbocados y frenéticos. Sentía que era, como mínimo, dos siglos demasiado vieja para estar allí. Me quedó claro que Alberto me estaba leyendo el pensamiento cuando me señaló a un hombre mayor que llevaba una camiseta con una hoja de marihuana.

—Ese es Diego. Es un tipo de la Península que vino en el gran verano del ochenta y ocho y no ha vuelto a marcharse. Es más viejo que cualquiera de nosotros.

Accedí un segundo a la mente de Diego, pero era una niebla psicodélica y extraña plagada de pensamientos abstractos que giraban como vacas en un huracán, así que salí enseguida.

La discoteca estaba formada por dos salas enormes: una oscura y cavernosa y otra más grande y luminosa que se llamaba La Terraza, puesto que tenía ventanas en el techo para dar la sensación de que estabas al aire libre. La actuación de Lieke estaba programada para media hora más tarde, así que, hasta entonces, nos dirigimos a una zona relativamente tranquila.

—Ya te conté que antes todo esto estaba al aire libre. —Alberto señaló hacia el techo de cristal mientras Marta se acercaba a la barra—. Era una locura, como una película de Fellini... Una granja en la que la gente bailaba al ritmo de todo... Los Rolling Stones, jazz, hiphop, rock místico, Manuel Göttsching, Prince, Art of Noise, Chicago house, *reggae, new wave,* tangos argentinos antiguos, Fleetwood Mac, Kate Bush, Cindy Lauper, Talk Talk. Me encantan los Talk Talk. —Se emocionó bastante y empezó a cantar *It's My Life.* Se le llenaron los ojos de lágrimas—. Cualquier cosa. El ritmo balear. El concepto era «todo vale». *Anything goes.* Nada de barreras. Nada de barreras ni entre la música ni entre las personas. Encontrar el ritmo compartido. Todas las clases y todas las culturas, todas las identidades y todas las sexualidades. Nada de géneros constreñidos ni de divisiones. Nada de grupitos. Era natural, puro y divertido. Se trataba de encontrar lo universal en todo. Se bailaba incluso la cabecera de *Canción triste de Hill Street.*

—¿La cabecera de *Canción triste de Hill Street?*

Me acordé de Daniel pidiendo quedarse levantado hasta más tarde para ver un episodio repetido de la serie. De lo mucho que le gustaba la sintonía. De cómo se echaba hacia delante en el sofá. Y de que aquella felicidad había sido real, seguía siendo real, y estaba almacenada en algún rincón de la memoria del universo.

Alberto asintió.

—Sí, la serie policiaca. Mi amigo, el legendario Alfredo de Argentina, la ponía muchas veces al final de la noche. No hay nada más balear que la cabecera de *Canción triste de Hill Street...*

Ahora que Alberto me había abierto su mente, lo veía todo. Había vuelto a aquella isla en 1976, menos de un año después de la muerte de Franco. Había dejado los estudios y se había hecho pacifista. Tenía pensado retomar la biología marina, pero quería pasárselo bien. Me pilló leyéndolo, así que me proporcionó unas cuantas acotaciones.

—Un filósofo de Madrid había decidido transformar una vieja finca situada en mitad del campo en una discoteca al aire libre. La llamó El Taller de los Olvidadizos, *The Workshop of the Forgetful Ones.* Era un nombre demasiado largo, así que se convirtió simplemente en Amnesia. ¡Siempre hay que tomar el camino más corto! Todo el que iba allí tenía algo que olvidar. Era como si el mundo entero hubiera quedado traumatizado. Por Franco, por Vietnam o por la posibilidad de que una bomba nuclear nos destruyera a todos. Bailar era mejor… Bailar no era solo bailar. Era un símbolo de libertad. Fueras quien fueras, en la pista de baile estabas a salvo.

Mientras unos hipnotizantes hexágonos de luz parpadeaban a su espalda, Marta se encaminó de nuevo hacia nosotros con las bebidas en vasos de cristal.

—Nada de plástico. *No plastic.* El plástico es el demonio. Destruye la Tierra antes y después de su existencia. Microplásticos malignos, que joden a los peces y nos joden a nosotros. —Me dio la sensación de que Marta sería incluso capaz de ir a la guerra por los peces—. Bueno, aquí tenéis vuestro zumo de naranja.

Eran casi las dos de la mañana, así que volvimos a la terraza serpenteando entre la multitud. Pasé junto a las chicas que había visto en el avión. Estaban bailando y amando la vida, con la mente radiante de placer. Al contrario que otras personas de la sala, ni siquiera habían tomado estimulantes artificiales. Habían dormido antes de salir y ahora se estaban librando de sus preocupaciones a base de bailes, cerrando los ojos, sacudiendo el cuerpo como si estuvieran participando en un maravilloso exorcismo colectivo.

Aunque el calor, el estruendo y el hacinamiento de la sala —tres cosas de las que no solía ser muy fan— eran innegables, en realidad me lo estaba pasando muy bien. No me dolían las piernas, no sentía las caderas excesivamente rígidas y, si tenía acúfenos, me habría resultado imposible oírlos. Estaba tan metida en la energía colectiva que casi me olvidé de por qué estaba allí.

La dicha de contar
sin contar

Marta me dio un codazo y señaló hacia la cabina del DJ. Allí estaba. La diosa intocable de las vallas publicitarias. La hija desconsolada del centro de jardinería. Allí arriba, en la enorme cabina, con la gente mirándola como habrían mirado a un emperador en el Coliseo.

Estaba charlando con el DJ anterior mientras jugueteaba con los aparatos tecnológicos que la rodeaban y la música inundaba la habitación como el patullar de un rebaño de bestias invisibles. Un joven muy corpulento me dificultaba la vista. Tenía un montón de tatuajes de distintos animales. Una serpiente. Un guepardo. Una tortuga. Se llamaba Stefano y era un turista italiano, de Bolonia, que se estaba formando para ser veterinario y recuperándose de una ruptura complicada. «A la izquierda, a la izquierda, a la izquierda, a la izquierda...»

Al cabo de unos segundos, dio unos cuantos pasos hacia la izquierda y siguió bailando. Eso me permitió estudiar a Lieke con detenimiento. Sin embargo, había tantas cosas entre ella y yo, tanto espacio, tanta gente, tantos pensamientos, emociones y sensaciones que atestaban el aire, que era como intentar aislar a una sola abeja en medio de un enjambre.

Descubrí que me gustaba mucho la música que pinchaba Lieke. Tecno, al parecer.

Fue algo muy curioso, porque normalmente detestaba la música electrónica. Bueno, en mis tiempos jóvenes me gustaba *Good Vibrations,* de los Beach Boys, y en esa canción se incluía un teremín, que en teoría es un instrumento electrónico. Pero ya sabes a lo que me refiero. A la música que parece un robot sufriendo un ataque de pánico. A la música chumba-chumba. Pero me di cuenta de que me había estado perdiendo algo maravilloso.

Poseía una cierta belleza matemática. Me situé a un lado de la pista mientras miles de cuerpos se movían como si fueran meras entidades reactivas, subordinadas a la fuerza de la música.

Al contrario de lo que solía ocurrir, entendí aquella melodía al instante y sentí el amor común hacia ella, dorado y puro. Bajo el sonido del teclado, se oía un bombo repetitivo que marcaba el tiempo a la perfección. Bum bum bum bum. El ritmo de los latidos de un corazón. Y luego había otro pulso, más ligero y por encima del anterior, el doble de rápido. Y luego otro, todavía más débil, justo el doble de rápido que el último. Cuatro pulsos por compás. Una proporción perfecta que dividía los intervalos de tiempo en partes iguales dentro de cada sección. El algoritmo de Euclides hecho vida.

Muchas veces se dice que la música es la dicha que la gente siente cuando está contando sin darse cuenta de que está contando. Y me di cuenta de que eso era justo lo que estaba presenciando mientras movía la cabeza y escudriñaba a la multitud: la euforia colectiva de experimentar la armonía matemática en un mundo imperfecto.

A Euclides le habría encantado bailar en Amnesia, estaba convencida. Y a mí también me gustaba. Adoraba estar entre aquellas personas danzantes, entre aquellos cuerpos que se liberaban. Adoraba a los dos hombres enamorados que se besaban con ternura junto a la barra. Adoraba a la gente con zancos. Adoraba aquel espacio en el que parecía que todo el mundo podía ser su verdadero yo amorfo, experimentar con la ropa, con el pelo y con el cuerpo, con el apetito sexual, oponerse a las normas y a los ritmos circadianos. Adoraba a la gente más tranquila que veía el espectáculo desde las barras que había por todo el recinto. Adoraba las luces y los láseres e incluso las repentinas ráfagas de nubes que salían de los cañones de hielo seco.

Levanté la vista hacia la zona vip, las galerías que bordeaban el perímetro de la sala a varios metros del suelo. Estaba envuelta en una neblina psíquica ligeramente triste, y las personas que la ocupaban permanecían de pie junto a las mesas, bailando con timidez alrededor de sus cubiteras y sus botellas de champán vacías.

Luego volví a fijarme en la cabina del DJ. Y conseguí captar algo, aunque por poco. Una oscuridad delicada. Pena, quizá. Me acerqué un poco más a Lieke, abriéndome paso entre la multitud, intentando esquivar los codos y el entusiasmo. La vi a la luz del día, conduciendo de vuelta a su apartamento alquilado en el puerto deportivo. Iba escuchando música, pero no como la que pinchaba. Eran guitarras españolas rasgueando melodías suaves.

De improviso, allí, en el momento presente, miró desde la cabina hacia el gentío y me vio. Hay que decir que mi presencia debía de destacar como la de un hámster en un criadero de gatos, pero me regaló una sonrisa al reconocerme. Y, a cambio, yo le regalé un pensamiento. Un recuerdo, para ser más exacta. Era el recuerdo contenido en la fotografía de Lieke aferrada a un osito de peluche que había en casa de Christina. Su séptimo cumpleaños. Amor y cariño. Luz en la oscuridad.

No. Te lo estoy explicando mal otra vez. No se lo estaba regalando, le estaba revelando lo que ya tenía dentro. Y me resultó muy fácil. Tan fácil como clavarle un tenedor en la pierna a un hombre. Y, una vez que se reveló el primer recuerdo, lo siguieron otros muchos, cada vez más ramificados, y, cuando estaba a punto de iniciar la transición hacia la siguiente pista, Lieke sintió la necesidad creciente de hacer una cosa: cumplir el deseo de su madre de que utilizara su posición para hacer el bien. Así que eligió una pista diferente, un tema titulado *Memories of Green,* de Vangelis, que formaba parte de la banda sonora de *Blade Runner* y que sus padres solían escuchar cuando era pequeña.

Y después pidió un micrófono y, antes de que nadie pudiera darse cuenta, empezó a hablar por encima de la música. Alberto me lanzó una mirada.

—Va a hacerlo.

Asentí.

Desde luego que iba a hacerlo.

—¡Hola a todo el mundo! —le dijo con su inglés de acento extraño a un público desconcertado—. No acostumbro a hacer esto, no suelo hablar por encima de la música porque no quiero interrumpiros mientras bailáis. Pero hoy tengo algo importante que deciros. Mi madre murió hace un mes...

Estaba claro que aquella no era la noche de fiesta que la gente esperaba. La mayoría de los presentes habían sacado el móvil y estaban grabando todas y cada una de las palabras de Lieke.

—No siempre tuve una buena relación con ella... Pero era una buena persona... Se preocupaba mucho por este nuestro planeta... Y creía que Ibiza era algo que debíamos proteger... Y Es Vedrà... Conocéis Es Vedrà, ¿no? Es esa roca tan guay que se ve desde el avión cuando llegas... Bueno, es importante...

Un alarido salvaje de aprobación invadió la sala.

—Es un lugar sagrado... Forma parte de la mitología de la isla... Lleva intacto desde el principio de los tiempos... Y ahora quieren urbanizarlo y acabar con toda la vida de esa isla... Y quieren apropiarse de todo lo que hay desde ella hasta la cala d'Hort... De todo el mar... Incluido el organismo más antiguo del mundo... Una pradera de posidonia que lleva allí miles y miles de años... Una pradera de posidonia que protege el mar, la costa y el aire que respiramos, y la destruirán.

Era impresionante. Estaba dando un discurso sobre un sumidero de carbono marino que resultaba vigorizante.

—Pero eso no va a ocurrir, chicos... Porque mañana vamos a manifestarnos, vamos a conseguir que Es Vedrà siga siendo libre... Mi madre era una mujer muy especial en muchos sentidos, en sentidos que ni siquiera os creeríais, pero su verdadero superpoder era que se preocupaba por la gente, por la naturaleza y por la vida... Por cosas que son esenciales... Debemos proteger lo que es esencial. Mañana a las tres de la tarde nos reuniremos ante el Café Mar y Sol y marcharemos por las calles para evitar que destruyan hasta el último pedazo de esta isla... ¿Quién vendrá conmigo? ¿Quién va a correr la voz a través de sus redes sociales? ¿Quién va a contribuir a que el sueño de mi madre se haga realidad?

Otro rugido de entusiasmo. Lieke me sonrió.

—¡Contádselo a todo el mundo! ¡Nos vemos mañana!

Y, con gran habilidad, mezcló la pista con otra más rápida y el ritmo palpitante comenzó a sonar de nuevo. La canción se llamaba *Meteorite*.

—Este tema se lo dedico a la amiga de mi madre que tenemos aquí esta noche. —Me señaló con el dedo—. ¡Vamos todos a darle las gracias a Grace Winters!

—¡Ostras! —exclamó Marta, que me dio unas palmaditas en el hombro mientras la discoteca entera me brindaba un aplauso estridente.

Las chicas a las que había visto en el avión me reconocieron y aplaudieron levantando las manos por encima de la cabeza, vitoreándome con más fuerza que nadie.

Alberto me dedicó una sonrisa de felicitación y de orgullo.

—¡Y ahora —gritó Lieke por el micrófono— vamos a bailar como si sí hubiera un mañana!

Y eso hicimos, Maurice. Bailamos. Bailé. Allí, en medio de Amnesia, con mi blusa de gasa. Moví los brazos y las piernas ya no tan cansados al ritmo de la música, en compañía de mis dos nuevos amigos.

Si te soy sincera, hacía muchísimo tiempo que no me divertía tanto.

Hermana

Alberto y Marta eran personas sociables. El padre bailaba con la energía caótica de un gorila al que le han pegado un tiro en el culo —aderezada con la ostentosa exhibición de su pecho peludo—, mientras que la hija había sido bendecida con la misma ausencia de complejos, pero bastante más ritmo. Además, era encantadora. Cuando tienes más de setenta años, la gente joven, o pasa de ti, o te trata con condescendencia. Marta no tenía ninguno de esos instintos. Me trataba como a una amiga de verdad, y hacía bastante tiempo que nadie me trataba así.

Seguimos bailando un ratito más, pero nuestro trabajo estaba hecho. Bueno, la mitad de nuestro trabajo estaba hecha. No podíamos hacer nada más para hacer correr la voz sobre la manifestación, pero necesitábamos otra cosa. Las veinte mil personas no eran lo único, también teníamos que reunir ochenta mil euros. Y para el día siguiente. En realidad, para el mismo día, porque ya eran las tres y media de la madrugada. Una hora del día que yo solo veía si tenía que levantarme a hacer pipí por la noche.

Pero tenía un plan. Tal vez recuerdes que yo era una de esas profesoras capaces de hacer casi cualquier cosa por conseguir que sus alumnos descubrieran las maravillas de la mejor asignatura del mundo, así que solía preparar una clase sobre las matemáticas de los juegos de cartas. El solitario de la pirámide, la guerra de fracciones, utilizar la norma del orden de las operaciones para acercarse lo máximo posible a un número con cuatro cartas y, por supuesto, el favorito de todo matemático, el *blackjack* (o veintiuno, pero incluso una fanática de los números como yo se pregunta por qué iba a haber alguien que quisiera llamarlo veintiuno pudiendo llamarlo *blackjack*.

—Ibiza tiene un casino, ¿no? —les pregunté a Alberto y Marta mientras nos dirigíamos hacia los taxis.

Se había levantado una brisa fresca y era maravillosa. En verano, el tiempo perfecto en Ibiza es el de las tres y media de la madrugada.

—Sí —contestó Marta un poco cansada y un tanto recelosa de la pregunta—. En la marina de Ibiza capital. Fui una vez y perdí toda la nómina que me había pagado la universidad.

—Porque no me llevabas contigo. Tenemos que ir.

Alberto me miró como si fuera una nueva especie con la que no se hubiera topado nunca.

—¿Para ganar ochenta mil euros?

Dejé que la pregunta quedara suspendida en el aire durante unos instantes. Me percaté, en aquella quietud relativa, de que mis acúfenos eran más estridentes que nunca, pero me dio igual. Tener acúfenos como consecuencia de una noche de música alegre era muy distinto a tener acúfenos sin ningún motivo. Un negativo sin causa es una fuente de profunda desdicha. Así que, si puedes asignarle a un negativo una causa positiva de igual valor, lo conviertes en cero.

Al cabo de ocho segundos, le respondí a Alberto.

—Ajá, sí. Entiendo que en circunstancias normales no sería del todo ético utilizar los talentos de este modo, pero estas circunstancias no tienen nada de normales. Vosotros marchaos a casa… Es muy tarde y mañana será un día importante.

Marta negó con la cabeza y contuvo un eructo. Estaba un poco achispada y tenía un trozo de confeti pegado a la frente. Se lo quité.

—Gracias, hermana. —*Thanks, sister*. Me gustó aquella idea—. Ya me he echado la siesta antes. No necesito más. Puede que nunca haya recibido una de las bendiciones de La Presencia, pero nací en Ibiza: mis ritmos circadianos son negociables.

Así que nos subimos en un taxi y Marta le dio indicaciones:

—*Hello, taxi driver* —dijo fingiendo que era inglesa para hacerme reír—. Casino de Ibiza, *please, sir.*

Y allá que nos fuimos, con unos bienes materiales que ascendían a un total de cuarenta y siete euros entre los tres.

Laurel

El Casino de Ibiza estaba en un barrio acaudalado conocido como la Milla de Oro. Inhalé el aire aromático y paseé la mirada por los apartamentos caros y modernos y por los incluso más caros y modernos yates, por las palmeras situadas a intervalos iguales que bordeaban la carretera, los parterres de flores bien cuidadas y las superficies de césped perfectamente podado.

Cuando pagamos el taxi, una gata salió de debajo de un seto y se acercó a Alberto. Era una gata callejera, con manchas blancas, negras y naranjas. Una gata llena de preguntas, de filosofía y de curiosidad. Los animales adoraban a Alberto. Era un imán para ellos. Se acuclilló, esbozando una mueca de dolor por culpa de las rodillas de anciano, acarició a la criatura y conversó con ella durante un ratito.

Marta, como siempre, reaccionó con un espíritu de frustración jocosa ante el comportamiento de su padre:

—Papá, no es el momento de hacerse el doctor Dolittle.

—Me está contando el placer que le produce ver los faros de los coches. Le gusta ver el movimiento de las luces de los vehículos y también disfruta de la caricia de la brisa...

Entonces se despidió y le deseó a la criatura buena suerte cazando ratones.

En su momento, había tomado a Alberto por un loco, pero ahora me daba cuenta de que lo que ocurría en realidad era que él entendía cosas que a los demás se nos escapaban. Puede que la locura fuera eso: la soledad de comprender lo que los demás no comprenden.

El casino encajaba a la perfección con la estética del billón de euros. Diseño moderno. Una maceta en la puerta con un laurel podado de un modo tan impecable que parecía que acabara de ganar un concurso de arte topiario. El exterior del edificio era de acero envejecido y tenía un aspecto oxidado conseguido con gran maestría. El interior no se veía, pero estaba iluminado de tal manera que daba la sensación de que lo que había dentro era una especie de cielo decadente.

No había estado en un casino en mi vida. Había ido al bingo una vez, con Angela, la de la tienda benéfica, pero eso era muy distinto. El portero —pelo engominado y peinado hacia atrás, traje elegante, símbolo del infinito tatuado en la muñeca— nos dijo que no podíamos entrar.

—Lo siento, pero estamos llenos —aseguró—. Y su vestimenta es demasiado informal. —Miró a Marta y la purpurina que llevaba en la cara. Luego, señaló a Alberto, los vaqueros cortados, las chanclas, la camisa hawaiana abierta y el indecoroso bosque de pelo en el pecho—. Sobre todo usted. Este es un establecimiento sofisticado.

Marta empezó a hablarle en español, en un tono serio y gesticulando de manera casi exagerada, pero la conversación no estaba yendo bien.

—Hazlo cambiar de opinión —me susurró Alberto—. A mí me está costando demasiado. Está más apretado que… —buscó el símil poético perfecto— el ano de un conejo.

De manera que intenté…, bueno, «desapretar» la mente del portero. Fue bastante más fácil entrar en ella que en el casino.

Se llamaba Javier. Era de Cádiz. Le gustaba nadar, ver combates de artes marciales mixtas y comer cerdo y pimientos de Padrón. Hacía poco que le había sido infiel a su mujer con una turista escocesa a la que había conocido en la playa d'en Bossa. La turista se llamaba Alice.

Entonces empecé a fingir que lo conocía de antes, pero que no había caído en la cuenta hasta aquel mismo instante.

—¡Javier! —exclamé—. Ostras, eres Javier, ¿no?

Me miró con aire suspicaz. Su mente era un desierto de confusión naranja.

—Eh…, sí.

—¡Cómo me alegro de conocerte! ¡Soy Helen!

El hombre frunció el ceño.

—¿Helen? No conozco a ninguna Helen. Por favor, apártense de…

—La madre de Alice —dije en español, obedeciendo a un arrebato de petulancia. Fue como si le hubieran dado una bofetada. Se quedó sin palabras—. Me ha enseñado una foto en la que sale contigo —continué sin abandonar mi mejor imitación de una madre que no se entera de nada—. Esa en la que estáis en una discoteca diurna muy bonita. Ah, y otra en la que os estáis tomando una caipiriña en un bar lleno de gente en San Antonio, cerca del mar. En el Café Mambo. Me ha dicho que eres un hombre encantador, que la has tratado muy bien.

Javier estaba aturdido. Su compañero, un tipo bajo y fornido, con el pelo canoso y cierto aire burlón, nos miraba con interés.

—No sé de qué me está hablando, señora.

—Pobre Alice —proseguí, ahora ya disfrutando—. Está bastante colada por ti. Quiere gritarlo a los cuatro vientos. —Me acerqué a él para darle unas palmaditas en el pecho y susurrarle en tono conspiratorio—. Pero le he dicho que, a lo mejor, es posible que tú no quieras que lo sepa todo el mundo. Sobre todo una persona concreta.

Tragó saliva con dificultad. Asintió. Lo entendió.

—¿Qué quiere?

Respiré hondo y dije con mi dejo más razonable:

—Me gustaría mucho que mis dos amigos y yo pudiéramos jugar una partida de póquer.

Javier parecía derrotado. Solo había visto esa expresión una vez en mi vida: en los ojos de nuestro Pomerania recién castrado.

El pobre hombre procedió a dejarnos pasar.

Marta me dio un codazo y ahogó una risita. De repente, su mente somnolienta volvía a estar tan animada como un cielo lleno de fuegos artificiales.

—Míranos —dijo—, somos los Ocean's Three.

—Oye, tranquilidad —nos dijo Alberto, que estaba igual de tranquilo que un gato encerrado en un saco—. Manos a la obra.

Ruleta

Dentro reinaba un ambiente de solemnidad callada. Parecido al que reinaría en una iglesia. Gente que rezaba en silencio sentada a las mesas o inclinada sobre las ruletas.

Pasamos junto a la mesa de *blackjack* y Marta me miró con expresión inquisitiva, pero le dije que no con la cabeza. No tenía sentido intentar ganar dinero jugando allí porque cualquiera con un poco de determinación y capacidades básicas para sumar y restar puede aprender a hacer trampas al *blackjack* contando cartas. A las cartas repartidas menores de siete les asignas un +1 y a las mayores de siete, un −1 y, a partir de ahí, calculas la probabilidad de que la siguiente carta sea alta o baja. Los casinos siempre están atentos a la gente que hace esto. La ruleta era una opción más segura, así que allá fuimos.

Todo el mundo estaba haciendo apuestas conservadoras al negro, al rojo o a varias filas, pero a nosotros eso no nos valía. Apostar a un color tan solo doblaría nuestro dinero, mientras que una apuesta a un solo número nos proporcionaría un premio de 35 a 1. Y 35 × 47 nos daría 1645 €, y el 1645 es un número bonito. Así que, cuando nos sentamos ante la ruleta, me sentía muy confiada.

Observamos el juego durante un rato y Alberto se dio cuenta de que solo podía predecir el resultado una vez que la ruleta ya había comenzado a girar, mientras que yo era capaz de ver el número ganador dos, tres e incluso cuatro partidas por adelantado. Todo dependía de mí. La mesa se sumió en un desconcierto generalizado cuando coloqué las fichas —todas ellas— en el número que veía, que era el treinta y tres.

—¡Es mi cumpleaños! —le dijo Marta en español a la no muy abundante concurrencia, y celebró con entusiasmo su cumpleaños inventado dándome un abrazo—. Tengo *thirty-three* años.

—Exacto —añadí—. ¡Y es mi amiga de la suerte! Así que, ¡a por el treinta y tres!

La ruleta empezó a girar y la bola empezó a dar vueltas, pero ni siquiera me puse nerviosa. Sabía lo que iba a ocurrir en el minuto siguiente con la misma certeza con la que sabía lo que había ocurrido en el minuto anterior.

He aquí lo que ocurrió. La bola aterrizó en el treinta y tres. En el viejo y obstinado treinta y tres.

Aunque probamos de nuevo, sabía que, si volvía a apostar a un número individual, la gente sospecharía. A fin de cuentas, las probabilidades de ganar una vez eran realistas, una entre treinta y siete. Pero las de acertar dos números consecutivos son mucho más bajas porque:

$$1/37^2 = 1/1369$$

Lo bonito de la ruleta son las opciones que ofrece. Puedes optar por un solo número, o por dos números contiguos, o por tres números horizontales según la disposición sobre el tablero de fieltro, o por toda una columna, o por doce números a la vez, o elegir la primera o la segunda mitad, o por todos los rojos o todos los negros. Resulta tentadora en su variedad. Igual que en la vida, puedes sopesar los riesgos y las recompensas inherentes y actuar en consecuencia. Atrae tanto a las mentes conservadoras como a las osadas.

Así pues, incitada por Alberto, continué con un par de apuestas por color en lugar de por números individuales. Luego, mientras Marta estaba en el baño, hice una apuesta deliberadamente errónea a dos números contiguos y por una cantidad menor. Luego, aposté con todo a los doce primeros números. Para entonces, ya teníamos más de quince mil euros de beneficio y habíamos empezado a llamar mucho la atención.

—Tenemos que ser como las sepias, no como los peces payaso —masculló Alberto—. Nos está viendo todo el mundo.

Pero entonces volví a pensar en el hombre con el que me había cruzado en Ibiza capital. No solo era que hubiese perdido la noche anterior, sino que, al intentar ver contra quién había perdido, la persona con la que estaba jugando se me había parecido bastante a Art Butler.

—Póquer —le susurré a Alberto.

Y, justo en aquel momento, Marta volvió del baño con cara de haber visto a un fantasma. La miré. Alberto la miró. Ambos lo supimos al instante.

Acababa de ver a Art Butler. Art Butler estaba en el casino. Estaba en la sala de póquer.

El *turn* y el *river*

Recogimos nuestras fichas y nos encaminamos hacia el santuario que era la sala de póquer.

—Esperad —dije antes de entrar.

Marta ladeó la cabeza.

—¿Que esperemos a qué?

—No deberías entrar ahí dentro.

Alberto me apoyó.

—Grace tiene razón. Elvis Presley. La radio. La copa de vino. Eran una advertencia para ti. Tienes que quedarte fuera...

—Y tú tienes que quedarte con ella —le dije al mismo tiempo que en la lejana mesa de bacarrá prorrumpían en aplausos—. Tienes que asegurarte de que está a salvo.

A Marta no le gustaba la idea.

—No podemos dejar que entres ahí tú sola.

—Ya soy mayorcita. No me pasará nada.

Alberto dejó escapar un gruñido de resignación y me entregó sus fichas. A continuación, su hija hizo lo mismo.

—Vale —suspiró el padre—. Pero no nos iremos lejos.

Y, sin más, eché a andar hacia la calma tensa de la sala de póquer y el aterrador misterio de Art Butler.

El hotelero estaba sentado a la mesa junto al resto de los jugadores y lucía una camisa de lino arrugada y un ceño fruncido a juego. Tenía la mirada clavada en sus cartas, las estudiaba con gran concentración. Pero, aparte de eso, no conseguí captar nada más. Era como intentar ver la imagen de algo en un cuadro de

Jackson Pollock. Estaba demasiado embrollado y emanaba una fuerza prohibitiva.

Por eso Christina no había podido averiguar quién quería matarla. Porque aquel hombre era casi incognoscible. Su mente era Fort Knox.

Tenía a una mujer con un abanico naranja apoyada en el hombro, pero apenas parecía darse cuenta. Tenía aspecto de estar tan cansado como una vela derretida, pero también estaba a todas luces resuelto a ganar la partida. Y lo hizo.

Me senté y coloqué la apuesta inicial, una ficha negra de cien euros, sobre la felpa verde de la mesa.

Art me miró. Seguía sin tener ni idea de en qué estaría pensando aquel hombre, pero, desde luego, se comportaba como si no pasara nada.

Mi plan era ganar algo de dinero y, además, intentar acceder a su mente.

Dos pájaros, un tiro.

Bien, antes de continuar, debo decirte que no había jugado una sola partida de póquer en toda mi vida. Nunca había formado parte de mi clase sobre las matemáticas de los juegos de cartas y, como ya te he dicho, nunca había entrado en un casino. Sin embargo, supe al instante que sería capaz de jugar. Había visto tantas películas y leído tantos libros en los que el póquer aparecía de una manera u otra que —con mis capacidades mentales aumentadas— ahora sabía jugar sin necesidad de tener que leerle la mente a nadie.

Bueno.

Texas hold'em.

Aparte de Butler y de mí, había otros seis jugadores.

Eran: Melissa, una abogada de la industria musical y defensora de la salud en internet, que tenía cincuenta años y en aquel momento estaba puesta de coca; José, un restaurador de ochenta y un años; un alemán recién divorciado y exmultimillonario llamado Dietmar, que había heredado una empresa farmacéutica y estaba a un paseo corto de su yate; un estadounidense de Atlanta llamado Benjamin, que estaba un poco borracho, era muy sentimental, se alojaba por trabajo en el hotel con spa de Art Butler y, aunque echaba de menos a sus perros, a su madre y a su novio de Milán, hasta hacía un rato estaba bailando en una discoteca cercana, Pachá; Anne, una parisina insomne que trabajaba en la gestión de activos y escribía poemas eróticos que nadie leía jamás, que no había sido capaz de concentrarse en la novela que estaba leyendo en la cama en el hotel de al lado y no había querido quedarse tumbada y deprimida al lado de su marido; y un tratante de arte italiano, de nombre Flavio, que tenía unos tríceps esculpidos por Miguel Ángel. Aquel era el hombre con el que me había cruzado hacía unas horas. El que había perdido contra Art la noche anterior y había vuelto a por más. Y luego, claro, estaba el propio Butler.

Sentado allí mismo y, a la vez, a una distancia enorme.

En la primera ronda no tuve nada y me retiré pronto. La segunda ronda fue más o menos igual y Art ganó a lo grande gracias a un color de picas. Intenté leerlo de nuevo, pero no había nada. Ni información, ni emoción, ni texto o contexto psíquicos. Supe que tenía que ganarle, porque tenía un fuerte presentimiento de que la vulnerabilidad era el modo de entrar, y, en aquel momento, no había ninguna vulnerabilidad evidente... ni ninguna otra cosa.

En la tercera ronda fue cuando las cosas se pusieron interesantes.

Después del *flop*, tenía una pareja de seises. A continuación, la cuarta y la quinta carta se pusieron boca arriba sobre la mesa. El *turn* y el *river* (no conocía solo las reglas del póquer, sino también aquellos términos bastante poéticos). Ahora también tenía dos reyes.

Una mano bastante fuerte.

Leí al resto de la mesa.

Melissa tenía una pareja de treses. Dietmar tenía una buena mano —una escalera— y se sentía tan seguro que puso un buen montón de fichas en el centro de la mesa para subir la apuesta. Estábamos jugando por mil cuatrocientos euros. Si, como míni-

mo, no igualaba la apuesta de Dietmar, tendría que retirarme. Así
que la igualé. Anne, Benjamin y José no tenían nada y no fueron.
Flavio tenía un ocho en la mano que hacía pareja con el que había
sobre la mesa. Se lo pensó un instante. Luego también se retiró.
Art subió la apuesta. Melissa la igualó.

Había llegado el momento de sembrar la duda en la mente de
Dietmar, cosa que me resultó muy fácil. Tenía la mente más blan-
da y maleable en la que había entrado desde la del pobre Brian, el
del restaurante de la playa. Y la duda que le inoculé era sencilla:
«Algo va mal».

De repente, se puso tan nervioso que, para su propio desconcierto, se retiró.

—¿Por qué he hecho eso? —se preguntó en inglés.

Ahora solo quedábamos Melissa, Art y yo.

Melissa ya estaba empezando a sentirse paranoica y angustia-
da por sí sola, puesto que estaba con el bajón de la cocaína y ju-
rándose que después de las vacaciones iba a pasar toda una semana a base de *ashtanga* yoga y zumos vegetales, así que se rajó.
Ahora éramos Art y yo. Él me miró. Yo le devolví el gesto. Y, por
primera vez desde que me había sentado a la mesa, capté una
abertura, una rasgadura diminuta en su tejido mental. No desper-
dicié la ocasión. Me colé por ella a toda prisa, como un ladrón a
través de una ventana.

Mientras Art bebía un sorbo de whisky, vi que tenía una mano
parecida a la mía. Dos parejas. Dos cuatros y, como yo, dos seises.
La diferencia era que mis dos reyes superaban a su pareja más
baja. Pero las cartas no eran lo único que quería leer. Así que apro-
veché la oportunidad para profundizar más.

Contradicciones

La mente de Art Butler era un bosque de contradicciones. No había nada especialmente bueno en ella, pero contenía un montón de fuerzas opuestas.

Estaba plagado de orgullo y vergüenza, de ego e inseguridad, de frío y calor, de miedo y determinación, de apatía y pasión, de reservas e impulsividad, de todo y nada. Era una paradoja sedente. Una forma de vida terminalmente imperfecta. Era, en definitiva, humano.

Pero. ¡Pero! Allí dentro ocurría algo más. En aquella mente había algo inalcanzable. Algo que estaba allí, pero no estaba allí. Un elemento invisible, algo que confundía la oscuridad y la luz, una penumbra misteriosa que merodeaba por la cueva de su psique. Algo herido, triste y blando.

No quiero hacer que parezca un hombre demasiado enigmático o carismático. Era un asesino. Había matado al político Ricardo Martínez. Tal vez a más gente. Y habría matado a Christina. Y estaba dispuesto a matar a Marta. Pero saber es poder y yo quería saberlo todo de él.

Otra cosa que me llamó la atención fue que estaba invadido de una especie de anhelo mental. Me lo imaginé como un hoyo que, cuanto más intentaba taparlo, más veces se derrumbaba. Él estaba dentro. En el agujero. Cayendo para siempre. Tenía una fortuna de 889 millones de libras y ansiaba alcanzar los mil millones. Tenía un yate inmenso. Viajaba a todas partes y sus gustos en bebida y comida eran caros. Pero sentí que, en realidad, no estaba viviendo. Había sustituido la idea de la vida por otra cosa, por el tipo de hambre que no puede saciarse.

Mostró sus cartas sobre la mesa y yo hice lo propio. Se tomó la derrota tal como se lo tomaba todo: a pecho. Recogí las fichas y su rabia aumentó. Lo sentí en mis pensamientos, como una sombra sobre el césped.

Volvimos a jugar. Volví a ganar. Los seis se convirtieron en cinco cuando Melissa abandonó la partida. Y luego en cuatro, cuando Dietmar salió bostezando de la sala, derrotado.

Como podía leer con la mente las cartas de todos los jugadores, sabía cuándo ir y cuándo no ir. Me sentía como si hubiera descifrado la clave de la vida. Sabía qué manos debía jugar y en cuáles debía retirarme. Y con qué manos malas podía seguir adelante porque, aun así, iba a ganarlas. Ni siquiera intentaba ir a lo seguro. Quería debilitarlo, hacerlo vulnerable. Corría el riesgo de que se enfadara, pero dejarlo era aún más arriesgado. Así que continué.

No obstante, debo ser sincera.

Lo estaba disfrutando una barbaridad. Y eso no es ninguna tontería.

¡Disfrutar!

Yo. La persona que jamás se había permitido comprar un boleto de lotería. Sé que debe de ser horrible que una antigua profesora de Matemáticas le cuente a su antiguo alumno el placer que le produjo jugar al póquer a las cinco de la mañana, pero no era por las apuestas. Era la sensación de estar haciendo algo que se supone que las viudas no deben hacer. Me sentí como César volviendo y cruzando el Rubicón. *The turn and the river*, como las cartas. Me sentí como si aquella noche hubiera corrido riesgos y dejado atrás una versión antigua de mí misma, expandido el territorio de mi identidad. A veces hay que romper las normas de quien se supone que somos. A veces debemos obedecer a algo más profundo. Me pregunté si a Karl le parecería bien o mal que estuviera en Ibiza utilizando mis recién adquiridos poderes paranormales para jugar al póquer con un psicópata, y luego me di cuenta de que era irrelevante. Me había hartado de los dictados de los muertos. A veces estaba bien ser traviesa, sobre todo cuando la travesura era, en realidad, una buena obra disimulada. Tras una hora sentada a aquella mesa, había acumulado, junto con las ganancias anteriores en otros puntos del casino, cincuenta y seis mil euros. En otras palabras, tenía más de la mitad de la cantidad que necesitaba. Sentía que no solo estaba dominando la partida, sino también al misterioso Art Butler.

El crupier, un hombre alto con problemas maternos, me sonreía: Art Butler no le caía muy bien. El propio Art permanecía allí sentado, sin decir una sola palabra. Y a aquellas alturas ya estábamos rodeados de una buena cantidad de público.

Todo iba bien.

Pero entonces, después de perder aquella última ronda, vi que Art me sonreía. Y, cuando lo hizo, me embargó un terror repentino, la sensación de que había caído en una trampa que ni siquiera sabía que existía.

—Es curioso. —Era la primera vez que hablaba en toda la noche, y lo hizo mirándome fijamente desde el otro lado de la mesa—. El truco del póquer es que tienes que descubrir la debilidad de todos los jugadores. Lo que puede distraerlos. Y creo que he encontrado la suya. Está en la sala de al lado.

Entonces le cambió la expresión de la cara y lanzó una mirada intensamente amenazadora hacia la salida. Los demás jugadores también lo notaron, pero no entendieron lo que estaba ocurriendo.

Y, justo a continuación, llegó el momento.

Porque fue entonces cuando oí el creciente alboroto en la sala de al lado. Se oyó un grito. Y al instante sentí la fuerza del miedo que emanaba de la mente de Alberto. Me llegó con tanta claridad como una visión o un olor, una sirena de pánico.

Y luego su voz lejana.

—¡Marta!

Mucho que asimilar

No estás obligado a creerte algo por el mero hecho de que ocurriera. Me limitaré a exponerte los hechos tal como los recuerdo y dejaré que los interpretes como desees. Lo único que te pido es que dejes una puerta abierta a la posibilidad en tu mente. Nunca estamos en la línea de meta de la comprensión. Siempre nos queda algo que descubrir acerca de la vida y el universo. Esa ha sido la lección más importante para mí. Que nuestra existencia puede bifurcarse en cualquier momento a lo largo de su duración. Nos acostumbramos tanto a que vaya en línea recta que creemos que la vida no es más que eso, y, de pronto, se tuerce, se pone del revés o da un repentino giro a la derecha.

Bueno.

Allá va.

Esto es lo que ocurrió tal como yo lo recuerdo.

Me levanté de la mesa de póquer y me encaminé hacia la sala principal.

Cuando llegué, vi que Marta estaba tumbada de espaldas sobre la moqueta con estampado de rombos, con sus alegres pantalones a rayas y su camiseta con el punto azul, luchando por respirar. Una pequeña multitud se cernía sobre ella. Me abrí paso a empujones entre la gente y vi que las mejillas se le habían teñido de un leve matiz morado, que tenía el pelo alborotado más alborotado que nunca, como si se hubiera visto envuelta en algún tipo de forcejeo. Cada vez se arremolinaba más gente a su alrededor. Alberto estaba arrodillado a su lado. Levantó la mirada hacia mí con un miedo infantil, con los ojos como platos.

—Grace, la está asfixiando… Haz algo… Lo he intentado, pero es demasiado fuerte…

—¿Marta?

La joven se llevó las manos al cuello. Sentí que le estaban oprimiendo la tráquea. Los clientes del casino habían alertado al personal. Sin abandonar la mesa de *blackjack,* una de las crupieres estaba llamando a una ambulancia. Pero, de repente, paró. Fue como si el teléfono empezara a abrasarle las manos e, instintivamente, tuviera que sacudir el brazo para soltarlo. El móvil se estampó contra el suelo y luego echó a arder hasta quedar incinerado.

Era él. Art estaba allí, todavía sentado a la mesa de póquer y empleando sus habilidades mentales para hacer lo que le daba la gana. Resultaba aterrador enfrentarse a un poder homicida como aquel. A aquella indiferencia risueña. Ver con qué libertad campaba el mal si las habituales barreras de la ley y la realidad no existían.

Me arrodillé.

—Tranquila, Marta, tranquila…

Dadas las circunstancias, no podría haberle dicho nada más ridículo. Pero si mi mente era capaz de hacer que un hombre adulto se clavara un tenedor en la pierna y de hacer reventar tanques llenos de langostas, estaba bastante convencida de que podría hacer algo a una escala más pequeña y cercana, algo como expandir la vía respiratoria de una tráquea constreñida a escasos centímetros de mí. Sabía que tenía que actuar con rapidez. Sabía que, si se la llevaban en una ambulancia, lo más posible era que no volviera jamás.

Tenía que tomar una decisión. O volvía a la sala de póquer para plantarle cara a Art y anularlo, o me quedaba con Marta. Empujar o tirar. El fuego o la quemadura. Me quedé con Marta.

Sé lo que te he contado antes, lo de que ahora mi mente era el equivalente a un cuerpo e, igual que los cuerpos pueden moverse de un lado a otro en el espacio físico, de pronto parecía ser capaz de desplazarse de forma activa hacia otros lugares y hacer caso omiso de las barreras. Y lo de que sentía que ahora la energía de un deseo conllevaba un poder. Bueno, pues todo eso seguía siendo cierto.

No obstante, fue difícil. Más difícil que cualquier otra cosa. Yo estaba deseando con todas mis fuerzas que Marta pudiera respirar con libertad, pero era como empujar mentalmente contra una pared. No. Esa no es la analogía correcta. Se parecía más al juego de la soga. Pequeños avances —bocanadas de aire—, seguidos de una sensación de ser demasiado débil para ayudarla.

Porque, por supuesto, había una fuerza contraria resistiéndose a todos mis deseos, presionando en la dirección opuesta.

Fue en aquel preciso instante cuando toda la sala se sumió en el silencio. Ya no había ni voces ni pensamientos atestando el ambiente. Porque ahora todos los presentes en la sala estaban desplomados en el suelo. No les costaba respirar, como a Marta, solo les habían deshabilitado la conciencia de manera temporal. Ya sabes, como cuando un hipnotizador hace que alguien se duerma. Aunque en masa y sin hablar. La única excepción era Alberto, que, con los talentos que poseía, era un poco más complicado de controlar. Aun así, estaba empujándolo hacia atrás para alejarlo de Marta, como si se lo llevara un huracán, hasta que quedó atrapado contra una máquina tragaperras.

—Me tiene agarrada —consiguió decir Marta, que se aferró a mi mano con la suya y luego volvió a debilitarse.

Su voz no fue más que un chirrido. Los dedos se le abrieron como los pétalos de una flor. El plan de Art estaba claro: iba a matar a Marta e iba a salir impune. No podía permitírselo.

Cambié de estrategia. En lugar de centrarme en expandirle las vías respiratorias, clavé la mirada en la sala de póquer y me concentré en apartar a Art. Pero ya no estaba en la sala de póquer.

Estaba justo allí al lado, erguido sobre la multitud de cuerpos derrumbados. Tenía la copa de whisky sujeta entre ambas manos y la sonrisa se le curvó como la cola de un gato.

—Hola, Grace —dijo—. ¿Cómo te va?

La botella en miniatura

La respiración de Marta se estaba apagando. Alberto seguía acorralado contra la máquina tragaperras con una expresión de dolor en la cara mientras intentaba luchar contra la fuerza del poder de Art.

—Has cometido un gran error —dijo Art en un tono de preocupación casi sincera y sin apartar la vista de mí en ningún momento—. No tendrías que haber venido a Ibiza. Tendrías que haberte quedado donde estabas, anciana. En tu sofá.

Continué concentrada en él. Estaba consiguiendo colarme en su interior. Viendo la verdad. A los políticos y manifestantes a los que había amenazado, dañado y matado. Su indiferencia hacia la vida cada vez que elegía una nueva parcela de tierra. Pero también veía dolor. Una herida escabrosa y abierta. Una invisibilidad reluciente. Un recuerdo que se negaba a abandonarlo. El cadáver de su padre, tal como Art lo había encontrado en el garaje.

Recordé lo que me había contado Alberto.

«La única vez que La Presencia se ha hecho visible a la luz del sol. Y no fue con un adulto, sino con un niño; con un niño inglés. Estaba aquí de vacaciones y casi se ahoga. Empezó a nadar, se alejó demasiado de la orilla y nadie consiguió llegar hasta él. Su padre lo vio, pero demasiado tarde. Se hundió. Estuvo sumergido durante siete minutos. A efectos prácticos, estuvo muerto...»

Vi una imagen de Art en la playa cuando era pequeño. Por aquel entonces era Arthur. Artie. La playa era la de la cala d'Hort. Su madre estaba leyendo una novela, y su padre, *The Times*. Él estaba aburrido de cavar agujeros para atrapar las olas, así que fue a bañarse.

Lo vi nadar cada vez más lejos, imaginándose que podría llegar a Es Vedrà. Lo vi cuando miró a su alrededor y se dio cuenta de que no conseguía hacer pie, de que las corrientes eran demasiado fuertes para que pudiera volver. Sentí cómo le pesaban los jóvenes brazos, a duras penas capaces de dar otra brazada. Lo sentí revolverse, presa del pánico, cuando la barbilla comenzó a hundírsele bajo el agua mientras llamaba a sus padres… Al final su padre lo vio. Levantó la cabeza de golpe, apoyó la palma de la mano en la arena y corrió hacia el agua. Nadó desesperadamente en dirección a su hijo, pero no logró llegar hasta él. Artie jamás le perdonó que no hubiera mirado antes. «Si dependiera de ti, ahora estaría muerto.» Y su padre no pudo lidiar con lo que había estado a punto de ocurrir, ni con lo que había ocurrido en realidad. Sentía que se había vuelto loco. Se dio a la bebida y, al final, terminó ahorcándose. Artie sintió un dolor tan profundo que siempre llevaba encima una caja de cerillas para poder acercarse una llama a la palma de la mano y distraerse.

Mientras observaba a Artie tomándose su whisky, pensé que eso no podía ser. La Presencia no le otorgaría dones a alguien que fuera a utilizarlos para el mal de una manera tan drástica.

—Ahí es donde te equivocas —dijo Art, todavía agachado sobre mí en aquel casino mientras Marta perdía la conciencia. Lo dijo con la boca, pero lo sentí en el interior de mi mente—. Oye, Grace, sé que crees que la especial eres tú. Sé lo que te han dicho: que tus talentos son los mejores que han existido como mínimo desde Juan Bonanova. Pero es un cuento. No es cierto. En comparación con los míos, por desgracia, tus talentos son bastante mediocres. La Presencia vino a mí cuando era un niño. Estuve con ella durante siete minutos enteros mientras mis padres creían que estaba muerto. Su esfuerzo hizo resplandecer el mar entero. La tengo dentro de mí. Me eligió. Mis padres no me protegieron, pero La Presencia sí. Me salvó porque vio mi potencial. Vio lo que podía ser. Genero dinero para este lugar. Compenso lo que recibo. Ofrezco experiencias preciosas…

—No —repliqué, pues lo estaba viendo todo en su mente al mismo tiempo que lo decía. Viendo que todo se iluminaba como un mar oscuro—. Tú devastas la vida. Eso es lo que haces. Quieres matar a Marta porque sabes que mañana va a detener el hotel de Es Vedrà con la protesta. Igual que sabías que lo habría detenido Christina. Mataste a Ricardo Martínez cuando bloqueó la solicitud de uno de tus complejos hoteleros. Utilizas el poder que te dio el mar para hacer cosas horribles con él. Eliges las ubicaciones más controvertidas y los hábitats más delicados porque así sientes que tienes el control. Hace que sientas lo que no sentiste cuando tus padres no acudieron a salvarte.

—No me extraña que sepas tanto de padres irresponsables, Grace…

Marta había dejado de respirar. Estaba inmóvil. Sumida en una quietud aterradora que yo conocía muy bien.

—No llores por ella. No era nada especial. Eso lo sabía hasta La Presencia. Pobre Marta, nunca la eligió…

Quería que dijera algo. Quería que me comunicara con él. El odio quiere odio. Pero me di cuenta de que no era necesario. No tenía que hablar con odio. Porque entendí lo que Alberto tenía en la mano. La botella de ron. Recordé mi primer encuentro con él, el momento en el que me enseñó su botella de ron en miniatura. Recordé que me había explicado que lo había ayudado a recuperar la sobriedad tras la muerte de su esposa. Ya la tenía. Le había costado cogerla. No podía mover la mano para que yo la viera porque Art lo mantenía férreamente sujeto. Pero dio igual. Porque vislumbré la luz brillante que se le filtraba entre los dedos. Enseguida supe qué era: extracto de La Presencia.

De manera que no me concentré ni en Art ni en Marta, me concentré en los dedos gruesos, ajados y curtidos por el sol de Alberto. Los abrí. La botella cayó al suelo y no se hizo añicos contra la moqueta. Aun así, Art debió de oírla o sentirla, porque desvió la atención durante un instante. Reventé el cristal con mi mente y la liberé. La Presencia estaba allí, un pequeño charco resplandeciente que se negaba a ser absorbido y que ya se estaba moviendo hacia Marta.

—Para —ordenó Art—. ¡Para!

Pero no se detuvo, continuó reptando como una criatura sin patas, luminiscente y acuosa, brillando cada vez con más fuerza, y, cuando llegó hasta Marta, le trepó por el pelo, le recorrió la piel y se le introdujo en la boca. Un instante después, la joven tosió y abrió los ojos. Estaba vivita y coleando.

Marta clavó la mirada en Art, igual que yo tenía la mirada clavada en Art y que Alberto, desde su puesto junto a la tragaperras, tenía la mirada clavada en Art. Y allí estábamos. Ahora todos dotados con cualesquiera que fuesen los talentos que La Presencia hubiera decidido concedernos.

Entonces ocurrió algo aún más increíble. A Marta empezó a brillarle el cuerpo. No de una forma exagerada, pero sí evidente; y no durante mucho tiempo, pero sí el suficiente. Titilante y azul, con motitas de luz circulándole por las venas como los faros de los coches en una ciudad. O como un millar de peces linterna en el fondo del mar, tal como lo expresaría más tarde Alberto.

En ese momento sentí algo extraño en mi interior. Una sensación de calma absoluta. Lo cual era absurdo, teniendo en cuenta que estaba rodeada de un montón de cuerpos desparramados por el suelo de un casino y enfrentándome a un psicópata homicida con poderes inhumanos. Y la calma me provocó un sentimiento de calidez y unión internas. Sentí que hacía tiempo que me faltaba algo y que ya no era así. Y me miré la mano y vi que a mí también me corrían motitas de luz por las venas. Igual que a Alberto, que se estaba riendo y mirando las manos con cara de incredulidad.

—Está trabajando para unirnos… ¡Nos está conectando!

Marta recordó las palabras de su cartel y se puso en pie, con la luz de La Presencia aún viajándole por el cuerpo como la luz de las luciérnagas.

—Nos alzamos como el océano.

Art era una mezcla de confusión y consternación. Entonces llegó su turno de mirarse las manos y sintió una oleada de alivio al ver que él también tenía luces en movimiento.

—¡No podéis tocarme!

Sin embargo, seguía preocupado. Se percató de que aquel no era el momento de atacar. La preocupación que sentía fue lo bastante intensa como para que se retirara. Retrocedió mientras La Presencia se disipaba en todos nosotros.

—Mañana —dijo, y nos señaló como si la palabra contuviera el terror del mismísimo destino—. Mañana será el fin.

Todos los demás ocupantes del casino comenzaban a salir de su estado de inconsciencia, con los ojos adormilados y confusos, y a levantarse. Un murmullo de conmoción volvió a llenar la sala, esta vez salpicado de exclamaciones de sorpresa y de preguntas masculladas.

Alberto miró a su hija con el ceño fruncido.

—No podemos permitir que se marche sin más, acaba de intentar matarte... Es un asesino.

—Podemos detener la construcción del hotel —repuso Marta—. Habrá suficiente gente y reuniremos el dinero, no nos falta mucho. Lo conseguiremos. El casino no cierra...

Cuando Art Butler alcanzó la puerta, se volvió para mirar a todos los humanos que lo observaban. Estaba a punto de decir algo más. Percibí un gran monólogo, a medio formar, esperando sin eclosionar tras sus labios crispados. Pero se lo pensó mejor y se limitó a continuar caminando: llegó al vestíbulo, dejó atrás a los guardias de seguridad y salió a la primera luz del día.

Lo vimos alejarse, pero no hicimos nada al respecto debido a la cantidad de testigos que nos rodeaban. Entonces volví a la sala de póquer a por mis fichas, pensando: «Ha sido demasiado fácil».

Porque, por supuesto, lo había sido.

La concurrencia

Marta estaba hablando junto a un lago, bajo un calor iridiscente. El sol esparcía su luz sobre el agua como un millar de joyas.

Se trataba de un lago pequeño situado en el Parc de la Pau, hasta donde tanto yo como el resto de los manifestantes habíamos llegado siguiendo a una muchedumbre lenta y ruidosa por las calles de Ibiza capital.

El *Diario de Ibiza* afirmaría más adelante que, aquel jueves por la tarde, las calles de la ciudad se habían llenado con más de veinte mil almas. De hecho, la cifra exacta fue de veintisiete mil cuatrocientas cincuenta y dos.

Contamos con la presencia de todos y cada uno de los tipos de persona que puedes encontrarte en Ibiza. Los viejos y los jóvenes. Hippies y dueños de negocios. Lugareños y extranjeros. Ricos y pobres. Fanáticos de las discotecas y fanáticos del yoga. Progresistas y conservadores. Radicales y reaccionarios. Los obsesionados con la salud y los eternamente resacosos. Los vocingleros y los callados. Ganadores y perdedores. Familias, amigos y gente solitaria. Y tamborileros. Un montón de tamborileros. Tengo que serte sincera: los tamborileros me sobraron.

A continuación te presento un fragmento del discurso de Marta traducido de manera aproximada:

«Cuando mi amiga Christina y yo entramos en internet para pedirle a la gente que se manifestara contra el proyecto de construcción de Es Vedrà, esperábamos que acudieran unas cien personas. Veros a todos aquí es algo extraordinario. Ibiza es un lugar especial. Ojalá Christina estuviera aquí hoy. Le habría encantado esta imagen y habría querido daros las gracias por venir. Hoy es el día en el que alzamos la voz y le decimos a la gente con poder que deseamos proteger la naturaleza... Porque, cuando la destruyen, también destruyen una parte de nosotros. Hoy es el día en el que le decimos a Sofía Torres que no queremos que haya flores que se extingan. Que no queremos que maten a las cabras a tiros. No queremos más acuerdos que acaben con las partes más valiosas de esta isla. No queremos que Art Butler y sus Eighth Wonder Resorts continúen pisoteando toda la isla. Porque lo que es bueno para esta isla también lo es para nosotros. No dejaremos de proteger lo que hace que Ibiza sea especial. Seguiremos alzándonos como el mar... Y nos hemos alzado. Y abordaremos a Sofía Torres y a Art Butler y nos aseguraremos de que la primera cumpla su promesa de que, si aparecíamos antes del inicio de su rueda de prensa con más de veinte mil personas y ochenta mil euros, retiraría su apoyo al acuerdo de Es Vedrà. Eso significaría que todo su partido dejaría de respaldar el acuerdo. Y eso significaría que el acuerdo dejaría de existir. Así las cosas, esto es lo que haremos: iremos caminando hasta el hotel Eighth Wonder de Talamanca, junto a la playa de Talamanca, y...»

Se le daba muy bien. Caminaba de un lado a otro levantando los puños como una estrella de rock. Los congregados lanzaban vítores en los momentos adecuados. Todo estaba yendo bien. Y llevábamos ochenta mil euros en efectivo en mi bolsa de la playa.

De nuevo, estaba disfrutando. La gente piensa que las manifestaciones son algo lleno de enfado, o algo esperanzador pero serio. Sin embargo, también pueden ser algo bastante meditativo y sanador. Tiene que ver con formar parte de algo más grande. Es una especie de abnegación en el sentido más estricto de la palabra. Algo parecido a lo que un arenque debe de sentir cuando nada en un banco en compañía de sus semejantes.

Lo único que teníamos que hacer era guiar a la multitud hasta el hotel de Talamanca para enseñarle tanto el dinero como la cantidad de manifestantes a Sofía Torres antes de que empezara la rueda de prensa del Eighth Wonder, a las cinco de la tarde. No tendría más remedio que cumplir su parte del trato o enfrentarse a la ira de toda la isla.

Pero algo iba mal. Había una nota discordante dentro del plan.

Algo que solo capté porque, por pura casualidad, me coloqué al lado de una periodista —Rosa Piera, treinta y ocho años, hipocondríaca, recién divorciada, una mente tan frenética como un parque de atracciones bajo la lluvia— que acaba de recibir un WhatsApp de un compañero. En él le decía que la rueda de prensa iba a celebrarse en la cala d'Hort al cabo de media hora. En plena playa.

Alberto también se dio cuenta.

—Tenemos que avisar a todo el mundo.

—No, piénsalo bien. En coche son veinticinco minutos. Si nos empeñamos en caminar todos juntos hasta allí, no llegaremos a tiempo. Bloquearemos las carreteras. ¿Y si Art les hace algo? Es demasiado arriesgado. Mejor esperamos a Marta y nos vamos.

Alberto suspiró. Supe lo que estaba pensando: él ya había escuchado el discurso de Marta y era larguísimo.

—Hay que irse ya, ahora mismo. Tenemos que dejar a Marta aquí y encargarnos nosotros solos. La parte de que hubiera más de veinte mil manifestantes en la protesta ya está hecha. Solo queda enseñarle a Sofía el dinero y grabarnos mientras lo hacemos. Si Art nos plantea algún problema, lo solucionaremos. ¡Vamos! ¡A la playa!

Una bolsa de arena

La rueda de prensa estaba a punto de empezar.

Habían instalado un pequeño escenario en la playa y los periodistas estaban sentados en sillas sobre la arena, con un pasillito entre ellos. Como en una boda. O en un funeral. La enorme roca de Es Vedrà se alzaba al fondo, oscura, poderosa y bella, como una verdad sombría e inevitable.

Sofía Torres y Art Butler estaban sentados en el escenario, detrás de una mesa provista de papeles y de botellas de agua. La relaciones públicas de Art Butler estaba preparada para hacer las presentaciones. Sofía no paraba de consultar su reloj de pulsera.

Alberto avanzaba dando grandes zancadas por la arena, gritando en una mezcla de español, catalán, inglés y albertés que detuvieran la rueda de prensa.

La relaciones públicas de Art Butler, una mujer de mente quebradiza llamada Alison, se limitó a mirar a un guardia de seguridad contratado que había en la última fila y chasquear los dedos.

—¿Paco?

—No voy a causar ningún problema —aseguró Alberto mientras yo intentaba no quedarme rezagada en la arena—, pero tengo algo importante que decirle a Sofía Torres. En internet hay un vídeo en el que se compromete a frenar el proyecto de construcción de Es Vedrà siempre y cuando consigamos reunir a veinte mil manifestantes y ochenta mil euros. Puedo confirmar que, ahora mismo, hay un número de personas mucho mayor que ese recorriendo las calles de Ibiza capital. Y en la bolsa de mi amiga llevamos ochenta mil euros en efectivo, lo cual...

Sofía se sentía muy incómoda. Le quitó el tapón a su botella de agua.

—Lo hablaremos después.

—No —replicó Alberto, que dio un paso al frente—. Vamos a hablarlo ahora. Hiciste una promesa.

Los escasos periodistas nos miraban de hito en hito. Sentí su concentración en mí del mismo modo que una flor siente una prensa, pero me mantuve firme. Miré a nuestro alrededor. Me di cuenta de que no había nadie más en la playa. La tienda estaba vacía. Incluso el restaurante estaba vacío. Me fijé en que tenían un tanque nuevo. Y langostas nuevas. En cambio, la barca de Alberto seguía allí: la vieja y desvencijada Neptuno, meciéndose en el agua. También atisbé su bote de remos, que era aún más viejo y, en sus tiempos, había pertenecido a su abuela. Estaba varado en la playa, mucho más lejos.

Sofía se volvió hacia Art.

—Siento todo esto.

Art sonrió. Aquel gesto me desconcertó, no lo entendí. La noche anterior había tardado más de una hora en acceder a su mente, pero me pareció bastante obvio que la sonrisa era genuina. Lo recordé abandonando el casino de manera voluntaria. Había sido demasiado fácil. Todo aquello era una trampa.

—Se acabó, señora Winters.

Aquello fue la gota que colmó el vaso. Me acerqué a ellos hecha una furia y solté la bolsa sobre la mesa. La abrí y les mostré el dinero.

—Está todo ahí.

—Es demasiado tarde —dijo Sofía mientras tapaba el micrófono con la mano—. El acuerdo ya se ha firmado.

—No —dijo Alberto para respaldarme, aunque fue lanzar otro «no» inútil al aire—. Tenemos el dinero. ¡Tenemos el dinero, Sofía!

—Por desgracia, eso no es cierto —contestó la política.

—¿Qué?

—El casino lo ha reclamado porque creen que se ganó de forma fraudulenta. Varios testigos han afirmado que les vieron llevar sus propios naipes a la mesa de póquer.

Negué con la cabeza.

—Eso es mentira. Lo que pasa es que Art les está haciendo pensar eso.

La mujer se encogió de hombros.

—Lo siento, pero ahora tienen que marcharse.

Alberto no apartó la mirada de ella.

—Tú no lo sabes, pero yo también soy del norte de la isla. Somos del mismo pueblo, Sofía, de Santa Agnès de Corona. Cuando tú naciste yo ya era adulto, pero seguía allí. En la casita de enfrente de la iglesia. La que tiene un almendro delante de la ventana.

—Sé cuál es…

Durante unos instantes, me pregunté qué estaría haciendo Alberto. Pero entonces vi el recuerdo de la mujer. Era una niña y estaba viendo cómo transportaban el féretro de la abuela de Alberto hacia la iglesia.

—Soy de esta isla, igual que tú —prosiguió mi amigo—. E, igual que tú, y al contrario que ese hombre de ahí, quiero lo mejor para ella. Recuerdo cuando se tardaba medio día y no media hora en viajar desde el norte hasta el sur. A mí me gustaba. Tenías que respetar la forma del terreno. La topografía. Tenías que respetar las montañas. Los pinos y la tierra. Todo. También contribuía a que nosotros nos mantuviéramos íntegros. Si destrozas la naturaleza que te rodea, más pronto que tarde terminas destrozando la naturaleza que llevas dentro.

—Eran otros tiempos —dijo Sofía en voz baja, y desvió la mirada hacia el otro lado de la playa, donde había un agente de la Guardia Civil.

El agente ceñudo y de carácter difícil con el que había hablado al inicio de mi estancia en la isla venía caminando hacia mí por la arena. Carlos Guerrero. El que tenía el sueño recurrente de que un león le orinaba encima.

—Hacer trampas en un casino es ilegal —estaba diciendo Art—. Aquí, en Ibiza, se lo toman muy en serio. Y con toda la razón.

Me sentí fatal, débil e inútil, allí plantada, bajo el calor abrasador.

Alberto parecía más disgustado que furioso, de pie en la playa y mirando hacia el mar que se extendía detrás de Art.

—Hijo de puta —dijo en español.

—Contaré la verdad —le espeté a Art con una rebeldía que no había experimentado jamás—. Se lo contaré a la policía y a todos los demás. Una y otra vez. Hasta que me crean. Y puedo hacer que me crean.

El hotelero hizo caso omiso de mis palabras y permaneció en su silla, mirándome fijamente.

—Tiene mala cara —dijo—. Parece cansada. ¿Quiere sentarse?

Estaba haciendo algo. Sabía que estaba haciendo algo. Me di cuenta de que cada vez que habíamos pensado que le ganábamos la delantera —como la noche anterior en el casino— era solo porque él quería que pensáramos que le ganábamos la delantera.

—¿Grace?

La voz de Alberto me dio vueltas en la cabeza.

Sofía se puso de pie. Oí su voz mientras se acercaba hacia mí.

—¿Está bien? ¿Quiere sentarse?

—Estoy…

De repente, todo me pesaba demasiado, como si el cielo comenzara en mis hombros y fuera un lastre real. Luego las cosas empezaron a girar y empecé a tambalearme hacia delante para intentar recuperar el equilibrio, con la mirada clavada en los ojos de Art, siguiendo la pendiente de la playa hasta casi llegar al mar. Y entonces me desplomé.

Salacia

Estaba entre los árboles altos y el mar resplandeciente, atrapada en aquel otro mundo.

La playa de la verdad

—¿Por qué vuelvo a estar aquí?

Estaba tan débil que tardé unos instantes en fijarme en la bicicleta roja recostada sobre la arena. Conocía aquella bicicleta. Conocía incluso el modelo. Era la única bicicleta del mundo que conocía tan bien. Una vieja BMX roja de la década de los ochenta.

Y entonces reparé en las huellas de la arena.

Se alejaban de la bicicleta y se dirigían hacia los árboles.

Me adentré en el bosque siguiendo las huellas. Cada paso que daba me costaba más, pero seguí adelante. Quería la verdad que Christina me había prometido.

Al final, llegué hasta él. Un niño sentado en el suelo con las piernas cruzadas. Estaba a la sombra. Cuando me acerqué arrastrando los pies, vi que llevaba puesta la camisa de estampado de cachemira que se había hecho en clase de costura y que la piel de la cara le brillaba por el rojo oscuro de la sangre. Tenía el pelo apelmazado por el mismo motivo. Pero sonrió al verme.

Era él. Por fin podía verlo. Ver su verdad. Daniel no estaba en Salacia, pero sí en aquella visión salaciana, que, como todas las que había tenido hasta entonces, intentaba mostrarme la realidad de algo que se me había negado durante mucho tiempo.

Nuestro hijo. Nuestro precioso y amado niño.

—Daniel.

Corrí hacia él y lo abracé.

—No llores, mami. No llores, por favor.

Era su voz. Era su voz exacta. Justo ahí, como si a lo largo de treinta y dos años no hubiera pasado nada.

—Daniel, perdóname. Fue culpa mía, tendría que haber cuidado de ti. No tendría que haberte dejado salir a montar en bici con esa lluvia.

—No fue culpa tuya, mamá. No fue culpa de nadie. Me enfadé sin motivo...

—Querías ir de tiendas conmigo y te dije que no. Porque estaba lloviendo.

Negó con la cabeza. Inflexible.

—No, no, no quería que vinieras conmigo. Quería ir solo. Me fui yo solo. Lo siento, mamá, pero me cortabas el rollo.

—Me... Me... —Es difícil dejar de aferrarse a la ira, así que tartamudeé un poco—. De todas maneras, no tendría que haberte dejado salir con un chaparrón como aquel.

—Te habría resultado imposible prohibírmelo: cuando te diste cuenta de que no estaba en casa, yo ya estaba bajando por Wragby Road.

Era verdad. Todo aquello era verdad. Pero, por alguna razón, nunca había formado parte de mi recuerdo.

—Tenías toda la vida por delante. Fue un desperdicio. Pienso en ti todos los días, Daniel.

—No tiene por qué ser así. No tienes motivos para sentirte culpable. No más que el resto de la gente.

—Te echo mucho de menos.

Frunció la nariz.

—Me echas de menos, pero no me ves. Solo ves tu propia culpa. Solo ves versiones adultas de mí que lo más probable es que ni siquiera hubieran llegado a existir.

No pude replicar, porque era cierto. Desde luego que lo era. Allí solo había verdad.

—Eres necesaria, mamá. Puedes volver a ser feliz. No debes dejar que las cosas se desmoronen. Fuiste feliz, érase una vez. Puedes volver a serlo.

«Érase una vez.»

—Está muy arraigada en mi interior. La culpa. Era tu madre. Tendría que haberte protegido.

—No quiero ser tu culpa. Quiero ser tu hijo. Por favor... Ya es hora...

—Sí —convine—. Es verdad que lo es.

Entonces la sangre comenzó a desaparecer.

Le vi los enormes ojos y la cara sonriente, la cara que siempre estaba a punto para cambiar ante cualquier alteración del ánimo, la que se arrugaba como un huevo golpeado con una cuchara cada vez que lloraba. Parecía tan contento y sano como en la última foto que le habían hecho en el colegio.

—A partir de ahora me recordarás así. No como un momento, sino como una persona. Sabrás que no fue culpa tuya. Y ahora, por favor, vete. Ahora eres pura. Puedes ser la señal de la que te han hablado. Puedes salvarte y puedes salvar a otros. Te necesitan.

Entonces se alejó corriendo entre los árboles y yo me quedé allí, inmóvil, un segundo más, mientras un azulejo solitario volaba y danzaba en el aire.

Ahora ya puede enviarse
la señal

Abrí los ojos. Las olas me estaban lamiendo el pelo.

Vi que Sofía se interponía en el camino de Art. Estaba hablando con él.

Art parecía consternado. Sí, esa es la palabra. «Consternado.» No enfadado ni frío ni malvado.

—Estoy...

No llegó a terminar la frase. La palabra no pronunciada se convirtió en un misterio eterno. Pero no tuve tiempo de sopesarlo, puesto que se volvió hacia Sofía y la atravesó con la mirada. Estaba a punto de hacerle daño. Sabía que, si ella no hubiera intervenido, ahora yo estaría muerta.

La política hablaba con seguridad:

—Todo esto ha sido un error. He cometido un error. Esta isla no te quiere.

La vi de niña, ayudando a su abuelo artrítico a levantarse de la silla.

Art iba a hacerle daño. No podía permitirlo.

Alberto estaba a mi lado.

—Grace, ahora eres más fuerte. Ha venido a ti mientras estabas ahí tumbada. Ahora ya puede enviarse la señal. Tú puedes enviarla. Tienes que cobrar conciencia de lo conectada que estás con todo. Con absolutamente todo. Puedes hacerlo, Grace.

Me acordé del párrafo que había escrito en *La vida imposible*:

«El pescador se llamaba Joan Bonanova... Le relató a un periodista que se sintió conectado con todos los animales de Ibiza y que consiguió enviarles una señal a todos ellos. Hubo más personas que corroboraron sus palabras, pues dijeron que aquella noche habían visto a animales que se comportaban de manera peculiar. Que, aquella noche, criaturas de todas las especies actuaron como una sola...»

—Mira, Grace... Mira el mar... Te ha sanado.

Así que miré hacia el mar. De hecho, todo el mundo había empezado a mirar hacia el mar. Porque, una vez que lo veías, era imposible no mirarlo.

Estaba emitiendo aquel imposible resplandor azul. Con más intensidad y más amplitud que nunca. En casi todo el trecho que se extendía desde la playa hasta Es Vedrà. E, igual que la primera vez que vi el brillo de La Presencia, fue como contemplar un sentimiento. Pero en esta ocasión el sentimiento era más fuerte que nunca. Era una esperanza tan potente que se transformó en certeza.

—Yo ya he visto esto antes —dijo Art pasmado.

Estaba recordando el día que La Presencia lo salvó y lo llevó de vuelta a aquella misma playa. Durante un instante, se sintió como si volviera a tener once años.

Me puse en pie y me di cuenta de que todo era distinto. Pensé en Joan Bonanova, en el pescador rescatado por La Presencia que aparecía no solo en el libro de Alberto, sino también en el mensaje de Christina, que lo describía como un hombre que «poseía un alma tan pura, tan libre de culpa y pecado». El pescador que envió una señal a todos los animales de la isla para que lucharan contra los soldados fascistas.

Cobré conciencia de que, sin culpa, sin pena y sin dolor que me aprisionaran, estaba en todas partes. Yo era un nosotros. Era la suma de infinitos. Estaba en todas las mentes. Estaba en todos los granos de arena. Estaba en todas las gotas de agua. Mi fortaleza aislada ya no existía. Seguía siendo yo, pero también era todos los demás. Del mismo modo en el que el uno sigue siendo una entidad en sí mismo y a la vez está en el interior de todos los demás números. Estaba totalmente abierta. No había barreras entre los demás y yo, ni entre los humanos y los animales, ni entre los animales y las plantas. Todo era una hebra continua en el tapiz de la vida. En aquel momento, tenía un poder infinito. Un poder que me había concedido el océano, que me había concedido La Presencia. Yo no estaba allí para «salvar el planeta». Yo era el planeta. Tal como lo somos todos. La diferencia era que en aquel preciso instante a mí se me permitió sentirlo de verdad. Era como si tuviera una conexión telefónica con todas las criaturas de la Tierra.

Y las estaba llamando para pedirles ayuda. Estaba, en efecto, enviando una señal.

—¿Qué cojones pasa? —se preguntó Art en voz alta.

Y ya no se refería a la luz de La Presencia, claro. Se refería a algo que parecía sublime y, al mismo tiempo, ridículo, tal como suele ocurrir con los milagros. Se refería a que el cielo se había llenado de pájaros.

Yo no tuve que seguir su mirada como hicieron los demás. Yo sabía lo de los cormoranes que se dirigían hacia él como respuesta a mi esperanza silenciosa, batiendo las alas negras y brillantes con ímpetu, todos con el cuello largo estirado hacia delante en el mismo ángulo.

—Cormoranes —jadeó Art, que se acordó de que Sofía le había comentado que anidaban en Es Vedrà.

Pero no eran los únicos animales que surcaban el cielo. También había gaviotas. Un par de cernícalos, un halcón solitario y, de pronto —para mi sorpresa—, una extravagancia de flamencos rosas que acababan de emigrar allí cerca, a las lagunas de sal de Ses Salines, para pasar el verano. Tenían las alas aún más grandes que los cormoranes y las batían con fuerza en el cielo, estirados hacia atrás como si fueran puntas de flecha.

Me acordé de que el taxista me había hablado de ellos el día de mi llegada a la isla. «Tiene que ir a verlos.»

—Los estoy viendo, Pau —susurré—. Los estoy viendo.

Art empezó a caminar de espaldas. Se tropezó con una piedra y se cayó de culo, lo cual hizo que volviera a centrar su atención en el cielo.

Pero, entonces, a la altura de la playa, aparecieron otras criaturas. Incluida una cabra. Venía desde más allá del aparcamiento, desde las sombras que rodeaban Atlantis Scuba y su cuenco decepcionantemente vacío. Era Nostradamus, que renqueaba sobre la arena apoyándose en las pezuñas hendidas, con su habitual misantropía sazonada por un sentimiento de determinación e incluso de esperanza. Todos los animales que se encontraban en un radio de alrededor de un kilómetro y medio acudían en masa, como glóbulos blancos a una infección, directos hacia el empresario hotelero que intentaba ponerse en pie.

El tanque de las langostas del restaurante volvió a estallar y los animales se escabulleron hacia la playa.

Un delfín mular dio un salto en el agua y volvió a sumergirse para encaminarse a toda velocidad hacia nosotros.

Los conejos marchaban por la playa dando saltos, viajando en la misma dirección que los gecos, las lagartijas y las serpientes.

Las polillas y las mariposas revoloteaban y danzaban camino de la orilla, y el aire que las separaba estaba salpicado de mosquitos y de una amplia nube de cigarras. Todas las criaturas avanzaban con firmeza hacia Art, como limaduras de hierro a un imán.

Sofía intentó dirigirse a la concurrencia, decirles que abandonaran la playa por su propia seguridad, pero nadie le hizo caso. Bueno, nadie salvo el agente de la Guardia Civil, cuyo miedo hacia las criaturas salvajes lo había llevado a retroceder hacia el aparcamiento.

Alberto me lanzó una mirada cómplice.

—Lo has conseguido, Grace. Has enviado la señal.

Cuando me volví, vi a Art intentando huir por la arena, pero el primer cormorán lo había alcanzado y no paraba de darle picotazos, de atacarlo con la intención de obligarlo a volver hacia el mar. Al final el empresario se quedó quieto y apartó al pájaro de sí con la mente, rompiéndole el cuello al pobre animal. La criatura muerta cayó con pesadez sobre la arena. A continuación, Art le pegó una patada a un conejo y pisoteó unos cuantos insectos.

—Morid —dijo, utilizando la palabra para consolarse además de como orden—. Morid, morid, morid, morid, morid...

Era una descarada desviación del discurso sobre la sostenibilidad y el turismo responsable que tenía pensado ofrecerles a los periodistas y a los *vloggers* de viajes allí reunidos, que en su mayoría continuaban sumidos en un estado de silencio aturdido mientras los animales caminaban, corrían, reptaban y volaban a su alrededor.

Pero ya era demasiado tarde para Butler. Una culebra bastarda similar a la que Alberto le había regalado al portero de Amnesia le estaba mordiendo el tobillo. Le estaban arrebatando la luz que La Presencia le había concedido. Le rezumaba por la herida que le había abierto la culebra y se desvanecía claramente en el agua.

—¡No! —gritó, aunque con la voz rota y frágil—. ¡Vuelve! ¡Vuelve! ¡Vuelve aquí!

Se adentró más en el mar con su traje de lino. Formó un cuenco con las manos, lo llenó de agua salada y se la bebió, como si así fuera a atrapar de nuevo la esencia de La Presencia en su interior.

A aquellas alturas, la playa estaba tan llena de animales que parecían un ejército. Un ejército extraño y ecléctico.

Pero, al final, resultó que no fueron los animales terrestres los que pusieron en aprietos a Art. Fue una carabela portuguesa, un tipo de medusa que llevaba más de siete años sin verse en las aguas de Ibiza. Los largos tentáculos del ejemplar, con unos nematocistos que contenían una cantidad de veneno bastante inusual, se enredaron en torno al hotelero y lo picaron múltiples veces en la pantorrilla y en la cara interna del muslo.

—¡Yo era mejor! —aulló Art, con la mente invadida por un recuerdo distante y puede que incluso apenado de una vez que torturó a una cochinilla; pero entonces el dolor se volvió demasiado intenso y cayó al agua.

«Yo era mejor.» Era una afirmación ambigua. Podía significar y referirse a muchas cosas, y su estado emocional, entreverado como estaba de miedo, rabia y una pizca de arrepentimiento, desde luego no ayudaba a clarificar lo que quería decir. En aquel momento, emitió otro ruido con la boca, justo antes de que se le paralizara todo el cuerpo y se desplomase de cara contra el agua.

Los humanos se encargaron de llevar el cuerpo de vuelta a la playa. Alberto y yo nos sumamos a la labor. No quería que Art muriera, te lo prometo. A pesar de que hubiera intentado matar a Marta de manera subrepticia —y, de haber continuado con vida, a cualquier otra persona que se hubiera interpuesto en su camino—, no quería ser la causa de ninguna muerte más. Pero, al parecer, la naturaleza tenía otros planes. Y, al cabo de un minuto, los órganos vitales dejaron de funcionarle. Intenté leerle la mente en los últimos minutos, pero fue imposible. Era como intentar leer palabras con la tinta aún fresca emborronadas por la lluvia.

Todas las criaturas —salvo las humanas, que permanecieron allí envueltas en un silencio asombrado— regresaron a su habitual indiferencia hacia la humanidad. El resplandor de La Presencia, que se había expandido por todo el mar desde la playa hasta Es Vedrà, se retiró hasta que solo quedó un latido débil justo encima del punto en el que la había visto por primera vez. Y, luego, desapareció por completo, volvió a convertirse en esa nube-esfera que flotaba por encima de la posidonia a la espera de que volvieran a necesitarla. La superficie del mar recobró su aspecto habitual, como si allí no hubiera pasado nada. Solo había olas tranquilas y el acostumbrado destello del reflejo del mar.

El cielo no tardó en despejarse de aves, ya no se veían cigarras en el aire y las serpientes se alejaron reptando por la arena. El cormorán muerto se quedó atrás, con las alas negras como el azabache en brutal contraste con la arena dorada, el cuello retorcido en un ángulo antinatural y la cabeza apuntando hacia el mar, hacia Es Vedrà, hacia La Presencia.

El único que pareció mostrar algo de interés fue Nostradamus, la cabra.

Permaneció allí unos segundos más, mirando al humano muerto con un sentimiento que interpreté como de curiosidad y alivio. Pero enseguida recuperó su rutinario aire de misantropía y se apartó del alboroto y de los humanos en busca de algo de paz.

Viva

Por supuesto, tú ya sabías que no me había muerto. Ese destripe había estado ahí desde el principio. ¿Cómo iba a haber escrito esto si no?

Adoro la palabra «destripe», ¿tú no? Es la idea de que, si sabemos lo que está a punto de pasar, se nos priva de su disfrute.

Me parece muy raro que no queramos destripes en las historias y, sin embargo, los busquemos en nuestra vida. Queremos saber que nos enamoraremos, que estaremos sanos o que terminaremos la carrera con facilidad; que conseguiremos un buen trabajo o una buena pensión de jubilación. Queremos la solución. Lo queremos todo cartografiado. Queremos saber que todo termina bien. Queremos que nos lo destripen, que haya el menor misterio posible. Pero ¿dónde queda ahí la diversión? Y créete esto que te dice una persona con dones de precognición que superan a los de toda la población mundial: no existen los destripes de verdad. Siempre existe la paradoja del observador. Siempre existe una variable desconocida, y esa variable desconocida sueles ser tú. Mi consejo sería que aceptes el misterio.

Que aceptes la imposibilidad de todo esto.

Que disfrutes del no saber.

Que no te precipites hacia la boda, la muerte o el amén.

Pero sí, está claro que este manuscrito no lo está escribiendo un fantasma. Que sigo estando aquí y sigo estando viva. De hecho, estoy más viva de lo que lo he estado jamás.

El destino que creamos

Y así fue como Es Vedrà se conservó tal como la naturaleza pretendía que se conservara. No se asesinaron más cabras. No se modeló la piedra caliza haciéndola saltar por los aires. No se destruyó ningún hábitat. No se autorizó la circulación continua de taxis acuáticos por encima de la pradera de posidonia.

Sofía Torres volvió al parlamento regional de Palma y, después de declarar nulo el acuerdo con Eighth Wonder a consecuencia de la muerte de Art Butler, respaldó con ahínco una votación para aprobar un proyecto de ley bipartito que impidiese que se alcanzaran futuros acuerdos para construir hoteles en áreas «de importancia ecológica o cultural». El proyecto de ley se aprobó.

El casino decidió retirar todos los cargos contra nosotros, puesto que los anteriores testigos ahora aseguraban que no habían visto ningún tipo de trampa y no entendían por qué habían dicho tal cosa. Los gastos legales fueron mucho menores de lo esperado, de modo que donamos más de la mitad del dinero sobrante al Ibiza Preservation Fund, aunque me quedé una parte para aumentar mi presupuesto de compras.

Lo más interesante es que, de todos los periodistas que habían asistido a la rueda de prensa, solo uno contó todo lo que había visto con exactitud... No tardaron en despedirlo y en recomendarle que buscara ayuda psiquiátrica debido a sus «delirios». A pesar de la conmoción, otro par de periodistas habían conseguido grabarlo todo con el móvil, incluidos el cielo y la playa abarrotados de criaturas decididas. Pero al final los internautas dijeron que los vídeos eran un ejemplo de lo mucho que habían mejorado las imágenes generadas por IA.

La versión oficial de la historia no tardó en convertirse en que el famoso hotelero británico Art Butler había sufrido una especie de colapso mental y se había adentrado en el mar, donde lo había picado una medusa. En ningún momento se habló ni de La Presencia ni del mar resplandeciente. Alberto me dijo que así se trataban siempre las experiencias extraterrestres.

—Empiezan con toda una hogaza de verdad y la reducen a una sola miga comestible.

En cualquier caso, tendría que contarte una cosita más sobre aquella tarde en la playa.

Marta llegó cuando ya se habían llevado el cadáver de Art. Sus recién adquiridos talentos —tan poderosos como los míos, creo— la habían avisado de lo que estaba ocurriendo, de manera que, en cuanto pudo escaparse, se dirigió hacia la cala d'Hort.

—Ha ocurrido, ¿verdad? —nos preguntó nada más vernos. La playa había recuperado su aspecto normal, ya solo quedaban unas cuantas lagartijas de más y varios periodistas conmocionados merodeando por allí—. La señal.

—Sí —contesté—. Creo que sí. Pero... Yo no quería que se muriera.

Alberto negó con la cabeza.

—No, claro que no querías. Y no lo has matado tú, ha sido una carabela portuguesa. O La Presencia. Y, sí, La Presencia está en tu interior al igual que está en el mío y en el de Marta, pero ha actuado a través de ti para salvar la isla. Has contribuido a salvar Es Vedrà y el futuro de Ibiza. Era un asesino, Grace. Y si hubiera continuado con vida, nos habría matado también a nosotros. —Le pasó un brazo a su hija por el hombro—. Tu discurso de hoy ha sido muy bueno —le dijo.

—Gracias, papá.

Alberto esbozó una de sus sonrisas amplias y peludas.

—Menuda familia formamos, ¿eh?

Yo también sonreí mientras observaba las luces que se desvanecían en el océano.

—Sí, menuda familia formáis.

Mi amigo negó con la cabeza.

—Grace, para ser capaz de leer la mente, se te da fatal enterarte de las cosas. Me refería a todos. Ahora somos familia. Tú, yo, Marta, el mar. Incluso Nostradamus. —Desvió la mirada hacia el sendero polvoriento y rojizo en el que la cabra estaba esperando su avena—. Somos un equipo.

Y, por primera vez en mucho tiempo, tuve la sensación, la clarísima y esperanzadora sensación, de que todo era tal como debía ser. Sin embargo, no duró mucho. Pero aquel fue también el momento en el que el estado de ánimo de Alberto cambió. Se volvió hacia Marta sonriendo, pero también con el ceño fruncido, y cogió un puñado de arena y lo contempló mientras se le escapaba entre los dedos.

—¿Qué pasa, papá? —preguntó la joven.

Pero lo vio todo antes de que él abriera siquiera la boca. Igual que lo había visto yo. El don de La Presencia también era su maldición. La primera emoción de Marta fue la más sencilla de encontrar al enfrentarte cara a cara con el dolor: la rabia.

—Papá, no me lo has contado. ¿Cómo has podido ocultármelo? No puede ser que te estés muriendo. No puedes...

Comprendí su incredulidad. La gente a la que amas profundamente se convierte en fundamental. Enterarte de que dejarán de estar es como enterarte de que el aire o el mar van a dejar de estar. Se percibe como una alteración fatal del universo.

Alberto esbozó una mueca de dolor, como si se estuviera sacando una esquirla de cristal de una herida.

—Lo siento mucho, cielo —le dijo en español—. No quería que me miraras con pena. Mientras esté aquí, quiero estar vivo delante de ti. Pero te merecías saberlo.

—Te quiero, papá.

—Lo que sea que me está esperando me está esperando. De momento, vivamos.

Marta lloró durante un rato. Y Alberto también lloró. Y yo me aparté y me senté en un muro y contemplé el mar y, por algún motivo, pensé en un Daniel muy pequeño durante un paseo por el bosque hacía muchísimos años, soplando las semillas de un diente de león y riendo bajo el sol.

Esto es la vida

Estábamos en la Neptuno, en alta mar. Era primera hora de la mañana. Ibiza parecía un sueño teñido de verde y blanco a lo lejos. Alberto llevaba puesto todo el equipo de buceo, aunque aún no se había bajado las gafas ni se había metido el regulador en la boca, puesto que seguía mirando hacia el móvil de su hija mientras ella lo grababa. Todavía le quedaban varios días de vida, pero daba la sensación de que aquel sería el último momento en el que se sentiría lo bastante fuerte como para bucear. Aquella era, en resumen, su última oportunidad.

—¿Está en marcha?

Marta asintió. Estaba sentada en una nevera, apuntándolo con la cámara.

—¿Ya?

—Sí.

Alberto se esforzó por esbozar una sonrisa. Transmitió su mensaje primero en español y luego en inglés para asegurarse de que lo entendía la mayor cantidad de gente posible.

—Me llamo Alberto Ribas —comenzó. Sentada en la cubierta, percibí su tristeza, a pesar de que no se le reflejaba en la voz. De hecho, su tono era bastante formal, casi como si estuviera impartiendo una clase. Sin embargo, se le notaba débil, exhausto, un estado que quizá no pudiera achacarse únicamente a su enfermedad—. Soy biólogo marino y autor de *La vida imposible*. Estoy del todo convencido de que existe vida inteligente en otros puntos del universo. También sostengo que las pruebas directas de los acontecimientos de ese tipo que se han producido en la isla de Ibiza han sido ignoradas. Creo con absoluta firmeza en todo lo que estoy diciendo, y es una creencia que me ha costado mi empleo y mi reputación académica. —Guardó silencio unos instantes, cogió aire. Continuó con la voz algo quebrada—: En estos momentos, me estoy muriendo. Pero, debajo de mí, en el Mediterráneo, hay una entidad extraterrestre que llegó al mar en el siglo XIX. Nos referimos a ella como La Presencia. —Esperó un momento a que pasara un avión—. La Presencia es una fuerza benevolente y protectora de la vida enviada desde un planeta al que, en honor a la diosa romana del mar, hemos llamado Salacia. Llegó al mar porque ahí es donde se encuentra la vida. En función de los metros cúbicos, el noventa y nueve por ciento del área habitable de este planeta se encuentra en el océano. Por eso debemos cuidarlo. Y por eso está aquí La Presencia. Para ayudarnos a defender la vida. Al igual que la pradera de posidonia que tengo debajo, protege la vida. Toda la vida. Aunque los humanos tienden a imaginarse la existencia de la vida extraterrestre como una amenaza predatoria, eso tiene más que ver con el reflejo de nuestra propia naturaleza predatoria que con la realidad de la vida sin identificar con la que nos hemos tropezado.

Se detuvo y miró por encima del agua hacia Ibiza, hacia la arena dorada de la cala d'Hort y las laderas cubiertas de árboles que se elevaban al fondo.

—Estoy grabando esto porque no quiero que mi desaparición conlleve ningún misterio. Estoy seguro de que, además de estar aquí para ayudarnos a proteger nuestro mundo, las fuerzas fotónicas de La Presencia también actúan a modo de portal. Atravesar ese portal en dirección a Salacia es la única manera de que pueda curarme y tener la oportunidad de continuar con vida de alguna manera, así que he decidido…

Volvió a quedarse callado. Esta vez durante más tiempo.

—¿Papá?

Marta se asomó para mirarlo desde detrás del móvil.

Ella ya lo había notado. Y yo también. El cambio.

—A ver, no —dijo Alberto mientras hacía un gesto de negación con la cabeza, como discutiendo consigo mismo—. No. No voy a decir todo esto. No voy a hacerlo. Es una gilipollez.

—¿Qué pasa, papá?

Respiró hondo. Cerró los ojos para apreciar la brisa. Luego, cuando volvió a abrirlos, se limitó a mirar a la enorme y vertiginosa roca que teníamos detrás. Ya no estaba interesado en la cámara.

—Miradla. Mirad Es Vedrà. Es justo como debería ser. Y eso es obra nuestra. Hemos conseguido mantenerla justo como debería ser. Fijaos en su forma, en su contorno. Es perfecta. No es ni demasiado grande ni demasiado pequeña. Así ha sido mi vida. Perfecta. Y tú has contribuido a que sea así, Marta. Igual que tu madre. Y que tú, Grace. Tú también has formado parte de ella. No deseo tener más de lo que se me ha dado, porque se me ha dado mucho. Mi vida ha tenido una forma rara, pero estoy satisfecho con ella. Ha sido de la forma que tenía que ser. Sé que lo de Salacia podría ser precioso, pero yo no soy salaciano. Mi sitio está aquí, en la Tierra. He tenido la suerte de haber vagado por este hermoso planeta. Soy humano. No quiero ser el huevo de serpiente que se traslada en un olivo a un ecosistema distinto, que no se creó para él.

Marta no sabía qué decir.

—Pero, si te vas a Salacia, a lo mejor volvemos a verte —intervine—. Cuando llegue nuestra hora. Puedes dejar abierta esa posibilidad. Mientras haya vida, hay posibilidad.

Se rio un poquito de mí.

—¿Quién parece ahora un imán para la nevera, Grace?

—Bueno, he cambiado de opinión sobre los imanes para la nevera. Igual que tú te precias de ser un hombre sentimental, ahora yo también me precio de ser una mujer sentimental. —Y entonces recordé algo que debía decirle—: Christina me ha contado que la cuidan bien. Que está lo más sana posible. Tú podrías tener lo mismo.

Me sonrió como si no me estuviera enterando de nada.

—Nuestro sitio está aquí. No ahí fuera, en otra galaxia. Christina hizo bien al marcharse a Salacia porque no tenía ni idea de qué o quién andaba tras ella. Estaban a punto de robarle años de vida natural, aún tenía muchas cosas dentro. Mi caso es distinto. Yo no necesito exiliarme. Ya lo he hecho todo. He bailado, buceado y amado más de lo que lo hace la mayoría de la gente. He sido fiel a mí mismo. Las próximas semanas serán duras, pero necesito quedarme aquí. Necesito quedarme y estar con vosotras dos. Disfrutar de lo que me quede. Prefiero pasar un solo día en la Tierra que toda una vida en otro sitio. Este ha sido mi paraíso.

Sus palabras llegaron teñidas de finalidad. De algo sólido contra lo que no se podía luchar. Como una piedra caliza que salía del mar.

Se sentó, cansado, y miró hacia la nevera de Marta.

—Y ahora, cielo, me apetece mucho una limonada.

Live for me

Diez días más tarde, estábamos en el hospital. Marta lo tenía agarrado de la mano cuando murió. Aquel último día sufrió muchos dolores, pero, justo al final, esbozó su conocida sonrisa desdentada. Y fue sincera. Sonrió con todo su ser, la gratitud que sentía inundó toda la habitación.

Los dos se dijeron que se querían.

Alberto también consiguió pedirme que, si me quedaba en Ibiza, cuidara de Marta. Le prometí que lo haría.

—Vive por mí —le dijo a su hija.

Luego me miró y lo repitió en inglés. *Live for me.* Ese fue su último deseo para nosotras.

Marta rompió a llorar. Su pareja, Lina, había vuelto a Ibiza y pasaron varios minutos abrazadas mientras mi amiga sollozaba sobre su hombro. Después me hicieron un gesto para que me uniera al abrazo y, cuando lo hice, percibí el dolor puro y agudo de Marta en las sacudidas de su cuerpo. Lo sintió todo. No se apartó del dolor. Aulló como una loba bajo la luna en aquel hospital estéril, un extraño eco del aullido que su padre había emitido el día en que lo conocí. Animales lastimados. En silencio, reafirmé la promesa que acababa de hacerle a Alberto. «Me quedaré a tu lado, Marta. Haré cuanto esté en mi mano.» Y nos limitamos a permanecer allí plantadas, dejándola llorar. Que a veces es lo único que hay que hacer.

Cenizas

Esparcimos sus cenizas en el mar, de noche. El agua resplandeció un poquito. Un suave pálpito de luz procedente del lecho marino. Me permití el lujo de pensar que quizá La Presencia se lo estuviera llevando a Salacia de todas maneras. Quisiera él o no. Que tal vez estuviese reconfigurando sus átomos y enviándolo hacia el otro lado del agujero de gusano. Aunque puede que tan solo se estuviera despidiendo, como nosotros.

Nos quedamos un rato en la barca. Marta se había llevado un pequeño equipo de música y había creado una lista de reproducción de canciones que significaban mucho para su padre. Estaban *Redemption Song*, de Bob Marley; una canción catalana, bellísima, titulada *Per una Cançó*, de Maria del Mar Bonet; *It's My Life*, de Talk Talk; *The Last Day of Summer*, de The Cure; *Landslide*, de Fleetwood Mac; *Adiós Ayer*, de José Padilla; *Beats of Burden*, de los Rolling Stones; y un tema *dance* llamado *Promised Land* que Marta y Lina bailaron en la barca.

Ambas me hicieron ponerme en pie.

—Venga, Grace —me dijo Marta, cuya mente era todo un universo de emoción—. Vamos a bailar.

Y eso hicimos. El agua estaba lo bastante calmada como para que no perdiera el equilibrio. Cuando la canción terminó, mi amiga se volvió hacia mí y me dijo:

—No quiero olvidarlo.

—No lo olvidarás —le aseguré—. Yo sigo echando de menos a mi marido y a mi hijo todos los días, pero los veo con más clari-

dad que nunca. Recuerdo los buenos momentos y agradezco haberlos vivido.

—Te quiero, Grace. Gracias.

Nos abrazamos y capté un recuerdo de su niñez: su padre can-
tándole, llevándola en barca a Formentera en compañía de
su madre.

—Deberías ir —me dijo, sabedora de lo que estaba viendo mi
mente—. A Formentera. Te encantaría.

Ocurro

Marta y yo hemos acordado turnarnos para darle de comer a Nostradamus. Una mañana sí, otra no, me monto en el Fiat Panda y voy a llenarle el cuenco de avena. Él se muestra todo lo agradecido que puede mostrarse una cabra, que no es mucho, pero es algo.

Una mañana, al salir hacia allá, algo me llamó la atención en cuanto crucé la puerta. No era solo que la planta —la *Nolletia chrysocomoides*— hubiera crecido y estuviera en plena floración, colmada de exquisitas flores amarillas con forma de corazón, sino que, más allá, en el patio, había brotado otra a través de las grietas de las baldosas. Y había otra muy cerca de esa. Y otra, y otra. Nueve en total.

Fue un martes.

Por cierto, todos los martes, cojo el ferri que sale de Ibiza capital hacia Formentera y paso allí todo el día, tal como me había recomendado Marta. Solo por hacer una escapada. El trayecto dura menos de media hora, así que me da tiempo de sobra incluso después de alimentar a la cabra. Y en Formentera no ocurre nada. Ese es precisamente el objetivo. Bueno, quiero decir que no ocurre nada demasiado molesto. En realidad, como es obvio, allí ocurren tantas cosas como en cualquier otro sitio. Ocurre el aire. Ocurren las cafeterías solitarias. Ocurren los arbustos de enebro. Ocurren los campos de trigo. Ocurren las dunas de arena. Ocurren las salinas. Ocurren las ovejas. Ocurren las lagunas. Ocurro yo.

Alberto quería que viviéramos. Y me alegra poder decir que, para lo bueno y para lo malo, me siento viva. Como una afortunada invitada aquí, en esta pequeña isla fascinante y diversa. Me resulta agridulce estar tan presente cuando muchas de las personas a las que quiero están ausentes, Alberto entre ellas (hasta el olor de la crema Hawaiian Tropic me recuerda a él). Pero así es como vencemos a la muerte. Vencemos a la muerte viviendo mientras estamos aquí. Puede que la muerte sea infinita, pero, como ya sabemos, el infinito es un concepto relativo. Podemos crear un infinito mayor en la vida. Sintiendo. Y yo siento todos los días. Siento con profundidad e intensidad, y lo que siento es gratitud. Hacia Ibiza, hacia España, hacia el mundo, hacia la gente, hacia la naturaleza, hacia la vida, hacia las fuerzas ocultas del universo, y eso hace que quiera seguir contribuyendo a proteger y cuidar todo lo natural.

Azulejo

En tu correo electrónico me decías que estabas sumido en la oscuridad y necesitabas luz. Vale, ten paciencia. Llegará. A veces la luz está ahí mismo y no nos damos cuenta. La gente navega a diario sobre La Presencia y sus fuerzas fotónicas y ni siquiera se da cuenta. Lo que ahora te parece imposible no lo será siempre. Pero no pienses que los malos momentos no tienen nada que ver con los buenos. La oscuridad es nuestra manera de ver la luz. Necesitamos el contraste. No vemos todas las estrellas durante el día, ¿verdad?

Hablando de estrellas, ayer tuve una charla muy interesante con Marta.

Se pasó por aquí para echarme una mano con el jardín. No es más que una parcela diminuta de tierra, pero empieza a estar mucho más bonito. Las flores antiguamente extintas no fueron más que el comienzo. Marta quería ayudarme porque dice que no hay nada más sanador que la jardinería, y creo que tiene razón. Meter las manos en la tierra e intentar cultivar vida tiene algo que hace que te sientas conectada con todo a un nivel fundamental. Me trajo unas cuantas plantas. Un pequeño arbusto de hibisco lleno de flores de un rosa rojizo que había comprado en el centro de jardinería, una lavanda y varias hierbas aromáticas con sus respectivas macetas: perejil, menta, albahaca y romero. Con un poco de ayuda del agua de La Presencia que guardo en el tarro de aceitunas, todas se están poniendo espectaculares.

Tienen un olor divino.

Bueno, el caso es que nos pusimos a hablar de matemáticas. Empezamos comentando que las espirales de la secuencia de Fibonacci se aprecian en las hojas y en los pétalos de las plantas y las flores. Marta me dijo que, como yo, siempre había encontrado consuelo en las matemáticas y que esa era una de las razones que la habían llevado a especializarse en astrofísica, pero que, en realidad, hacía muy poco que había comprendido por qué esa asignatura le resultaba tan terapéutica. Es porque con las matemáticas te das cuenta de que hay equilibrio y simetría en todo, incluso cuando solo sientes caos o dolor.

—Los griegos antiguos veneraban las matemáticas porque consideraban que representaban ideales —me dijo más o menos con estas mismas palabras—. Y eso siempre estuvo ligado a la religión porque se veía como algo más puro que la vida real. Por eso Pitágoras era una especie de líder espiritual. Pero creo que La Presencia nos ha hecho comprender que la pureza matemática está por todas partes. Estamos dentro de ella. Nada es aleatorio. Ni la vida ni la muerte. Ni siquiera la aleatoriedad. Ni siquiera nosotras dos mientras estamos aquí, convirtiendo este trozo de tierra en un jardín. Todo está conectado. Todo forma parte de un todo. De un tejido bellísimo. El cielo no está en otro sitio, y las personas que hemos perdido, tampoco. Estamos atadas a ellas. Las cuerdas están en nuestro interior. ¿Me estoy explicando?

—Sí —contesté—. Te estás explicando a la perfección.

Y lo decía con sinceridad, porque con ella tenía que ser sincera, puesto que podía leerme la mente con la misma facilidad que yo leía la suya.

Pero, bueno, después de que se marchara, me quedé mirando aquel jardín modesto pero hermoso y sentí que, a pesar de las muchas cosas extrañas que habían sucedido, aquel era el verdadero cambio. Que había vuelto a practicar la jardinería.

Pero no era solo el jardín. También era el interior. He arreglado la casa. Volví al mercadillo hippy de Las Dalias y le compré el cuadro de Es Vedrà a Sabine. Y otro de una fruta. Ahora tengo una naranja gigante colgada en mi habitación. Y, con las ganancias que obtuve tras una segunda excursión al casino, me compré otras cuantas fruslerías, como varias prendas de colores más vivos.

Sin embargo, dado que no quería despojar totalmente el lugar del recuerdo de Christina, pensé en varias maneras de honrarlo.

Llevé la funda del sofá bohemia y la alfombra de Christina a una tintorería de Ibiza capital y me las devolvieron llenas de brillo y color. Limpié el gran ventilador de la sala de estar y fregué las baldosas. El viejo piano que había junto a la ventana seguía ocupando media habitación, pero no quise librarme de él, así que hice otra cosa: empecé a tocarlo.

Sí, ahora sé tocar el piano. Me resulta fácil. Y lo que más me gusta tocar es *Blackbird*. Eso sí, sigo sin saber cantar. La Presencia es poderosa, pero no tanto.

Me queda otra cosa que contarte. Antes, los tatuajes me parecían de mal gusto. Pero he cambiado de opinión. Hace poco fui a un estudio de tatuaje que está en la playa d'en Bossa. Me llevé el dibujo del azulejo que Daniel me había regalado por el Día de la Madre y pedí que me lo tatuaran en la muñeca. Así que ahora, cada vez que veo una bicicleta roja, solo tengo que mirarme la muñeca y recordar lo bueno.

La verdad es que es precioso, vuela conmigo a todas partes.

Centelleo

Ayer llovió.

Estaba en Santa Gertrudis, había ido a hacer la compra. Salí a la calle y estaba lloviendo. El agua caía con fuerza y me resultó reconfortante. Tenía el coche aparcado un poco más allá, así que eché a andar bajo el cartel cada vez más desvaído de la actuación de Lieke en Amnesia y, unos instantes después, pasé junto a una villa con una buganvilla cuyas flores rosas y moradas sobresalían por encima de la valla y la piscina del jardín. Me detuve y me quedé mirando los saltos y los bailes de las gotas en el agua. Era como una música de percusión. Me quedé como hipnotizada un instante. Luego levanté la vista y abrí un poco la boca para disfrutar del gusto mineral de la lluvia. Es algo que estoy intentando hacer últimamente. Dejar que los momentos se apoderen de mí, por muy loca que piensen que estoy quienes me vean.

Verás, poco antes de que muriera, me fui a la playa con Alberto y nos sentamos en la arena. Comimos sandía. Él estaba más débil y avejentado y tenía dolores, pero también tenía un aspecto sereno, sabio y atractivo a la luz mortecina del día, más de filósofo que de pirata. Nos quedamos allí a ver una puesta de sol gloriosa y complejísima.

Le dije que me sentía responsable. Que tenía que marcharme a la selva del Amazonas, a la Antártica, al África ecuatorial o a donde fuera que pudiera continuar usando los talentos que se me habían concedido, pero que sabía que mis talentos serían más fuertes aquí, cerca de La Presencia.

—Quiere que estés aquí —me dijo él.

—Lo sé. Creo que voy a quedarme.

Entonces se quedó callado. Permanecimos sentados en silencio contemplando el cielo por encima del agua y de Es Vedrà.

—Parece un milagro —dijo al cabo de un rato—. Ibiza tiene atardeceres así a diario y yo los he dado por sentados. ¿Entiendes a qué me refiero?

Lo entendía.

—Galileo decía que las matemáticas eran el idioma del libro de la naturaleza. Y estamos atrapados dentro de ese libro. Somos palabras en ese idioma. Así que cuesta leer, asimilar y apreciar aquello en lo que estamos contenidos, aquello con lo que estamos tan familiarizados. Como dijo Marta, hay patrones en todas partes.

—Patrones, sí. Hablas como Marta. Supongo que eso es un patrón.

Reflexioné sobre aquello. Sobre la recurrencia de las matemáticas en el mundo natural. Las espirales de Fibonacci que se encuentran en los remolinos y las piñas y que las ballenas jorobadas de la Antártida crean para cazar a sus presas. En nuestros vasos sanguíneos, que siguen el patrón de los relámpagos y de las ramas retorcidas de los árboles. El lienzo del universo está tejido con fractales y nosotros también. No estamos solos en el universo y no estamos solos en la Tierra. Estamos conectados no solo los unos con los otros y no solo con los primates, sino con todo. Con una cabra, con una langosta, con las semillas de un diente de león. Me dijiste que tienes la sensación de que estás inmerso en un patrón. En una secuencia. Y así es. Pero esta secuencia es vasta y magnífica. Te conecta con todas y cada una de las cosas del universo. Y un día te sorprenderá en su grandiosidad.

Mientras estábamos sentados en la playa, la luz seguía ahí, en el cielo, apenas un vestigio. Un rojo extraño y oscuro que se derramaba hacia la oscuridad.

—El cielo parece muy tranquilo —dije—. A pesar de que no tardará en hacerse de noche.

Alberto chasqueó la lengua en señal de desaprobación.

—No pienses en la noche, Grace. Todavía no.

Y miré el cielo rojo. Y sentí con gran intensidad lo prodigioso que era. Como si el mero hecho de inhalar fuera peligroso porque tal vez me disolviera en el universo.

—Sí —convine—. Es un milagro.

Quiero que comprendas estos momentos. Nos rodean por todas partes en este planeta nuestro, tan extraño y a la vez tan familiar. Están en todas las gotas de lluvia y en cada partícula de luz dispersa. La vida canta y centellea. Incluso cuando estamos insensibilizados a ella, cuando nos escondemos de ella, cuando experimentarla es demasiado estridente y doloroso, cuando no estamos preparados para sentirla… Sigue ahí, esperando a que la cuidemos y la protejamos, dispuesta a concedernos al menos un último estallido de belleza antes de que llegue la noche.

Querido Maurice:

Sé que hace solo diez minutos que le he dado al botón de enviar y sé que todavía no te habrás leído el manuscrito, pero quería decirte una cosa más sobre él.

En sus páginas describo muchas cosas que se nos enseña a creer que son fantásticas e incluso imposibles. Poderes paranormales. Fuerzas protectoras bajo el mar. He experimentado todas estas cosas, pero ni una sola de ellas es ni más ni menos extraordinaria o ridícula que todo lo que ya existe aquí.

El sabor del zumo de naranja recién exprimido. Un higo. El aspecto de una flor. El sonido de la música. Una veta de sol sobre la tarima del suelo. Los gatos, los perros, las cabras, las lagartijas y los delfines. La cara de Harrison Ford. Imagina que eres de un planeta en el que no hay ninguna de esas cosas. Imagina lo prodigioso que nos parecería todo. Lo maravillados que nos sentiríamos por todo lo que tenemos ante nosotros. La fotografía de una puesta de sol nunca volvería a parecernos cursi. Un simple paseo por una arboleda sería una utopía. Una brisa fresca durante un día caluroso sería como si nos hubiera tocado la lotería. Todos y cada uno de los cantos de los pájaros serían una sinfonía.

Deberíamos vernos como extraterrestres, Maurice, porque, para el resto del universo, eso es lo que somos.

Por cierto, y esto tendría que habértelo dicho antes, si quieres venir a visitarme, no tienes más que decírmelo. Sería maravilloso volver a verte. Te deseo lo mejor. Te lo deseo todo. Percibo que la vida te irá bien.

Tu amiga y maestra,

Grace Winters

P. D.: En Lincoln hay un bungaló que ya no necesito. Estoy segura de que podrás venderlo a buen precio. En tu correo no mencionabas tus preocupaciones económicas, solo decías que «ha habido más cosas», pero sé las dificultades por las que estás pasando, de la misma manera que sé todo tipo de cosas que nadie me cuenta. Espero que esto te ayude a solventarlas. Contiene demasiados recuerdos y me gustaría regalártelo. Verás, a mí una vez me dejaron una casa en España y fue un gesto que me cambió la vida. Así que me gustaría ofrecerte un gesto parecido. Al fin y al cabo, sabiendo lo que soy capaz de hacer en un casino, ya no tengo que preocuparme por el dinero.

Querida Grace:

Sé que te he dicho esto muchas veces, pero sigo sin poder empezar siquiera a expresarte el profundo agradecimiento que siento hacia ti por lo del bungaló. He pensado que te gustaría saber que ayer se acordó la venta. Fue un gesto que me ha cambiado la vida de verdad y que, además, me permitirá ayudar mucho a mi hermana.

Pero también quiero darte las gracias por tu historia. No tendría que haberme creído ni una sola palabra y, sin embargo, por alguna razón me la he creído entera. Me has ayudado a romper el patrón. O, al menos, a cambiarlo por otro mejor. Así que voy a ir a Ibiza. Voy a correr una aventura, voy a viajar en tren nada menos que hasta Dénia y allí cogeré el ferri. Tengo entendido que es mejor llegar en barco. Pasaré allí la segunda semana de septiembre. Tengo un buen presentimiento al respecto. Quizá podría llamarse premonición. Ayer por la noche soñé con el mar. Brillaba. A lo mejor me llama de la misma manera que te llamó a ti.

Nos vemos pronto, espero.

Un gracias infinito.

Besos,

Maurice

Agradecimientos

Todos los libros son un esfuerzo colectivo. Este especialmente. Tengo muchas personas a las que darles las gracias.

En primer lugar, a mi genial editor, Francis Bickmore, con el que he trabajado en todos mis libros desde *Los Radley,* hace quince años, y que siempre sabe cómo ayudarme a sacarle el mejor partido a la historia y me permite desarrollar mis ideas más extrañas. Además, en las primeras etapas tuve la suerte de beneficiarme de las aportaciones de mis editores internacionales, entre las que se contaron los inestimables comentarios de mentes tan privilegiadas como las de Patrick Nolan, Doris Janhsen e Iris Tupholme.

También le estoy muy agradecido a mi agente, Clare Conville, una leyenda literaria que, por suerte, se sumó a esta idea desde el primer momento y comprendió lo que estaba intentando hacer.

Quiero darle las gracias, como de costumbre, a Jamie Byng y a toda la gente de Canongate Books. Gracias al brillante e indispensable equipo formado por Jenny Fry, Alice Shortland, Lucy Zhou, Jessica Neale, Charlie Tooke, Vicki Rutherford, Jo Lord y Sasha Cox.

Mis fragmentos en español mejoraron gracias a que la maravillosa Silvie Varela tuvo la amabilidad de echarles un vistazo a los diálogos.

Y, como siempre, debo darle las gracias a Andrea Semple. Mi primera lectora, mi primera editora, mi mejor amiga... Y eso por no hablar de que fue la persona que estuvo a mi lado durante los buenos y los malos momentos de nuestros primeros años en Ibiza.

Y a Pearl y a Lucas, por aguantar mis intentos de fascinarlos con datos sobre la posidonia y la historia española.

Es evidente que este libro está moldeado por mi amor hacia Ibiza, y quiero darles las gracias a todas las personas que conozco y he conocido en esa isla. Desde que viví y trabajé allí por primera vez en la década de los noventa hasta que he redescubierto mi amor por la isla en los últimos años. Me siento agradecido hacia los muchos amigos, antiguos y nuevos, que he hecho allí, y hacia la isla en sí. Esa isla mágica, mística y variopinta del Mediterráneo que siempre desafía cualquier percepción preconcebida.

Y me gustaría reconocer la labor de la gente que tanto se esfuerza por proteger la ecología de la zona. En concreto, me gustaría mencionar a la organización Ibiza Preservation (ibizapreservation.org), que lleva casi dos décadas trabajando por proteger el hábitat de la isla con proyectos cruciales para conservar la población de lagartijas, reducir la contaminación por plásticos en Ibiza y Formentera y proteger las praderas de posidonia, que están amenazadas a pesar de ser fundamentales, de los daños que les provocan la contaminación, los barcos y la urbanización del litoral.

En último lugar, aunque no por ello menos importante, quiero darte las gracias a ti, lector. Soy muy afortunado de tenerte para compartir mis historias. Me había apartado de la escritura durante unos años, pero el apoyo de los lectores me ha ayudado a darle vida a esta historia. Espero que te haya gustado. *Thank you.* Gracias por todo.

Matt Haig es autor de títulos superventas mundiales como *La Biblioteca de la Medianoche*, Premio Goodreads 2020, con más de siete millones de ejemplares vendidos hasta la fecha y que será llevado a la gran pantalla con Haig como productor ejecutivo. Ha publicado exitosas obras para adultos, como *El libro de la esperanza*, *Los humanos* y *Los Radley*, y novelas infantiles, entre las que se encuentra *El chico que salvó la Navidad*, cuya película cuenta con un reparto estelar. Sus obras se han traducido a más de cincuenta lenguas. *La vida imposible* es su nueva novela.

La Biblioteca de la Medianoche fue Premio Goodreads 2020 a la mejor obra de ficción.

«Entre la vida y la muerte hay una biblioteca. Y los estantes de esa biblioteca son infinitos. Cada libro da la oportunidad de probar otra vida que podrías haber vivido y de comprobar cómo habrían cambiado las cosas si hubieras tomado otras decisiones... ¿Habrías hecho algo de manera diferente si hubieras tenido la oportunidad?».

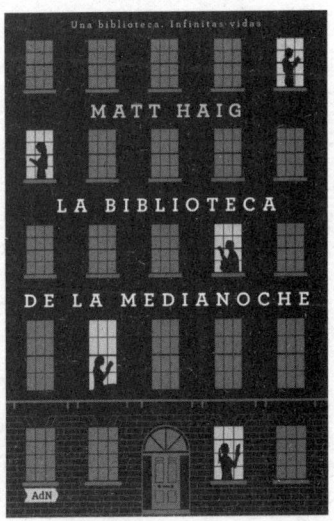

No hay nada más fuerte que una pequeña esperanza que no se rinde. Reflexiones sobre la esperanza, la supervivencia y el enrevesado milagro de estar vivos. *El libro de la esperanza* es una recopilación de pequeñas islas de ilusión. Reúne formas de consuelo e historias que nos proporcionan nuevas maneras de vernos a nosotros y al mundo.